CB000995

TILLIE COLE

PRELÚDIO SOMBRIO

Traduzido por Mariel Westphal

1ª Edição

The GiftBox
EDITORA

2019

Direção Editorial: **Preparação de texto e revisão:**
Roberta Teixeira   Marta Fagundes
Gerente Editorial: **Arte de capa:**
Anastacia Cabo   Damonza Book Cover Design
Tradução: **Adaptação de capa:**
Mariel Westphal   Bianca Santana
Diagramação: Carol Dias

CIP-BRASIL. CATALOGAÇÃO NA PUBLICAÇÃO
SINDICATO NACIONAL DOS EDITORES DE LIVROS, RJ
Leandra Felix da Cruz - Bibliotecária - CRB-7/6135

C655p

Cole, Tillie
Prelúdio sombrio / Tillie Cole ; [tradução Mariel Westphal]. - 1. ed. - Rio de Janeiro : The Gift Box, 2019.
323 p. (Hades Hangmen ; 1)

Tradução de: It ain't me, babe
ISBN 978-85-52923-67-1
1. Romance inglês. I. Westphal, Mariel. II. Título. III. Série.

19-55951   CDD: 823
       CDU: 82-31(410)

PRELÚDIO SOMBRIO

NOTA DA AUTORA

Gostaria de explicar o motivo de ter escrito certas situações neste livro. Na faculdade, estudei Religião Comparada. Devido às excelentes aulas, com professores considerados especialistas em suas linhas de trabalho, tive a oportunidade de conhecer várias pessoas das mais diversas culturas e credos.

Uma das minhas áreas especializadas de estudo no meu último ano foi 'Novos Movimentos Religiosos (NMR), Cultos e Seitas'. Fui sortuda em conhecer, e trabalhar, com membros e ex-membros de tais grupos religiosos. A maioria estava feliz com sua escolha de estilo de vida, outros já nem tanto. Acredito que noventa por cento das pessoas que entrevistei e trabalhei lado a lado eram ex-membros, mas nunca esquecerei as declarações angustiantes, e algumas vezes perturbadoras, das testemunhas.

Infelizmente, junto com os genuínos e sinceros membros de alguns NMR, também havia um pequeno número de oportunistas e pessoas que, por razões desconhecidas para muitos, escolhiam usar a religião, e a sua influência sobre pessoas inocentes, para ganho próprio – fosse pelo poder, controle, ou infelizmente, por algo muito mais mórbido.

'Prelúdio Sombrio' foi inspirado nos testemunhos dos ex-membros de diversos NMR e nos líderes que abusavam do poder que tinham sobre os seguidores – especialmente mulheres.

A protagonista feminina neste livro, 'Salome', resiste a situações inspiradas em eventos reais que me foram relatados pelos sobreviventes de tais grupos. Falar sobre esse assunto era muito importante para mim, no que diz respeito à vida, à humanidade, sobre algo que a maioria das pessoas não estão cientes.

As vítimas desses grupos 'oportunistas' muitas vezes não são levadas em consideração e eu queria dar às mulheres que conheci, a chance de terem suas vozes ouvidas.

'Prelúdio Sombrio' é uma ficção, mas as doutrinas, práticas e experiências de 'Salome', suas irmãs e A Ordem, neste livro, também são inspiradas em várias mulheres corajosas que escolheram dividir suas histórias comigo.

Acredito fielmente na liberdade religiosa e respeito, e tenho muitos amigos, de diversas religiões. A maioria dos NMR com quem trabalhei eram pessoas honestas e boas e não merecem a má-reputação que muitos receberam. No entanto, o que eu acho inaceitável é quando certos indivíduos pegam como alvo pessoas vulneráveis, puras e tementes a Deus, e abusam da sua confiança e bondade por razões egoístas.

Obrigada por ter parado e lido esta nota e espero que você curta o livro.

Abraços,

Tillie.

GLOSSÁRIO

(Não segue a ordem alfabética e é necessária a leitura)

Para sermos fiéis ao mundo criado pela autora, achamos melhor manter alguns termos referentes ao Moto Clube no seu idioma original. Recomendamos a leitura do Glossário.

Terminologia A Ordem

A Ordem: *Novo Movimento Religioso Apocalíptico. Suas crenças são baseadas em determinados ensinamentos cristãos, acreditando piamente que o Apocalipse é iminente. Liderada pelo Profeta David (que se autodeclara como um Profeta de Deus e descendente do Rei David), pelos anciões e discípulos. Os membros vivem juntos em uma comuna isolada; baseada em um estilo de vida tradicional e modesto, onde a poligamia e os métodos religiosos não ortodoxos são praticados. A crença é de que o 'mundo de fora' é pecador e mau. Sem contato com os não-membros.*

Comuna: *Propriedade da Ordem e controlada pelo Profeta David. Comunidade segregada. Policiada pelos Discípulos e anciões e que estoca armas no caso de um ataque do mundo exterior. Homens e mulheres são mantidos em áreas separadas na comuna. As Amaldiçoadas são mantidas longe de todos os homens (à exceção dos anciões) nos seus próprios quartos privados. Terra protegida por uma cerca em um grande perímetro.*

Anciões: *Formado por quatro homens; Gabriel, Moses, Noah e Jacob. Encarregados do dia a dia da comuna. Segundos no Comando do Profeta David. Responsáveis por educar a respeito das Amaldiçoadas.*

TILLIE COLE

Guardas Disciplinares: *Membros masculinos da Ordem. Encarregados de proteger a propriedade da comuna e os membros da Ordem. Seguem os comandos dos anciões e do Profeta David.*

A Partilha do Senhor: *Ritual sexual entre homens e mulheres membros da Ordem. Crença de que ajuda o homem a ficar mais perto do Senhor. Executado em cerimônias em massa. Drogas geralmente são usadas para uma experiência transcendental. Mulheres são proibidas de sentir prazer, como punição por carregarem o pecado original de Eva, e devem participar do ato quando solicitado como parte dos seus deveres religiosos.*

As Amaldiçoadas: *Mulheres/Garotas na Ordem que são naturalmente bonitas e que herdaram o pecado em si. Vivem separadas do restante da comuna, por representarem a tentação para os homens. Acredita-se que as Amaldiçoadas farão com que os homens desviem do caminho virtuoso.*

Pecado Original: *Doutrina cristã agostiniana que diz que a humanidade é nascida do pecado e tem um desejo inato de desobedecer a Deus. O Pecado Original é o resultado da desobediência de Adão e Eva perante a Deus, quando eles comeram o fruto proibido no Jardim do Éden. Nas doutrinas da Ordem (criadas pelo Profeta David), Eva é a culpada por tentar Adão com o pecado, por isso as irmãs da Ordem são vistas como sedutoras e tentadoras e devem obedecer aos homens.*

Terminologia Hades Hangmen:

Hades Hangmen: *um porcento de MC Fora da Lei. Fundado em Austin, Texas, em 1969*

Hades: *Senhor do Submundo na mitologia grega.*

Sede do Clube: *Primeiro ramo do clube. Local da fundação.*

Um Porcento: *Houve o rumor de que a Associação Americana de Motociclismo (AMA) teria afirmado que noventa e nove por cento dos motociclistas civis eram obedientes às leis. Os que não seguiam às regras da AMA se nomeavam 'um porcento' (um porcento que não seguia as leis). A maioria dos 'um porcento' pertencia a MCs Foras da Lei.*

Cut: *Colete de couro usado pelos motociclistas foras da lei. Decorado com emblemas e outras imagens com as cores do clube.*

Oficialização: *Quando um novo membro é aprovado para se tornar um membro pleno.*

Church: *Reuniões do clube compostas por membros plenos. Lideradas pelo Presidente do clube.*

Old Lady: *Mulher com status de esposa. Protegida pelo seu parceiro. Status considerado sagrado pelos membros do clube.*

Puta do Clube: *Mulher que vai aos clubes para fazer sexo com os membros dos ditos clubes.*

Cadela: *Mulher na cultura motociclista. Termo carinhoso.*

Foi/Indo para o Hades: *Gíria. Refere-se aos que estão morrendo ou mortos.*

Encontrando/Foi/Indo para o Barqueiro: *Gíria. Os que estão morrendo/ mortos. Faz referência a Caronte na mitologia grega. Caronte era o barqueiro dos mortos, um daimon (espírito). Segundo a mitologia, ele transportava as almas para Hades. A taxa para cruzar os rios Styx (Estige) e Acheron (Aqueronte) para Hades era uma moeda disposta na boca ou nos olhos do morto no enterro. Aqueles que não pagavam a taxa eram deixados vagando pela margem do rio Styx por cem anos.*

Snow: *Cocaína.*

Ice: *Metanfetamina.*

A Estrutura Organizacional do Hades Hangmen:

Presidente (Prez): *Líder do clube. Detentor do Martelo, que era o poder simbólico e absoluto que representava o Presidente. O Martelo é usado para manter a ordem na Church. A palavra do Presidente é lei no clube. Ele aceita conselhos dos membros sêniores do clube. Ninguém desafia as decisões do Presidente.*

Vice-Presidente (VP): *Segundo no comando. Executa as ordens do Presidente. Comunicador principal com as filiais do clube. Assume todas as responsabilidades e deveres do Presidente quando este não está presente.*

Capitão da Estrada: *Responsável por todos os encargos do clube. Pesquisa, planejamento e organização das corridas e saídas. Oficial de classificação do clube, responde apenas ao Presidente e ao VP.*

Sargento de Armas: *Responsável pela segurança do clube, policia e mantém a ordem nos eventos do mesmo. Reporta comportamentos indecorosos ao Presidente e ao VP. Responsável por manter a segurança e proteção do clube, dos membros e dos Recrutas.*

Tesoureiro: *Mantém as contas de toda a renda e gastos. Além de registrar todos os emblemas e cores do clube que são feitos e distribuídos.*

Secretário: *Responsável por criar e manter todos os registros do clube. Deve notificar os membros em caso de reuniões emergenciais.*

Recruta: *Membro probatório do MC. Participa das corridas, mas não da Church.*

PRÓLOGO

— Você fica aqui, River. Entendeu?

Aumentando o ar-condicionado da caminhonete, acenei com a cabeça. Entendi.

Fechando a porta do motorista com tudo, meu pai e o recruta foram em direção à floresta; o primeiro saco preto com o corpo de um dos quatro mexicanos mortos sendo carregado por eles.

Esperei até que estivessem fora de vista para que pudesse sair da caminhonete, meus pés fazendo barulho ao pisar na grama seca.

Inclinando a cabeça para trás, respirei fundo. Adorava estar do lado de fora, na garupa da moto do meu pai, adorava estar em qualquer lugar longe de pessoas que esperam que eu fale.

Indo para a carroceria da caminhonete, peguei um galho pequeno de uma árvore próxima e comecei a passar pelas folhagens ao meu redor só para ter algo o que fazer. Mandar os defuntos para o Barqueiro poderia demorar horas – cavar, despejar e fechar –, então fui na direção das árvores e comecei a procurar por cobras escondidas na grama alta.

Não sei por quanto tempo andei, mas quando levantei o olhar, eu estava bem dentro da floresta, o ar ao meu redor completamente parado e eu, totalmente perdido.

Merda. As instruções do meu pai tinham sido muito claras: "Fique aqui, River. Entendeu?" Inferno, ele me mataria se tivesse que sair para me procurar. As regras na hora de desovar os corpos eram simples: cavar, jogar e ir embora.

TILLIE COLE

Olhando ao redor, avistei uma subida e fui para um terreno mais alto. Pretendia conseguir voltar por minha própria conta para a caminhonete antes que meu pai voltasse e ficasse puto.

Usando os troncos das árvores para me segurar, subi o morro e, quando alcancei o topo, comecei a tirar a poeira e a lama seca da minha calça. Quando o jeans já estava mais ou menos limpo, olhei para o horizonte e franzi o cenho. A uns cento e oitenta metros de distância havia uma cerca enorme. Minha boca abriu quando percebi o tamanho daquela coisa; era a mais alta e larga que eu já tinha visto. Lembrava a de uma prisão, com arame farpado no topo. Olhei ao redor, mas não encontrei sinais de vida, e era impossível ver qualquer coisa além da cerca que não fosse mais floresta. Eu me perguntei o que seria aquilo. Estávamos longe de qualquer vilarejo e muito mais ainda de Austin, ou seja, extremamente distante de qualquer lugar. As pessoas não iam para tão longe da cidade... elas sabiam que deveriam evitar. Meu pai diz que apenas coisas ruins acontecem nesses lugares: mortes, desaparecimentos, violência e outras coisas inexplicáveis. Era assim há anos; e foi por isso que meu pai tinha escolhido esse lugar como local para desova.

Agora completamente distraído quanto a procurar o caminho de volta para a caminhonete, comecei a caminhar pela grama em direção à cerca. A animação da curiosidade zumbia pelo meu corpo. Eu adorava explorar, mas então levei um susto enorme quando, do nada, algo atrás da cerca chamou minha atenção.

Alguém estava ali.

Congelei no lugar, focando o olhar na silhueta magra de uma pessoa, uma garota usando um longo vestido cinza, cabelo preso de uma maneira estranha.

Ela parecia ter a minha idade. Talvez alguns anos mais nova?

Com o coração acelerado, continuei a observar a garota; seu corpo pequeno e frágil era engolido pelo material escuro do vestido enquanto ela se recostava contra uma árvore grande. Os ombros sacudiam pelo choro, fazendo seu corpo tremer com os soluços, porém sem emitir um único som.

Ficando de joelhos, segurei na cerca e observei. Queria dizer algo, mas não o fiz, não podia falar com ninguém a não ser Kyler e o meu pai. E mesmo assim não era sempre.

Fechei os olhos, concentrando em tentar aliviar o aperto na garganta, lutando para libertar as palavras que nunca quiseram sair. Uma luta que eu sempre entrava, mas que raramente ganhava.

Abrindo a boca, tentei relaxar os músculos do meu rosto quando a garota congelou no lugar e seus olhos se prenderam aos meus. Eu me desequilibrei, meus dedos deslizando na cerca. A garota tinha grandes olhos azuis, mas estavam vermelhos de tanto chorar. Sua pequena mão foi para o rosto para secar as lágrimas que desciam; seu lábio tremeu e o peito subia e descia com a respiração pesada.

Da minha nova posição eu conseguia ver que o cabelo era preto como carvão e a sua pele era muito clara. Nunca vi alguém como ela antes. Mas de novo, eu não conhecia muitas jovens da minha idade; ninguém que tivesse o mesmo estilo de vida que eu. Tinha o Kyler, claro, mas ele era meu melhor amigo, meu irmão do clube.

De repente, a garota pareceu se desesperar; o rosto ficou pálido, e ela se abaixou virando a cabeça na direção da floresta. Engatinhei novamente para a cerca, e o metal arranhou minha pele. A garota congelou no lugar e olhou de volta, segurando um galho enquanto me observava.

— *Quem é você?* — sinalizei rapidamente.

A garota parecia nervosa e inclinou a cabeça. Cuidadosa e silenciosamente, ela se inclinou para frente, a curiosidade escrita em seu pequeno rosto. Ela estava olhando para as minhas mãos, me observando falar, com suas sobrancelhas escuras franzidas.

Quanto mais perto ela chegava, mais sem fôlego eu ficava e me sentia aquecer. Seu cabelo escuro como a noite estava preso em um coque atrás da cabeça, coberto por um estranho pano branco. Nunca tinha visto alguém usando roupas como as dela. Ela parecia tão estranha.

Quando ela parou a alguns metros de distância, respirei profundamente, tentei desfazer o nó que estava apertando o meu estômago, e sinalizei novamente.

— *Quem é você?*

Ela não respondeu, apenas ficou parada me olhando. *Que droga!* Ela não entendia a linguagem de sinais. Não eram muitas pessoas que entendiam. Eu conseguia escutar bem, mas não falava. Ky e o meu pai eram os únicos que poderiam traduzir para mim, e neste momento eu estava por conta própria.

Respirando profundamente mais uma vez, relaxei o máximo que consegui para liberar a garganta. Fechando os olhos, pensei no que eu queria perguntar e, liberando o ar lentamente, tentei dar o meu melhor:

— Q-q-q-quem é v-v-você?

Enquanto eu absorvia o choque, arregalei os olhos. Nunca consegui

TILLIE COLE

fazer isso antes: falar com um completo estranho. Minhas mãos estavam inquietas com a animação. Eu conseguia falar com essa garota! Eu conseguia *falar*... isso fazia dela a terceira pessoa.

Guiada pela curiosidade, ela se aproximou ainda mais. Diminuindo a distância entre nós, lentamente ficou de joelhos na grama, sua cabeça inclinada para um lado, apenas me olhando com uma expressão divertida no rosto.

Seus grandes olhos azuis nunca se afastaram dos meus. Observei-a passar o olhar sobre mim, da cabeça aos pés, e voltar. Pensei sobre o que ela deveria estar vendo: meu cabelo escuro e bagunçado, camiseta preta e calça jeans, botas pretas e munhequeiras de couro ao redor dos pulsos com o emblema do Hangmen.

Assim que os seus olhos encontraram os meus mais uma vez, os lábios se curvaram em algo que parecia ser um pequeno sorriso. Estiquei meus dedos na sua direção, precisando ficar mais perto dela.

Ela se virou rapidamente, olhando ao redor. Ao perceber que estávamos sozinhos, se levantou lentamente, vindo na minha direção; seu vestido longo sujando no chão enlameado.

Agora, parada na minha frente, não consegui deixar de notar quão pequena ela parecia. Eu era alto, então ela tinha que inclinar o pescoço e olhar para cima. Pressionei meu corpo contra a cerca, sentindo o estômago agitado. Ela parecia tão cansada, e seus olhos azuis estavam vincados nos cantos enquanto ela me observava, como se estivesse com dor.

Percebendo que ela estava desconfortável, apontei para o chão da floresta, indicando que deveríamos sentar. Ela acenou a cabeça, concordando, baixando os olhos, e se ajoelhou lenta e dolorosamente.

Ela não emitiu um único som. Esperando por outro milagre, inspirei profundamente e depois soltei o ar devagar.

— O q-q-que é e-esse lu-u-u-ugar? V-v-você... v-v-vi-vive aq-q-qui? — gaguejei, pausando ocasionalmente e pensando nas próximas palavras enquanto lutava para deixá-las sair. Uma onda de animação passou pelo meu corpo... Eu estava falando... de novo!

Seus olhos focaram na minha boca, mas ela ainda se manteve em silêncio. As sobrancelhas escuras estavam franzidas, assim como os seus lábios rosados, em concentração. Eu sabia que ela estava se perguntando por que eu falava estranho, todos pensavam a mesma coisa. Ela se perguntaria o motivo de eu gaguejar. Eu não sabia o porquê, só que sempre tinha sido assim. Deixei de tentar dar um jeito nisso há anos. Agora eu falava com as minhas mãos. Não gostava que as pessoas rissem de mim por ter algum problema.... Mas a garota não estava rindo de mim... Nem um pouquinho. Ela apenas parecia, bem, confusa.

Enquanto eu baixava o olhar, envergonhado, percebi que suas mãos estavam apoiadas no lado de dentro da cerca, a apenas centímetros das minhas. Sem pensar, estiquei uma das mãos, passando meus dedos sobre os seus. Eu só queria tocá-la, para ter certeza de que ela era real. Sua pele era tão macia.

Surpresa, ela afastou a mão como se o meu toque fosse fogo, levando-a até o peito.

— E-e-e-eu nã-não v-vou m-m-ma-machucar v-você. — Fiz o possível para que as palavras saíssem, preocupado com o medo em seu rosto... Um rosto com o mesmo formato de um coração. Não queria que ela tivesse medo de mim. Meu pai disse que as pessoas deveriam me temer, tinham que ter receio de mim para que eu ficasse seguro. A maioria das pessoas do meu mundo, que eu soubesse, viam a minha maneira de me comunicar como uma fraqueza, então meu pai disse que eu precisava ser mais duro e usar os punhos em vez de palavras. Agora as pessoas pensavam que eu era perigoso. Como Ky dissera, eu nasci para ser temido: o Hangmen Mudo.

Mas no momento, eu desejava nada mais do que trocar tudo aquilo pela habilidade de falar como todo mundo. Eu não queria que ela tivesse medo de mim. Não aquela garota de olhos azuis, da mesma cor dos olhos de um lobo.

Como uma espécie de transe, seus olhos me hipnotizaram. Ela parecia um fantasma – *não*, uma deusa – como as pinturas penduradas nas paredes do complexo. Como a deusa Perséfone, esposa de Hades, o deus do submundo que os Hangmen levavam no seu emblema.

Movendo-se rapidamente, a garota encostou a mão trêmula na cerca, o azul quase branco da sua íris me mantendo cativo, seu olhar ficando ainda mais intenso enquanto me observava.

Fiquei completamente parado. A garota parecia um coelho assustado e eu não queria piorar a situação. Nunca tinha visto ninguém como ela; minhas mãos estavam suadas e meu coração batia rápido.

De maneira nervosa, ela passou a ponta de um dedo pela minha mão, suas bochechas ficando rosadas. Lutei para respirar, as batidas extremamente rápidas do meu coração faziam com que eu perdesse o foco.

TILLIE COLE

Dobrando meu dedo indicador, enganchei no dela e pressionei minha testa contra o metal que nos separava.

A garota franziu os lábios cor-de-rosa ligeiramente abertos e enrugou a ponta do nariz. Eu parei de respirar... Ela era *linda*.

— Ch-chegue mais p-p-perto — sussurrei, com um toque de desespero transparecendo na minha voz.

O seu nariz agitou novamente e eu sorri.

— V-v-você é t-tão li-li-linda — consegui dizer, mordendo o lábio. Meus punhos se fecharam enquanto fui ficando mais e mais frustrado com a minha fala.

Ela franziu o cenho e balançou a cabeça, e percebi que ela *conseguia* me entender. Eu queria tanto que ela me respondesse...

— P-p-por que v-v-você está a-aqui s-sozinha? — A garota começou a tremer, os olhos arregalados, ficando pálida.

Ela parecia tão perdida e fiquei imaginando o que poderia ter acontecido. Queria que ela se sentisse melhor, queria que aquela expressão em seu belo rosto mudasse de tristeza para felicidade. Eu não sabia o que fazer.

De repente, pensei nos meus irmãos do clube e como eles faziam as *putas* do clube felizes. Antes mesmo de pensar, me inclinei para frente e pressionei meus lábios contra os dela pelo pequeno espaço entre as barras de metal da cerca.

Seus lábios eram tão macios.

Não movi a minha boca, sem saber o que fazer, então apenas me deixei dominar pela sensação dos meus lábios sobre os dela. Abri os olhos e vi que os seus estavam fechados. Voltei a fechar os meus, esperando que aquele momento pudesse durar um pouco mais.

Levantando a mão, passei os dedos pelo seu rosto, mas ela se afastou arfando. A garota puxou as mãos e limpou a boca furiosamente, lágrimas descendo pelas bochechas. O medo tomou conta de mim.

— Me... me... me... d-d-d... — Parei e bati a mão contra a cerca, xingando Deus por não conseguir falar corretamente. Respirei profundamente, fechei os olhos e tentei falar outra vez: — M-me d-desculpe... s-s-sério, e-e-eu n-n-não q-q-queria assus-assustar v-v-você. — Consegui fazer com que as palavras saíssem.

Ela se curvou novamente ao lado de uma árvore, o vestido cinza oscilando ao redor do corpo e as mãos apertadas enquanto murmurava algo. Parecia como uma prece. Escutei com mais atenção enquanto ela se balançava para frente e para trás, lágrimas lavando seu rosto.

— *Me perdoe, Senhor, porque eu pequei. Faça comigo o que julgar conveniente. Me perdoe, Senhor, porque eu pequei. Eu fui fraca e devo pagar.*

— F-fale c... c... c-comigo. Você e-está bem? — perguntei falando alto, minha voz ficando mais forte enquanto eu sacudia a cerca, tentando encontrar uma maneira de chegar até a garota. Eu não entendia, mas por alguma razão eu precisava abraçá-la. Eu sabia que precisava consertar as coisas. Ela estava tão triste... tão assustada... e eu odiei aquilo.

A garota ficou completamente imóvel e em silêncio, e apenas me observou novamente.

— River? Onde você está, porra? — A voz grave do meu pai me tirou daquele transe enquanto ele continuava a me chamar de dentro da floresta.

Apoiei a cabeça nas mãos.

Agora não, agora não!

Levantando a cabeça, olhei de volta para a garota e me apressei:

— M-me di-diga o s-s-seu n-nome. — Eu estava desesperado e olhei por cima do ombro, vendo meu pai entrando na floresta a uma distância segura, me procurando.

— P... p... Por f-favor... um n-nome... *q-qual-qualquer c-coisa...*

A garota se balançou ainda mais rápido, seus lábios pálidos se mexendo novamente na sua prece.

— *River*! Você tem cinco segundos para trazer a porra da sua bunda aqui! Não me teste, *caralho*!

— Um n-nome! Eu i-i-imploro!

Ela ficou parada, olhando para mim – não, ela olhou *através* de mim –, seus olhos azuis assustadoramente arregalados, e sussurrou:

— Meu nome é Sin[1]. Somos *todos* pecadores.

Ela disse as palavras de uma forma engasgada, deixando sair um suspiro amedrontado quando escutou meu pai gritando da parte mais baixa do terreno. Abaixando-se atrás de um arbusto, ela se afastou usando as mãos e os joelhos para engatinhar, repentinamente gemendo alto como se estivesse novamente com dor.

— *Não! Não vá!* — gritei claramente para a sua forma retraída, mas era tarde demais.

Afastei-me da cerca, observando o último centímetro do seu longo vestido desaparecer na escuridão da floresta. Um sentimento de vazio quase fez minhas pernas pararem de funcionar, mas então arregalei os olhos,

---

1   Sin – em inglês: pecado

TILLIE COLE

tocando meus lábios com os dedos, em choque. Minha fala... pela primeira vez, que eu me lembro, minha fala tinha sido clara e sem gaguejo... *Não, não vá...*

— River!!!

Virei rapidamente, descendo o terreno às pressas, em direção ao meu pai.

— RIVER!!!

Levantando as pernas, passei pela grama alta, correndo de volta para a minha vida – de volta para o meu pai e para o MC; o tempo todo imaginando se algum dia eu voltaria a ver Sin...

... a garota com olhos de lobo.

CAPÍTULO UM

SALOME

Quinze anos depois...
Corra, corra, apenas continue correndo...

Forcei minhas pernas cansadas a continuarem funcionando. Os músculos queimavam como se tivessem sido injetados com veneno e meus pés descalços estavam completamente anestesiados enquanto continuavam batendo contra o chão frio e duro da floresta, mas eu não desistiria... eu *não* podia desistir.

Respire, corra, apenas continue se movendo...

Meus olhos *escanearam* os arredores da floresta escura, procurando pelos discípulos. Não tinha nenhum à vista, mas era apenas uma questão de tempo. Logo eles perceberiam que eu tinha sumido. Porém eu não podia ficar, não podia seguir com o meu dever pré-ordenado pelo profeta; não depois do que aconteceu esta noite.

Os pulmões ardiam pela respiração acelerada e meu peito estava pesado pelo esforço excessivo.

Esqueça a dor. Corra, apenas corra.

Passando pela terceira torre de vigia sem ser vista, desfrutei de uma momentânea sensação de alegria, pois o perímetro da cerca não estava muito longe. Senti a leve esperança de que eu realmente conseguiria escapar.

TILLIE COLE

Então as sirenes de emergência soaram e eu vacilei.

Eles sabem. Eles estão vindo por mim.

Forcei minhas pernas a se moverem ainda mais rápido; espinhos e galhos afiados machucavam as solas dos meus pés. Apertando os dentes, disse a mim mesma: *Não sinta dor. Pense nela.*

Eles não podiam me encontrar. Eu não podia *deixar* que eles me encontrassem. Eu conhecia as regras. *Nunca* ir embora. *Nunca* tentar ir embora. Mas *eu* estava fugindo. *Eu* estava determinada a escapar da loucura deles de uma vez por todas.

Os postes altos do perímetro da cerca entraram no meu campo de visão, meu corpo foi varrido com um renovado vigor enquanto eu dava os passos finais da minha corrida. Joguei-me contra a cerca com tudo, e o metal frio tremeu com a força da colisão.

Procurei freneticamente por uma abertura.

Nada.

Não! Por favor!

Fui de pedaço em pedaço procurando por algo... sem aberturas, sem buracos... sem esperança.

Em pânico, caí no chão, escavando a terra seca, tentando abrir um buraco, procurando pela liberdade. Meus dedos tentaram afundar na lama dura, as unhas quebrando, pele arranhando, sangue surgindo, mas não parei. Eu não tinha outra opção a não ser encontrar uma saída.

A sirene continuava tocando, parecendo berrar cada vez mais alto, como uma contagem regressiva para a minha captura. Se eu fosse encontrada, seria constantemente observada, tratada ainda pior do que já era, seria mais prisioneira do que já era.

Eu preferiria morrer.

Há quanto tempo eu estava fora? Eles estão perto? Minha cabeça girava, em pânico, mas continuei cavando.

Então escutei os cachorros se aproximando; os latidos, os rosnados, a raiva, a fúria dos cães de guarda da Ordem, e o movimento das minhas mãos se tornou ainda mais frenético.

Os guardas disciplinares carregavam armas; armas grandes e semiautomáticas. Eles defendiam essa terra como leões. Eles eram brutais e sempre pegavam suas presas. Eu seria capturada e punida, como *ela*. Torturada pela minha desobediência.

Assim. Como. *Ela*.

Os cães estavam fazendo mais barulho, pisadas fortes e pesadas e os terríveis latidos ficando cada vez mais perto. Engoli o choro que tentava subir pela garganta e continuei a cavar, cavar e cavar, à procura da liberdade. Sempre desejando a liberdade.

Finalmente ser livre.

Congelei quando escutei o murmúrio de vozes. Comandos ríspidos soaram no ar. O barulho das armas ecoou quando os guardas liberaram as travas de segurança, as botas pesadas soaram cada vez mais perto.

Eles estavam perto *demais*.

Quase gritei de frustração e terror quando pensei que o espaço que cavei sob a cerca não era grande o bastante para que eu passasse. Mas eu tinha que continuar. Não havia outra opção. Eu tinha que tentar. Não conseguiria viver mais um dia naquele *inferno*.

De cabeça abaixada e com o peito encostando no chão recém-escavado, deslizei pelo pequeno buraco sob a cerca. A pele do meu ombro rasgou em contato com o metal, mas eu não me importei; o que era mais uma cicatriz?

Usando as mãos como garras, arrastei o corpo para frente. As vozes estavam mais claras, o timbre cristalino dos irmãos, seus cães selvagens, enraivecidos, sentindo o cheiro do sangue no ar, sendo guiados pela fome.

— Ela deve estar procurando por aberturas ou partes da cerca que são mais frágeis. Vão com a segunda equipe para o portão norte. Nós iremos para o sul, e não importa como, *ENCONTREM ELA!* O Profeta soltará a ira do Todo-Poderoso sobre nós se não a recuperarmos!

Segurando o choro, engatinhei para frente. Rastejei pela lama seca, as pernas quase falhando pelo desespero. Cortes profundos cobriam a minha pele. Meu vestido branco rasgou e ficou destruído pelas lâminas afiadas da cerca, e observei impotente meu sangue cair no chão sujo.

Não! Quase gritei de frustração. Os cães sentiriam o cheiro do meu sangue. Eles eram treinados para isso.

Com um último empurrão, meu tronco finalmente passou pelo buraco; faltava apenas passar as pernas. Virei de costas, me mexendo freneticamente, em busca da liberdade.

Uma sensação, *não*, todo sinal de esperança de que eu finalmente estaria livre, foi embora quando vi o imenso cachorro preto se aproximando. Focando na árvore do lado de fora da cerca, e usando-a como objetivo, tentei me arrastar para frente, quando uma dor lancinante tomou conta da

TILLIE COLE

minha perna esquerda. Dentes afiados afundaram na carne, e quando olhei para baixo, o cão de guarda estava atracado em minha panturrilha, rosnando e chacoalhando a cabeça, rasgando a pele frágil e o músculo.

Empalidecendo com a severidade da dor, lutei contra a crescente sensação de náusea. Bati com as mãos no chão da floresta, encontrando apoio em uma pedra grande. Segurando um grito que estava se formando na garganta, tentei arrastar a perna machucada para longe da cerca e alcançar uma árvore. O cachorro tentou forçar a enorme cabeça por baixo do metal, aumentando o aperto na minha perna, chacoalhando-a como se estivesse brincando com um graveto.

Com o último sopro de energia, eu ataquei. Peguei a pedra que eu tinha usado como apoio e bati na cabeça do cachorro várias e várias vezes. As presas do animal pingavam sangue e saliva, e os olhos escuros brilhavam de raiva. Os guardas disciplinares não alimentavam seus cães, e os deixavam famintos para que ficassem sedentos por sangue. Os cães eram forçados a lutar uns contra os outros, para que fossem estimulados a sentir raiva. Os guardas alegavam que quanto mais famintos seus animais estivessem, mais efetivos eles seriam na caça aos desertores.

Respirando pelo nariz, tentei manter o foco; eu apenas precisava me liberar da mordida do cachorro, precisava que ele diminuísse o aperto para que eu conseguisse soltar a perna machucada.

E então, aconteceu.

Com um último golpe, o cachorro insano se afastou, chacoalhando a cabeça machucada. Livre, me arrastei pelo buraco, a respiração entrecortada enquanto meu corpo reagia ao choque.

Enquanto eu me afastava da cerca, um pensamento irônico passou rapidamente pela cabeça: eu realmente tinha conseguido. *Eu estava livre.*

O cachorro, embora ainda estivesse meio tonto e se recuperando da agressão, partiu em direção ao buraco. Mais uma vez ele avançou com as grandes mandíbulas e dentes afiados, e com isso, fez com que eu saísse do transe. Rapidamente preenchi o local que eu tinha cavado com o máximo de terra possível, e então tentei me levantar, sem conseguir apoiar o peso direito na perna ferida. Por dentro eu chorei: *Não agora! Por favor, Senhor, apenas me dê forças para continuar.*

— Aqui! Ela está aqui!

Um discípulo todo vestido de preto surgiu da densa floresta, com ódio no olhar. Ele tirou a balaclava[2] e meu coração parou. Eu reconheceria aquela cicatriz na bochecha em qualquer lugar. Gabriel, o segundo em comando do Profeta David; a barba castanha era cheia e escondia quase todo o rosto, algo que era costume entre os irmãos da Ordem. Entretanto, Gabriel era o discípulo que o meu povo mais temia, o homem responsável pela atrocidade que testemunhei esta noite... responsável por me fazer *perdê-la*...

Inclinando e balançando a cabeça, Gabriel veio na minha direção, se abaixando para que seus olhos encontrassem os meus.

— Salome, sua tolinha. Você não achou que poderia ir embora, achou?

Um sorriso surgiu em seu rosto e ele se aproximou ainda mais da barreira de metal.

— Volte e aceite a sua punição. Você pecou... *e muito*... — Ele riu e os outros guardas disciplinares apareceram no meu campo de visão. Cada centímetro da minha pele arrepiou de terror. — Deve ser algo de família.

Tentei ignorar suas provocações. Olhando sutilmente, *escaneei* os arredores, procurando por uma rota de fuga. Rapidamente o sorriso no rosto de Gabriel sumiu e ele cerrou os olhos.

— Nem pense nisso. Nós a *encontraremos* se fugir. Você pertence a *este lugar*, com o Profeta, com o seu *povo*. Ele está esperando no altar, e depois do que aconteceu hoje, está ansioso para prosseguir com a cerimônia. Não tem nada para você do outro lado da cerca. Nada mais do que decepção, pecado e morte.

Engatinhando para a árvore – o meu objetivo –, usei o tronco para me sustentar enquanto me levantava. Tentei com todas as forças bloquear as palavras de Gabriel, mas minhas pernas vacilaram. Mais guardas disciplinares apareceram para me ver cambalear; suas armas grandes, com perfeita precisão, apontadas para a minha cabeça.

Eles não podiam, *não iriam* atirar. O Profeta David *não autorizaria* isso. Eu sabia que estava em vantagem. No entanto, mesmo que conseguisse me libertar hoje, eles nunca desistiriam de me procurar; para eles eu era a realização de uma profecia. Olhei para a tatuagem no meu pulso, um trecho das escrituras eternizado na pele, quando ainda era uma criança. Eu não acreditava mais na Ordem. Se isso me tornava uma pecadora, então eu estava feliz por ter *caído*.

Ignorando as mãos trêmulas, me abaixei e rasguei a barra do vestido, puxando uma longa tira. Amarrei ao redor da perna machucada para estancar o sangramento.

---

2 Balaclava – máscara que deixa apenas os olhos de fora.

TILLIE COLE

— Salome. Pense direito. A sua desobediência causará punições severas para todas as filhas. Com certeza você não quer fazer isso com suas irmãs, não é? Com Delilah e Magdalene? Causar-lhes dor porque *você* foi fraca e caiu em tentação?

O tom de voz calmo de Gabriel gelou meu coração. Minhas irmãs. Eu as amava, mais do que tudo... mas eu *tinha* que fazer isso. Eu não podia desistir, não agora. Finalmente tirei a venda dos meus olhos e tomei uma decisão, de escapar. Eu *sabia* que devia ter mais na vida do que *esta* existência... mais do que *com eles*.

Com um último olhar para a única família que eu conhecia, me virei, arrastando a perna esquerda, e fugi pela floresta densa.

Corra, apenas continue a correr...

— Maldita seja! — Gabriel berrou, a voz estridente com o comando. — Vão para os portões e se separem. *NÃO A DEIXEM ESCAPAR!*

Eles começaram a se mover. Os portões não eram muito longe dali, mas era uma distância que me daria um tempo precioso. Eu só precisava de tempo.

Entrando na floresta, me obriguei a andar mais rápido. Forcei o corpo o máximo que pude fazendo uma prece a cada passo dado. Não gritei, e nem chorei quando luzes pairaram sobre mim ou quando cada centímetro do meu corpo adquiria um novo ferimento pela vegetação espinhosa.

Eu sabia que estava sangrando muito. Estava com dor, mas continuei caminhando. Até mesmo machucada e dolorida, eu sabia que a opção de voltar para a Ordem era muito pior.

Passando de árvore em árvore, a escuridão aumentava. Evitei cobras e outros animais conforme o tempo passava, mas não parei. A lua brilhava alta sobre mim enquanto o dia dava lugar à noite e eu ficava cada vez mais fraca — meu sangue fluindo a cada movimento da perna esquerda. Parei para trocar a bandagem que cobria o machucado, com mais uma tira do vestido, e ainda assim, os guardas disciplinares não me encontraram. Eu estava cansada... mas me obriguei a continuar.

Então, finalmente, quando meu corpo já tinha sido levado ao limite, e a esperança quase tinha desaparecido, encontrei uma estrada. Com as energias revigoradas, desci cambaleando o terreno, caindo no chão de concreto.

Minha consciência me parabenizou pelo fato de que os guardas não conseguiram me encontrar... *Os guardas* não tinham me encontrado. Mas eu não poderia baixar a guarda. Eu não estaria livre até que estivesse bem longe dali.

Arrastei-me para o lado da estrada, um local completamente silencioso e deserto. Os barulhos dos grilos e os pios das corujas eram os únicos sons na escuridão. Eu não sabia onde estava. Nunca havia saído da Ordem.

Eu estava completamente perdida.

Enquanto tentava pensar no que fazer em seguida, luzes apareceram bem à minha frente, me cegando. Levantei a mão para proteger os olhos, quando um veículo enorme ficou visível. O veículo grande e preto diminuiu a velocidade e parou ao meu lado. A janela abaixou para revelar o rosto chocado de uma mulher mais velha.

— Caramba, menina! Por que você está aqui sozinha? Precisa de ajuda?

Uma forasteira.

Os ensinamentos do Profeta David surgiram na minha mente: *Nunca falem com forasteiros. Eles são o povo do mal. Eles fazem o serviço do diabo.*

Mas eu não tinha escolha.

— Me ajude. Por favor — balbuciei. Não bebi nada por um longo tempo e minha garganta parecia arranhar como se eu tivesse engolido areia.

A forasteira se inclinou e a porta do veículo abriu.

— Entra aí, menina. Essa estrada não é lugar para uma jovem como você, especialmente a essa hora da noite. Pessoas perigosas andam por aqui e você não gostaria que elas a encontrassem sozinha.

Mancando, segurei na alça metálica ao lado da porta e subi no banco aquecido. Lembrei-me de ficar alerta, de me manter em guarda.

A mulher arregalou os olhos castanhos, seu cabelo grisalho era como uma auréola ao redor da cabeça.

— Querida, a sua perna! Você precisa ir para um hospital. O que aconteceu? Você tá toda suja!

— Por favor, me leve para a cidade mais próxima. Não preciso de um médico — sussurrei, minha cabeça ficando leve e a respiração diminuindo em meu peito.

— A cidade mais próxima, garota? Isso é a quilômetros de distância. Você precisa de ajuda agora! O que aconteceu? Parece que você passou pelo inferno. — Do nada ela ofegou: — Por favor, me diga que você não foi atacada. Me diga que nenhum homem se forçou para cima de você. — Seus olhos passaram pelo meu corpo, percebendo o sangue escorrendo pela perna. A mulher olhou para trás, procurando algo nos retrovisores. — Ai, não... você foi... levada contra a sua vontade?

Eu não olhei em seus olhos. Ela poderia me controlar; eu tinha sido

TILLIE COLE

ensinada que qualquer forasteiro da Ordem poderia me tentar. Eu era uma das escolhidas do povo do Profeta David, invejada pelos outros. Eu precisava evitar a armadilha da mulher.

— Eu não fui atacada. Por favor. Apenas... me leve para a cidade — pedi mais uma vez.

O veículo voltou para a estrada com o barulho ensurdecedor de uma buzina. Assustando-me com o som, olhei pela janela, rezando. *Pai nosso, que estás no céu, santificado seja...*

— De onde você é, querida? — A voz da mulher me interrompeu, suave e sedutora. Ela soava como uma canção de ninar. Será que ela estava disfarçando suas intenções? Ou estava sendo honesta? Eu não sabia... eu não sabia! Minha cabeça estava ficando enevoada e eu não conseguia me focar.

Eu me mantive em silêncio.

— Você veio daquela floresta? Como? Onde? Não tem nada ali a não ser árvores e ursos. Ninguém certo da cabeça entraria naquele lugar. Muitas coisas ruins espreitam por aquelas árvores velhas. Até ouvi rumores de que o governo mantém um lugar para testes ali ou algo do tipo. — Não ousei olhar em sua direção. Ela continuou falando, mas consegui bloquear o som.

Viajamos para longe e muitas horas se passaram. Eu não sabia onde estávamos, mas a cada novo trecho da estrada, me permiti relaxar. Eu estava cansada e, para a minha felicidade, a perna havia parado de doer. Estava completamente dormente e eu, sonolenta. Lutei para que meus olhos permanecessem abertos, e quando percebi que não conseguiria permanecer consciente por muito mais tempo, soube que era hora do meu próximo passo.

— Por favor, pare — pedi, pressionando as mãos contra o grande painel da janela. Meus olhos procuraram por um lugar do lado de fora onde eu pudesse me refugiar. Suspirei aliviada quando vi um prédio cinza um pouco afastado da estrada principal. Eu poderia me abrigar lá... me esconder... descansar até que ficasse forte o bastante para continuar a minha jornada.

A mulher diminuiu a velocidade e balançou a cabeça.

— Ah, não mesmo! Não vou deixar você aqui! A cidade é um pouco mais para frente. Uma garota como você não pertence a um lugar como este. É perigoso. Cheio de gente má. Você ao menos sabe que lugar é este?

Minha visão começou a ficar nublada e turva, escurecida.

— Minha amiga está aqui. Ela está me esperando — falei em pânico, a mentira saindo com facilidade dos meus lábios.

Repentinamente o veículo foi para o lado até que parou completamente.

PRELÚDIO SOMBRIO

— Você tem amigos *aqui*? — Sua voz transparecia o choque.

— Sim.

— Bem, maldita seja. Não pensei que você fosse uma dessas garotas. Acho que o mal vem em diversas formas. Meio que explica o seu estado. Eles devem ter decidido ensinar uma lição a você, hein? A largaram lá e deixaram que você voltasse sozinha para casa? E aqui está você, toda machucada e ensanguentada, se arrastando de volta para o covil do diabo.

Eu não entendi o que ela quis dizer. Quem eram *essas garotas*? Abri a porta e pisei no chão duro sem dizer outra palavra. Eu precisava me esconder. Eu só precisava de forças para dar mais alguns passos.

O veículo arrancou, se afastando, enquanto eu olhava para a estrada que levava ao prédio. Era grande, imponente e cercado. Mas o mais importante, era perto e o portão enorme estava aberto o bastante para que eu pudesse passar.

Quando passei pela abertura, minha visão começou a escurecer. Eu sabia que não conseguiria ir mais além. Minhas energias se esgotaram, e me deitei no chão atrás de contêineres enormes, cedendo à necessidade de fechar os olhos. A última imagem que vi quando olhei para cima foi... *Satã*... pintado na parede do prédio da frente. Ele estava sentado em um trono com uma mulher de olhos azuis ao seu lado.

Assustada, encarei a imagem em pânico, ecoando as palavras da mulher que me trouxera até ali. *Onde eu estava?*

Logo depois, incapaz de continuar lutando contra o sono, um último pensamento passou pela minha mente enquanto a inconsciência caía sobre mim: *no mundo exterior não há nada mais do que decepção, pecado e morte...*

TILLIE COLE

CAPÍTULO DOIS

STYX

Irrompendo pelas portas do complexo, eu estava fervendo. Várias putas de clube saíram do meu caminho. Espertas...

Passei pela porta do meu escritório e me apoiei na parede mais próxima, batendo as mãos contra o cimento. Fechei os olhos, respirando lentamente, pensando em minhas palavras com cuidado. Eu não podia perder a cabeça na frente dos irmãos.

Meu VP, e melhor amigo, Ky, fechou a porta silenciosamente atrás de mim, suas botas fazendo barulho no chão de madeira. Virei para encará-lo, e ele acenou com a cabeça confirmando que estávamos sozinhos. Soltei o ar em uma longa e frustrada expiração.

— O f-f-filho da p-puta do Di... Di... Diablo! — Consegui fazer com que as palavras saíssem da minha boca.

Ky olhou para mim, seus olhos sem expressão. Ele foi até o bar e me serviu um copo de *Bourbon*; ele conhecia a minha rotina. Segurando um copo cheio de bebida, ele sabia qual era o *meu* tipo de remédio. Virei *tudo* em um gole... depois outro... e outro. Ao menos eu sentia mais solta a corda sempre presente ao redor da garganta, me sufocando.

— Mais? — Ky estava parado no bar, com uma garrafa de *Jim Beam* na mão.

Pigarreando, tentei falar:

— Eu... eu... eu... *eu*...

Merda! Acenando com a mão, sinalizei para que o meu VP servisse outra dose... e outra... e mais uma, só para ter certeza.

Suas sobrancelhas loiras subiram, perguntando silenciosamente se eu precisava de mais.

— Está... está... *está melhor* — eu disse, soltando um suspiro de alívio. A sala estava girando, mas ao menos a cobra enroscada em minhas cordas vocais, decidiu afrouxar o aperto.

— K-Ky, é melhor você f-f-ficar de o-olho nessa... mer... mer-merda ou vamos para... guerra, entendido? E-eu estou cansado d-d-de tu... tudo isso!

A expressão de Ky mudou. Ele ficou tão pálido quanto um maldito fantasma e levantou as mãos para dar ênfase às suas palavras.

— Styx, cara. Eu juro que tínhamos tudo sob controle. Algum filho da puta rompeu o acordo pelas nossas costas.

Essa maldita corrida tinha sido um acordo *dele* e estava claro que ele não fazia ideia do que tinha dado errado.

Passando a mão pela cabeça, apontei com a outra para a *church*. Ky acenou com a cabeça, aceitando minha instrução.

Pegando a garrafa de *Jim* pela metade, bebi direto do gargalo, sentindo o líquido descer queimando pela garganta.

Ky saiu para reunir os irmãos, me dando tempo para pensar. Enquanto eu caminhava pelo escritório, eu sabia que meu VP estava dizendo a verdade. Os malditos *Diablos*. Tinha que ser eles! Como um acordo feito com os russos depois de tantos meses de conversa pôde ir pelos ares em poucos dias?

Alguém nos delatou; era a única explicação. E algum filho da puta *vai* morrer por isso!

Saí do meu escritório e entrei na *church*, ainda sentindo a quentura provocada pela bebida. Beber ajudava as palavras a fluírem com mais facilidade. Palavras que ficavam presas na garganta.

Os irmãos rapidamente encheram a sala, a tensão exalando de cada um deles enquanto me olhavam, com medo. E eles deveriam ter. Eu estava pronto para arrancar a cabeça de algum idiota. Eu podia sentir o cheiro de um traidor. Um na minha própria irmandade. Meu pai devia estar se revirando no túmulo. Ninguém vira a casaca em uma irmandade. Bem, ninguém que queira ter uma vida longa e sem dores.

Sorri para mim mesmo enquanto os irmãos quase se mijavam ao me observar. A única coisa que impede que as pessoas tirem o seu couro por ser mudo, é ser um assassino frio com punhos de ferro. Engraçado como ninguém diz nada abertamente sobre isso quando se pode acabar paralisado do pescoço para baixo.

Ky fechou a porta, o que significava que todos os Hangmen estavam presentes. Tomei outro gole do *Bourbon* e me sentei na cadeira principal, com o Martelo em mãos. Meu VP estava à minha direita, com os olhos cerrados enquanto estudava o meu rosto estoico, esperando que eu começasse.

Puxei minha faca preferida, uma KM2000 *Bundeswehr* alemã, de dentro do meu coturno, e joguei na mesa à frente; a lâmina cravou na madeira como se fosse em uma carne.

Olhos se arregalaram ao redor.

Acho que deixei bem claro.

Recostei-me na cadeira e sinalizei para Ky começar a tradução.

— *Se alguém sabe o que diabos aconteceu esta noite, é melhor começar a falar... Agora.*

Sem conversa e sem contato visual. Senti a mandíbula travar com a irritação...

Coloquei os cotovelos na mesa e sinalizei:

— *Aquele acordo estava sendo feito por quatro meses. Entrega, transporte... Cada minuto foi detalhado no plano com perfeição. E então fomos ao local, transportando caminhões de equipamentos, apenas para nos dizerem que fomos cortados por outro fornecedor, alguém que pegou o que era nosso. Malditos bastardos! A questão é...* — Ky voltou a se sentar no banco, observando minhas mãos se moverem furiosamente conforme a ira tomava conta de mim. — *Quem está roubando os nossos negócios? Mais importante: como infernos eles sabiam sobre o acordo? Essa informação estava guardada a sete chaves.*

Aproveitando que Ky tinha dado uma pausa para respirar, peguei a faca e apontei para os irmãos ao redor da mesa, fazendo contato visual com cada um deles, antes de colocar a lâmina entre os meus dentes e sinalizar:

— *Cinquenta caixas de AK47, dez de rifles sniper M82A1, e dez de semiautomáticas de primeira, tudo isso sem um comprador. Os colombianos não vão aceitar essa merda de volta. Então isso é o que vai acontecer...* — Ky falou com a voz tomada pela raiva, esperando que eu terminasse.

Lambendo a ponta da faca, senti o cheiro de traição na sala. Intimidação sempre afugentava os traidores, e eu era um maldito expert em intimidação, meu pai me ensinou bem. Eu não tinha um galpão à prova de som para brincar de carpintaria...

Lentamente deslizei a lâmina de volta à mesa, e então continuei:

— *Encontraremos um novo comprador assim que possível... para evitar que os nossos amigos da ATF[3] venham bater na nossa porta. E então descobriremos quem ousou foder com o meu clube. As minhas suspeitas, as do Styx, apontam para os Diablos, mas neste momento é possível que seja qualquer um. A porra da nossa lista de inimigos é quilométrica.*

Ky pigarreou e voltei a atenção para ele.

— Posso falar livremente, Prez?

Acenei com a cabeça dando permissão.

— Eu sei que você tem tretas com os *Diablos*, irmão. Inferno, quero que eles vão para Hades tanto quanto você quer, mas eles lidam com *snow*. Nunca ouvi falar sobre eles negociarem armas. Estou apenas dizendo. Na minha opinião, não me parece ser coisa dos mexicanos.

O que ele disse fazia sentido. Os mexicanos que estavam nesta parte do Texas eram do cartel, *drogas* do começo ao fim. Facilmente contrabandeadas pela fronteira.

Estalei os dedos enquanto pensava, o couro do meu *cut* rangeu com o movimento. De repente, lancei minha KM2000 para o outro lado da sala. Observei a faca cravar com facilidade na parede contrária, bem no meio do emblema do clube.

Inclinando a cabeça para Ky, ele me observou gesticular e traduziu:

— *Quem mais poderia ser? Estamos de bem com o Austin Crew?*

Viking, o Secretário dos Hangmen, acenou com a cabeça concordando. O irmão tinha em torno dos trinta anos, cabelo ruivo, pele clara, barba vermelha e grande – um maldito gigante.

— Estamos bem. Pagando um bom dinheiro para cruzar o território deles. Sem tretas.

— Irlandeses? — Ky perguntou.

— Estão quietos desde a última apreensão. Tommy O'Keefe saiu da cidade. Seis irmãos estão cumprindo pena — falou Tank, o Tesoureiro, ex--*skinhead*, trinta e um anos, musculoso e tatuado até não sobrar um espaço de pele. Ele passou a mão sobre a cicatriz na cabeça recentemente raspada, presente que ganhou na prisão.

---

3   ATF – agência federal norte-americana responsável pela fiscalização da produção e distribuição de álcool, tabaco, armas e explosivos.

TILLIE COLE

Soltei um longo e profundo suspiro, tomei mais um gole da bebida e sinalizei:

— *Alguma ideia de quem iria querer armas?* — Ky deu voz à minha pergunta.

AK, o Sargento de Armas, levantou a cabeça. Alto comando, cabelos longos e castanhos, cavanhaque, quase trinta anos, podia acertar um tiro a quilômetros de distância, sendo um ex-atirador de elite da Marinha...

— Entrei em contato com os chechenos. Eles estão interessados. Estão em guerra com os russos. Poderia ser a vingança perfeita. Podemos dizer que os russos estão comprando. Eles não vão querer ficar para trás. Podemos fornecer as armas, mandar uma mensagem para aqueles filhos da puta nunca mais se meterem nos nossos negócios.

Concordei com um aceno de cabeça, uma sensação de alívio percorrendo meu corpo.

— *Faça os contatos* — falei na linguagem de sinais, e todos os irmãos ao redor da mesa pareceram relaxar.

Flame se levantou, começou a caminhar pela sala, os dedos tamborilando nos braços. O filho da puta maluco de vinte e cinco anos usava o cabelo em um falso moicano, além de ter o corpo quase coberto por cicatrizes, piercings e tatuagens; a mais evidente delas se concentrando no pescoço: chamas alaranjadas que subiam por toda a pele. Ele passou grande parte da vida entrando e saindo de clínicas psiquiátricas – problemas de raiva –, até que saiu de lá e começou a matar escórias. Umas merdas bem doidas. Alguns anos depois, ele nos encontrou. Nós o recrutamos. Ele nos ajudou na guerra contra os mexicanos, provou sua lealdade total com o clube, sendo oficializado logo em seguida. Agora deixamos que ele solte a sua ira naqueles que merecem uma maneira bem tortuosa de morrer. O maldito podia ser bem criativo.

Flame arrancou a minha faca da parede, levantando-a para cortar a pele de dentro do braço. O irmão então gemeu como se alguma puta estivesse lhe dando uma chupada. Sangue escorreu pelo chão. Ele assobiou de prazer, com os olhos fechados. Caralho, o cara era estranho. Seria até bonito se não tivesse aquele olhar de morte sempre presente nos olhos. As *putas* eram espertas em se manterem longe do *psycho*. Se alguma delas tocasse nele, o cara era capaz de arrancar seus corações com uma das mãos.

Ky revirou os olhos para mim. Entendi o que ele estava dizendo: Flame precisava liberar a pressão acumulada. E logo. Todos nós precisávamos. A guerra estava pairando no horizonte. Eu podia sentir a aproximação nos ossos.

— Você está bem, irmão? — Ky perguntou para ele. Todos nós apenas olhamos para ele, sangrando, o pau duro quase rasgando o couro da calça.

Flame se aproximou de mim, me entregando a faca ensanguentada. Seus olhos negros queimavam.

— Preciso derramar um pouco de sangue. O X-9 precisa aprender uma lição. Eu sinto a vingança queimar em mim, Styx. O veneno está correndo nas minhas veias.

— Irmão, quando o encontrarmos, ele é todo seu — Ky assegurou para ele enquanto eu acenava com a cabeça, concordando.

Flame sorriu, seus dentes brancos brilhando, e a palavra *Dor* tatuada em preto na pele rosada da gengiva pareceu dançar.

— Aí sim!

Olhando para o resto dos irmãos, procurei por sinais de incômodo ou medo. Ainda assim, *nada*.

Nem a porra de *uma* piscada.

Enquanto me ajeitava na cadeira, sinalizei e meu VP traduziu:

— Mais algum assunto?

Uma onda de cabeças balançando respondeu minha pergunta. Peguei o Martelo e bati na madeira da mesa.

Virando para os irmãos, Ky abriu um sorriso.

— Agora, eu não sei vocês, mas vou atrás de umas bocetinhas.

Levantei da minha cadeira e os irmãos saíram para escolher suas parceiras de noitada; cada um deles estava em silêncio e visivelmente puto da vida. Ky ficou para trás.

O maldito Kyler Willis; vinte e sete anos, aparência de modelo, alto, magro, cabelo loiro que deixava as mulheres loucas. Meu amigo de longa data. O pai dele era o VP do meu. Depois que os dois foram de encontro ao Barqueiro, na guerra contra os mexicanos no ano passado, fui escolhido como Prez e Ky como VP – só os melhores para a Sede dos Hangmen. Vivemos, crescemos e sangramos por Hades. Quando nossos pais morreram, tentei mudar os votos. Quem iria querer um maldito mudo como líder? Mas os votos foram unânimes. Hades Hangmen continuaria com a linhagem histórica. Aos vinte e seis anos, me vi como o Prez do mais notório e letal MC de todos os Estados Unidos.

Sem pressão.

Até parece!

Ky colocou a mão no meu ombro.

— Vamos pegá-los. Ninguém cruza o nosso caminho, Styx. Todos sabem que somos nós que cuidamos das coisas aqui no Texas. Esses imbecis acabaram de assinar seus atestados de óbito.

Bufei e passei a mão pelo rosto, sentindo a barba.

— E-eu e v-você resolveremos isso rápido. C-certo? — Pisquei ao sentir a gagueira voltando. A porra da bebida só me deu alguns momentos de paz antes que o aperto da cobra voltasse a se fazer presente na garganta. Eu tinha começado a odiar a linguagem de sinais, mas por alguma razão do caralho, eu só era capaz de falar com Ky. Agora que o meu pai tinha ido se encontrar com Hades, eu só conseguia falar com uma pessoa.

Ky deu um sorriso matador.

— Certo.

Movendo as mãos, falei:

— *P-P-P-PORRA*! V-vo... você é q-q-quem de-deveria ser o P-P-Prez, K-Ky!

Ky colou a cara na minha.

— Nem fodendo! Você não consegue falar; eu entendo. Mas você usa as suas mãos como suas palavras. Você é um exemplo de líder, irmão. Você está sempre presente na linha de fogo, sempre levando o primeiro ataque e revidando. Você é o Prez dos Hangmen, então cala a porra da sua boca! O seu pai sempre quis que você seguisse os passos dele, assim como sempre foi antes dele. Sim, isso pode ter acontecido alguns anos antes do previsto, mas você criou uma reputação há anos. Idade não é nada mais do que um número idiota na vida. O negócio é sobre ter pulso firme, e isso com certeza você tem. Caralho, Styx, você é o infame Hangmen Mudo!

Afastando-se, Ky esfregou as mãos uma na outra, sorrindo ainda mais.

— Além disso, sou bonito demais para estar no comando. Estou de boa em ser a sua voz. Até parece que vocês não sabem que eu adoro o som da minha própria voz!

Inferno, ele tinha razão. Algumas vezes eu pensava o que diabos ele estava fazendo ao perder anos da sua vida no clube. A sua aparência e personalidade poderiam fazer com que ele fosse bem-sucedido em qualquer outro lugar. Mas assim como eu, essa vida era tudo o que ele conhecia. Era uma sentença de vida: nascidos e criados para usar o *cut*.

Não havia saída.

Não que quiséssemos.

Ky colocou um braço sobre meus ombros.

— Bem, agora que você parou de choramingar como uma menininha, você quer fazer uma visitinha para a Lois e desestressar um pouco?

— S-sim.

— Ótimo. Tenho um encontro com Tiff e Jules. Você deveria vê-las se chupando, cara. Isso me faz gozar rapidinho. Melhor ainda quando elas estão no sessenta e nove. Uma visão maravilhosa... — Ele esperou pela minha resposta. — Aquelas bundinhas arrebitadas...

Cacete, ele não tinha jeito.

Assim que saí da sala, o ambiente todo ficou em silêncio enquanto eu acenava para Lois do outro lado do bar. Os irmãos odiavam quando eu ficava emputecido, mas esse tipo de merda não era aceito no meu clube. Não sem algumas consequências sérias.

Lois se levantou do banco e começou a caminhar na minha direção, o corpo alto e esguio em um vestido preto curto se movia como o de uma modelo. Seu pai era um irmão até que um acidente lhe tirou a vida há cinco anos; a Harley deu perda total, cabeça aberta, esmagado no asfalto, pele espalhada...

Ele foi para Hades e ela se tornou mais uma puta de clube.

O som dos saltos das suas botas de cowboy batendo no chão de madeira me seguiu até o lado de fora. Parando no nosso lugar de sempre, na parede da parte de trás do clube, Lois se ajoelhou, os peitos enormes quase saindo do decote do vestido enquanto ela puxava o meu pau para fora da calça, fechando os lábios ao meu redor como um maldito paraíso molhado.

Encostei a parte de trás da cabeça na parede, fechei os olhos sentindo-a trabalhar aquela língua na cabeça do meu pau, e curti um cigarro enquanto ela praticamente me engolia até a base.

Porra. Era isso o que eu precisava. Sentia o estresse saindo do meu corpo com cada raspar dos dentes dela no meu pau. Enrosquei os dedos no seu cabelo, enfiando mais fundo e mais forte até que minha porra encheu sua boca. Ela sugou meu pau como se estivesse sedenta.

Minhas pernas dobraram enquanto eu sentia o alívio fluir e atingir o fundo da sua garganta. Ela engoliu tudo com um gemido. Suspirando aliviado, abri os olhos e dei uma última tragada no cigarro antes de jogar a bituca no chão. Mandei que saísse de perto de mim e fechei a calça.

Assim que me afastei da parede, notei uma poça vermelha no concreto aos meus pés. O sangue embaixo de Lois. Manchas vermelhas pintavam a parte de dentro das suas coxas.

Ela seguiu meu olhar, franziu o cenho e olhou para os joelhos.

— Que porra...? Merda! Isso é sangue nas minhas pernas? — Ela levantou em um pulo e tentou limpar o líquido vermelho da pele. — De onde veio essa merda?

Segui o rastro do sangue com o olhar e percebi um fluxo vindo da parte de trás da lixeira.

— Jesus! Desovaram outro corpo aqui? — Lois disse, tentando se cobrir com os braços. A *puta* era fraca para essas merdas.

Sem prestar atenção nela, empurrei a lixeira azul para o lado, encontrando a fonte do sangue. O corpo magro de uma mulher: uma jovem com os cabelos escuros ao redor do rosto. Ela estava coberta de lama, e usava um vestido branco rasgado e ensopado de sangue.

Procurei pelo ferimento... A sua perna.

Havia um enorme rasgão, profundo o suficiente para deixar o músculo exposto, assim como um pano tentando conter o fluxo do sangue; obviamente aquilo não estava funcionando para porra nenhuma.

Chequei seu pulso, mas não consegui detectar nenhum sinal, e presumi apenas uma coisa: a *vadia* já tinha batido as botas.

Virei para Lois, que ainda estava parada atrás de mim.

— Ela está morta? — Ela perguntou.

— *Vá chamar o Ky, Pit e o Rider* — sinalizei.

Lois correu para a porta, com a mão na boca.

Inclinando sobre a mulher, afastei uma mecha de cabelo do seu rosto e imediatamente deixei um suspiro sair.

Merda.

Ela parecia a porra de uma beldade apesar de toda aquela lama e sujeira; a pele clara contrastava com longos cabelos escuros, lábios rosados e cheios, um rosto que muitas *putas* matariam para ter. Era uma merda que tivesse ido se encontrar com o Barqueiro; ela teria dado uma *vadia* para lá de gostosa.

Procurando no meu bolso, peguei duas moedas e as coloquei em seus olhos. A coitada precisava pagar para ir para uma vida melhor.

Passei um braço pelas suas costas e outro por baixo das pernas, e a levantei. Ela pesava quase nada, era incrivelmente pequena.

Ky, Pit e Rider saíram a toda pela porta atrás de mim. Meu VP revirou os olhos e gemeu enquanto fechava a calça; obviamente ele tinha estado ocupado.

— Outro desses não! *Já sei. Vou matar uma qualquer e desovar lá na área dos Hangmen*. Filhos da puta. Me tiraram debaixo das gêmeas sugadoras por causa dessa merda!

PRELÚDIO SOMBRIO

Inclinei a cabeça para o Pit. O *recruta* se aproximou e coloquei a mulher nos seus braços.

— *Pegue a van. Você desova o corpo. No lugar de sempre. Se assegure de que as moedas fiquem no lugar* — sinalizei e Ky traduziu, ainda revoltado por ter sido afastado das suas putas.

E então eu congelei; meus pulmões pararam, os olhos arregalados, coração a mil. A *puta* nos braços de Pit se mexeu e gemeu, as moedas caindo do seu rosto e quicando no chão.

— Ela não está morta! — Pit falou. Como sempre, atestando o óbvio.

— Merda! Vamos levá-la para outro lugar? Ou vamos mantê-la aqui? Os Federais estão nos observando, Styx. Viking disse que temos dois agentes disfarçados a menos de um quilômetro daqui. Aquele Senador filho da puta ainda está nos nossos calcanhares. Seria arriscado carregar um corpo ensanguentado daqui sem sermos parados e interrogados. A gente não tem os idiotas na folha de pagamento. — Ky bateu nas minhas costas e apontou para a *vadia*. — Pode ser um recado de alguém, ou ela pode ter sido desovada aqui para nos incriminar.

Escutei o que ele disse, mas não conseguia parar de olhar para o rosto da mulher. Ela parecia, de alguma forma, familiar, mas não conseguia dizer de onde.

Balancei a cabeça e olhei para o meu melhor amigo.

— *Sim. Não vamos sair hoje à noite. Ela vai ter que ficar. Porra! Isso era a última coisa que a gente precisava.*

Olhei para o Rider, que se mantinha em silêncio atrás do Ky. O irmão tinha tanto a dizer quanto eu. Rider era um ex-fuzileiro naval treinado para atuar como médico. Viu muita merda fodida no Afeganistão, não conseguiu lidar e saiu. Felizmente para nós, tudo o que ele queria depois que pediu baixa era correr e servir o clube. O irmão podia dar pontos e até mesmo operar, se necessário. Salvou nossa pele mais vezes do que consigo contar.

Indiquei para que pegasse o corpo meio-morto, meio-vivo. Ele checaria o que tinha acontecido ou conseguiria salvar a *vadia* ou não. Inferno, não é como se a morte fosse algo estranho nessa área. Mandamos mais irmãos para Hades no ano passado do que ainda temos vivos. Porra de guerra. A morte é um ciclo. Cedo ou tarde vamos todos nos encontrar com o Barqueiro, pagar pelas merdas que fizemos em vida.

Rider se aproximou para pegar a mulher, quando, de repente, ela se inclinou nos braços do Pit, e abriu os olhos, fixando-os em mim; medo puro tomou conta do seu olhar por menos de um segundo antes de ela desmaiar novamente.

Puta merda. Aqueles olhos. Mesmo com toda lama, sangue e sujeira no rosto, aqueles malditos olhos brilharam; um azul quase branco, como os olhos de um lobo. Vi apenas um par de olhos assim antes...

Foi impossível não pensar naquela garota que vi atrás da cerca, há quinze anos. Ela era uma das únicas pessoas com quem falei na minha vida. Porra, eu tinha *falado* com ela. Ela era a número três. Não falei com mais ninguém desde então.

Um longo gemido de dor saiu pela sua boca, me forçando a voltar ao foco. *Merda.*

Ky a tirou dos braços de Pit.

— Me dá ela. Vou colocá-la no seu quarto, Rider, e depois vou voltar para as bocetas da Tiff e da Jules. Essa *puta* não vai mais me manter fora da cama.

Observei quando Ky tocou a pele dela e tudo o que eu conseguia ver era a garota por trás da cerca. *Porra!* E se fosse ela? Não, impossível. Um monte de *putas* tinha olhos assim. Certo? *Certo?*

Pensando ter entendido e organizado meus pensamentos, relaxei. Mas quando Ky a pegou nos braços, avancei nele e segurei seu braço, soltando apenas para sinalizar:

— *Se afasta, porra. Dá ela pra mim.*

Meu VP se afastou e franziu o cenho, tentando ler meu humor.

— Que porra?! — ele falou alto. Os outros irmãos se olharam confusos. Os lábios vermelhos de Lois se abriram.

Balancei a cabeça e sinalizei:

— *Cai fora. Dá ela pra mim. AGORA.*

Ky parecia completamente confuso, mas a colocou nos meus braços e levantou as mãos, se afastando. Pit olhava para mim sem entender nada.

— Que porra, cara? Ok, ok. Se acalma, caralho!

Aninhei a *cadela* no meu peito, alguma merda de possessividade tomando conta da minha mente, corpo... da porra da minha alma.

Fui em direção à porta, ignorando a todos, menos a *mulher* nos meus braços; pele e lábios mortalmente brancos... corpo mortalmente ensanguentado. *Merda!*

— Para onde você a está levando? Que porra deu em você? — Ky veio atrás de mim, suas perguntas chamando a atenção de todos que estavam no *lounge* do clube.

Apontei para o meu apartamento privativo sobre a garagem, aconchegando a *cadela* no meu peito.

— O seu apartamento? — Lois apareceu em meu campo de visão, tentando chamar minha atenção. — O *seu* quarto no *seu* apartamento? Você a está levando para o seu *apartamento*, em cima da garagem? Ninguém vai lá a não ser você. Você mesmo disse isso.

Parando abruptamente, me virei e inclinei a cabeça, sinalizando que ela deveria sumir das minhas vistas.

— Você está falando sério? — ela sussurrou, triste e magoada, antes de ver a minha expressão irritada, e se afastou lentamente para o bar.

Ky estava ao meu lado enquanto eu subia as escadas às pressas e chutava a porta do apartamento. Colocando-a na minha cama king-size, inclinei sobre ela e tirei o cabelo sujo do seu rosto. Lama e sangue mancharam meus lençóis pretos.

— Styx. Que porra está acontecendo? É melhor você começar a se explicar, irmão — Ky disse, passando as mãos pelo cabelo. Estávamos sozinhos, sem sinal de Pit ou Rider.

Apertando os punhos, tentei me acalmar e dizer:

— R-R-Rid... R-R-R... — Respirei profundamente, fechei os olhos e tentei de novo. — R... R... R... *Argh*! — sibilei, frustrado demais por, mais uma vez, perder o controle da porra das palavras.

Ky agarrou meus braços e fechou a porta do quarto com um chute, bloqueando imediatamente todos os barulhos dos irmãos que estavam se reunindo lá embaixo, e rosnou:

— Se acalma, caralho. Olha só pra você. Está muito agitado pra falar. Os irmãos vão escutar e eu sei que vai se arrepender dessa merda mais tarde.

Parei de lutar contra ele. Tentei recuperar o controle da respiração, sentindo o aperto ao redor da garganta diminuir. Ky, vendo que eu estava me acalmando, relaxou o aperto nos meus braços.

— Rider está vindo. Precisou pegar o kit médico. — Ele indicou a *mulher* na cama. — Ela está muito mal.

Concordei acenando com a cabeça e ele largou os meus braços. Fui para o banheiro, molhei uma toalha e comecei a limpar o rosto dela. Pele clara, cabelo escuro... assim como a garota atrás da cerca. Meu VP me observou, pensando que eu tivesse perdido a cabeça.

Talvez eu tivesse enlouquecido.

— Sério, cara. O que está acontecendo? — Ele parou no outro lado da cama enquanto eu limpava o sangue dela. Ky apenas olhava para mim. Eu estava distraído demais com a perna da *cadela*; longa, esguia, pele de porcelana, uma maldita perfeição.

Escutei Ky tossir, e suspirei, então pressionei a toalha sobre o ferimento na perna...

— L-l-lembra d-d-da-daquela história q-q-que eu c-contei pra v-você q-q-quando eu era c-c-criança?

O rosto de Ky ficou sério, expressando sua descrença.

— De novo essa merda, não, Styx. A garota atrás da cerca de metal? A *vadia* de 'olhos de lobo' por quem você ficou obcecado por anos até que o seu pai forçou você a calar a porra da boca? Se é essa a história, então, *sim, eu lembro*!

Mordendo o piercing do meu lábio inferior, me segurei para não dar um soco no nariz do meu melhor amigo.

— S-sim, *aquela* garota.

— E? Você tinha o quê, onze anos? Honestamente, sempre achei que você tinha sonhado com essa porra toda. — Todos os irmãos na época pensaram que eu tinha inventado ou imaginado. E, no fim, eu também. Embora nunca tive febre, delírios ou nada do tipo. Não sei, talvez eu tivesse falado com a porra de um fantasma.

Apontei para a *cadela* e olhei para o meu VP.

Ky caminhou até onde eu estava sentado e se encostou na parede de madeira com os braços cruzados.

— Você acha que essa *vadia* moribunda é ela? — Ele começou a rir, jogando a cabeça para trás. A porra de uma risada histérica... — Você *realmente* ficou doido. Muito estresse com o que aconteceu hoje. As chances de essa bocetinha ser ela são quase zero. Nunca entendi por que você ainda se lembra dela. Se o seu pai estivesse aqui, ele iria te bater... de novo.

Muito agitado para falar, olhei para o meu VP e sinalizei:

— *Dou exatos cinco segundos pra você calar a porra da boca antes de eu acabar com esse seu rosto bonitinho.*

Ky pigarreou e tirou o sorriso do rosto. Boa escolha. Ninguém tirava sarro com a minha cara e sobrevivia para contar a história. Ele sabia disso. Meus irmãos sabiam disso. Porra, todos os MCs nos Estados Unidos sabiam que não deveriam se meter comigo. Se meu pai ainda estivesse vivo e tentasse me bater, eu o faria engolir os próprios dentes.

— Então você acha que essa *vadia* qualquer é a Olhos de Lobo? Aquela estranha garotinha que você conheceu há quinze anos... atrás da cerca de metal... no meio da porra de uma floresta... enquanto o seu pai estava desovando a porra de um Diablo? Eu entendi tudo certo? A bocetinha pela qual você ficou choramingando pelos cantos como uma menininha?

Dando de ombros, consegui ignorar o tom de deboche.

— *Aqueles olhos de lobo.* — Levantei e comecei a caminhar pelo quarto. — *Eu sei que estou soando como um disco arranhado. Mas, e se for ela? Que porra aconteceu com a perna dela? E, o mais importante, onde ela esteve durante todos esses anos? Ainda presa naquela merda de campo de concentração que eu nunca mais encontrei? Ainda sem falar, assustada até com a própria sombra?*

Ky olhou para ela na cama, com uma expressão de pura descrença no rosto. Ela parecia um anjo caído do céu, pequena e frágil... Inclinei sobre ela, apenas observando. Ky se moveu para frente para ver as minhas mãos se movimentando.

— *Nunca descobri o que havia atrás daquela cerca. Tentei conseguir informações, mas não deu em nada. Ninguém nunca ouviu falar daquele lugar. A porra de um Auschwitz perto de Austin. Claro, não ajudava o fato de eu não saber a localização... Meu pai fez questão de nunca me dizer, e eu era muito novo para lembrar a direção. De onde quer que ela tenha vindo, deve ser uma fortaleza de ferro. Um lugar resguardado. Só pode significar que alguma merda fodida acontece por lá. Alguma merda protegida por pessoas poderosas. Pessoas que, sem dúvida, devem estar atrás dela neste momento.*

Com cuidado, Ky me tocou. Eu podia ver a preocupação em seus olhos.

— Eu nunca vi você assim antes, irmão. Você está amolecendo, é isso? Motos e mulheres, Styx, é assim que a gente vive. Corra rápido e viva intensamente. Clube em primeiro lugar, sem distrações.

Sim, ele estava certo. Eu *estava* agindo como aquele menino de quinze anos atrás. De maneira alguma essa era ela, nem mesmo se eu quisesse.

Indo para a mesa, servi duas doses de *Jim*, virei a minha e passei a outra para o meu VP.

— *Penso naquela garota todos os dias. Quinze malditos anos. Eu e você crescemos no inferno... na escuridão. Ela foi o primeiro raio de bondade que vi.* — Engasguei com uma risada. — *Meu primeiro beijo, cara.*

Ky bateu nas minhas costas, sorrindo.

— Dois anos depois, você deu a sua primeira trepada com uma puta de clube e nunca mais olhou para trás.

É. Enfiei meu pau no buraco da puta preferida dos Hangmen aos treze anos, cortesia do meu pai que estava tentando me fazer esquecer da *cadela*. Ele até mudou o lugar de desova para que eu não me lembrasse mais dela.

O sorriso de Ky sumiu e ele parou na minha frente.

— Olha, cara. Não parece que ela vai passar desta noite. Faça as pazes com a sua consciência, irmão. Você conheceu a garota em um momento da sua vida, e se esta *for* ela, que tenho certeza que não é, está na hora de deixar no passado. Ela está indo para Hades, Styx. Está na hora de abrir os olhos e voltar a ser o Prez. Tem muita merda acontecendo pra você ficar aqui se distraindo com uma bocetinha. — Ele foi para trás de mim e pegou uma garrafa cheia de *Beam*.

Rider bateu na porta. Rapidamente peguei no braço do meu melhor amigo e sinalizei:

— *Isso não sai daqui; fica apenas entre nós. Ela é só mais uma desconhecida que desovaram aqui, ok?*

Ky acenou com a cabeça me dizendo que tinha entendido.

O irmão entrou, seu longo cabelo castanho preso em um rabo de cavalo, pronto para trabalhar.

— Me deixem dar uma olhada nela — ele disse se aproximando da cama e já abrindo a maleta.

— Styx a encontrou atrás da lixeira. O sangue vem da perna. Parece uma mordida de cachorro, talvez? O pulso está muito fraco. Ela está morrendo — Ky informou.

Rider começou a examiná-la enquanto eu observava. Pela primeira vez na vida, rezei para um Deus com quem eu não estava de boas graças. Ninguém aqui estava, não com o tipo de vida que levávamos. Mas ela tinha que sobreviver. Eu sentia isso no meu ser. Rezei por essa razão, barganhando com promessas que sem dúvida eu não conseguiria cumprir. A verdade era que eu tinha que saber se era ela ou não. Para finalmente colocar um ponto final naquele capítulo da minha vida.

— Mas o que... — Levantei o olhar para Ky, que estava olhando o pulso recém-limpo da mulher deitada na cama; Rider o estava segurando como se checasse pelo pulso. Chegando mais perto, franzi o cenho enquanto ele lia em voz alta a pequena tatuagem. — Apocalipse *21:8*. Que porra é essa?

— *"Mas, quanto aos tímidos, e aos incrédulos, e aos abomináveis, e aos homicidas, e aos que se prostituem, e aos feiticeiros, e aos idólatras e a todos os mentirosos, a sua parte será no lago que arde com fogo e enxofre; o que é a segunda morte."*

Ky e eu congelamos enquanto Rider começava a recitar alguma merda da Bíblia como se fosse um pastor, sem nem titubear. Vendo nossas expressões, ele pigarreou, suas bochechas ficaram vermelhas, desviando o olhar para o chão.

— É o trecho das escrituras sobre os pecadores que vão para o inferno. — Então voltou a trabalhar.

Ky me deu uma cotovelada nas costelas e levantou uma sobrancelha questionando. Dei de ombros. No que quer que o irmão acreditasse, era uma escolha pessoal.

Depois de vinte minutos observando Rider silenciosamente limpar e suturar praticamente cada centímetro do corpo da *vadia*, ele nos levou para fora do quarto, balançando a cabeça.

— Não parece bom, Styx. Ela perdeu muito sangue. Mordida de cachorro. Deve ter sido um rottweiler ou um pitbull; rasgou o músculo e os tendões, provavelmente está infeccionado. Ela vai precisar de sangue. Eu conheço alguém. Vou descobrir qual o tipo sanguíneo dela e fazer umas ligações. O fornecedor geralmente faz a entrega em meia hora. Só que não vai ser barato, e aí veremos se ela vai conseguir passar pela noite. — Rider olhou para o corpo inconsciente na cama e passou a mão pela cabeça. — Os próximos dias serão difíceis pra caralho.

Assenti e coloquei a mão em seu ombro. Com isso, saí do meu apartamento e fui para o bar.

— Você está bem, Prez? — Pit perguntou.

Respirando profundamente, apontei para o *Beam*. Eu precisava de uma dose generosa, e que as próximas continuassem vindo.

CAPÍTULO TRÊS

STYX

— *Q-q-qual é o seu n-nome?*
Silêncio.
— *O q-que é e-esse l-lugar?*
Silêncio.
— Styx... *STYX!*
— *Por... por... por favor... Q-qual é o s-seu n-nome?*
— *Meu nome é Sin. Somos todos pecadores.*

Saí do transe com alguém chacoalhando meu ombro. Olhei para cima. Era Lois.

Ela puxou um banco ao lado do meu, enquanto eu voltava a focar no líquido ambarino do meu copo, quase vazio. Merda. Quantas doses eu já tinha tomado?

— O que está acontecendo com aquela garota?

Nem me incomodei em respondê-la.

— Você está bem? — ela perguntou suavemente, a mão em meu ombro. A *puta* era um amor, não deveria estar levando essa vida.

Virando a quinta dose de *Beam*, levantei e comecei a ir para o meu quarto no clube. Na metade do caminho, olhei para trás e vi Lois me observando com os olhos brilhantes. Acenei com a cabeça e continuei a andar.

Senti que ela estava atrás de mim assim que abri a porta. Virando-me, levantei seus braços e tirei seu vestido.

— Styx... — Lois gemeu sem fôlego. — Eu amo você, Styx. Estou aqui pra você, baby...

Enquanto eu abaixava as alças do sutiã preto, seus lábios estavam chupando meu pescoço. Tirando o meu *cut*, puxei a camiseta preta e abri o zíper da minha calça. Sem boxers para me atrapalhar.

Virando Lois para a parede, nos guiei para a cama desfeita; a cama que eu só usava para trepadas, manchada de gozo e suor. Empurrei seu pescoço para o colchão, mantendo sua bunda no ar, sem calcinha, boceta depilada, exatamente como eu gostava. Acesso fácil.

Alcançando o bolso traseiro da calça jeans, peguei um pacote de camisinha e cobri meu pênis.

— Me toma, Styx. Me... Fode!

Pegando seus quadris, me enfiei na sua boceta molhada e joguei a cabeça para trás sibilando em silêncio. Porra. Era esse o motivo de eu mantê-la por perto só para meu uso pessoal.

Lois choramingou excitada embaixo de mim e começou a se balançar no meu pau. Eu sabia que estava fodido no minuto que imaginei sua pele bronzeada ficando mais clara, seus cabelos castanhos na altura do ombro crescerem e escurecerem até ficarem pretos como a noite, e quando ela virou a cabeça e seus olhos castanhos se fixaram em mim, a única coisa que vi foi um par de olhos cristalinos me olhando de volta, pálpebras pesadas de prazer.

Fechando os olhos, imaginei a desconhecida debaixo de mim, trepando loucamente, gritando de prazer e gozando incontáveis vezes até praticamente desmaiar. O pensamento fez meu pau inchar e a base da minha nuca queimar, e me vi gozando tão forte que tive que usar as mãos para me apoiar no colchão a fim de manter o equilíbrio.

— Baby... Isso foi... incrível. — Meus olhos abriram de vez quando Lois começou a falar, o suor pingando das suas costas, um sorriso enorme no rosto enquanto olhava para mim.

Merda.

Saindo dela, tirei a camisinha e fechei a calça bem na hora que alguém bateu na porta. Coloquei de volta a camiseta do *Black Sabbath*, passei as mãos pelo cabelo, e me certifiquei de que Lois estivesse vestida. Ela estava. Ela sabia que não era bem-vinda para ficar.

TILLIE COLE

A porta abriu e Ky e Rider pararam na minha frente, meu VP balançando a cabeça.

— Aí está você, cara. Estive te procurando por todo lado nos últimos minutos.

Olhei para Rider e escondi minha ansiedade com um rosnado indiferente.

— *Novidades?* — sinalizei.

Rider suspirou enquanto eu ia com eles para o bar. Vi Lois fechando a porta do meu quarto, me dando um pequeno sorriso enquanto ia para onde as outras putas de clube estavam.

Rider, Ky e eu nos sentamos na nossa mesa de sempre, e me inclinei para escutar o veredito.

— Ela vai ter que ficar, por ora. Consegui três bolsas de sangue e antibióticos fortes. A temperatura dela diminuiu, sinais vitais estabilizados. Ela é forte, saudável. Diria que não tem muito mais de vinte anos, mas está perigosamente desnutrida. Veremos como ela passará a noite. Se ela conseguir sobreviver às próximas vinte e quatro horas, é provável que se recupere.

Provável. Isso não era o suficiente, nem *perto* de suficiente, mas era tudo o que eu tinha, então aceitaria.

Bati com os dedos no balcão do bar, Pit aparecendo do outro lado.

— O que vão querer? Cerveja? — ele perguntou, com o seu usual sorriso no rosto. O cara era o recruta mais feliz que já tivemos. Ele parecia puro demais para lidar com as merdas que o clube jogava nele.

Acenando com a cabeça, pedi duas, passei as Buds[4] para meus irmãos, e inclinei a cabeça para Rider em agradecimento. Batendo nas costas de Ky, fui em direção ao meu apartamento.

Passei pelo corredor e subi as escadas, mas parei na porta do meu quarto. Por incrível que parecesse, a desconhecida parecia mais gostosa a cada segundo que passava, apesar das linhas dos pontos pela sua pele, mas ela precisava ser limpa.

Beauty. Eu tinha que chamá-la.

Fui para o *lounge* do clube com os irmãos me observando quando entrei, deitados com as suas putas para a noitada nos sofás de couro vermelho, alguns pararam com os dedos enfiados em suas bocetas, assim como aqueles que estavam descansando, jogando sinuca. Era óbvio que minha estranha forma de agir havia causado conversas paralelas.

Chamei Tank para me encontrar em um local mais afastado do bar,

---

4   Bud – Cerveja da marca Budweiser

longe de ouvidos curiosos, e sentei. Dois copos com *Bourbon* estavam esperando, cortesia de Pit. A primeira dose desceu queimando.

— E aí, Prez? — Tank sentou em uma das cadeiras, virando sua dose da bebida de uma vez só.

— *Tenho um trabalho para a Beauty.* — Tank era um dos irmãos que estava há tempo suficiente para entender a linguagem de sinais. Ele e sua *old lady*. A maioria dos *recrutas* tinha como prioridade aprender essa linguagem, como uma maneira de impressionar. Fazia a minha vida bem mais fácil, com certeza.

— O que você precisa? — ele perguntou.

Virei a outra dose da bebida.

— *Preciso que ela venha e limpe a desconhecida lá no meu apartamento. Nenhum filho da puta vai tocá-la. Beauty é a única em quem eu confio... e tem estômago para isso.*

Tank abriu um sorriso orgulhoso.

— Vou ligar pra ela. Algo mais? — Ele precisava sorrir mesmo. O irmão sabia exatamente o quão sortudo era por ter a mulher que tinha: alguns anos mais velha, loira, peituda, um amor de pessoa. O ex-membro da supremacia branca tinha se saído bem. Ainda parecia que ele pertencia ao maldito Ku Klux Klan[5], mas era gente boa. Não tinha problemas com ninguém, contanto que não mexessem com o clube, sua família, e foi além, ao cobrir a sua tatuagem nazista com o emblema do Hades.

— *Ela também precisa de roupas. Diga para a Beauty pegar do estoque do clube na loja. Coloque na minha conta. Mas antes ela tem que ver a puta para ver qual o tamanho ela usa. Ela estava usando algum tipo de vestimenta branca quando a encontrei.*

Tank passou o dedo na borda do copo vazio, me olhando de maneira estranha.

— Por que o tratamento especial, Prez? Já tivemos gente machucada aparecendo por aqui antes. Normalmente eles vão embora logo em seguida, e não ficam dormindo na sua cama. Por que ela é diferente? Os irmãos estão comentando.

Apenas Ky sabia sobre aquela noite tantos anos atrás. Não queria compartilhar com os outros, não era da conta deles.

Balancei a cabeça na sua direção e apenas fiquei observando-o.

— Mensagem recebida. — Tank pegou o telefone e ligou para Beauty. Ele sabia quando persistir e quando desistir. Anos de experiência, lutando pela sua vida com grupos rivais, tinham lhe ensinado aquela lição.

---

5   Ku Klux Klan – movimento norte-americano de corrente racista e extremista, acreditam na supremacia branca.

TILLIE COLE

Escutei enquanto ele dava instruções para a sua *old lady*, desligando em seguida.

— Ela estará aqui em dez minutos.

— *A mande direto para o meu apartamento. Pela porta dos fundos. Não quero ninguém me incomodando até lá. Ok?*

— Ok, Styx. Falarei com os irmãos.

Alguns minutos depois entrei no meu quarto, tirando o *cut* de couro e o pendurando no cabideiro atrás da porta. A *vadia* estava deitada no meio da minha cama. Aproveitando o tempo sozinho, cheguei se Rider não tinha voltado e então me aproximei.

Sem mudanças.

Indo para o banheiro, olhei meu reflexo no espelho. Meu cabelo escuro estava sujo, a barba por fazer e meus olhos castanhos transpareciam meu cansaço. Olhei para as tatuagens que recobriam meus braços. No braço direito tinha Hades no seu trono com Cérbero, o cachorro de guarda com três cabeças. No esquerdo, um mapa do Submundo: o Tártaro, Campos Elíseos, os Três Juízes, os Cinco Rios, e acima de todos eles, Perséfone, a deusa pura e esposa de Hades, orgulhosa por estar ao lado do seu homem. A minha versão de Perséfone tinha longos cabelos negros e olhos de um azul cristalino.

Vai saber.

Ri com o pensamento. *Styx, cara, você está ficando louco!*

Tirando a camiseta, olhei para o meu peito nu, livre de tatuagens, com o emblema dos Hangmen cobrindo minhas costas inteiras. Eu malhava pesado para aliviar o estresse e, também, para causar intimidação; basicamente boxe, com as mãos nuas, desde os oito anos de idade. Meu pai me colocava nas lutas. Sabia que iriam me encher no mundo dos MCs por causa do meu problema, então ele decidiu me dar outro meio de me comunicar. Para que os outros me temessem. Ser o Prez de um clube como os Hangmen vinha com muita merda para se lidar. Continuei malhando para manter o respeito. O fato de eu ter um e noventa e cinco de altura e cem quilos também ajudava.

A desconhecida se moveu no sono enquanto eu observava a sua silhueta no reflexo do espelho. Imaginei o que diabos ela pensaria de mim. Grande, com cicatrizes, mudo e com a Morte tatuada. Ela ficaria morrendo de medo, sem dúvidas.

Indo para o chuveiro, tirei a roupa que restava e entrei debaixo do jato de água; o sangue da mulher escorrendo pelo ralo.

CAPÍTULO QUATRO

STYX

— Styx?

Quando abri os olhos, Beauty estava parada na minha frente, seguran-do duas sacolas com a logo da *Ride*, a loja dela, desenhada na frente. Tank estava encostado no batente da porta, observando silenciosamente a cena à sua frente.

Depois de tomar um banho, me vesti com um jeans preto e uma ca-miseta da mesma cor, então me joguei na cadeira. Devo ter caído no sono. Voltei a atenção para a desconhecida.

Ainda na mesma.

— Você está bem, Styx? — A voz de Beauty fez com que eu me viras-se. Ela mantinha um cenho franzido.

Acenei com a cabeça e sinalizei:

— *Você está ok em limpá-la? Tank explicou tudo?*

Beauty se aproximou, com seu cabelo loiro solto, vestida com uma calça jeans preta e uma blusa dos Hangmen; sua jaqueta de couro tinha *Propriedade do Tank* escrito nas costas.

Ela parou ao lado da cama e acariciou a cabeça da *vadia*. Meu corpo congelou, o estômago queimou com possessividade. Não gostava que nin-guém, a não ser eu, a tocasse. Senti uma necessidade de arrancar seu braço.

TILLIE COLE

Apertando a ponte do nariz, tive que me forçar a não tirá-la do caminho. *Puta merda, cara. Toma jeito!* Disse para mim mesmo.

Beauty fixou os olhos em mim. Ela viu o conflito no meu olhar psicótico. Eu tinha certeza que ela percebeu.

— Ela é linda. — Sua testa franzida. — Ela apareceu machucada do nada?

Coçando a bochecha, ordenei que Tank saísse. Ele assentiu com a cabeça e fechou a porta. Inclinei contra a parede e sinalizei:

— *Ela apareceu sangrando mortalmente e coberta de sujeira. Ela precisa ser limpa. Não vou fazer isso. Só confio em você. É por isso que você está aqui. Ela não pode ir embora ainda. Temos muitos federais na nossa cola. Preciso descobrir quem ela é e por que está aqui.*

Eu podia ver as perguntas aparecendo em seus olhos azuis, mas ela sabia que não deveria xeretar. Beauty: a melhor de todas as *old ladies*. Sabia quando ficar de boca fechada, diferente das putas que proliferavam no bar.

— Vou limpá-la, trocar os lençóis e conseguir umas roupas. Ligo pra você quando terminar, se quiser.

Acenando com a cabeça, em concordância, deixei-a com a desconhecida, seus olhos fazendo buracos nas minhas costas. Fui para longe, chamando Ky para se juntar a mim.

Meu VP se afastou de Tiff e Jules, que estavam chupando os peitos uma da outra, dando um show pornô para todos do bar, e me seguiu em direção ao escritório.

— E aí, Styx? A *puta* está bem? — Ky perguntou, fechando a porta.

Suspirando, sentei na minha cadeira.

— A-ainda não s-sei. A B-b-beauty está l-l-limpando e-ela.

Ele colocou a mão no meu ombro sem dizer uma palavra e se sentou.

— Você quer conversar?

— F-fica entre nós, c-c-certo?

— Certo.

Fiz uma pausa, reunindo minhas suspeitas.

— T-t-temos um t-t-traidor.

Ky congelou e falou com os dentes entrecerrados:

— Você tem certeza?

Acenei com a cabeça uma única vez.

— I-isso ou um a-agente i-infiltrado.

— Merda. — Ky não odiava nada mais do que um traidor. — Você está sempre certo sobre esse tipo de merda, bem como o seu pai, porra de intuição hereditária. Alguma ideia de quem?

— Ainda n-não. A-algum d-d-desgraçado deu i-informação p-para o fornecedor m-m-misterioso sobre o n-nosso a-acordo d-de venda, n-n-não t-tenho d-d-dúvida q-q-q-quanto a isso. — Respirei profundamente, soltando o aperto da garganta, mas quanto mais puto eu ficava, maior era a pressão. Desistindo, decidi continuar falando com as mãos. — *Só tenho que descobrir quem é, por quê, e quando mandar o filho da puta para o Barqueiro.*

— Você tem um plano?

— *Ainda não. Vou ver como as coisas vão acontecendo. Mas estou observando.*

Ele se levantou e começou a caminhar.

— Quem faria isso? Confio em todos os irmãos, em cada um deles. Deve ser alguma puta ou alguém de passagem. Merda!

Observei pela pequena janela e encolhi os ombros. Ele poderia estar com a razão. Alguma coisa não estava certa. Sentia que algo grande estava para acontecer.

Ky afastou uma cadeira da mesa, a virou e se sentou com os braços descansando no encosto.

— Eu e você nunca trairíamos. Tank, Viking, AK e Rider, isso aqui é a vida deles, não tem nem o que questionar.

— *Rider? Você tem certeza?* — perguntei.

O VP balançou a cabeça.

— Nenhuma chance de ele ser quem vazou as informações. Ele não tem família a não ser nós. É o melhor corredor que temos. Faz tudo o que é pedido, sempre cuida de todos depois das brigas, trabalha comigo nos acordos, faz todas as corridas ordenadas, nunca questiona merda alguma. Ele não merece nossa dúvida só porque é jovem ou porque é quieto. Você só tem vinte e seis, irmão, vinte e cinco quando subiu para Prez. Ninguém questionou a sua idade ou o fato de você não falar. Ele pode ter só vinte e quatro, mas foi recrutado antes dos vinte e mostrou seu valor desde então.

Acenei com a cabeça.

Ele tinha razão.

Ky continuou:

— Smiler está nessa desde sempre. Bull é leal pra caralho. Isso só nos deixa com o Flame, que nós dois sabemos que é um fodido psicopata. A única coisa que o segura de exterminar um shopping lotado em um sábado, é o seu amor pelo clube. E tem o Pit ou os recrutas que andam por aqui. Eles não têm acesso às informações. Nunca sabem dos detalhes. Os irmãos se dão bem com o Pit, querem que ele passe e receba o patch logo. —

Balançou a cabeça e bateu na cadeira frustrado. — *PORRA!* Quem pode ser? Certeza que são os federais ou algum filho da puta, usando telefones grampeados ou nos vigiando às escondidas.

Pela primeira vez, eu não me importava com nada disso. Minha mente estava de volta no quarto com a desconhecida.

O barulho de uma porrada na mesa fez com que minha mente voltasse ao que estava acontecendo.

— Styx! Porra, cara. Acorda! — Ky estava gritando bem na minha cara. Cerrei os olhos e ele tentou esconder sua hesitação.

— *Não faça isso. Primeiro e único aviso* — sinalizei.

Ele levantou as mãos e se afastou.

— Tudo bem. Olha, a sua cabeça não está no lugar com essa *mulher* aqui. Me deixe fazer uma sondagem. Manteremos isso só entre nós.

Suspirei.

— *Sim. Preciso saber quem é novo no mercado de armas no Texas.*

Depois de me levantar, andei até a porta, me virando para sinalizar:

— *Vou voltar para o meu apartamento. Beauty já deve ter terminado tudo. Não vou esperar a porra da noite toda.*

Indo para o *lounge*, na parte de trás do complexo, subi as escadas e bati à porta. Abrindo, vi que Beauty estava no meu banheiro, lavando as mãos. Ela levantou o olhar quando entrei.

— *Terminou?*

— Ela está limpa. Trarei roupas amanhã depois do meu turno na loja, por ora ela está com um robe. — Andando para o lado da cama, ela olhou para mim, balançando a cabeça. — Ela está muito magra, Styx. Magra pra caralho, se você quer a minha opinião. Parece que a garota passa fome.

Eu finalmente cedi à curiosidade e conferi a *vadia* na cama. Caramba. Ela me deixou sem fôlego: rosto delicado e cabelo limpo e seco, sem sangue e sujeira.

Inferno. Tinha que ser ela...

Beauty juntou suas coisas. Com um pequeno sorriso, parou para falar:

— Ela parece a Branca de Neve, Styx. Cabelo escuro, pele clara, lábios vermelhos. Ela é incrivelmente linda, e tudo isso sem um pingo de maquiagem. Merda, não é justo! Não é de se estranhar que as putas do clube estão reclamando sobre você mantê-la aqui para si. Elas estão irritadas.

Soltei um suspiro cansado.

A porra da Branca de Neve.

Eu podia sentir que ela estava me olhando de maneira estranha, com as mãos inquietas enquanto minha atenção estava sobre a mulher na cama. Beauty baixou o olhar, nervosa.

Franzindo o cenho, perguntei:

— *O que foi?*

Ela fechou os olhos rapidamente antes de abri-los novamente.

— Ela tem um monte de cicatrizes pelo corpo, Styx.

Congelei e meu coração pareceu ter pulado uma batida, à medida que a raiva crescia dentro de mim.

— *Onde?* — perguntei, mas seus olhos estavam fixos na cama. Pegando no seu braço, sinalizei: — *Onde?*

— A maioria nas costas. Me parecem marcas de cílios[6]. Vão de um lado até o outro como se alguém a tivesse açoitado pra valer. Mas... quem faria isso? Quem tem cílios hoje em dia?

Levantei uma sobrancelha questionando quando o olhar de Beauty ficou triste.

— Ela também tem algumas na parte de dentro das coxas. Parecem cortes antigos, marcas de lâmina... ou... algo pior. — Ela não falou mais que isso, deixando que suas palavras pairassem no ar.

Porra.

Ela foi em direção à porta, colocando a mão no meu braço quando passou.

— Espero que ela saia dessa, Styx. Parece que ela merece uma vida melhor do que a que teve.

Eu não podia responder. Não podia pensar. *Porra de cicatrizes na parte de dentro das coxas...*

Sentei na cadeira ao lado da cama, observando o peito da *vadia* subir e descer. Inclinei e respirei profundamente, relaxando a garganta para poder sussurrar:

— S-s-se você p-puder m-me escutar, s-s-saia dessa. A-a-acorda, p-p-porra. E-e-estive e-esperando v-você v-v-voltar pra mim por q-q-quinze m-malditos anos. V-você n-n-não vai m-morrer agora, e-entendeu?

---

6   Cílio – um tipo de chicote que era utilizado na antiguidade. Comumente utilizado entre os religiosos em forma de castigo por algum pecado.

TILLIE COLE

CAPÍTULO CINCO

SALOME

Um vestido longo, branco e sem mangas parecia estar me olhando enquanto eu me encolhia no chão, encostada à parede com as pernas juntas ao meu peito.

Um vestido. Um vestido de casamento que zombava de mim, que me provocava, dizendo que hoje ao pôr do sol eu estaria casada. A sétima esposa do Profeta David. A esposa revelada a ele por Deus. Eu seria a que traria bênçãos eternas para todos na Ordem; os escolhidos dele. Eu ajudaria a redimir o status de Amaldiçoadas, nos absolver de todos os nossos pecados.

Recostando a cabeça contra a parede cinza do meu quarto, fechei os olhos, imaginando como seria ser livre. Como seria a vida do lado de fora da grande cerca? As pessoas eram realmente más lá fora? Será que todos na Terra queriam nos fazer mal? Os homens realmente queriam possuir e arruinar as mulheres?

Eu não sabia. Algumas vezes eu duvidava dos ensinamentos do Profeta David, mas nunca admitiria em voz alta. Ninguém nunca questionava os ensinamentos, ao menos não aqueles que queriam evitar as punições. Eu não sabia de nada sobre a vida além dessas paredes, e depois desta noite, meu dever seria como esposa. Eu nunca seria capaz de ir embora.

Passando as mãos trêmulas pelo rosto, senti o estômago embrulhar. Eu não conseguiria fazer isso. E o pior, eu não sabia aonde estava a minha irmã mais velha. Minha irmã de sangue, Bella, que desapareceu semanas atrás, sem deixar rastros ou entrar em contato, simplesmente sumiu. Ninguém me dizia para onde ela tinha ido. Depois de dias *de silêncio, comecei a temer pelo pior. Irmão Gabriel sabia de algo; eu via pela maneira como ele me olhava, sorrindo, quase me devorando com os olhos. Ele ficou obcecado por ela com o passar dos anos, mas o sentimento nunca foi recíproco. Você podia ver em seus olhos que ele queria que ela pagasse pela sua indiferença.*

Uma batida forte na porta interrompeu meus pensamentos. Irmã Eve entrou no quarto, segurando um buquê de flores frescas na mão. Ela me viu no chão e voou na minha direção.

— Levante-se, criança insolente. Por que você não está rezando? Você entende o significado desta noite, do seu casamento, o significado de tudo isso para nós?

Fui levantada do chão quando ela me puxou pelos braços, me deixando de pé. Irmã Eve, uma das doze Originais, e a mulher que eu mais temia e odiava, estava aqui para ajudar a me preparar. O sentimento de ódio era recíproco. O ciúme invejoso que transparecia pelo seu enorme e envelhecido corpo era tão forte que parecia impregnar o ar ao nosso redor.

Eu era uma das quatro Amaldiçoadas. Uma das quatro mulheres que eram classificadas como tentadoras demais para os homens. Uma das quatro que foram segregadas do resto da comuna, já que acreditavam que o diabo tinha sido responsável pela nossa criação. As quatro eram: as minhas irmãs de sangue, Bella e Maddie, nossa amiga Lilah, e eu.

— Irmã Salome! É melhor você criar juízo e começar a se vestir. — Irmã Eve me puxou para perto para sussurrar: — Aos meus olhos, você não é digna do Profeta David, mas Deus escolheu você como a sétima esposa e eu não posso duvidar da profecia.

Abaixei a cabeça. Irmã Eve era superiora e eu não queria enfrentar a punição por desobedecê-la. Cílios, muitos e muitos cílios.

— Sim, Irmã, eu entendo. Vou começar a me vestir imediatamente.

Ela se aproximou da mesa e colocou ali o arranjo floral para a cabeça, um frasco de óleo de baunilha perfumado e sandálias cerimoniais brancas. Ela segurou na borda da mesa por alguns segundos antes de se virar para mim com os lábios apertados, hesitando.

— Você terá que tomar um cuidado especial esta noite, na sua consumação.

Engoli a bile que estava subindo pela garganta. O Profeta David tinha uma doença. Pus escorria de feridas abertas por toda a sua pele e eu tinha sido instruída sobre como cuidar delas, mas só de pensar nisso já ficava enjoada.

— Em função da sua alimentação, é difícil para o Profeta David ficar... sexualmente excitado. Você terá que se esforçar em prepará-lo para esta noite. A sua união mudará o destino de todos nós e deve ser selada sob o olhar de Deus. Você deverá engravidar para completar a profecia.

Minhas pernas amoleceram com o pensamento do que eu teria que fazer. O Profeta

TILLIE COLE

David estava nos seus setenta anos, extremamente obeso e, aparentemente, cheirava... mal. Quando eu tinha treze anos, ele declarou que eu seria sua esposa quando fizesse vinte e três; o Senhor tinha revelado para ele enquanto estava em exílio fora da Ordem. Meu destino fora selado daquele dia em diante.

Irmã Eve pegou meu rosto entre suas mãos.

— Você entendeu, Salome?

Abaixei a cabeça.

— Sim, Irmã.

Ela acenou com a cabeça.

— Agora eu tenho que preparar o altar. Voltarei dentro de uma hora para levar você para a cerimônia. Esteja pronta.

E com isso, ela saiu.

Caindo no chão mais uma vez, continuei a olhar o vestido branco. Meu estômago estava se revolvendo enquanto eu pensava no que seria da minha vida. Eu não tinha ideia de porque eu era digna de redenção, mas não desejaria essa tarefa para mais ninguém.

Coloquei o vestido rapidamente, depois de passar o óleo de baunilha na minha pele nua. Deixei o cabelo solto e coloquei as flores no topo da cabeça, seguindo para a porta, à procura de um guarda disciplinar. O corredor estava deserto, então corri silenciosamente até o pátio. A casa inteira estava vazia e silenciosa e eu precisava respirar ar fresco.

— Salome! — Um sussurro alto soou de um dos lados. Virei a cabeça e encontrei Delilah. Segurando a barra do vestido, corri para escondê-la atrás de uma parede alta, fora de vista.

— O que você está fazendo aqui? Você será punida se for encontrada! — Olhei por sobre o ombro e só então vi a pele e os olhos avermelhados de Lilah.

— Mae... — ela sussurrou, dessa vez mais baixo, seu tom calmo fazendo arrepios descerem pelas minhas costas.

— O quê? O que foi?

Lilah segurou a minha mão e a apertou. Naquele instante eu soube que algo estava errado.

Bella.

— O que aconteceu com ela? — perguntei baixinho.

— Ela... ela... Eu e Maddie acabamos de descobrir que ela está sendo mantida...

Puxando minha melhor amiga para mais perto, indaguei:

— Onde? Onde eles a estão mantendo?

Respirando trêmula, revelou:

— Aprisionada... mas...

— Mas o quê?

— Mae, ela não parecia bem. Ela olhou nos meus olhos, mas a sua expressão estava estranha. Temo... Temo que ela esteja morrendo. Acho que ela está lá há muito tempo. Ordenaram que fôssemos entregar a janta para os guardas em um novo local e... e nós... a vimos, Mae. Meu Deus... — Lilah não conseguiu terminar a frase, sua mão pálida cobrindo a boca.

Sentindo como se o meu coração tivesse sido arrancado do peito, comecei a correr.

— Mae!

Olhei para trás e a vi me acompanhando. Peguei sua mão e perguntei:

— Onde ela está? Me mostre!

Longos segundos se passaram antes que ela respondesse:

— Levo você até lá.

Descemos por um caminho cheio de árvores e por mais dois jardins. Meu coração batia forte, meu pulso me ensurdecia, o estômago queimava, e uma fina camada de suor cobria minha testa.

Virando na direção do altar, passamos pela floresta para evitarmos o caminho mais aberto que nos levaria direto à cerimônia e à congregação reunida. Assim que chegamos à beirada da floresta, vi uma construção de pedra com um pequeno portão preto. Percebi, por dentre as barras de ferro, que ali tinha um corpo, uma silhueta pequena de uma mulher jovem, deitada com o rosto para baixo, sem se mover no chão duro.

Um soluço subiu pela minha garganta enquanto eu corria, me afastando das árvores, minhas pernas se movendo sem que eu sequer precisasse forçá-las.

Minha irmã.

Aproximando-me da construção, eu estava a ponto de sair da proteção das árvores quando fui derrubada e puxada para trás. Lutei para me libertar, arranhando a pele da pessoa que estava me segurando.

— Salome, sou eu, Delilah. Pare! — ela sussurrou gentil, mas firmemente.

Fiquei parada, com as lágrimas queimando pelas minhas bochechas.

— O que eles fizeram com ela? Ela não está se mexendo!

Lilah colocou a mão na boca, seus lábios tremiam, balançando a cabeça tristemente.

— Eu não sei. Não sei o que foi feito com ela.

Observei os arredores e não vi nenhum guarda. Corri até o portão. Com as mãos fechadas ao redor das barras de ferro, sussurrei:

— Bella?

Minha irmã estava deitada no chão, suja e ensanguentada, seu corpo magro demais e o cabelo todo emaranhado. O movimento de seus dedos indicou que ela tinha escutado a minha voz. Com movimentos lentamente dolorosos e grande esforço, Bella conseguiu levantar a cabeça apenas alguns centímetros do chão de pedra e então percebi a escritura pintada no teto da cela.

TILLIE COLE

— Apocalipse 2:20 — sussurrei alto.

— "No entanto, tenho contra ti o fato de que toleras Jezabel, aquela mulher que se diz profetisa, porém, com seus ensinos, ela induz meus servos à imoralidade sexual e a comerem alimentos sacrificados aos ídolos." — Lilah recitou o trecho e meu estômago pesou.

Cobri a boca com a mão, automaticamente... O que eles fizeram com ela? Ela estava tão magra.

— M-Ma... — Bella tentou dizer o meu nome, mas sua voz era quase inexistente. Ela tentou abrir os olhos, mas eles estavam fechados de tão feridos e inchados, seus cílios duros de sangue seco.

— Estou aqui, Bella. Senhor! Estou aqui! — falei, me jogando contra as barras de ferro, tentando chegar o mais perto que podia para pegar seu dedo esquelético na minha mão.

Bella suspirou e seus lábios se curvaram em um sorriso quebrado.

— Estou contente. — Ela tossiu e gemeu de dor, lutando para se mexer. — Estou contente por você ter me encontrado antes que fosse tarde demais.

— O que eles fizeram com você? — sibilei enquanto olhava seu corpo machucado. Poças de sangue seco cobriam o chão, seu vestido estava rasgado nas costas e a pele estava marcada com profundos cortes feitos pelos cílios de couro. Mas a barra do vestido dela... o sangue... Ai, não... eles... eu não conseguia nem pensar nisso, imagine perguntar se ela tinha sido tomada contra a sua vontade. Marcas de mãos cobriam cada centímetro de suas coxas. Havia chicotes descartados encostados na parede de trás da cela.

— Desobedeci... — ela sussurrou. Bella tentou se aproximar de mim, e minha mão agora segurava a dela enquanto eu a ajudava em suas tentativas de se movimentar.

— Desobedeceu ao que... quem? — perguntei enquanto ela chegava mais perto do portão, sorrindo fracamente e respirando o ar fresco do final da tarde, o sol aquecendo suas bochechas.

— Gabriel... não cumpri com o meu dever... de estar com ele... resisti... ele disse que eu era egoísta... — Suas sobrancelhas estavam franzidas em confusão. — Eu não consigo... me lembrar do resto... está tudo confuso...

Respirando sofregamente, sussurrei:

— Não, irmã!

Um silencioso soluço escapou de sua garganta, mas as lágrimas não conseguiram escapar da prisão dos seus olhos inchados.

— Eu não consigo lembrar... de nada... eu acho... que fui drogada... eu...

— Bella, eu sinto tanto...

— Shh... não é culpa sua... — Piscando e tentando ignorar a dor, minha irmã conseguiu se aproximar um pouco mais e então se afastou apenas para dizer: — Gabriel tirou tudo de mim desde que eu era uma criança: minha inocência, meu corpo, mas nunca meu coração. Ele não é digno do meu amor, Mae. Os discípulos nunca me deram a chance de encontrar o único homem no mundo que o mereça. Gabriel é um monstro.

Deitei de barriga no chão, sem me importar se estava arruinando meu vestido de casamento, olhei nos olhos inchados da minha irmã, azuis como os meus.

— Bella, o seu coração é puro. Você é uma boa pessoa, não importa o que ele tenha feito com você.

— Você está certa, minha irmã, e eu encontrarei nosso Deus com a consciência tranquila. — Sua voz não era mais do que um sussurro.

Meus músculos ficaram tensos e a respiração ficou curta. Encontrar o nosso Deus?

Abaixei as mãos e segurei nas barras de ferro, tentei freneticamente abrir o portão. Lilah se juntou a mim. Mesmo trabalhando juntas, o portão não se moveu um centímetro.

— Bella, eu vou tirar você daí... — assegurei enquanto chacoalhávamos mais forte o portão, mas sem sucesso.

— Pare... pare... estou morrendo, Mae...

— Não! — chorei desesperada me deitando no chão mais uma vez, dessa vez Lilah fez o mesmo.

Alcançando sua mão esquelética, entrelacei os dedos aos dela mais uma vez e beijei a pele machucada da sua palma.

— Eu quero ir, Mae. Quero estar com o nosso Senhor. Não posso mais viver assim — confessou.

— Não, Bella, por favor... eu preciso de você.

— Acho que ela está nesta cela, sendo mantida assim, há muito tempo. Maddie e eu escutamos um guarda dizer que faz semanas que ela está aqui. Tempo demais, Mae. O corpo dela está muito machucado... — Lilah sussurrou.

— Onde está Maddie? — perguntei de repente, o medo correndo pelo meu corpo com o pensamento da minha irmãzinha também ser levada.

Lilah passou as mãos trêmulas no rosto.

— O Irmão Moses a levou para a Partilha do Senhor.

Estremeci. Ela voltaria ainda mais introvertida. Cada vez que Moses a levava, ele fazia coisas com ela. Maddie vivia em uma concha: nunca falava, apenas sobrevivia. Ela era praticamente um fantasma.

— Por favor... — quis gritar de frustração, mas o fraco aperto de Bella na minha mão me mostrou o quão ruim ela estava... me mostrou que ela estava indo embora.

— Por favor... Por favor, fique comigo, apenas enquanto eu...

TILLIE COLE

Ela tossiu e o sangue veio à sua boca, filetes vermelhos desceram pelas bochechas. Fechando os olhos, acariciei sua cabeça para reconfortá-la.

Com um suspiro, ela se forçou a dizer:

— Eu devo ir agora, Mae. Eu devo descansar. Estou tão cansada... — Seus olhos abriram um pouquinho e com uma renovada determinação, falou: — Quando o último sopro de ar deixar o meu corpo, quero que você corra, minha irmã, corra... e continue correndo...

Lágrimas correram pelo meu rosto, e eu sussurrei:

— Eu amo você, Bella. Eu sinto tanto...

O doce e pequeno sorriso voltou aos seus lábios machucados por um momento antes de ela falar:

— E eu amo você, minha amada irmã. Mais do que você pensa... diga a Maddie... adeus...

Não sei quanto tempo passou enquanto eu observava seu peito subir e descer, mas eu soube o exato momento em que minha irmã me deixou. Sua mão amoleceu e todo o seu corpo ficou imóvel.

Uma lágrima desceu pela minha bochecha, e senti Delilah passar os braços ao meu redor, acariciando minhas costas, tentando me confortar.

Minha garganta ficou tão apertada que arranhei a pele do pescoço, em uma tentativa de encontrar alívio para o aperto.

— Delilah, eu não posso perdê-la. Ela é a minha família, minha melhor amiga, além de você e Maddie. Ela é o meu tudo.

— Eu sei, irmã, eu sei. Mas este é o plano de Deus — ela disse. —Salome, aonde está indo?

Não percebi que tinha me levantado e começado a correr, não até que a mão de Lilah apertou o meu ombro impedindo meu avanço; seus dedos agarraram firmemente o tecido do meu vestido de noiva.

— Espera! — ela pediu.

Em resposta, peguei sua mão e a puxei com força...

— Venha comigo. Encontraremos Maddie e então iremos embora.

— Para onde?

— Para fora.

Os olhos azuis se arregalaram.

— Fora onde?

— Fora da cerca. Eu não posso ficar.

— Mas você deve se casar com o Profeta David em uma hora! Salome, não desobedeça ou você será punida. Eu não aguento mais. Maddie não aguenta mais!

PRELÚDIO SOMBRIO

— Gabriel e o Profeta David mataram minha irmã! Como posso me casar com o profeta agora? Como posso ficar aqui mais um minuto quando ele aplica tais punições?

— Mas... mas... a profecia. Você completa vinte e três anos hoje. Você deve se casar pelo bem de todos nós. Estaremos perdidos se você não o fizer.

Meu sangue esfriou rapidamente e a fé inabalável rachou como gelo em um lago no inverno.

— Que Deus acabe com o Profeta David e que ele queime no inferno por toda a eternidade! Eu acredito na bondade, não no sacrifício. Acredito no perdão, não na vingança. O Senhor no qual eu creio é compassivo e bom. Não vejo nada disso no profeta e nos discípulos. Onde estava o perdão para a minha irmã? Onde estava a compaixão para com as irmãs em toda a nossa vida? Estou cansada desta vida miserável! Esses não são os caminhos de Deus, me recuso a continuar acreditando nisso. O Profeta David acabou com uma fé pura. Eu não acredito em nada mais que ele e seus leais discípulos dizem!

Ela ofegou e se afastou.

— Você blasfemou, Salome.

— EU NÃO ME IMPORTO! — gritei, olhando ao redor para conferir se ninguém mais tinha me escutado. Ela me observava com lágrimas correndo pelo seu rosto, seu peito subindo e descendo transparecendo o seu medo.

Levantando as mãos, implorei:

— Por favor, Lilah, fuja, venha comigo. Deve ter muito mais do que uma vida como essa. Para todas nós.

Ela balançou a cabeça.

— Não, o mal mora lá fora. O diabo observa e espreita pelas nossas fraquezas; você conhece os ensinamentos, os avisos. Você estará em perigo lá fora. Será desviada do caminho virtuoso. E Maddie... Maddie também não irá com você. Ela nem gosta de sair dos nossos quartos, imagine ir lá fora!

Ela estava completamente errada sobre o lado de fora. Tinha que haver algo melhor. Não existia caminho virtuoso aqui dentro. Eu aceitaria os riscos de ir para o outro lado da cerca.

— Eu devo ir. Não diga a ninguém que você me viu, por favor.

— Salome, eu não posso mentir. É um pecado. Serei punida por isso.

Ela estava certa, claro.

— Então desapareça por um tempo. Me conceda tempo para ir embora, por favor.

— A cerca é muito alta. Eles não a deixarão sair. Você terá que passar por quilômetros de mata fechada, e então para onde irá? Nós nunca estivemos lá fora, Salome. Não sabemos como é. Os discípulos a encontrarão. Eles sempre encontram aqueles que

TILLIE COLE

tentam fugir. — Sua respiração ficou mais pesada. — Você sabe como eles tratam os desertores, Mae. Eu... eu não posso perdê-la também...

— Tudo isso pode ser verdade, mas tentarei do mesmo jeito. Volte para o nosso quarto e fique escondida lá. Se eles a encontrarem, não minta sobre o que eu fiz. Primeiro se proteja. Proteja Maddie. — Eu me aproximei de minha amiga mais próxima e a abracei forte, memorizando seu abraço, e então sussurrei tristemente: — Rezarei por você todos os dias. Você me verá novamente, Lilah... Diga à Maddie... que algum dia eu verei vocês duas de novo...

Afastei-me dela. Delilah caminhou em direção aos quartos designados às Amaldiçoadas e, choque, medo e tristeza contorceram seu rosto. Eu me virei e corri na direção da cerca.

Eu tinha que ir embora.

Disse a mim mesma para correr... correr... apenas continue correndo...

CAPÍTULO SEIS

SALOME

Soltando um suspiro trêmulo, abri os olhos e observei o céu escuro sobre mim. Minha visão pulsou com desconforto.

Foi um sonho. Foi apenas um sonho.

A momentânea sensação de paz rapidamente evaporou quando olhei para o estranho teto e congelei, percebendo que não reconhecia aquele local.

O quarto era escuro e cheirava a algo que eu não reconhecia. *Hmm?* Talvez couro e algum tipo de óleo?

Olhei para a direita, mal abrindo os olhos e percebi um homem de pé em frente a uma mesa. Ele tinha cabelo castanho comprido e estava revirando uma bolsa preta. Estava de costas para mim e havia uma imagem na parte de trás do seu colete de couro. Por alguns segundos lutei para compreender o que estava vendo, e então gelei ao reconhecê-la: Satã!

Controlei a respiração, me obrigando a permanecer calma, tentando focar minha mente agitada. Agradecida pelas pequenas bênçãos, me alegrei pelo fato de ele não ter percebido que eu acordara. Mas quando se virou para mim, a barba aparada entrou no meu campo de visão.

Um discípulo...?

Minha mente estava nublada e confusa, mas tentei me lembrar por que estava em um lugar tão estranho. Fora o meu aniversário de vinte e três anos... o dia do meu casamento com o Profeta David... mas... algo que aconteceu me fez fugir. Meu coração bateu tão forte que achei que saltaria do meu peito. O que era? O que eu vi...? *Um portão... um corpo... minha... não! Bella!*

Bella... naquela cela... morrendo naquela cela... espancada, ensanguentada... negligenciada. Ela me disse para correr quando desse o último suspiro. Eu não pude salvá-la. Eu corri... mas... mas... não conseguia lembrar do resto.

Minha respiração ficou agitada, dolorida e tentei mover a mão, mas algo estava pinicando minha pele.

Meus dedos começaram a se mover nervosamente. Eu não conseguia lembrar o que acontecera comigo, o que tinha me levado a esta cama, inconsciente, mas eu sabia que precisava ir embora, sair deste lugar.

Comecei a contar. *Um... dois... três... quatro... cinco...* E levei os dedos ao lençol que me cobria. Eu estava usando algum tipo de robe. *Seis... sete... oito... nove...* respirei profundamente.

Finalmente alcancei o décimo segundo e, lentamente, forcei meu corpo a se levantar, sentindo braços e pernas pesados demais. Remexendo as pernas para o lado da cama, apertei firmemente o robe ao redor da cintura para proteger meu corpo e fiquei de pé; uma dor aguda percorreu minha perna esquerda.

Abruptamente, o homem se virou. Era óbvio que meus movimentos o chocaram. Ele largou o que quer que estivesse segurando e veio na minha direção, mãos para cima, a surpresa tomando conta de sua expressão. Meus olhos observaram o quarto: gaveteiros grandes e de madeira, uma cadeira de couro preto, paredes pintadas de preto, banheiro, cama.

Sentindo outra ferroada, olhei para baixo e percebi que algo estava pendurado na minha mão, um fio conectado com uma bolsa transparente que pendia do lado da cama.

Arranquei a agulha, gritando de dor quando a ponta afiada rasgou a minha pele e um filete de sangue desceu pelo braço.

— Não! Porra! Espera. Se acalme. Está... está tudo bem. — Com voz suave, mas ao mesmo tempo grave, o homem tentou me acalmar.

Eu não o reconhecia da comuna, no entanto, ele era um discípulo, disso eu não tinha dúvida. Isso significava que eu precisava ir embora. Gabriel deve ter me rastreado e encontrado no final das contas. Este homem era o meu captor. E eu seria punida.

Olhando ao redor, encontrei a porta atrás de mim, à esquerda. Uma saída. O homem deu dois passos para frente, e desta vez suas palavras saíram mais lentas e claras.

— Por favor. Não vou machucar você.

Inclinei a cabeça para o lado. Ele estava sendo gentil, mas eu sabia que era um truque, um ardil. Ele passou as mãos pelo cabelo e enrolou as mangas da camiseta preta, deixando à mostra os enormes antebraços.

Tropecei para trás, batendo contra a parede. Os braços dele. Seus braços carregavam a imagem do diabo. Fiquei olhando perplexa. Não conseguia parar de olhar enquanto meu corpo tremia de medo. Ele baixou os olhos para ver o que tinha me apavorado tanto.

Os olhos castanho-claros ficaram arregalados enquanto ele voltava a me olhar.

— Não, merda! Não é o que você pensa. Não precisa ter medo de mim.

Os ensinamentos de uma vida soaram como um alarme na minha cabeça: *O diabo está à espreita. O diabo pegará você. O diabo destruirá a sua alma.*

Meus pés moviam-se com lentidão enquanto eu tentava alcançar a porta. Cansados demais para funcionar, e a perna parecia estar pegando fogo. De alguma maneira consegui continuar me movendo, aproveitando o fato de que ele estava do outro lado da cama.

— Não! Espera! Ai, *merda*!

Não esperei. Continuei me afastando. Peguei na maçaneta e passei pela porta, fechando-a atrás de mim com uma batida. O sinuoso, escuro e estreito caminho do corredor se tornou meu guia, e continuei até chegar às escadas, usando a parede para me manter de pé.

Eu conseguia escutar as pessoas no final do corredor e olhei por sobre o ombro só para ver o homem sair pela porta do quarto, gritando para que eu parasse. A silhueta parecia encher o corredor. A expressão era feroz e agora ele estava me assustando. A maneira como ele me observava me dava arrepios.

Tentei correr ainda mais rápido, mas minha perna machucada protestava a cada passo dado.

Uma porta enorme de metal me separava das vozes das pessoas; pessoas que poderiam me ajudar, ou não. Eu não sabia, mas era a minha única opção. Empurrei para baixo a longa barra com toda força e atravessei a porta, caindo no chão. Minhas pernas finalmente cederam, a visão ficou turva, e uma tontura tomou conta de mim.

Lentamente ergui o olhar, e a sala pareceu girar. Vários pares de olhos

TILLIE COLE

focaram em mim, caída no chão, e as pessoas começaram a caminhar ao meu redor. Muitas pessoas. Estranhos, amedrontadores. Parecia como se fossem de um universo paralelo. Eu queria chorar.

Lutei contra um soluço. Talvez os ensinamentos *estivessem* corretos. Talvez eu *estivesse* no inferno, no final das contas.

As paredes daquela sala enorme eram em sua maioria pretas, embora fossem decoradas com diversas imagens de Satã no inferno; infernos, sangue, demônios, bestas malignas, e rios escuros cheios de almas. Minha mão abafou um grito quando percebi o quão certo o Profeta David estava; o lado de fora da Ordem *era* mau. Eu tinha sido protegida, e *ainda assim, fugi*.

Observei tudo ao redor, a tontura cedendo um pouco. Mulheres vestindo pouca roupa dominavam o ambiente. Homens de aparência dura e cabelos compridos, vestidos em couro, tocavam as mulheres em lugares íntimos e elas claramente aceitavam os toques; e no meio de tudo isso, me observavam com um olhar divertido. Homens e mulheres estavam sorrindo para mim, alguns pareciam gentis, outros perdidos na luxúria.

Um pecado capital.

A porta atrás de mim bateu com tudo contra a parede e congelei no lugar, como um cervo cercado por um bando de leões. Um arrepio correu pelo meu corpo quando senti que o homem de antes se aproximava.

Encolhi-me ao ouvir uma cadeira sendo arrastada, arranhando lentamente o chão de madeira. O som ecoou por toda a sala, fazendo com que todos ali se voltassem para a fonte de tal ruído.

— Baby, o que você está fazendo? — Escutei a voz suave de uma mulher perguntar do outro lado da sala. As pessoas se afastaram, mas ninguém respondeu sua pergunta.

Segurando o fôlego, esperei que quem quer fosse, aparecesse. E então um homem alto, musculoso, saiu do meio das pessoas, caminhando diretamente para mim. O olhar estava fixo aos meus, e eu simplesmente não conseguia desviar a atenção de seus olhos, do rosto com a barba por fazer, e do cabelo escuro e bagunçado, enquanto ele se inclinava sobre mim. Eu não ousei nem respirar.

Embora ele se parecesse com Satã, ainda era o homem mais bonito que eu já tinha visto: uma beleza áspera, acompanhada de uma aura de autoridade.

Afastando-me para trás, esbarrei nas pernas do homem que estava no quarto quando acordei. Ajoelhando, ele me manteve quieta colocando as mãos nos meus braços. Mas o homem de olhos de uma cor castanha que nunca vi igual, continuou se aproximando, parando apenas quando estava a meio metro de distância.

Abaixando, ele observou com atenção o meu rosto, seu nariz tremendo enquanto respirava pesadamente. Os lábios se separaram levemente enquanto ele soltava a respiração e, atrás dele, alguém tossiu. Distraído, seu olhar foi para o outro lado e para longe de mim. Coloquei a mão na cabeça... Muita coisa estava acontecendo, e eu não conseguia focar meus pensamentos. Meu coração socava no peito, e medo corria pelas minhas veias. Forcei-me a parar de tremer, porque parecia que isso me deixava ainda mais ansiosa.

Em um piscar de olhos, alguém se aproximou. O homem com aqueles olhos distintos começou a balançar as mãos em movimentos aos quais eu não estava familiarizada. E então alguém disse:

— Chegue mais perto dele.

O quê? O que estava acontecendo?

Virando a cabeça para encontrar de onde viera a voz, vi que um homem com cabelo loiro até os ombros falava diretamente comigo.

— Se acalme. Você está segura — ele disse com suavidade. Ele tinha olhos gentis e era muito bonito. *Assim como o diabo*, me lembrei.

O homem de cabelo escuro se aproximou ainda mais, parando a alguns centímetros de distância. Mesmo no meu estado de fraqueza, seu cheiro fez algo comigo; ele era intoxicante, *perigoso*, mas intoxicante.

Levantei os olhos para encontrar o seu olhar e suas mãos voltaram a se mexer.

— Você não tem do que ter medo. Ninguém vai machucar você. Tem a minha palavra — o loiro assegurou, continuando a olhar as mãos agitadas do amigo.

Ele parecia estar traduzindo.

Eu queria gritar tamanho meu estado de confusão. Não entendia nada do que estava acontecendo, nem onde eu estava, quem eram aquelas pessoas, e por que o homem na minha frente não falava. De repente me lembrei do garoto que conheci na cerca quando eu tinha oito anos. Ele falava com as mãos. Talvez algumas pessoas falassem com as mãos aqui fora? Passei a mão no rosto e fechei os olhos. Eu estava delirando, minha mente imaginando coisas idiotas, pensamentos sem sentido.

— Styx, cara. Que caralho. Quem é essa *puta*? Por que ela está assustada?

Minha atenção foi desviada para um homem com um longo cabelo preto e liso, que ia até o meio das costas. Suas feições eram tão diferentes das minhas, ele era tão, tão... *grande*. De altura e compleição física. A pele era de uma cor caramelada, olhos quase pretos, e a boca, grande. Estranhos padrões escuros cobriam seu rosto inteiro... Uma grande tatuagem de linhas espiraladas e símbolos pretos.

— Bull, agora não, porra — o loiro falou, mas Bull tinha se dirigido ao homem de cabelo escuro. O homem parado à minha frente, de olhos cor de avelã, se chamava Styx?

Styx se aproximou ainda mais e, dessa vez, não recuei. Que outra escolha eu tinha? Ter homens tomando de mim o que queriam não me era estranho. Aprendi muito cedo que uma pessoa pode fazer de tudo para sobreviver.

Colocando a mão em seu peito, ele a moveu na direção do próprio coração, e o homem loiro parou ao seu lado.

— Meu nome é Ky. O dele é Styx. Ele te encontrou atrás de uma lixeira alguns dias atrás, sangrando. Você estava morrendo. Você se lembra?

Alguns dias atrás! Olhei para baixo para observar minha perna, agora coberta com curativos, sentindo o estrago na pele e a dor nauseante ao me mover.

Cães de guarda. Claro, fui mordida por um cão de guarda. O cachorro de Gabriel mordeu minha perna esquerda enquanto eu estava tentando escapar. *Fiquei inconsciente por alguns dias?*

— Isso aqui é uma casa noturna, para motociclistas. Os Hangmen. — Ele indicou a sala.

Franzi o cenho. Seu rosto refletiu a minha própria expressão.

— Você sabe o que é uma moto, não é? Uma *motocicleta*?

M-o-t-o-c-i-c-l-e-t-a. Repeti a palavra na minha cabeça, mas ela não soava familiar. Alguém riu alto no fundo da sala, zombando da minha ignorância. Styx virou a cabeça lentamente e olhou para o homem que estava rindo, e a risada morreu imediatamente. Naquele momento, eu o temi. Sua expressão era intensa, severa, seu rosto anguloso estava sério e duro. Quando me mexi no lugar em óbvio desconforto, seu olhar voltou para mim.

Suas mãos se moveram.

— Ninguém ri de você, está bem? — Ky verbalizou a mensagem, dando bastante ênfase.

Por alguma razão, relaxei ao ouvir a promessa de proteção de Styx. O homem loiro pigarreou e continuou:

— Uma moto é algo que você pilota. Você sabe o que é um carro?

Assenti com a cabeça. O nariz de Styx tremeu e ele torceu os lábios.

— É como um carro, só que com duas rodas em vez de quatro — Ky explicou.

Sussurros correram entre os que estavam na sala enquanto eu tentava imaginar tal máquina. Eu me virei, olhando nos olhos de cada um. Eles eram tão diferentes. Senti como se estivesse em outro mundo, tão distinto de tudo o que conheci a minha vida toda. Era um mundo sombrio, um mundo *pecador*. Acho que agora eu era pecadora. Eu não tinha mais a proteção da grande cerca contra o mundo exterior.

Uma mulher bonita e de cabelo loiro sorriu e caminhou entre as pessoas. Ela acenou para mim e então parou ao lado de um homem enorme e careca, que segurou sua mão. Ele me deixou extremamente nervosa. Tinha mais tatuagens do que os outros, até seu pescoço e cabeça eram cobertos por imagens claras e intrincadas. Ele era ameaçador, já a mulher, parecia gentil. Ela me lembrava Delilah.

Encolhi o corpo e quase gritei.

Lilah... Maddie!

— Me escute. — Virei novamente para encarar Styx enquanto suas mãos começavam uma complicada dança. A voz de Ky dava o comando. O significado do que eu tinha feito começou a pesar na minha mente e comecei a tremer.

— Você se lembra de mim? — ele perguntou, apontando para o homem à minha frente.

Se eu lembrava de *Styx*? *Que pergunta estranha,* pensei, embora minha mente ainda estivesse enevoada.

Olhei em seus olhos e Styx pareceu repentinamente nervoso. Ele piscou e olhou ao redor, ansioso. As pessoas começaram a murmurar, olhando-o de maneira inquisitiva. Uma mulher com um longo cabelo castanho se aproximou e colocou a mão no ombro dele, e sem nem mesmo olhar para trás, ele tentou se livrar do gesto de conforto. O belo rosto perdeu o brilho e a mulher baixou o olhar.

As mãos de Styx voltaram a se mexer, dessa vez os movimentos eram mais rápidos e intensos.

— Você se lembra? — perguntou mais uma vez.

Mas eu não conseguia tirar os olhos da mulher parada atrás de Styx, e nem ela de mim. Eu podia ver pela maneira como ela pairava ao redor dele que ela queria pertencer a ele. Era a mesma maneira como a Irmã Eve se comportava quando o Profeta David estava no mesmo ambiente: ela não conseguia esconder, mas não era correspondida.

Ela amava Styx.

— *Olhe para mim!* — Ky falou impaciente, dando voz às palavras do amigo. — Você se lembra de mim? — Styx batia no próprio peito com o dedo.

Estudei o rosto dele com mais cuidado. De perto ele era ainda maior: pescoço e ombros largos e fortes, braços que preenchiam bem as mangas da camiseta preta. Mas aqueles olhos... castanho com raios esverdeados, brilhavam... *lindos*. Eles me lembravam da floresta, uma cor de outono quando as folhas caíam. Observei sua agitação sob o meu escrutínio, seu pomo-de-adão subindo e descendo enquanto olhava para mim.

Ky suspirou desapontado, quebrando o momento e se abaixou para sussurrar:

— Styx, cara, não é ela. Ela está assustada pra caralho. Sempre soubemos dessa possibilidade. Não é a *cadela* que você viu e beijou por trás daquela cerca há tantos anos. É hora de seguir em frente.

Cerca? Beijou?

Não... espera! Era... ele? Impossível...

Styx suspirou e baixou a cabeça, o desapontamento refletido em sua postura, e acenou com a cabeça concordando.

Passei os dedos pelos meus lábios. Aquele garoto estranho... aquele beijo...

Um garoto parou na frente da cerca, contra as barras, mexendo as mãos freneticamente. Eu não sabia o que ele estava fazendo. Aproximando-me do garoto, o observei tentar outra vez. Suspirando, ele fechou os olhos, respirou profundamente e perguntou:

— Q-q-q-quem é v-v-você? — *ele não conseguia falar corretamente. As palavras lutavam para sair da sua boca.*

Inclinei a cabeça, o observando em silêncio. Quem é você? O garoto perguntou. Quem sou eu? Pensei incansavelmente. Sou Salome, a tentação em forma humana, uma Amaldiçoada. *Tinha acabado de ser apresentada ao meu dever, ao meu papel na causa. Haviam me mostrado como ajudar os anciões a ficarem mais próximos de Deus, a me livrar do meu pecado de nascença. Eu precisava me afastar daquilo por um momento... Eles me machucaram.*

Não falei com o garoto que estava do outro lado da cerca. Era proibido, então apenas fiquei olhando para ele, bloqueando o que tinha acontecido mais cedo. Não sabia como ele tinha nos encontrado ou por que estava ali. Mas naquele momento, não me importava.

Ele se vestia de forma estranha: roupas pretas, braceletes estranhos de metal nos

*pulsos. Ele parecia perigoso com aquele cabelo escuro e enormes olhos claros, uma mistu-
ra de verde com castanho, os olhos mais bonitos que eu já tinha visto.*

— *O q-q-que é e-esse lu-u-u-ugar? V-v-você... v-v-vi-vive aq-q-qui?* — *o garoto
perguntou suavemente.*

*Baixei meu olhar para estudar a sua boca, mas mesmo assim não lhe respondi.
Ninguém deveria saber sobre A Ordem, para a nossa proteção. Eu não era autorizada
a falar com garotos. Era proibido, um pecado, e ele era um forasteiro, um deles.*

— *Por... por... por favor... Q-qual é o s-seu n-nome?*

— *Meu nome é Sin. Somos todos pecadores.*

Ofeguei assustada. Styx era *aquele* garoto? *Não...*

Passei o olhar por suas roupas pretas e estranhas, pelos braceletes de
prata nos pulsos; o metal do bracelete tinha o *mesmo* emblema estranho.
Eu lembrei daquele dia como se fosse ontem. Ele se preocupou comigo,
queria saber meu nome... me *beijou*. E então eu nunca mais o vi. Fui com
frequência para aquele mesmo local com esperança de encontrá-lo mais
uma vez, especialmente depois *daqueles* dias, mas ele nunca mais voltou. Eu
nunca tinha sido beijada até então ou depois daquele dia. Ele era o meu
único segredo... meu maior pecado. Com o tempo ele se tornara quase que
um sonho para mim.

Levantando a mão trêmula, coloquei-a suavemente em seu rosto. Styx
respirou fundo quando seus olhos encontraram os meus. Eu me aproximei
mais ainda, só para ter certeza de que *era* realmente ele, e seus lábios se
separaram levemente em uma respiração ofegante.

Segurando um soluço, meus olhos se arregalaram e meu corpo vacilou
para trás, o reconhecimento me fazendo acordar. Minha reação a quem ele
realmente era me deixou atordoada. Sentimentos, que nunca senti antes,
surgiram dentro de mim.

É ele. Meu River. Ele me encontrou de novo...

Styx segurou meus braços, simplesmente me observando, estudando.

— Você conhece o Styx? — Ky perguntou, ainda ao meu lado.

Os dedos de Styx apertaram meus braços, como se pedissem para que
eu respondesse.

Baixei a mão, brincando com os dedos, e assenti.

Styx fechou os olhos, me liberou do seu aperto, moveu as mãos, e Ky
perguntou:

— De onde? Me diga de onde... só para eu ter certeza de que é você.

Eu queria falar, mas estava nervosa demais e não sabia se podia confiar

TILLIE COLE

nessas pessoas. Havia tantos estranhos me cercando em um círculo claustrofóbico e eu me senti presa.

Pensando sobre uma outra maneira de provar minha identidade, levei minha mão à dele, até que estivessem com as palmas coladas, da mesma maneira como acontecera na cerca. E então eu envolvi meu dedo indicador ao redor do dele, como ele tinha feito tantos anos atrás. Vi a compreensão tomar conta de sua expressão.

Ele revirou os olhos e passou a mão no cabelo. Seu rosto refletia claramente choque e descrença.

Ky me deu um olhar estranho antes de falar:

— Eu... Eu não consigo acreditar. É realmente você? *Cacete!* — Ele olhou chocado para o Styx, que ainda estava olhando nos meus olhos. — Puta merda! É a *vadia* da floresta!

— O que está acontecendo? Quem é ela? Por que vocês dois estão agindo tão estranho por causa dessa bocetinha? — um homem alto de cabelo vermelho reluzente perguntou enquanto se aproximava mexendo na longa barba.

O rosto de Styx ficou duro como se fosse de pedra. Ele me puxou para ficar de pé ao seu lado, um braço me segurando firmemente, e me encolhi quando uma ferroada de dor tomou conta da minha panturrilha. Seus dedos se moveram rapidamente.

— Fora dos limites. Vocês entenderam? Ela está sob a minha proteção e não é da porra da conta de ninguém. Qualquer um que se aproximar dela, eu mato. Essa é uma promessa que cumprirei sem hesitar — Ky traduziu.

Tremi com as palavras violentas, o tom agressivo. Os homens na sala franziram o cenho e me observaram atentamente, voltando seus olhares chocados para Styx.

— Quem é ela, Styx? Como você a conhece? — Aquela mesma voz feminina soou entre os resmungos dos homens. A mulher de cabelo castanho confrontou Styx, seus olhos refletindo o humor de todos.

Styx interceptou seus movimentos, levantando a mão e balançando a cabeça, e não deixou que ela se aproximasse. Aquele ar severo voltou para o seu rosto.

— Styx... — ela sussurrou triste.

Dando um passo para frente, as mãos de Styx se moveram com rapidez. A mulher claramente entendeu os estranhos gestos que ele fazia. Os olhos dela se encheram de lágrimas, ela se virou e se afastou rapidamente.

Styx pegou minha mão na dele e me levou pelo corredor.

— Beauty! — Ky gritou quando Styx apontou para alguém com a mão livre.

Olhei para trás e percebi que os homens e mulheres continuavam parados como se estivessem congelados no lugar. Eles nos observavam sair, com um olhar fascinado. A mulher de antes também nos observava, da parte de trás da sala; um olhar assombrado e devastado em seu rosto. Suas lágrimas agora desciam pelo rosto.

Entramos no quarto onde estive até pouco tempo. Styx me guiou para a cama, empurrando meus ombros, indicando que eu me sentasse. A mulher loira e bonita entrou logo depois de nós. Ele voltou a atenção para ela, dizendo algo com as mãos.

— Estão no quarto do Tank. Vou lá pegar, deixarei do outro lado da porta — a loira respondeu e saiu.

Estávamos sozinhos.

Styx puxou uma cadeira do lado oposto da cama e então se sentou, me observando. Os lindos olhos passaram por cada centímetro meu, e em resposta, meu corpo começou a tremer. Ele não disse uma única palavra, mas seus olhos nunca deixaram os meus. Estranhamente, o silêncio no quarto parecia ensurdecedor.

Procurando por algo que me distraísse da intensidade do seu olhar, virei a cabeça para admirar a enorme imagem que dominava uma das paredes do quarto. Ali estava retratada uma máquina enorme e de duas rodas. Sorri quando entendi o que era. *Aquilo deveria ser uma motocicleta.*

Levantando, caminhei até ela, passando os dedos pelas formas da moldura. Olhei para Styx e percebi que ele ainda me observava, o corpo agora inclinado para frente, cotovelos nos joelhos. Com um sorriso, apontei para a imagem e ele se aproximou, parando ao meu lado. Com um aceno com a cabeça, ele me deixou saber que entendia meu questionamento.

Dando um tímido sorriso, voltei a me sentar na beirada da cama, de repente me sentindo muito cansada. Styx seguiu cada movimento meu. O Profeta David nos ensinou que desejar coisas materiais era um pecado, mas eu gostava da expressão no rosto de Styx quando ele olhava para a imagem da motocicleta. Parecia que o deixava feliz.

Esfreguei os olhos, me sentindo drenada, vazia; eu sabia que teria que enfrentar tudo o que tinha acontecido. Não conseguiria evitar tudo para sempre.

Styx voltou para a cadeira, sentando mais uma vez de frente para mim, como se pudesse sentir meu desânimo. Ele inclinou a cabeça perguntando silenciosamente o que estava errado.

Consegui evitar a realidade por muito tempo. Parte de mim podia quase fingir que tudo tinha sido um horrível pesadelo, enquanto eu estava sentada em um quarto escuro com Styx. No entanto, fragmentos de memórias de Bella, sem movimento, deitada no chão daquela cela, toda machucada, bombardeavam minha consciência incansavelmente, rachando as paredes que construí em torno das minhas emoções. Balancei a cabeça com força, tentando me livrar daquelas cenas horríveis.

Punições severas eram comuns entre o meu povo, pela necessidade de evitar que os outros saíssem do caminho virtuoso. Mas Bella era minha irmã, e ela não amava Gabriel, sendo esta sua perdição. Eu preferiria viver na maldição eterna aqui do outro lado do que me casar com um homem que ordenou tais abusos a alguém que era da minha carne e sangue.

Estranhamente, Styx se aproximou, passou com gentileza os dedos nas minhas bochechas, secando as lágrimas. Demorei um momento para perceber que estava chorando. Emoções eram proibidas na comuna, mas não consegui conter as lágrimas. Meu peito apertou e segurei os pulsos do Styx, precisando do seu apoio. Um choro silencioso escapou do meu peito e deixei a dor tomar conta de mim, e então, *realmente* chorei pela primeira vez na minha vida.

Styx se sentou ao meu lado e seus braços passaram por cima dos meus ombros, e isso me fez pular. Levantei o olhar: seus magníficos olhos, lábios grandes e suaves, pele marcada por algumas cicatrizes. Sua língua passou por cima do anel de prata preso em seu lábio inferior e covinhas marcaram suas bochechas. Aqueles buraquinhos o deixavam menos... severo, mais humano.

Quando voltei a olhar nos olhos deste homem grande e silencioso, tão diferente do garoto que conheci, me senti quebrar. Desisti de me segurar. Eu havia sido ensinada de que aquilo era errado, mas eu não conseguia deixar de me alegrar com o seu toque. Os braços fortes me prenderam, aquecendo e confortando, me fazendo sentir segura. Agarrei com firmeza o seu colete de couro; ele cheirava a couro, sabonete, e cigarro, e a algo mais, algo muito... *bom*. Nunca me abraçaram dessa maneira antes, nunca me reconfortaram. O único tipo de afeto que eu havia recebido fora *naqueles dias*. E mesmo assim, tocar desta maneira era estritamente proibido.

Styx guiou minha cabeça para o seu ombro e só então deixei os soluços saírem.

Chorei por um bom tempo antes de permitir que a exaustão tomasse conta de mim, levando-me ao sono, ainda sem ter certeza se eu estava sendo seduzida para dentro do covil do diabo. No entanto, me senti completa e totalmente segura nos braços fortes do único garoto que eu tinha beijado...

CAPÍTULO SETE

STYX

Eu juro que essa torcidinha de nariz vai ser a minha ruína.

Ela tinha caído no sono nos meus braços, a suave respiração fazendo cócegas no meu pescoço. Pela primeira vez na vida senti minha pele arrepiar.

A porra de um arrepio.

Abraçando mais forte a pequena *cadela*, suspirei, fechando os olhos em agonia. Eu estava excitado e dolorosamente *duro*. Ela era tão linda que eu não conseguia acreditar que era real. Sempre me perguntei como ela se pareceria mais velha; cheia de curvas, cabelo solto, olhos brilhantes, mas a realidade me deixara sem fôlego. Tê-la nos meus braços era a melhor coisa que eu já tinha sentido, e quando o seu narizinho se agitou como a Feiticeira Samantha fazia, o sangue desceu todo para o meu pau e pensamentos sobre estar dentro dela me deixaram louco. Porra. Eu nem sabia o seu nome.

Encostando a cabeça na parede, gemi. *Toma jeito, Styx. Você é o Prez da porra de um MC que lida com armas e está agindo como uma maldita mulherzinha.*

Ela gemeu enquanto dormia e se acomodou melhor no meu peito; a pequena mão se movendo para segurar no meu *cut*, a perna sobre a minha. Eu não conseguia lidar com isso. Se ela se movesse mais um centímetro, eu não conseguiria me segurar e a foderia sobre esse colchão.

Olhando o pequeno corpo nos meus braços, puxei os lençóis pretos para cobri-la e, ao afastar o cabelo do seu rosto, observei os lábios cheios descansarem em um suave sorriso.

Puta merda, ela era muito mais do que apenas linda. Mesmo aos onze anos, pensei o mesmo, mas agora ela tinha muito mais do que dez anos.

Fechei a porta assim que saí do quarto, desci pelo *lounge* e fui para o bar. Apenas alguns irmãos ainda estavam ali, a maioria tinha ido embora para casa ou para os seus quartos com as *putas* escolhidas para a noite. Lois também não estava por ali. Bom. Não queria ter que lidar com suas perguntas. Não tinha respostas para lhe dar.

Fui para o bar e me servi de uma boa dose de *Bourbon*; Ky e Rider estavam sentados ao redor de uma mesa, observando cada movimento meu. Pit veio do outro lado da sala e foi para trás do bar.

— Caralho, Prez. Deixa que eu sirvo. — Balancei a mão para que ele se afastasse, mas o irmão tomou o lugar de bartender, um dos seus deveres como *recruta*.

Sentei-me à mesa com Rider e Ky, olhando em seus olhos.

— Prez — Ky cumprimentou.

Franzindo o cenho para os filhos da puta, percebi que se mexiam nervosamente nas cadeiras... Eles estavam falando sobre algo.

— *Manda logo* — sinalizei.

Ky passou a mão pelo rosto:

— Styx, cara. O que aconteceu com a *vadia*?

Inclinando para frente, encontrei seu olhar, meus olhos irradiando irritação.

— Não vou partir pra cima dela. O que quero dizer é que ela é ingênua demais. Ela nem sabia o que era a porra de um motociclista ou uma moto! Ela não fala, olhou para os irmãos como se estivesse olhando para o próprio diabo. Aparece aqui do nada, toda ensanguentada. Não sabemos de onde ela é ou se alguém a quer de volta. Ela pode nos trazer problemas. Caso você não tenha notado, estamos bem ocupados no momento. Não precisamos lidar com mais merda.

Ky balançou a cabeça para mim, como se nem reconhecesse o homem sentado ao seu lado. O homem que tinha sido o seu melhor amigo por anos.

— Os federais estão nos observando vinte e quatro horas por dia e sete dias por semana. Se sairmos com uma *vadia* machucada e retraída... eles estarão sobre nós em um segundo e nem fodendo que vão acreditar na verdade sobre ela. Quer dizer... Porra! Temos uma corrida com os chechenos amanhã. Estaremos na estrada por semanas para recolher as coisas. Não precisamos de mais essa agora.

PRELÚDIO SOMBRIO

Virando a bebida de uma vez só, senti a queimação e o sabor do álcool, e deixei que este amortecesse a minha garganta. Lentamente abri os olhos, coloquei o copo na mesa e passei as mãos pelo cabelo. Tinha sido um dia... longo... pra... caralho.

— Onde ela está agora? — Rider perguntou enquanto apertava a bandana dos Hangmen ao redor da cabeça. — Você quer que eu dê uma checada nela?

— *Dormindo* — sinalizei balançando a cabeça e suspirando.

Rider assentiu. Podia jurar que o filho da puta ficou desapontado, então passou os olhos ao redor da sala antes de voltar o olhar para mim. Ele parecia querer dizer algo.

— Olha, Styx. Quando eu era mais novo e os meus pais morreram, fiquei sozinho. Primeiro eu tinha medo de tudo, mas logo em seguida endureci. É a vida na estrada, sabe? Este clube foi a minha segunda chance.

— O que você está dizendo, irmão? — Ky perguntou enquanto colocava a mão no ombro de Rider.

— Só que ela pode estar assustada agora, mas pode sair da concha em algum momento. Nunca contei ou senti necessidade de contar isso pra ninguém, mas... fui criado em um lar extremamente religioso. A minha vida hoje é muito distante daquela. De qualquer maneira... quando meus pais morreram, eu tive que reaprender a viver novamente. Perdi a minha fé, minha igreja, minha rede de apoio. Perdi meu caminho por um tempo. Aqui com os Hangmen, encontrei minha família novamente.

— *Você acha que ela é uma daquelas loucas de igreja?* — sinalizei pensando que isso meio que fazia sentido.

Ele deu de ombros.

— Não sei, talvez? Apenas estou dizendo que essa era a minha vida, mas ela fugiu de alguma coisa, disso eu tenho certeza. A *vadia* aparece confusa, muda, sangrando. Ela tem tatuada no pulso uma passagem sobre o fim dos dias. Pelo que está parecendo, ela precisa de proteção. Obviamente alguém a mantinha presa. Ela não sabe nada sobre a vida, como se estivesse presa em uma solitária por vinte anos.

Recostei-me à cadeira e olhei para o teto marrom. Suspirei e esfreguei a cabeça.

— *E se eu não fosse na corrida? Você toma a dianteira e eu fico com a vadia, para entender melhor o que se passa com ela?* — sinalizei e olhei para Ky.

Ele riu e balançou a cabeça em descrença.

— Você está brincando, né? Que se foda! Nem pense nisso, Styx! Você tem que estar lá. Você é a porra do Prez! Os chechenos esperam que você esteja lá. O clube em primeiro lugar.

Porra! Se eu visse os malditos russos de novo, cortaria a garganta deles. Ficarei fora por quase todo um mês, eu *tinha* que ir. Precisava de alguém em quem pudesse confiar. Alguém que cuidaria dela enquanto eu estivesse fora. Eu resolveria essa parada quando voltasse.

Pigarreando, olhei para o Rider e expirei. Ele empalideceu.

— *Você fica responsável por ela. Não venha para a corrida para a negociação com os chechenos. Fique aqui com ela, a proteja até que eu volte.*

Eu o vi engolir em seco e então balançar a cabeça.

— Não acho que essa seja uma boa ideia, Prez.

— *Não estou pedindo, irmão. É a porra de uma ordem. Preciso de alguém de confiança cuidando dela enquanto estou fora. Alguém que não vá partir pra cima dela enquanto dorme.*

Seu rosto se contorceu de nervoso.

— Eu... eu não sou bom com as *putas*, Styx. Nunca sei o que falar com elas. Não sou o cara certo... — ele tentou escapar educadamente.

— *É exatamente por isso que você é o irmão certo para isso. Enquanto ela está aqui, você cuida dela e da perna ferida. Eu não sei, ensine algo pra ela, as regras, essas merdas. Porra, que tal sobre a vida? Você sabe que os irmãos vão ficar atrás dela se ninguém a reclamar. Não posso mantê-la aqui sem proteção. A última coisa que queremos é a porra de um estupro. Ela já passou por muita merda fodida.*

— Prez... — Rider passou as mãos pelo rosto.

Eu não tinha ideia do porquê o cara não levava nenhuma *puta* para o quarto. Nunca fumava, nem bebia. Pensei por um tempo que ele preferisse paus, mas vi como ele observava as putas do clube, fodendo-as com os olhos. Só que nunca as tocava. Não era da minha conta. Todos nós lutávamos contra nossos próprios demônios. Só que essa atitude dele me ajudava com a questão da desconhecida.

— *Você vai fazer isso! Sem perguntas. Ok?* — sinalizei agressivamente, para deixar tudo bem claro.

— Ok — ele concordou, franzindo o cenho e se remexendo na cadeira.

Ky se levantou, o rosto sério. Ele pegou uma garrafa de Patron atrás do bar, batendo na mesa com três copos e servindo as doses sem me olhar nos olhos.

— Vou dizer uma coisa, Styx. Essa garota é de um mundo completamente diferente, o que quer que *isso* signifique. Duvido que ela consiga ficar com o nosso tipo de família, no nosso mundo. Nós dois sabemos que você está nessa para a vida toda, que você nunca irá embora.

— *Entendi. Agora largue o osso.* — Eu já estava perdendo a paciência com o meu VP e com Rider se retorcendo na porra da cadeira.

Mas Ky não entendeu a deixa.

— Só estou dizendo que você precisa estar completamente focado nesse caralho de negociação com os chechenos. Se perdermos esse negócio, estamos fodidos. Foque na vida na estrada. Neste momento temos problemas maiores do que cuidar de alguma religiosa estranha. Até parece que o clube é uma maldita caridade. Quero dizer, porra... Como se chega à idade dela sem ter ideia sobre a vida? Ela pode ser um baita problema. Hoje ela agiu como uma criança, cara. Como a porra de uma criança. Você quer boceta? Você tem Lois pra chupar o seu pau. Não procure outra coisa.

— Vou dormir. — Rider virou sua dose de tequila e se levantou.

Acenei para que Pit também saísse.

Assim que escutei a porta fechar, me virei para Ky e deixei a raiva sair.

— V-você e eu somos i-i-irmãos, melhores a-amigos, leais a-até o f-fim, mas v-você tem que p-parar c-com essa m-m-merda agora. N-n-não estou g-gostando de o-onde isso está i-indo. — Levantei e me inclinei para ele, mas o filho da puta teimoso não quebrou o contato visual.

Ele riu e o som saiu sem um pingo de humor.

— E daí? Agora você vai fazer dela a sua *old lady*? Ou a sua nova puta de clube? Lois sai, e a *puta* amish entra? É assim que vai ser? Ela também vai chupar o seu pau todos os dias? Ela vai cuidar de você quando levar um tiro ou quando você foder com uma puta só porque quis? Isso não vai acontecer. Ela não vai saber lidar com a vida no clube. *Cut*... e... corrida. Não sacrifique o clube por uma bocetinha qualquer.

Agarrando o seu *cut*, o joguei contra a mesa, os copos caindo e quebrando no chão.

— É m-m-melhor v-você calar a p-p-p... — Cerrei os dentes, mas consegui dizer: — P-porra da sua *boca*! N-não esqueça c-com quem v-você e-e-está falando!

Empurrando-me, ele rosnou:

— *Certo.* — Ky endireitou o *cut* e, me mostrando o dedo do meio, passou pela porta e então parou de repente, suas mãos apertadas enquanto olhava por sobre o ombro. — Você age diferente quando está perto dela, cara. Estou dizendo que a sua garota lá dentro vai foder... com... você...

TILLIE COLE

Você está obcecado por essa *puta*, perdeu a cabeça se acha que ela pertence a esse lugar. *Porra*, sejamos honestos. Você perdeu a cabeça aos onze
anos quando a conheceu e nunca mais esqueceu dessa porra. Eu sou o seu
melhor amigo, não só a porra do seu VP. Eu lembro como você mudou
depois que a conheceu, tantos anos atrás. Ela não é o anjo perfeito que
você fantasiou, Styx; ao que parece ela está quebrada e fodida. Você a está
colocando em um maldito pedestal. Não seja um filho da puta egoísta e a
coloque antes do clube, dos seus irmãos. Ela não vai conseguir lidar com o
que você faz, com as *coisas* que faz, o que tem que fazer pelo clube. Deixe-a
ir. O clube vem em primeiro lugar, lembra? Apenas o clube e nada mais.
Estou cuidando das coisas por você, irmão. Sempre cuidarei, não importa
o que aconteça.

Com isso ele se virou e saiu do complexo, me deixando sozinho no
bar deserto; meus pensamentos fodidos como minhas únicas companhias.

Porra!

Virei outra dose de tequila, e mais uma, e na quinta, joguei a garrafa
contra a parede. Eu sabia que o meu VP estava certo. Era melhor que ela
ficasse fora dessa vida fodida... mas eu queria que ela fosse embora tanto
quanto queria abrir um buraco na cabeça. Tinha acabado de encontrá-la de
novo, mas era tarde demais. Eu a encontrei tarde demais. Hades já tinha me
levado para o Inferno. Ela não merecia ir junto comigo. Ela merecia um
homem limpo, *e esse não era eu.*

Voltei a me sentar à mesa, olhei o ambiente vazio, observando as imagens que deixaram a *cadela* tão assustada algumas horas atrás. Tentei imaginar como tudo isso parecia aos olhos inocentes, olhos que só tinham visto
o bem, olhos que não mereciam seguir o exemplo do senhor do submundo.

Um sentimento doentio apertou meu ser, e eu soube que não dormiria
esta noite. Minha cabeça estava agitada demais.

Eu precisava dos meus cigarros, uma garrafa de *Beam* cheia, e da minha
música.

CAPÍTULO OITO

STYX

Peguei no meu primeiro violão aos seis anos de idade, meu pai me dizendo que as únicas coisas que eu precisava na vida eram a minha Harley, meus irmãos do MC, ter dinheiro e meu violão; eu não tinha uma *old lady*, e Lois nunca seria uma. Aos vinte e seis, trepei com muitas putas, sem *old lady* no horizonte, mas com um par de olhos de lobo constantemente me assombrando em sonhos desde os meus onze anos.

Falar sempre tinha sido difícil para mim, mas tocar e cantar... eram tão naturais quanto respirar; as palavras saíam sem problemas. Nunca me sentia tão confortável como quando estava com o meu violão na mão, a letra fluindo suavemente pela minha boca.

Dedilhei os acordes no meu Fender, ficando cada vez mais irritado com a situação. Mudando tranquilamente de Johnny Cash para Tom Waits, precisava do sombrio conforto e das dolorosas melodias... Dei uma tragada no cigarro, batendo as cinzas, os pés descansando sobre a mesa, quando uma música antiga saiu pelos meus lábios.

"Well, I hope that I don't fall in love with you,
'cause falling in love just makes me blue."
"Bem, espero não me apaixonar por você,
porque me apaixonar, me deixa triste."

TILLIE COLE

Cantei com os olhos fechados, me desligando do mundo por um tempo, meus dedos dançando pelas cordas. Completamente desligado, imaginei a desconhecida sorrindo timidamente para mim. Senti um ardor no peito quando a imagem veio à minha mente; abri os olhos e, *porra*... ela estava no sofá à minha direita, joelhos dobrados, os braços ao redor das longas e perfeitas pernas, descansando a cabeça nos joelhos, aqueles olhos de lobo me observando... Como se meu pensamento tivesse tomado vida.

No mesmo instante parei de tocar, minhas mãos congelaram sobre as cordas, e eu era incapaz de afastar o meu olhar. E ela só me olhava, com um tom rosado cobrindo suas bochechas.

Inclinei o corpo e abaixei o violão, mas quando estava quase colocando-o de volta no pedestal à minha direita, o som da sua respiração fez com que eu me virasse em sua direção. Lentamente, ela abriu aqueles lábios cheios e rosados, a ponta da língua aparecendo entre eles, e sussurrou:

— De novo.

Juro que o meu coração pulou uma batida.

Ela estava falando.

Inclinando outra vez, acenei para que ela repetisse.

Seu rosto foi tomado por um rubor e ela engoliu em seco, piscando suavemente os olhos, os cílios pareciam como pequenas asas de borboletas.

— De novo... por favor, toque de novo. Eu gostei muitíssimo de ouvir a sua voz.

Que diabos era aquele sotaque?

Aquele narizinho franziu e eu sabia o que estava por vir. *Porra!* E ali estava, aquele pequeno agitar que traía seu nervosismo. Eu não conseguia afastar os olhos. *Cacete*, não afastei o olhar do dela em nenhum momento, e voltei a me sentar, respirando profundamente e voltando a cantar de onde tinha parado.

"... And I hope that I don't fall in love with you.
I can see that you are lonesome just like me, and it being late, you'd
like some company..."
"... E espero não me apaixonar por você.
Posso ver que você está só assim como eu, e já está tarde,
você gostaria de companhia..."

Lágrimas apareceram em seus olhos enquanto eu cantava cada linha, um sorriso contente aparecendo em seus lábios. *Porra.* Para ver esse olhar em seu rosto ou ouvi-la falar novamente, eu cantaria a porra de 'Além do Arco-íris' em soprano se ela quisesse.

Pigarreando, cantei a última parte da música.

"...And I think that I just fell in love with you..."
"...E acredito que eu acabei de me apaixonar por você..."

Deixei a nota final pairar no ar, e nossas respirações eram as únicas outras fontes de som, a corda do violão tremeu até que as vibrações se mesclaram com o silêncio.

Olhei para ela.

Ela me olhou de volta.

A tensão crescia entre nós.

Virei para o lado, deixando o violão encostado ao meu lado; peguei meu cigarro e o terminei, apagando a bituca na mesa. Ela observou, a ponta do nariz balançando e a língua dançando sobre os lábios fartos.

Cacete...

Eu me mexi um pouco para tentar esconder a cabana que estava se formando na minha calça.

— *Você está bem, baby?* — sinalizei, mas ela franziu a testa com um ar confuso e balançou a cabeça.

Merda!

Inclinei-me para frente, levei as mãos à cabeça e massageei as têmporas. Eu podia fazer isso. Podia falar com ela de novo. Fechei os olhos e tentei focar em liberar a garganta. Lembrei de que já tinha falado com ela antes, então eu poderia fazer isso mais uma vez.

Ao menos eu imaginava que poderia. Mas a cobra que estava enroscada na minha garganta não liberava o agarre, e eu estava muito próximo de ficar maluco. Todos esses malditos anos esperando para vê-la novamente, e puta merda, eu não conseguia falar porra nenhuma.

De repente, uma suave mão tocou a minha, e quando levantei a cabeça, a encontrei sorrindo para mim.

— Você usa as suas mãos para falar?

Remexendo-me, acenei com a cabeça e observei todos os seus movimentos.

— Porque você luta para conseguir colocar as palavras para fora? — Ela passou as mãos pelo pescoço, tentando entender o motivo.

TILLIE COLE

Acenei com a cabeça mais uma vez.

Seus olhos azuis iam do chão para mim, até que ela disse:

— Você falou comigo antes, não falou? Tente de novo, por favor. Eu adoraria ouvir a sua voz.

Eu também queria isso.

Olhando em seus olhos cristalinos, mais uma vez foquei em soltar as amarras invisíveis ao redor da garganta, balançando inquietamente a perna, o olho latejando enquanto forçava as palavras para a ponta da língua, e com uma respiração profunda, consegui soltar:

— V-v-você j-já e-e-escutou m-m-m-música?

Ela me deu um sorriso enorme e aliviado. Os olhos abaixaram e sua expressão foi tomada por embaraço.

— Sim... apenas uma vez.

Minhas palmas começaram a suar e as sequei na calça jeans. Sua voz era tão suave quanto ela, e era a coisa mais linda que já escutei na vida... e pela qual esperei por muito tempo. Quinze malditos anos para voltar a ouvir a sua voz e, aparentemente, ela também tinha esperado por ouvir a minha.

— V-v-você t-tem um n-nome?

Ela congelou. Os olhos se arregalaram enquanto ela respirava muito rápido, deixando transparecer o medo em seu semblante.

— N-n-não vou machucar você, l-lembra? Me d-d-diga o s-seu n-nome, b-baby. — Respirei aliviado ao perceber que as palavras começavam a clarear... Era ela... a número três.

Meu pequeno milagre.

— Salome — respondeu em um sussurro.

Inclinei o corpo, convencido de que estava escutando coisas.

— O q-quê?

— Salome — ela falou novamente, engolindo em seco, procurando por uma saída, e então voltou a olhar para mim e de novo para a saída.

Ela ia sair correndo.

— V-v-você s-sabe de onde vem o s-seu n-nome, b-baby? — Eu não conseguia esconder a raiva no meu tom de voz, e comecei a ver tudo sob uma névoa vermelha.

Seus olhos azuis olhavam para todos os lados, menos para mim, e ela abaixou a cabeça.

— Sim. Em muitas escrituras, é dito que ela era a sobrinha do Rei Herodes. Ela exigiu a cabeça de João Batista para o seu aniversário e dançou a dança dos sete véus. Ela é um lembrete de que as mulheres pecam e tentam os homens a fazer coisas más. Todas as mulheres nascem pecadoras, algumas mais do que outras, e devemos ser lembradas constantemente de que somos a razão pela qual a humanidade foi expulsa do Jardim do Éden. Nascidas do pecado original de Eva. Meu nome serve para que as pessoas sempre estejam cientes desse fato e que eu nunca esqueça do meu lugar na grande ordem da vida.

Mas. Que. Porra?

Ela vomitou essa bosta como se tivesse sido gravada em seu cérebro, um discurso decorado. Seus olhos perderam a vitalidade, a voz ficou sem emoção e cada parte do seu corpo ficou tenso. Abri e fechei as mãos diversas vezes, e eu olhava sem ver o rosto dela, mordendo a língua para me impedir de gritar e sair procurando o filho da puta responsável por fazê-la recitar essa lavagem cerebral.

Rider devia estar certo. Provavelmente ela era de alguma maldita seita, falando essa merda como um robô. Inferno, isso não é novidade no Texas. Todo mundo ainda se lembrava de Waco como se fosse ontem, e existe um monte de grupos religiosos extremistas por aqui, falando baboseira e exorcizando demônios dia sim, dia não. Claro, como Hangmen, conhecemos todas essas seitas, especialmente os *Davidianos*. Meu avô pegou os negócios das armas quando todos os filhos da puta queimaram, com a cortesia de alguns tiros da boa e velha ATF.

Meu avô jogou pesado, conseguiu os negócios e aumentou o controle dos Hangmen no Texas.

Assim que minha visão clareou, escutei Salome choramingar, toda encolhida, o robe preto cobrindo completamente o seu pequeno corpo enquanto ela segurava o excesso de material entre as mãos trêmulas. Seus olhos estavam enormes enquanto ela olhava para mim, com uma expressão de puro medo. Inclinei em sua direção e vi como ela se encolheu ainda mais e estremeceu.

Ela achou que eu bateria nela.

— P-p-p-porra, *c-cadela*, n-n-não vou m-m-m-machucar v-você — falei levantando as mãos.

Ela baixou a cabeça, submissa. Aquilo me deixou ainda mais puto, e antes que eu me desse conta, gritei:

— N-n-não se c-c-curve para m-m-m-mim. L-l-l... — Parei, pensei nas palavras que queria dizer e inspirei. — Levante a sua m-m-maldita cabeça! — falei de uma vez só.

TILLIE COLE

Ao meu comando, sua cabeça endireitou, completamente obediente, confusão irradiando do corpo tenso.

— O... O que você quer de mim? — ela sussurrou, seus dentes batendo uns com os outros, o rosto mais branco que papel, as mãos agora abertas e pressionadas contra o chão.

Quase não escutei sua pergunta, o barulho da minha pulsação era tão alto que praticamente abafava o seu tom suave, enquanto ela ainda se mantinha imóvel em prostração. Seu corpo inteiro estava tremendo de medo.

Agachando para ficar na mesma altura que ela, assegurei:

— Q-q-que você n-não se e-encolha q-q-quando eu me m-mover seria u-u-um bom c-c-começo.

Ela inclinou a cabeça, me olhando com cautela. O tremor havia cessado, e seus lábios se abriram formando um pequeno e confuso "O".

Passei a mão pela cabeça, percorrendo o cabelo com os dedos. Se ela fosse uma *puta* qualquer, eu a pegaria e beijaria até seus lábios ficarem roxos; a faria minha, a foderia até que ela ficasse entorpecida. Mas ela não era como as outras. Ela estava olhando para mim como se eu fosse chutá-la a qualquer momento, tudo porque eu tinha ficado puto por causa da porra do nome dela.

Inclinando sobre a mesa, peguei o maço de cigarro, ignorando o fato de ela ter, mais uma vez, se encolhido e tentado se proteger com os braços. Se eu pensasse muito sobre aquilo, provavelmente mataria alguém, de tão indignado que estava. Coloquei um cigarro entre os dentes e o acendi com o isqueiro que retirei do bolso. Dei uma tragada e fechei os olhos, recostando-me no sofá, mentalmente me acalmando.

Abri os olhos alguns segundos depois e Salome estava enrolando os dedos, mordendo os lábios e franzindo o nariz.

Grunhindo, me coloquei à sua frente – *bem* à sua frente – olhando aqueles olhos aterrorizados.

— O-o-olha, b-baby, f-fiquei irritado com o seu n-nome. — Passei as mãos pela garganta, tentando relaxar os músculos. Eu podia sentir seus olhos em mim de novo. — E-eu não sei d-de o-o-onde você v-veio ou q-quem se a-atreveu a c-c-chamar você de *S-S-Salome*, mas *v-você n-n-não* deveria ser chamada assim. Eu n-nunca chamarei v-você assim. É uma p-p-porcaria de nome para uma *cadela* l-l-linda como v-você, u-um insulto do c-c-caralho. Ok?

Ela assentiu com a cabeça, um pequeno sorriso aparecendo no canto da boca.

Porra.

Dei outra tragada no cigarro e então ela disse:

— Mae.

Inclinei a cabeça, olhando para ela, e a *cadela* se mexeu nervosamente como se fosse admitir que tinha cometido um assassinato.

— Minhas irmãs, em segredo, me chamam de Mae. Também não gostamos dos nomes depreciativos. — Um pequeno e zombeteiro sorriso coloriu seus lábios. Então ela tinha um pouco de brilho, no final das contas...

Lentamente virei a mão e agarrei seus dedos. Ela arfou, mas aceitou o toque. Olhei as duas mãos entrelaçadas e ri comigo mesmo. Eu tinha fodido um monte de *putas* na minha vida, em todas as posições inimagináveis, enfiado meu pau em cada buraco; provei todos os tipos de drogas, bebi todo tipo de uísque, mas nada disso se comparava com a sensação da sua pequenina e pálida mão dentro da minha. Absolutamente nada.

E me matou saber que ela não pertencia ao meu mundo. Pela primeira vez na vida, eu queria fazer o que era correto por alguém, e ela ser parte deste clube, uma parte minha, não seria o certo para ela.

— Styx? — Meu nome saiu dos lábios dela e, *porra*, eu quase parei de respirar. Levantando o olhar, vi que ela franziu o cenho, como se soubesse que algo estava acontecendo.

— B-b-baby... — sussurrei.

— Você está bem? Ficou pálido.

Suspirando, passei nossos dedos entrelaçados pela minha bochecha. Ela ofegou e eu confessei:

— Eu... n-não posso m-m-manter v-v-você aqui.

Sua mão apertou a minha.

— Você quer que eu vá embora? — ela sussurrou, puxando a mão e pousando-a no colo.

Inclinei e segurei os seus pulsos com as minhas mãos enormes e a puxei para mim. Ela não teve escolha a não ser sentar no meu colo. Eu ainda não tinha olhado para ela, mas descansei minha testa no seu ombro. Parecia correto pra caralho tê-la sentada sobre minhas coxas.

— V-v-você é p-pura demais para essa v-vida, M-Mae. V-v-você não está s-segura. N-não sabe c-como e-essa vida é... r-ruim.

Mae se manteve quieta por um longo tempo, até que confessou suavemente:

— Me sinto segura com você. Eu não conheço mais ninguém aqui fora e não posso voltar para o lugar de onde vim. — Seu pequeno corpo deu um pulo, como se um pensamento tivesse ricocheteado em sua mente. — Por favor, não me mande de volta, *por favor*! Não para *eles*!

Finalmente olhei para cima e vi seu rosto desabar. Aquilo me machucou mais do que a facada que levei no peito, de um mexicano no ano passado.

Cacete!

Segurei suas mãos trêmulas e disse:

— N-n-não vou, mas p-p-para onde, b-baby? Para onde você n-não pode voltar?

— De onde eu sou — ela disse de forma evasiva.

— A c-cerca? Aonde q-quer q-q-que seja a-atrás daquela c-cerca? É d-disso que você está f-f-falando?

Ela assentiu silenciosamente.

Cheguei mais perto ainda e segurei seu rosto com as mãos.

— V-você é inocente d-demais para essa vida. Vai acabar me o-odiando se ficar.

— Eu acredito no perdão. Nunca vou odiar, especialmente você — ela se apressou em dizer.

— Vou j-jogar a real com você, b-baby. Eu n-negocio armas i-ilegais em troca de d-dinheiro e bebidas. Eu f-fodo putas regularmente e não me c-c-comprometo com ninguém por muito tempo, t-talvez nunca irei. — Fiz questão de ter toda a atenção dela para a última parte. — Matei p-p-pessoas. E-eu até mesmo g-gostei, e... — Eu sabia que agora eu estava preparando minha própria cova. — Farei isso de n-novo. V-você quer alguém b-b-bom para c-cuidar de você. E e-eu não sou assim, b-baby. T-tenho que s-sair amanhã, viagem de n-n-negócios. C-conversaremos quando eu v-voltar, resolveremos i-isso.

Ela começou a respirar mais rápido e segurou meu pulso com força. Mae se levantou trêmula e afastei as mãos do seu rosto. Observei enquanto ela caminhava para a porta para subir as escadas que davam para o meu apartamento. E então ela parou e olhou por sobre o ombro...

— Existe uma luz dentro de você, Styx, e posso senti-la brilhar como raios de um sol ao meio-dia. É lindo. Você é um homem bom.

Porra. Que merda eu deveria falar depois dessa?

— Estou realmente feliz que consegui vê-lo de novo. Pensei em você com frequência, o garoto do outro lado da cerca... o garoto que roubou meu primeiro e único beijo, e rezei todas as noites por sua segurança e felicidade. É um ritual que manterei para sempre.

Mae suspirou e veio na minha direção. Eu podia ver o tormento em seu rosto, mesmo assim, eu não sabia o que fazer. Depois de vários segundos, ela parou à minha frente, se inclinou lentamente e pressionou um beijo na minha bochecha. Ela aproximou os lábios do meu ouvido e disse:

— Serei eternamente grata por você salvar a minha vida, Styx, e por cantar para mim de uma maneira tão linda com o seu violão. Em poucos dias você me mostrou mais compaixão do que eu tive em toda a minha vida.

Ela deu uma risada, e foi o som mais lindo e puro que eu já tinha ouvido.

— Você não sabe, mas nos dois momentos mais sombrios da minha vida, você apareceu. Você disse que *não* é bom e que não pode me manter a salvo, mas você já fez isso. Você me salvou duas vezes.

Eu me aproximei para pegar a sua mão, sem ideia do que fazer a seguir, quando uma voz vinda da porta chamou minha atenção.

— Styx?

Lois estava parada olhando minha interação com Mae, seus olhos arregalados enquanto me observava segurar a mão delicada. Virei a cabeça para ela, e sinalizei para que ela esperasse no quarto do clube. Ela hesitou por um momento, mas foi embora, e escutei a porta abrir e fechar.

Olhando para Mae, disse:

— E-e-eu tenho q-que ir.

Com um sorriso desapontado, ela me deixou sozinho.

Peguei o violão e fui para o corredor onde eram os quartos dos irmãos e bati na última porta. Depois de alguns segundos, Rider abriu a porta, esfregando os olhos sonolentos e meio vestido.

— Prez?

— *Leve-a para o seu quarto, quero ela fora do meu. Você fica na sua casa. Não deixe ninguém se aproximar dela enquanto estou fora. Entendeu?* — sinalizei.

Rider arregalou os olhos, mas apenas assentiu.

— Onde ela está agora? — Rider perguntou, colocando a cabeça para fora da porta e procurando pelo corredor.

— *No meu quarto. Vá lá pegar ela. Sairemos para a corrida amanhã cedo.*

Soltando um longo suspiro, ele se afastou para vestir uma camiseta, o *cut* e a calça jeans. Quando se virou, percebi que eu ainda observava seus movimentos como um maldito *stalker*. Segui para o quarto onde Lois já estava nua, me olhando de maneira estranha. Passei as mãos pelo cabelo e respirei profundamente. *Merda!* Eu precisava de Lois para tirar Mae da porra da minha mente.

CAPÍTULO NOVE

~~SALOME~~

MAE

O som de uma suave batida veio da porta, e imaginei que Styx tivesse mudado de ideia. Caminhando naquela direção, apertei o cinto do robe e destranquei a porta. Abri uma pequena fresta e vi o homem barbudo de antes parado à frente. Seus grandes olhos castanhos fixos em mim e com um pequeno sorriso no rosto.

— Posso entrar?

Afastando-me da porta, tentei ficar de pé, mas a dor por ter andado demais fez com que a minha perna pulsasse.

— Sente-se — ele ordenou, vendo o meu desconforto. Cuidadosamente me sentei na beirada da cama e, se movendo diante de mim, se abaixou. O homem me olhou através de seus incrivelmente longos cílios. — Posso dar uma olhada em sua perna?

Arregalei os olhos. Para isso eu teria que levantar o robe, me expor.

— Eu sou um médico. Cuidei de você, dei os pontos. Meu nome é Rider.

Ele deve ter visto o meu choque...

— Em uma outra vida, eu era um soldado e médico. Você está em boas mãos. Não vou machucar você. — Abaixou a cabeça, meio que nervoso.

Ele parecia sincero e preocupado comigo. Ele não parecia tão áspero quanto Styx, nem tão abrupto na maneira de falar. Senti-me estranhamente confortável em sua presença, mas a barba curta era parecida demais com as dos discípulos para que eu me sentisse relaxada. No entanto, a personalidade de Rider era completamente diferente, suas ações eram gentis.

— Meu nome é Mae — falei suavemente.

Ele levantou a cabeça e um tímido sorriso cruzou seu rosto.

— Prazer em conhecê-la, Mae — ele disse educadamente. E então, com uma das suas mãos, jogou o cabelo castanho, na altura dos ombros, para trás. Ele se sentou e calmamente perguntou: — Posso dar uma olhada em sua perna, agora que sei o seu nome?

Acenei silenciosamente. Levantei o robe, sentindo as bochechas pegarem fogo de vergonha. Com o curativo à mostra, eu podia ver pequenos pontos de sangue começando a passar pelo material. As mãos de Rider eram tão leves quanto uma pena, enquanto retirava a bandagem da panturrilha, me permitindo ver a ferida pela primeira vez desde que acordei.

— Está cicatrizando muito bem. Vou colocar um pouco mais de remédio e trocar o curativo. — Rider se levantou e caminhou até a grande maleta médica que tinha deixado na mesa. Ele aplicou uma pomada na área, e o forte cheiro fez meu nariz arder. Então ele colocou novas bandagens, e o que quer que ele tivesse passado, já estava fazendo efeito e aliviando o meu desconforto.

Quando fechou a maleta, se virou e recostou na mesa com os braços cruzados enquanto me observava. Foquei meu olhar no chão, sem nenhuma ideia do que falar quando ele disse:

— Vou levar você para o meu quarto, Mae. Vou cuidar de você enquanto o Styx estiver fora.

Ele podia ver claramente o choque no meu olhar e se aproximou de mim, sentando na cama.

— Eu e Styx conversamos sobre isso. Amanhã cedo ele sairá para uma longa corrida. Não estará por perto para protegê-la. Então você vem comigo para o meu quarto e eu cuidarei de você até que ele volte.

Senti como se tivesse levado um soco no estômago.

— Se sou um fardo tão pesado, posso ir embora. Não quero ficar onde não sou bem-quista.

— Isso não vai acontecer, Mae. A ATF está no nosso pescoço, os federais estão se coçando para nos pegar. Eles têm agentes em todos os cantos,

TILLIE COLE

vinte e quatro horas por dia, sete dias por semana, daqui até os subúrbios de Austin. Explicar os seus ferimentos, sem saber nada da vida, não nos fará nenhum favor. O clube tem muitos inimigos para arriscarmos sermos pegos agora. Um monte de filho da puta esperando para se apossar dos negócios. Você fica aqui até o Styx dizer o contrário. E conhecendo o Prez, é melhor você fazer o que quer que ele diga.

Olhei para ele, incrédula. Eu não entendi quem estava observando o complexo ou a maioria das coisas ditas, mas uma coisa eu sabia: estava presa... de novo. Troquei uma prisão por outra. Rider apenas encolheu os ombros em resposta à minha fria reação.

— Vamos. — Ele se levantou e estendeu a mão.

— Não vou dormir com você, um estranho. Não espere nada de mim — avisei com a voz trêmula.

Ele riu, com um grande sorriso iluminando seu rosto.

— Por mais tentador que isso soe, docinho, não está nos *meus* planos. Não gosto dessa coisa de estuprar *putas* que são ingênuas sobre a vida. Este é o apartamento privado do Styx e vamos tirar você daqui. Você vai ficar no meu quarto e eu vou para casa. Não quero a sua bocetinha.

Ofeguei, pois era realmente chocante a maneira tão chula que os homens daqui falavam. Suas palavras eram ásperas, mas até agora, suas atitudes não foram mais do que gentis.

Com um suspiro pesado, levantei e segui Rider pela casa noturna, até chegarmos ao seu quarto. Era simples, mas limpo. Ele tirou os lençóis da cama, e da cômoda, pegou outros desbotados, porém limpos.

Ele encolheu os ombros se desculpando.

— Não é muito, mas serve.

Passando meus braços ao redor da cintura, perguntei:

— Por que você está fazendo isso?

— O quê? — perguntou confuso.

— Me ajudando. Cuidando de mim?

Rider se moveu do meu lado, a barba curta e cheia disfarçando o que eu imaginava ser um rosto amigável.

— Me deram uma ordem.

Senti o estômago pesar. Eu odiava a sensação de ser um problema que eles precisavam resolver.

Rider suspirou e se encostou na parede.

— Vamos apenas dizer que estou devolvendo um favor. — Ele deu um pequeno sorriso pela minha expressão confusa. — Uma vez eu estive na mesma situação que você, alguns anos atrás. O clube me ajudou a voltar aos trilhos. Tenho minhas razões para ajudar você que não lhe dizem respeito. Tudo o que precisa fazer é se curar. Ok?

Soltando o ar decidida, assenti e arrastei meu corpo cansado para a cama enorme, afundando nela.

— Parece que não tenho escolha alguma. Mas apesar disso, sou grata pela sua ajuda.

Depois de um tempo, Rider saiu e me ajeitei numa cama de verdade pela primeira vez na vida. Como uma Amaldiçoada, eu era ordenada a dormir em um colchão duro no chão.

Rodeada por conforto, rapidamente caí em um sono perturbado. Tentei me convencer de que era por causa das visões do Profeta David, Gabriel, ou até mesmo minha pobre Bella. Mas era mentira.

Styx.

Eu não conseguia parar de pensar em Styx.

CAPÍTULO DEZ

MAE

Um mês depois...

Terminei de vestir o vestido longo preto e um cardigã que Beauty me dera e fui me sentar na cama. Peguei a Bíblia que Rider tinha trazido para mim, e continuei lendo; não conseguia evitar meus suspiros. Aparentemente a Ordem não seguia os ensinamentos corretamente. Este livro não era o mesmo que líamos e do qual aprendíamos... que acreditávamos com todo o nosso coração. Ficou claro que o Profeta David tinha usado as passagens e os versículos que lhe cabiam para alcançar o seu objetivo e a sua ideologia.

Nós não sabíamos... meu povo vivia na ignorância.

Eu sentia uma onda impiedosa de raiva pela maneira como havia vivido minha vida toda. Tudo parecia um desperdício. Vivendo uma mentira por vinte e três anos. Vivendo sob regras estritas e sob o comando de homens severos.

Eu sentia vontade de chorar.

Minha vida no último mês, no entanto, tinha sido tão diferente. Na comuna, meus dias eram difíceis e mundanos, mas eu acreditava que era o meu propósito: servir os irmãos da maneira que lhes convinham. Na casa noturna dos Hangmen, meus dias e noites eram passados trancada no quarto de Rider, me curando e me escondendo do mundo do outro lado da porta; sem nenhum propósito.

De tempos em tempos permitiam que eu saísse do quarto; quando as mulheres eram autorizadas a estar no complexo, na maioria das vezes, às sextas e sábados à noite. Nos dois curtos passeios que fiz na área do *lounge*, com Rider grudado ao meu lado, fiquei horrorizada. A maioria dos homens estava fora na corrida com Styx, mas alguns ficaram para proteger o complexo. Os homens que vi, usavam as mulheres de maneiras indescritíveis, e as mulheres estavam felizes por servir, drogadas com opiáceos... em público, para todos verem. Uma mulher tinha me convidado para participar de atos sexuais explícitos com outras mulheres no centro da sala. Antes que eu pudesse reagir, Rider apareceu do nada, espantando-as com um simples aceno de cabeça na minha direção. Aquilo foi o suficiente para me fazer voltar à segurança deste quarto.

Rider me visitava com frequência, checando meu ferimento e mudando o curativo. Algumas vezes ele desaparecia por curtos períodos. Na verdade, a maioria dos homens fazia isso, saíam para fazer algo que eles chamavam de "cuidar dos negócios". Tinha a sensação de que era mais do que um passeio de moto em algum lugar, mas sabia que, pelas regras do clube – explicadas pelo Rider –, mulheres "não faziam perguntas".

Eu e Rider nos tornamos próximos. Ele era sempre gentil comigo e eu nunca o via com outras mulheres, para o meu alívio. Na verdade, ele passava o seu tempo livre sentado aqui no quarto, em minha companhia, lendo em silêncio ou pacientemente me ensinando sobre o mundo lá fora. Eu agradecia ao Senhor todos os dias por terem pedido a ele que cuidasse de mim enquanto Styx estava fora, e não um dos outros irmãos.

Uma batida soou à porta, parei com a leitura e fechei a Bíblia, pulando de ansiedade. Devia ser Rider. Ele saiu cedo hoje de manhã para pegar algumas coisas na loja para eu experimentar.

Corri para a porta e a abri, sorrindo contente, mas vacilei quando vi quem estava frente a mim, e meu coração começou a bater mais forte.

Styx.

Ele estava de volta... encostado contra o batente da porta, olhando para o chão, perdido em pensamentos. Quando me sentiu à sua frente, ele levantou o olhar lentamente. Suas narinas dilataram e a língua correu pelo lábio inferior enquanto seus olhos viajavam pelo meu corpo.

— Styx... — sussurrei.

Ele se endireitou e passou por mim, entrando no quarto. Saí do caminho e rapidamente fechei a porta, me virando e encostando nela, apenas o observando olhar ao redor. Eventualmente ele voltou a olhar para mim. Seu cabelo escuro e bagunçado tinha crescido nas últimas semanas, rebelde e quase cobrindo os lindos olhos. A barba estava mais comprida, fazendo com que parecesse mais rude e, se possível, ele parecia ainda maior de tamanho do que da última vez que nos falamos. Ele estava tão musculoso e desleixado, mas ainda assim era o homem mais bonito que eu já tinha visto. E o seu cheiro, Senhor, seu cheiro me fez respirar fundo diversas vezes. Não percebi o quanto tinha sentido a sua falta até que ele estivesse bem na minha frente.

Styx pigarreou, os punhos cerrados ao lado do corpo, olhos piscando rapidamente, quase como um tique nervoso. Observei sua garganta se contrair repetidas vezes antes que ele apontasse para a minha perna e perguntasse:

— P-p-perna?

Um pequeno e orgulhoso sorriso tomou conta dos meus lábios quando ele conseguiu falar comigo, e seu peito arfou pela minha reação. Ele me observou como um falcão enquanto eu me mexia. Levantei a barra do vestido e mostrei a panturrilha quase curada.

— Está muito melhor, obrigada.

Styx se agachou e passou os dedos pela cicatriz rosada, e eu parei de respirar; minhas bochechas esquentaram enquanto eu corava. Claramente notando que eu tinha parado de me mexer, Styx olhou para cima e seu olhar encontrou o meu, os lábios puxando um sorriso de canto. Então ele se levantou, me olhando mais uma vez. O ar ao nosso redor estava quase estalando com a tensão elétrica, como se fosse magia. Eu estava hipnotizada por ele, completa e totalmente encantada.

— Como foi a corrida? — perguntei suavemente, e ele assentiu de maneira curta, encolhendo os ombros. Tomei isso como uma resposta de que tudo tinha ido bem.

Styx passou as mãos pelo cabelo e se aproximou ainda mais de mim. Sua respiração quente acariciou minha pele, e fechei os olhos; aquela estranha sensação na barriga apareceu de novo, e perdi qualquer controle sobre a minha respiração. Depois de alguns segundos, abri os olhos só para encontrar Styx à frente, com os lábios afastados enquanto colocava uma mecha de cabelo atrás da minha orelha. Ele fechou a boca enquanto piscava rapidamente; ele ia falar.

— M-M-Ma... — Ele parou, expirou, seu punho se fechando no meu cabelo enquanto mentalmente trabalhava consigo mesmo. Coloquei a mão sobre a dele e passei o dedo sobre a pele áspera.

Ele inspirou pelo nariz e perguntou:

— M-Mae...

— *Mae?* — uma voz grave chamou do outro lado da porta e, um segundo depois, Rider entrou no quarto, segurando uma sacola e olhando o conteúdo, sem prestar atenção no que estava acontecendo diante de si. — Peguei algumas coisas que você precisa experimentar... — ele parou de falar quando viu Styx parado à minha frente, no meio do quarto, com a mão no meu cabelo e seu corpo a milímetros do meu.

— Prez — Rider cumprimentou, desconfiado. Ele cerrou os olhos enquanto seu olhar ia de mim para Styx, como se estivesse tentando descobrir o que ele tinha acabado de interromper.

O rosto de Styx ficou duro enquanto se afastava, olhando de forma severa para Rider. Observei o movimentar de suas mãos, informando-o de alguma coisa, e Rider assentir. Sem dizer outra palavra, Styx saiu do quarto e me encolhi quando a porta bateu com força.

Virei para Rider, que estava me observando com um olhar curioso.

— O que o Styx disse?

Rider deixou a sacola em cima da mesa e se virou para mim.

— O clube vai sair para um passeio em trinta minutos.

— O que é... — Minha pergunta foi interrompida por outra batida na porta e revirei os olhos exasperada.

Um momento depois a porta se abriu. Beauty e Letti entraram, conversando animadamente, carregando sacolas, e vestidas dos pés à cabeça em couro. Letti era a *old lady* de Bull e tinha me visitado nas últimas semanas junto com Beauty. Nunca conheci ninguém como ela antes, tão grande, tão segura de si. Mas ela era amável comigo e muito protetora da nossa amizade. Ela e Bull eram samoanos, o que apenas me deixava confusa; nunca me ensinaram muito sobre outras culturas. Na comuna, aprender sobre o mundo exterior não era prioridade. Letti me mostrou no mapa a localização de Samoa e adorei aprender sobre assuntos novos, mas me sentia uma tola por não saber uma única coisa sobre o seu país. Ela, no entanto, achava minha ignorância divertida.

— Mae! Vista-se. Você também vai no passeio — Beauty disse, colocando as sacolas no chão para ir para a cama. Rider balançou a cabeça, sorrindo, e saiu do quarto. Nessas semanas, Beauty tinha tomado para si a tarefa de ser minha amiga e protetora pessoal.

— Um passeio? — perguntei, confusa de novo, olhando-a de volta.

— Sim! O Passeio dos Hangmen. E você vem junto. — Ela começou a tirar um monte de roupas de couro de dentro das sacolas brancas e as jogou na minha direção. Letti estava achando aquilo tudo muito divertido.

— Espera! Eu não posso! Eu não sei como... andar em uma moto.

— Claro que pode, garota. Você vai com o Rider. Ele não tem ninguém na garupa. Você só tem que segurar firme.

— Mas o Styx...

— Styx vai ficar bem. Mae, você tem que sentir como é andar de moto... o vento no seu cabelo, o calor da estrada, o poder, a liberdade. E então relaxar no The Falls, comer churrasco e beber cerveja. Você está trancada aqui dentro por quase um maldito mês. Está na hora de você sair. Começar a viver, docinho. Os homens estão de volta e a protegerão... E você vai começar a se divertir.

Segurei uma roupa de couro que parecia apertada demais e fiquei de boca aberta. As calças eram tão justas, a regata preta com o emblema dos Hangmen, e uma jaqueta feminina de couro para combinar.

— Beauty, eu não posso...

— Garota, juro que se eu escutar essa palavra sair mais uma vez da sua boca, vou gritar!

Olhando para Letti, que estava sorrindo e apontando na direção do banheiro, desisti. Minha amiga abriu um sorriso e falou:

— Estaremos no lado de fora. Esperamos você lá.

Enquanto eu me olhava no espelho vários minutos depois, com uma quantidade absurda de couro cobrindo meu corpo, senti o estômago afundar. Lutei comigo mesma sobre usar as roupas apertadas, que não eram nem um pouco recatadas. Eu não estava coberta dos pés à cabeça como fui ensinada a me vestir por toda a vida. Minhas roupas eram pecadoras, sedutoras, mostrando cada curva do meu corpo, mas disse a mim mesma que eu não estava mais na comuna e não seria punida pelos irmãos por ser uma tentação. *Você está livre agora, Mae.* Repeti o mantra freneticamente e lutei com o meu coração em conflito. *Você está livre...*

Respirei fundo e dei outra olhada hesitante no meu reflexo, não conseguindo segurar uma risada curta e descrente. Se Lilah, Maddie e Bella pudessem me ver agora... Eu parecia tão diferente. Com o cabelo solto, caindo pelas costas, e calçando botas pretas, eu parecia uma delas – uma *"cadela"* como elas eram carinhosamente conhecidas –, e isto me deixou mais confusa ainda.

Respirando fundo para me acalmar, saí do quarto e passei pela área do *lounge*. O lugar parecia tão estranho... deserto, agora livre dos atos hedonistas que normalmente aconteciam ali.

Caminhando para fora do clube, consegui ouvir do outro lado da porta os ruídos dos motores das motos e as vozes profundas e graves dos irmãos ansiosos para o passeio. Nessas últimas semanas percebi que os homens ficavam inquietos se não saíssem com suas motos ao menos algumas vezes por semana, especialmente Rider; talvez fosse por isso que ele tinha esse nome.

Endireitei os ombros e saí pela porta, sentindo o sol escaldante do Texas ao meio-dia. Fechei os olhos e parei, ao sentir o calor me inundar aquecendo minha pele.

Sorrindo, abri os olhos apenas para encontrar um mar de motociclistas e suas mulheres olhando na minha direção. Vi Beauty acenar de perto do grupo dianteiro, um braço ao redor de Tank, que acenou com a cabeça.

Fui bombardeada com assobios e cantadas, algumas mulheres torceram a boca em desgosto e vários irmãos pareciam embasbacados. No entanto Rider foi quem realmente chamou minha atenção enquanto me observava, recostado em sua moto.

Um longo e alto assobio silenciou os homens e um movimento no grupo dianteiro fez com que eu desviasse o olhar. Styx e Ky se aproximaram e Rider os seguiu. Caminhei na direção deles, parando no final das escadas, remexendo as mãos, nervosa.

Ky sorriu e balançou a cabeça.

— Porra, Mae! Você está muito gostosa!

Mudei o peso do corpo de um pé para o outro e arrisquei um olhar na direção de Styx. Eu podia sentir a intensidade do seu olhar quase me perfurando, e, pela segunda vez no dia, perdi o fôlego. As mãos dele se movimentaram e Ky parou de sorrir. Ele pigarreou e pude ver a rapidez com que Styx sinalizava, mas ao invés de prestar atenção, observei o que ele estava vestindo: o seu típico jeans azul desbotado, camiseta preta, e o *cut* de couro. Em seus olhos, havia admiração, e o seu peito subia e descia pesadamente enquanto ele respirava. Senti-me como um animal, enjaulada e exposta para o entretenimento de todos.

De repente a mão de alguém agarrou o meu braço. Quando levantei o rosto, Styx estava à minha frente, me puxando para dentro do clube. Passando pela porta, ele me empurrou contra a parede mais próxima, fora do campo de visão dos irmãos.

Ao olhar para o seu rosto, percebi seu estado de consternação, e Styx passou a mão pela minha bochecha, depois no meu cabelo, seus olhos não perdendo um movimento. Mordi o lábio enquanto sua mão continuava a viajar para baixo, acariciando meus braços, pelas curvas do meu quadril e pela pele delicada da cintura. Minha respiração estava ofegante, rápida e completamente fora de controle. Styx não estava muito diferente.

Ele se aproximou mais e mais de mim, até que a sua respiração soprou contra minha pele; doce e envolvente. Ele encostou a testa à minha e segurou meu rosto entre as mãos. Eu não conseguia afastar o olhar da boca perfeita, aquele estranho anel de metal no meio do lábio inferior, reluzindo à luz do clube. Ele avançou, agora ofegante, e espalmou as mãos contra a parede.

— Styx? — sussurrei, sentindo um calor por dentro, dançando no meu estômago e descendo até o meio das minhas pernas. A sensação intensificou, meus olhos se arregalaram e, instintivamente, apertei uma coxa contra a outra. Ofeguei, confusa a respeito do que estava sentindo. — *Styx?*

Ele pareceu sair do transe e se afastou, bem quando seus lábios estavam prestes a tocar os meus. Styx me deu uma olhada demorada, dos pés à cabeça, seus olhos acariciando cada curva, como se ele fosse um pintor observando sua musa. Senti-me como se estivesse tirando minhas roupas... nua... *desejada*.

Soltando um suspiro sofrido, ele falou:

— A Lois v-v-vai na porra da garupa da m-minha moto. — Seus lábios se curvaram, como se ele estivesse com nojo. — E v-você v-v-vai na do R-r--r-ider. — Sua mão bateu com tudo na parede e ele xingou: — *P-PORRA!*

Com isso, ele se virou e caminhou em direção à porta. Parou, continuou de costas para mim, mas escutei sua voz grave dizer:

— V-v-você está realmente l-linda.

Meu coração apertou no peito e fechei os olhos, mas apenas por um momento.

— Senti a sua falta — sussurrei quando ele segurou a maçaneta da porta para sair.

— *PORRA!* — xingou endireitando as costas por debaixo do couro do *cut*, abaixou a cabeça e saiu apressado.

Recostada contra a parede de madeira, inclinei a cabeça, tentando acalmar meu coração e normalizar a respiração. Será que Styx esteve prestes *mesmo* a me beijar? Ele me queria na garupa da sua moto, e não Lois? O que ele estava pensando sobre mim? Ele, ele, ele...?

— Mae? — Tentei voltar o foco para a porta, por onde Rider tinha acabado de passar. Ele franziu o cenho ao me ver encostada na parede. — Você está bem?

Pigarreando, afastei o cabelo dos olhos e assenti.

Dando um sorriso, algo que era raro, ele disse:

— Vamos lá. Você vai na moto comigo.

Caminhamos pela multidão até a Chopper preta com detalhes cromados — ele tinha me contado sobre a moto, numa das noites quando perguntei. Parei ao lado dela, sem saber o que fazer, enquanto Rider subia na parte da frente. Pude ver Styx mais à frente, as costas retas e duras, e ele estava olhando adiante enquanto Lois mantinha os braços apertados ao redor da sua cintura. Meu coração doeu.

Rider bateu no banco.

— Sobe aí, docinho, e passe os braços ao meu redor — instruiu.

O repentino barulho ensurdecedor de uma das motos tomando vida me fez dar um pulo. Quando levantei o olhar, pude ver Styx olhando para mim através de um dos espelhos retrovisores. Seus lábios estavam tensos, dentes cerrados, seus olhos soltavam faíscas...

— Mae? — Rider me chamou mais uma vez. Dei um sorriso e subi no banco de couro aquecido pelo sol. Pegando o capacete que ele segurava, coloquei na cabeça. — Agora passe os braços na minha cintura, Mae. Segure bem firme — Rider instruiu mais uma vez.

Respirei profundamente tentando me acalmar, fiz o que foi orientado e segurei forte em sua jaqueta de couro, aspirando o cheiro de grama recém--cortada. Aquele cheiro inconfundível de couro antigo se espalhava no ar, misturando-se com o espesso aroma da fumaça do escapamento das motos.

A moto de Rider vibrou abaixo do meu corpo, no momento em que ele ligou o motor. Styx levantou a mão, apontou para frente e nós saímos do complexo, o grupo inteiro se movendo como se todos estivessem sincronizados. Styx liderou o caminho, e uma caminhonete com comida e bebida seguia mais atrás. Seguimos pela longa e deserta estrada.

Nunca me senti tão viva, tão *livre*...

CAPÍTULO ONZE

MAE

Confesso que nunca vi nada assim. Construções altas dominavam o horizonte, ruas cheias de pessoas e músicas de todos os tipos tocando por todos os lados. Viajamos por aproximadamente uma hora até chegarmos ao centro de Austin, no Texas, e eu já estava apaixonada pela experiência.

Então era assim como o mundo de fora se parecia, pensei. *Este é o mundo cheio de maldade?* Olhando os rostos sorridentes das pessoas pelas quais passamos, era difícil acreditar nisso.

Eu quase não conseguia absorver todas essas coisas novas. Achei fascinante como as pessoas paravam para nos ver passar, algumas olhando com admiração e outras com medo, escondendo as crianças atrás de si.

Diminuímos a velocidade quando chegamos em um semáforo. Depois que Rider explicou que a luz vermelha significava que os veículos tinham que parar, olhei ao redor. Percebi pessoas virando aparelhos pequenos para nós. Virei-me para perguntar:

— Por que as pessoas estão agindo assim?

Ele deu de ombros.

— As pessoas por aqui nos conhecem. Querem vídeos. É uma aparição rara, todos nós juntos. — Ele não disse mais nenhuma palavra sobre isso. Eu não sabia se isso era uma coisa boa ou ruim.

Passamos pelo centro da cidade e fomos em direção a uma área mais vazia, com campos verdes. Essa região era tão linda, com flores de diversas cores colorindo ambos os lados da estrada; milharais, campos de trigo e animais pastando. Não percebi que estava agarrando tão forte a jaqueta de couro de Rider até que diminuímos a velocidade e ele me disse isso com um sorriso.

Corando, diminuí o agarre.

As áreas abertas logo se tornaram arborizadas e, virando à esquerda, entramos em um local onde uma placa informava: *McKinney State Falls Park*. O local estava cheio de famílias e jovens. Arregalei os olhos quando vi o que eles usavam: tops minúsculos e shorts... e nada mais. Tanta pele exposta... Eles pareciam felizes, pelo menos até o momento em que ouviram a aproximação dos Hangmen.

As famílias correram para os carros, jogando suas coisas para dentro e saindo rapidamente do local. Os jovens se dispersaram, indo na direção oposta à nossa. Os Hangmen continuaram o caminho, sem se importar.

Passamos por uma placa que dizia "entrada de veículos proibida", mas Styx a ignorou completamente. As motos seguiram uma atrás da outra pelo caminho escuro e sinuoso. Continuamos naquela trilha por um tempo, virando uma curva, descendo por pequenos vales e subindo algumas colinas, até que chegamos em um espaço aberto onde diminuímos a velocidade até pararmos.

Rider desligou o motor e tirei a mão de sua cintura. Desci do banco e fiquei de pé, mas minhas pernas tiveram outros planos. Assim que meus pés tocaram o chão firme, as pernas cederam. Rider correu para me segurar, me puxando para o seu peito.

— Cuidado, Mae. Você fica um pouco instável depois da sua primeira corrida.

Incapaz de conter a risada que subiu pela garganta, acabei me rendendo. Ele sorriu em resposta enquanto soltava o capacete e o tirava da minha cabeça, e então, lentamente, ajeitou o meu cabelo. Olhei em seus olhos e engoli em seco.

Um som ao meu lado fez com que eu olhasse ao redor. Styx estava acendendo um cigarro, o tempo todo olhando para as mãos de Rider como se quisesse desmembrá-las. E então, se virando, Styx se afastou.

Rider abaixou as mãos e, pegando uma bolsa do lado da sua moto, me guiou pelo caminho rodeado de árvores. Todos os Hangmen seguiram por ali, carregando pequenas churrasqueiras e sacolas com comidas e bebidas. Eles estavam felizes e, ao redor, a atmosfera era leve.

TILLIE COLE

Assim que chegamos ao final daquela trilha, escutei o barulho de água corrente. Chegamos em um enorme espaço aberto e ofeguei pela beleza diante de mim. Afastando-me de Rider, continuei caminhando e parei na beirada de uma rocha. Olhei para as águas cristalinas; uma cachoeira formava ondas na superfície do rio mais abaixo. Cobri a boca com as mãos e senti lágrimas em meus olhos.

Senti a mão de alguém acariciar minhas costas, e me virei para encontrar Beauty parada ao meu lado, contemplando a mesma vista maravilhosa.

— É lindo, não é mesmo, docinho?

Acenei com a cabeça, concordando. Deixei uma risada escapar e respondi:

— A coisa mais maravilhosa que já vi na vida. É assim como eu imagino o paraíso.

— Quando você estiver pronta, venha para a churrasqueira com a gente — ela disse, me puxando para um abraço.

Olhei para trás e vi o clube todo maravilhado pela minha reação. Styx já estava sentado e encostado contra uma árvore, bebendo uma cerveja, me observando... Sempre me observando. Meus lábios se abriram em um sorriso de contentamento.

Ignorando os homens que ainda me olhavam, sentei à beira da rocha, para admirar a vista diante de mim. Uma lágrima escorreu quando pensei em Bella. Eu sabia o quanto ela teria amado este lugar: o azul-turquesa da água, as pedras e, o mais importante, a liberdade. Fechando os olhos, inclinei a cabeça para trás e rezei silenciosamente para a minha querida irmã.

Sorri.

Apesar da perda da minha fé na Ordem, eu ainda acreditava que ela estava em um lugar melhor do que a comuna. Sentia no meu coração uma sensação de paz. Esperava que estivesse olhando por mim, vendo este exato momento, dividindo a liberdade e, acima de tudo, me vendo feliz pela primeira vez na vida.

Depois de vários minutos em silêncio, tirei a jaqueta de couro preto, muito pesada para o calor do verão, e brinquei com as finas alças da regata. Eu nunca tinha... eu nunca teria... usado algo tão revelador assim. Estar com os braços expostos à vista de todos era algo que eu ainda precisava me acostumar.

Levantei e fui para onde todos estavam sentados. Várias mulheres, incluindo Beauty, usavam apenas minúsculos biquínis e maiôs, e estavam sentadas com seus homens, que as seguravam orgulhosamente em seus braços.

Os casais se beijavam, as mãos passeavam e acariciavam seus corpos. Styx mantinha-se recostado na árvore, com Lois e Ky ao seu lado. Ele não a tocava, e apenas me observava como uma águia. Calor se espalhou pelo meu corpo quando notei que era o alvo de sua atenção.

Vi Rider com Beauty, Tank, Letti e Bull, e caminhei até onde estavam. Rider tirou a jaqueta, colocou no chão e acenou para que eu me sentasse ali; agradeci, acenando com a cabeça.

— Beba isso aqui, você vai gostar — Letti disse, colocando uma garrafa na minha mão.

— Obrigada. — Levei a garrafa aos lábios, dei um pequeno gole e imediatamente cuspi o que quer que fosse aquele líquido.

Risadas soaram ao meu redor.

— O que é esse negócio? — perguntei para Letti.

— Bud. Cerveja. Álcool. A bebida dos deuses! Mas percebo que você não é muito fã — concluiu, piscando.

Arrepiada, balancei a cabeça. Bull pegou a garrafa da minha mão e bebeu a coisa toda de um gole só.

— Melhor, sobra mais pra mim. — Ele sorriu.

Rindo, Beauty se inclinou sobre Tank, sem camisa, abrindo uma grande caixa azul. Ela pegou uma lata, abriu e disse:

— Aqui, tente isso, docinho.

Dessa vez, primeiro cheirei o líquido que havia lá dentro, levei a lata até a boca e tomei um pequeno gole. Esse aqui tinha um gosto muito melhor. Na verdade, era incrível!

— Gostou mais desse? — Ela agora estava sentada na minha frente, praticamente se balançando de animação.

Assenti e dei outro gole.

— O que é?

— É um refrigerante. É o que eu bebo, mesmo com esses idiotas tirando com a minha cara. Aparentemente, é coisa de menininha. Agora não estou mais sozinha nessa! *Amiga de bebida*! — Beauty sorriu e bateu sua lata contra a minha.

A churrasqueira chiava atrás de nós; o cheiro do churrasco fez minha boca salivar. Nunca tinha comido tão bem quanto comi nesse mês, nunca pensei que a comida pudesse ser agradável de se consumir.

Os minutos se passaram enquanto alguém tocava uma música; os homens estavam relaxados, e algumas almas corajosas se mexiam, pulando das pedras para a água gelada.

TILLIE COLE

Eu estava realmente me divertindo. Até agora eu não sabia o que era diversão.

— Ei, Branca de Neve!

Vi Rider virar a cabeça e depois voltar a olhar para mim.

— Eles estão falando com você, Mae.

Olhando ao redor, vi Viking, Flame e AK reunidos, olhando na minha direção. Eles foram para a "corrida" com Styx e tinham acabado de voltar. Eu não tinha certeza do que pensar sobre esse trio. De todos os irmãos, eles eram, de longe, os mais assustadores do clube, principalmente Flame. Por mais lindo que fosse, com uma constituição facial perfeita, corpo definido e cabelo escuro, o ar perdido e sem emoção em seus olhos escuros me gelava até os ossos. A maneira como ele observava a todos com constante suspeita, como nunca ficava parado por mais do que alguns minutos no mesmo lugar, como segurava a faca, girando entre os dedos e cortando a própria pele, não me deixavam muito confortável ou faziam com que sentisse segura.

Olhei para Rider, que vestia uma camiseta branca, seus braços musculosos e bronzeados agora à mostra, e a típica bandana segurando o cabelo.

— O que ou quem é Branca de Neve? — perguntei.

Ele sorriu e vi uma expressão brincalhona tomar conta do seu olhar.

— Ela é uma personagem de desenho animado. — Ele viu quando franzi o cenho... Eu não tinha ideia do que era um desenho animado. Rider conseguiu ver isso claramente na minha expressão e riu. — Ela tinha cabelo preto e olhos azuis, bem gostosa para um desenho. É por isso que eles chamam você assim.

Engoli nervosa enquanto seus olhos estavam presos aos meus. Nas últimas semanas, a maneira como Rider me olhava tinha se tornado mais intensa. A maneira como me tratava se tornou menos reservada e mais atenciosa. A distância que tentou manter parecia diminuir a cada dia.

Uma fatia de pão de hamburguer atingiu meu braço. Eu me virei e vi Viking balançando a cabeça, tentando chamar a minha atenção.

— Você vai nos dizer de onde você é, garota misteriosa?

Meu coração pareceu encolher quando ele fez *a* pergunta. Olhei para Rider em busca de ajuda.

— Você não precisa responder a essa pergunta se não quiser — ele me assegurou, com o rosto franzido. A conversa ao nosso redor tinha diminuído. A maioria das pessoas nos observava.

— Eu... Eu não sei a localização — respondi baixinho. — Era proibido. Viking olhou para AK e para Flame, e riu.

— Você não sabe onde morava, onde cresceu? Você está brincando? Balançando a cabeça, eu disse:

— Não, as mulheres não eram autorizadas a saber. Nós, as irmãs, não saíamos... nunca. Eu não podia sair dos quartos que me eram designados, só em ocasiões especiais. Os irmãos saíam da comuna de tempos em tempos, porém em raras ocasiões. Eles não queriam estar longe de nós por muito tempo no mundo pecador do lado de fora.

— Saíam de onde? Que porra você quer dizer? — Flame perguntou, com uma expressão selvagem. Arrepios desceram pelas minhas costas quando li a palavra DOR tatuada em sua gengiva.

— Da... da comuna. A Ordem. Meu... lar... meu povo — respondi, engolindo o medo.

Os rostos confusos dos membros do clube começaram a me sufocar, e senti o tremor nas mãos. A perna de Rider, coberta pela calça jeans, estava do meu lado e o senti ficar tenso com minhas palavras. Eu não sabia o que havia de errado com todos eles. Será que o que falei era estranho para eles? Pelas suas expressões de choque, presumi que sim.

— Eu... eu fugi, encontrei uma maneira de sair e me feri no caminho. Foi assim que machuquei a perna — adicionei rapidamente.

— E como você nos encontrou? Vivemos no meio do nada. Ninguém enviou você pra lá, enviou? Alguns de nós temos um pé atrás quando uma *puta* aparece do nada no complexo — AK falou se inclinando para frente.

— Não... não... Eu... Uma mulher em uma caminhonete me encontrou em uma estrada deserta e depois de algumas horas de viagem, me senti mal, por causa do meu ferimento, então pedi que ela me deixasse onde estávamos. A casa noturna era o que havia ao redor, então fui até ali. A próxima coisa que me lembro foi de acordar na cama... do quarto de Styx. — Apontei na direção dele, mas sem olhar para lá.

— E como você conheceu o Prez? Aquele foi um belo reencontro no bar e ele não fala porra nenhuma sobre isso *ou* sobre porque ele está protegendo você. Você deu uma chave de boceta nele? Conseguiu convencer que ele deixasse você ficar depois de uma boa trepada? — Viking perguntou. Os outros irmãos riram do seu comentário rude. Fiquei de boca aberta e hesitei em responder quando, de repente, Viking olhou para cima e levantou as mãos, voltando a se recostar na pedra.

Ao me virar, vi Styx atrás de mim; sua camiseta branca agora amarrada no cós da calça jeans, um olhar amedrontador e com o rosto transfigurado pela fúria. Eu me encolhi enquanto olhava para o largo tórax nu, os músculos se movendo sob a pele esticada. Seus ombros eram perfeitamente tonificados, cada centímetro da sua pele era coberto por tatuagens coloridas. Sua barriga, Senhor... Sua barriga era definida e os músculos delineados. Gotas de suor escorriam por ali, seguindo por um caminho em formato de V na parte inferior do seu abdômen. De repente senti calor demais por estar vestida com a calça de couro. Corando, vi Beauty me olhando e reconhecendo minha reação, e a expressão de preocupação de Rider.

— Tudo bem, já parei — Viking disse, interrompendo meus pensamentos impuros.

Olhei para o gigante ruivo e respondi:

— Eu não o conheço, não de verdade, e especialmente não da maneira como você está sugerindo. Ele é gentil e amável comigo. Eu gosto muito dele.

Parecia que todo mundo tinha parado de respirar enquanto o olhar castanho de Styx colidia com o meu. De repente, risadas ecoaram por todos os cantos, nos tirando daquele estranho transe.

— Gentil? Amável? Porra, ela realmente não o conhece! — AK se levantou meio instável, claramente embriagado, balançando a garrafa de bebida na mão, sem camiseta, calça jeans desabotoada, uma enorme tatuagem de cruz marcando sua pele. — Ele é o maldito *Hangmen Mudo*, aquele que dá sorrisos permanentes!

Ky foi na direção de AK, partindo para cima dele. Ele deu um soco no rosto do outro homem, jogando-o no chão. Quando pairou sobre o corpo caído de AK, gritou:

— Cala a porra da sua boca! Estou cansado de escutar a sua voz do caralho!

Não percebi o quão perto eu tinha me achegado a Rider em busca de proteção até que me vi, envergonhada, praticamente sentada no seu colo, seu braço atrás de mim, mas sem me tocar. Um barulho de folhas sendo amassadas chamou minha atenção e me virei para ver as costas tatuadas de Styx entrando na floresta, deixando todos para trás. Meu coração quase parou de tristeza.

— Parem tudo o que estão fazendo!

Um homem vestindo um uniforme bege deu alguns tiros instáveis do lado norte da linha das árvores, apontando um enorme rifle.

— Vocês não têm permissão para entrar com veículos aqui, vou pedir para que se retirem!

Ky jogou a cabeça para trás e riu, Viking e Flame ao seu lado, fizeram o mesmo.

— Vejam só se não é o bom e velho ranger Smith! — Ky falou depois de rir.

Viking deu um passo para frente, ignorando o clique da trava de segurança da arma.

— Onde está o Zé Colmeia, Catatau? — Eu não fazia a menor ideia do que ele estava falando, mas parecia algo engraçado para os irmãos e mulheres que estavam ali.

O gigante ruivo chegou na frente do homem, o peito quase tocando a ponta do rifle.

— Vaza daqui, pequeno ranger, antes que a gente pare de conversinha. Você tem sorte que estamos de bom humor.

O homem olhou ansiosamente para o grupo que estava ao redor, os homens casualmente parados de pé, as mulheres continuando a conversar e a beber apesar da ameaça de que Viking pudesse levar um tiro no peito a qualquer momento.

— Eu vou... chamar a polícia! — ele ameaçou debilmente.

Ky jogou as mãos para o alto.

— Ai, não, a polícia! — Ele deu um dos seus sorrisos assassinos e disse: — Vá em frente. De qualquer maneira, eles estão na nossa lista de pagamentos. Não vão nem ligar. *Eles*, ao contrário de *você*, seu pedaço de merda, sabem que não devem se meter com os Hangmen.

O homem arregalou os olhos com aquela informação. Ele começou a se afastar, andando de costas, apontando a arma para vários irmãos antes de sair correndo pela vegetação.

Rindo e assobiando, os irmãos liberaram as armas e atiraram no ar. O barulho era como um trovão ensurdecedor.

Ky se virou, desabotoando a calça jeans. Fechei os olhos antes que ele ficasse completamente exposto, mas escutei quando falou:

— *Putas*, tetas e bocetas pra fora! Irmãos, vejo vocês na água! — Risos e aplausos ecoaram das pedras, e abri os olhos para ver os corpos nus caindo na água.

Beauty estava de pé e se virou para mim.

— Vamos lá!

— Não. Vá você. Eu ficarei aqui. — Balancei a cabeça e ela revirou os olhos, pronta para protestar, mas Tank se aproximou dela, colocando-a sobre os ombros e correndo para a água. Seu grito estridente me arrancou um sorriso.

Letti e Bull se aproximaram da água para ver a movimentação... Sobrando apenas eu e Rider sozinhos.

— Você não quer ir? — perguntei.

— Não é bem a minha praia. — Sorriu e coçou o rosto barbudo.

— Você não é como os outros. — Inclinei a cabeça, estudando-o.

Ele levantou uma sobrancelha.

— O que quero dizer é que você não bebe, não fuma, ou usa as mulheres. Embora elas pareçam desapontadas por causa disso. Você nunca fica irritado. Você é quieto, um pensador... um curador.

— Não significa que não tenha feito a minha cota de merda, docinho. A vida na estrada é bem diferente da que você vê no complexo — ele respondeu, encolhendo os ombros.

— Mas ainda assim... É ótimo ter você por perto. Obrigada... Você faz com que eu me sinta segura.

Os olhos escuros de Rider travaram nos meus. Sentindo uma mudança preocupante no meu humor, me levantei rapidamente e vi sua expressão assustada.

— Acho que vou dar uma caminhada.

Rider suspirou silenciosamente e apertou a bandana ao redor da cabeça.

— Quer companhia?

— Ficarei bem, mas obrigada. — Com isso, fui na direção da trilha ladeada por árvores altas, sabendo que Rider estava observando cada passo que eu dava.

Caminhando devagar, abracei meu corpo, sentindo um vazio dentro de mim. Sentia-me tão desnorteada no mundo exterior: as referências que as pessoas faziam às coisas que eu não conhecia, as regras dos Hangmen, e o pior, o fato de eu ser uma "aberração" para eles. Como Letti disse uma vez: eu era a garota afastada da civilização por quase toda a vida, sem ideia de como sobreviver sozinha. Aos vinte e três anos, sentia que as únicas duas pessoas em quem eu poderia buscar ajuda eram Styx e Rider. Rider, eu não tinha ideia do que passava pela sua cabeça na maioria do tempo. E Styx... sim, Styx... o homem que, quando estava perto de mim, fazia com que eu me sentisse envergonhada pelos pensamentos impuros que povoavam a minha mente. Ele me confundia mais do que qualquer outra pessoa que já conheci.

Um homem mudo com tantas responsabilidades sobre os ombros com tão pouca idade, um homem que já tinha uma mulher que o adorava, e isso fazia com que o meu coração se partisse em um milhão de pedaços.

Entrando em um círculo de pedras, olhei para o céu azul claro e respirei o ar fresco da floresta. Afastando o meu pesado cabelo das costas, o segurei no topo da cabeça, sentindo a brisa refrescar a pele exposta.

A sensação era divina.

Ao escutar o barulho de um galho se quebrando, abri os olhos e dei de cara com um peito nu e bronzeado, braços musculosos e tatuados, as mãos fechadas em punhos ao lado do corpo.

Styx.

Ele a meio metro de distância.

Soltando fogo com o olhar, lambendo o anel no lábio inferior, completamente focado em mim.

Dei uma respiração profunda e trêmula, e soltei o cabelo quando ele começou a se aproximar; não, não se aproximar, *espreitar*. Dando um passo para trás, tentei escapar da intensidade de seu olhar, mas minhas costas se chocaram no tronco de uma árvore, me deixando sem ter para onde fugir.

Quanto mais perto ele chegava, mais pesada a respiração saía por entre os lábios abertos. As pontas dos seus pés encostaram nos meus, seus braços me encurralaram, e o viciante cheiro masculino, amadeirado e de couro, que vinha dele, inundou meus sentidos fazendo minha cabeça girar.

Meus olhos continuaram abaixados, focando nas pequenas cicatrizes que marcavam seu peito. Quando o hálito roçou minha pele, meu coração pulou uma batida.

Sua mão passou pelo meu cabelo, mal tocando, e os dedos de Styx correram pela minha bochecha, as pontas ásperas acariciando meus lábios. Com mais um passo, o peito de Styx grudou no meu. Com o instinto tomando conta e jogando a lógica para o lado, minha mão tocou gentilmente a pele quente de suas costas. Um gemido baixo saiu de seus lábios e levantei os olhos para encontrar os dele.

E esse foi o estopim.

A boca de Styx se uniu à minha, sua mão segurou a parte de trás da minha cabeça, a língua provou e deslizou entre os meus lábios, imediatamente roçando contra a minha. Assustei-me com a repentina intromissão. Eu nunca tinha sido beijada desde Styx, quando era criança, e aquele beijo não tinha comparação com este. Com medo de perder o equilíbrio, ergui

TILLIE COLE

as mãos e segurei em seus braços fortes enquanto me rendia ao seu ataque. Os lábios de Styx eram suaves e o seu sabor era viciante. Eu me perguntei se estava fazendo isso errado. Fiquei preocupada que ele interpretasse mal minha falta de habilidade.

Mas então senti. Uma protuberância dura contra a barriga.

Ele estava excitado.

Ele me desejava... carnalmente.

E naquele momento, eu gemi; também queria me entregar a ele. E que o Senhor me perdoasse, mas os instintos tomaram conta das minhas ações e cravei as unhas em seus músculos, perdida no seu toque.

A cada segundo que passava, seu beijo ficava mais frenético, como se este beijo fosse tudo o que teríamos. Dessa vez era tudo diferente. O garoto que River fora tinha crescido para ser o homem que Styx era e, apesar da maneira rude, ele era tudo o que eu queria. Tudo o que sempre quis.

Eu estava completamente consumida pelo seu toque, seu gosto e cheiro, e naquele momento, dei a minha alma e coração para um *pecador*.

Sua mão começou a descer pela frente da minha regata, e minha barriga arrepiou ao seu toque. A mão baixou ainda mais, pela minha calça, os dedos tocando entre as coxas, carne contra carne. Minhas pernas quase cederam com o choque, mas quando um gemido baixo vibrou na minha garganta, cedi e sua mão começou a mover por entre minhas dobras. Outro gemido escapou e comecei a me balançar. Eu sentia algo estranho. Era quente, mas não o suficiente. Os dedos de Styx se moviam rápido, mas não o suficiente. Pequenos choques correram pelas minhas coxas e braços, e eu podia sentir que estava oscilando no precipício de algo grande... algo enorme... algo que nunca senti na vida.

Subi as mãos pelas costas musculosas de Styx, pelas costelas, contando cada uma delas, até que finalmente segui para a barriga perfeita; os músculos se contraíram ao meu toque, e ele jogou a cabeça para trás soltando o ar e interrompendo o beijo. Observei os músculos do pescoço subindo e descendo, mas o som dos irmãos saindo da água me tirou daquele transe.

Isso não era certo.

Senhor, o que estou fazendo?

A realidade me atingiu como um balde de água gelada. Pressionei as duas mãos no peito de Styx e o empurrei, sua mão deixando o calor da minha calça de couro. Pego de surpresa, ele cambaleou para trás, os olhos voltando a focar. Seu corpo ficou tenso e ele voltou a se aproximar, as mãos agora segurando meu rosto, me prendendo com o olhar.

— Por-por... Por q-que você p-parou? — Ele tremia tentando voltar a ter controle sobre suas palavras.

— Por favor... É tudo muito rápido... Eu não sei o que estou sentindo. É demais, muito cedo. E... Você veio com a Lois. Isso... nós, assim... não é certo.

Ele soltou uma risada sem humor.

— E-ela não é minha m-mulher. É s-só uma t-trepada. Ela n-não importa.

— Styx, ela importa sim. Como você pode ser tão insensível? Pra você ela pode significar nada, mas para Lois... ela o ama. Eu não posso, e não *ficarei* com você dessa maneira. Não é certo.

Abaixando as mãos, ele deu dois passos para trás antes de rosnar:

— V-você gosta dele?

— Quem? — Franzi o cenho confusa.

— R-Rider! — Ele começou a andar de um lado ao outro, como um animal enjaulado. — E-eu vi v-você. V-você gosta dele.

— Eu...

— Q-quando c-cheguei esta manhã, a p-primeira coisa que eu fiz f-f-foi ir ver você. A p-porta estava aberta. V-v-você estava com ele, r-rindo, perto d-demais. Eu n-não gostei d-d-daquilo.

— Styx, como você pode me dizer isso quando está aqui com a Lois? — perguntei trêmula.

Ele congelou no lugar.

— E-esse é o s-seu problema? A L-Lois? Porra, M-Mae. A-acabou.

Eu não tive a chance de dizer nada em resposta. Styx se virou e foi embora, me deixando sozinha entre as árvores, sem fôlego e molhada entre as pernas. Inclinei a cabeça para trás e olhei para o céu, tentando normalizar a respiração. Por que eu estava tão molhada naquela área do meu corpo? Por que eu pulsava... *ali*? Por que tudo desse lado da cerca era tão difícil de entender e esses sentimentos impossíveis de decifrar? Senti uma bola se formar na garganta e lutei contra as lágrimas. *Eu* escolhi sair da Ordem. Agora precisava aprender a me ajustar a tudo... *isso*.

Voltei imediatamente para a clareira perto da cachoeira. Quando saí das sombras das árvores, Styx já estava próximo à sua moto, de camiseta e *cut*, e Lois estava parada ao seu lado, com lágrimas nos olhos enquanto observava as mãos dele se movimentando. Ela se abraçava, tentando se proteger das palavras.

— Por favor, Styx. Não faça isso comigo. Você é tudo o que eu tenho. Eu quero ficar com você... apenas com você. E você sabe disso — ela implorou, olhando para ver se ninguém os observava. Mas todos estávamos. Eles estavam fazendo uma cena. Meu coração quebrou pela devastação que transparecia na voz de Lois, e pela expressão visceral em seu lindo rosto.

Mais uma vez, as mãos de Styx voltaram a sinalizar, o rosto dele mostrava sinais de cansaço, até que olhou para mim e sua expressão suavizou.

E a realidade ficou clara: ele a estava deixando por mim.

Oh... não... *Lois*...

Lois seguiu seu olhar e todas as esperanças pareceram sumir do seu corpo. Ela voltou a olhar para Styx.

— É por causa da Mae, não é?

Ele não respondeu. Lois pegou no braço dele, mas Styx se afastou e lhe deu um olhar gélido.

De repente, senti um calor ao meu lado e vi que Letti e Beauty tinham se juntado a mim. Beauty colocou a mão no meu ombro enquanto observava a cena.

— Pobre *puta*, ela sempre amou o Prez. Cresceu com ele e com o Ky. Conhece ele a vida toda e sempre o quis. Isso vai matar a coitada — sussurrou, e dessa vez, lágrimas realmente rolaram pelo meu rosto. Eu era a causa da sua dor, e naquele momento, eu me odiava. Talvez eu fosse uma Amaldiçoada no fim das contas.

— Styx, por favor. Me escute... — Lois implorou, mas ele se afastou.

Ela secou as bochechas e se virou para observar o clube. Lois vacilou ao perceber que era o centro das atenções, e então começou a caminhar na minha direção. Meu coração batia furiosamente a cada passo que ela dava. Eu esperava pela sua ira, seu desdém, mas em vez disso, um rio de lágrimas banhou o seu rosto e ela estremeceu.

Parada diante de mim, seus olhos observaram cada centímetro do meu rosto e ela passou a mão pelo meu cabelo.

— Tão macio... — sussurrou, e tentei controlar o meu nervosismo, sem me atrever a me mover.

Inclinando-se, ela sussurrou ao meu ouvido:

— Ele nunca esqueceu de você, Mae. Enquanto crescíamos, eu o via falar com Ky sobre você o tempo todo, a garota com olhos de lobo. A garota atrás da cerca, a garota que ele beijou. Era o tempo todo. Seu precioso número três... seja lá o que isso signifique.

Ela se afastou para me observar novamente e me deu um pequeno sorriso, pegando minha mão.

— Eu acho que sempre foi você quem ele quis. Claro, ninguém acreditava que você fosse real. O pai dele pensou que, além de mudo, ele fosse louco, pelo menos por um tempo, quando éramos crianças. Mas agora, aqui está você, em carne e osso, apareceu do nada no clube, respondendo todas as preces dele. Você é a única coisa que ele nunca conseguiu esquecer. — Ela inclinou a cabeça para um lado e seus olhos ficaram tristes. — Você é uma garota muito amável, Mae, mas por que você tinha que vir aqui? Por que você não podia ir para outro lugar? Eu amei o Styx desde sempre, e então você aparece e o toma de mim com um simples piscar desses seus lindos olhos de lobo que ele tanto adora. Primeiro o meu pai me deixa, agora o Styx. Não tenho mais ninguém. Minha vida não faz mais sentido...

Engolindo o aperto na garganta, abri a boca para responder quando, do nada, escutei o som de armas sendo disparadas. Antes que eu conseguisse entender o que estava acontecendo, uma bala acertou a testa de Lois, sua expressão atônita congelada enquanto o corpo caía no chão, sua mão deslizando da minha.

Virando-me, entrei em pânico. Balas ricocheteavam por todos os lados, as árvores chacoalhavam com o impacto dos projéteis, fazendo com que pedaços de madeira saíssem voando. Beauty e Letti se jogaram no chão tentando se proteger.

Eu não conseguia me mover. Meu coração batia acelerado enquanto o medo me percorria. Olhei para o lado e vi que Styx, Rider e Ky tinham se abrigado atrás da caminhonete; Styx estava sinalizando ordens e Ky gritava os comandos. Eles puxaram suas armas e começaram a revidar. O ataque pareceu diminuir, porém dois homens usando balaclavas se aproveitaram desse momento, e de repente, senti meu braço queimar. Quando olhei para baixo, o sangue escorria de onde eu tinha sido atingida por uma bala.

Eu não sentia dor.

Olhei para Styx e seus olhos desesperados encontraram os meus. Ele viu o sangue pingando do meu braço e Lois morta no chão, ainda de olhos abertos.

— *MAE!* — ele berrou furioso. Styx se levantou, pronto para correr para mim quando Ky o jogou no chão, uma bala quase acertando sua cabeça enquanto ele se escondia atrás do pneu enorme.

— *Porra! Porra! Porra!* — ele gritou de novo. Mesmo na loucura do tiroteio, vários irmãos pararam e olharam para Styx. Ele tinha falado na frente de todos.

Dito o *meu* nome.

Agindo por impulso, corri para procurar abrigo entre as árvores. Mas algo fez com que eu me virasse; o som de uma voz masculina gritando algo atrás de mim. Olhei para os atiradores que estavam nos atacando e congelei quando um homem mascarado apareceu de um buraco no teto de uma caminhonete. Ele mirou a arma em mim.

— *NÃO!* — escutei Styx rugir, mas não consegui afastar o olhar do homem à minha frente.

Observei enquanto o agressor liberava a trava de segurança e atirava. Como se tudo estivesse em câmera lenta, eu o vi puxando o gatilho e a fumaça aparecer no cano. Fechei os olhos, me preparando para o pior, escutando os gritos atormentados de Styx e o barulho da sua arma. Meu corpo se preparou para o impacto.

De repente eu fui jogada no chão e, por causa da intensidade do impacto, perdi o fôlego. Um corpo pesado estava caído sobre mim, me pressionando contra o solo; o cheiro de carne queimada chegou ao meu nariz.

— Merda. *MERDA!* — alguém gritou acima de mim, como se estivesse com dor e, em segundos, o homem tinha sido removido.

Era Rider. Rider tinha levado um tiro no ombro... Santo Deus! Ele tinha me salvado.

Styx e Ky vieram correndo, e Styx ficou branco como um fantasma quando viu o sangramento em meu braço e Rider rolando no chão, segurando o lado esquerdo.

— K-Ky, você leva o Rider para a c-caminhonete. Eu c-cuido da M-Mae!

Ky fez como lhe fora instruído e Styx me pegou nos braços, me levando para a caminhonete que veio com as provisões. Olhei ao redor, ainda na segurança dos seus braços, mas o ataque fora encerrado e os outros já tinham ido embora. Os irmãos estavam montados em suas motos, furiosos, e Flame, Viking e AK seguiram na direção das marcas de pneus.

Eles iam atrás dos atiradores.

Ky se jogou no banco traseiro com Rider, enquanto Styx me colocava ao seu lado, no banco do passageiro. Escutei um barulho vindo da carroceria da caminhonete, olhei para trás a tempo de ver Bull colocar o corpo de Lois junto com alguns cobertores, enrolando-a com eles. Senti-me enjoada e as lágrimas queimaram em meus olhos. As rodas da caminhonete chiaram e começamos a nos movimentar.

— Rider. Rider! — falei em pânico, me virando no banco para vê-lo segurar o braço com dor.

— Mae, *v-v-você* está b-bem? — Styx perguntou forçando as palavras a saírem.

Virei a cabeça para olhá-lo e levei a mão ao meu braço, vendo o sangue. Acenei vagamente com a cabeça. Styx então olhou para Ky pelo retrovisor.

— C-como ele e-está?

Rider. Ele estava perguntando ao Ky sobre o Rider.

— A bala atravessou. Tem ferimentos de entrada e saída, uma caralhada de sangue. Deve ficar bem. Já vi pior no ano passado, mas acho melhor chamar o doutor Brett. Metade dos irmãos está de guarda no complexo, metade nos seguindo. O *psycho trio* saiu atrás em perseguição aos bastardos que atiraram em nós.

Ky começou a fazer algumas ligações enquanto Styx dirigia perigosamente rápido de volta para casa. Eu não conseguia falar e era visível o quanto ele estava furioso. Eu conseguia notar pela força com que seus dentes estavam cerrados e pelo branco dos nós dos dedos, apertando o volante.

Assim que nos aproximamos do complexo, metade dos irmãos estava do lado de fora, armados até os dentes. Quando paramos, eles abriram as portas da caminhonete e tiraram Rider do banco de trás, levando-o para dentro do clube. Um homem mais velho e gordo seguiu atrás deles, carregando uma maleta preta. Doutor Brett, presumi.

Styx deu a volta na caminhonete e me pegou no colo, correndo para o interior do complexo.

Beauty veio ao nosso encontro.

— Jesus Cristo! O que diabos aconteceu? Um minuto Lois estava viva e colocando o coração para fora, e no outro, pura carnificina! — Ela parou, suas mãos começaram a tremer. — Porra. Eles a mataram... — ela sussurrou. — Pobre *puta*... ela... ela... — Beauty tremeu, incapaz de terminar a frase.

O bar logo ficou cheio de irmãos e Styx me segurava contra o seu corpo firme enquanto Beauty pressionava algo contra o meu ferimento, lutando contra as lágrimas.

— *A porra de um carro que passou atirando!* — Ky gritou. Percebi que Styx estava mexendo as mãos furiosamente, seus braços apertados ao redor dos meus ombros enquanto Ky traduzia.

— *Mas que porra! Primeiro os filhos da puta dos russos deram para trás. E agora isso?!* — Styx olhou diretamente para mim, Ky continuou seguindo

TILLIE COLE

a linguagem de sinais enquanto o Prez acariciava o topo da minha cabeça com a bochecha. — *Lois levou uma bala no meio dos olhos e eles atiraram em Mae. QUE. PORRA?!*

Tremi de medo ao escutar suas palavras. Beauty me abraçou apertado.

— Styx, você a está assustando — ela disse suavemente. Eu não conseguia me esquecer do rosto chocado de Lois, seu corpo sem vida caindo no chão... *Por que você teve que vir aqui... Não tenho mais ninguém...*

Pobre Lois!

Ele baixou a cabeça, pegou a bebida que Bull ofereceu e bebeu de uma vez. Ele ainda não tinha me soltado, os braços continuavam firmes ao redor do meu pescoço.

Styx bateu com a mão duas vezes na bancada do bar e a sala toda ficou em silêncio, todos os olhos nele. Ky, como sempre, foi para o seu lado traduzir.

— *Bull, Tank e Smiler, descubram o que conseguirem com o xerife. Ele deve saber se tem desgraçados novos no nosso território. Asiáticos, máfia, qualquer organização nova. Alguém está se divertindo com os nossos brinquedos e eles não têm nem coragem de fazer isso cara a cara. Malditas balaclavas. Se as coisas continuarem dando errado, bloquearemos tudo.*

Entre os homens houve uma mistura de grunhidos e acenos de cabeças. Eu não tinha ideia do que significava aquilo, mas poderia deduzir.

— *Algum filho da puta está tentando foder com o clube e não vou descansar até que tenhamos respostas e um corpo a sete palmos!* — Bull colocou outra bebida na frente de Styx e ele virou em um gole, mais uma vez, voltando a sinalizar.

— *Vamos descobrir quem são e acabar com eles.* — O Prez apontou para Tank, Bull e Smiler, que estavam se preparando para sair. — *Fora dos radares, ok? A última coisa que eu quero é aquele filho da puta do Senador Collins no nosso pescoço.*

Os três homens assentiram e saíram pela porta, o barulho das suas motos distanciando logo a seguir.

Finalmente, Styx se virou para o resto dos homens.

— *Mae* — Styx apontou para mim e Ky falou imponente, como se Styx estivesse dizendo algo importante — *está sob a minha proteção e vocês sabem o que isso significa.*

Franzi o cenho e olhei para Beauty, que me ofereceu um sorriso choroso. Meu coração se partiu por ela, que tinha perdido uma amiga hoje e estava triste. O clube inteiro estava.

— *Mae quase foi morta hoje... Lois não teve tanta sorte. Ou fomos seguidos*

*por alguém desde o complexo ou alguém vazou a informação no último segundo. E
caralho, é melhor que seja a primeira opção ou vou acabar com a raça do filho da puta
que nos delatou.*

Tremi pela ferocidade com que ele fez aquela ameaça. Os homens do
clube também estavam agitados.

— *Rider levou uma bala no ombro. O médico está com ele agora. Estou puto com
essa bagunça do caralho!*

O celular de Ky tocou, quebrando o clima tenso que as palavras de
Styx tinham gerado.

— Sim? — ele respondeu, e depois de alguns segundos olhou para o
Prez, voltando a desligar o telefone.

— Flame, aquele moicano louco, acabou de pegar um queridinho de balaclava. O filho da puta que matou a Lois. — Ky deu aquele seu sorriso assassino.

Styx inclinou a cabeça para trás e suspirou de alívio.

— *Previsão de chegada?* — ele sinalizou e o VP deu voz à sua pergunta.

— Mais ou menos uma hora. Falei para o Flame levar lá pra trás. Você
quer fazer as honras, não é?

Um rosnado raivoso saiu pelos lábios de Styx e ele estalou o pescoço
enquanto o mexia de um lado a outro. Eu não precisava que a resposta fosse traduzida, Styx tinha uma expressão de vingança em seu olhar. Olhando
ao redor, ele sinalizou:

— *Vamos encontrar esses idiotas... E então os mandaremos para o barqueiro,
diretamente para Hades.*

Styx trocou umas palavras rápidas com Ky e com alguns outros homens que eu não conhecia e depois veio em minha direção. Ele pegou
minha mão e me levou para longe dali.

Quando entramos no seu apartamento, ele me fez sentar na cama e
olhou nos meus olhos:

— V-você está bem? — Apontou para o curativo que Beauty tinha
feito no meu braço.

— Foi só um arranhão.

Ele começou a andar de um lado ao outro, ficando cada vez mais irritado.

— P-por que diabos eles a-atacaram?

— Eu... eu não sei? — sussurrei, mantendo a cabeça abaixada. Eu não
gostava desse lado de Styx. De repente entendi por que ele era temido por
tantas pessoas: ele tinha um lado sombrio... um lado assustador.

Indo até o enorme painel de madeira que separava o quarto do resto do apartamento, Styx gritou e deu um soco que atravessou a madeira, deixando um buraco; seus olhos estavam descontrolados e selvagens.

Incapaz de esconder o choque, tremi e me encolhi na cama. Styx ignorou o meu medo e desapareceu no *closet*. Ele voltou com uma toalha e a jogou no meu colo.

— V-vá para o chuveiro e t-tira essa porra de s-sangue de você.

Perdendo a batalha contra o tremor dos meus lábios, peguei a toalha branca e fui para o banheiro. Assim que fechei a porta, deixei as emoções fluírem livremente. Ele estava tão furioso... Suas atitudes para comigo eram frias e amargas, como todos os homens que já conheci.

Eu honestamente acreditei que ele fosse diferente.

O homem do lado de fora era Styx, o Hangmen Mudo, o presidente do MC fora da lei, o homem capaz de matar sem nenhum remorso. Não era mais o homem que eu conhecia.

Ele me aterrorizava.

Fui até o espelho e olhei para o meu reflexo: braço ferido, cabelo bagunçado, pele arranhada e roupas sujas. Eu estava uma bagunça, mas tudo no que eu conseguia pensar era em Rider machucado, Lois morta... e que Rider me salvou. Pulou na minha frente e salvou minha vida. Ele podia morrer e eu...

Uma batida soou na porta me fazendo pular e bater com o cotovelo no balcão do banheiro.

— O que v-você está fazendo aí? Ainda n-não escutei a água!

Rapidamente sequei os olhos e abri o registro do chuveiro. Soltei uma risada triste. Era o mesmo que eu tinha na Ordem, e a situação pareceu muito semelhante.

— Estou entrando — gritei com uma voz trêmula e comecei a tirar a roupa.

Tomei um banho rápido e me enrolei na toalha para me secar. Eu não tinha outras roupas a não ser as sujas que estavam no chão, então respirei profundamente e abri a porta, saindo na ponta dos pés apesar da situação.

Styx estava sentado na cama, um cigarro pendendo dos lábios, enquanto dedilhava uma melodia melancólica no violão, cantando:

**"You can run on for a long time,
but sooner or later, God'll cut you down."**
*"Você pode fugir por um longo tempo,
mas cedo ou tarde, Deus vai encontrar você."*

Styx parecia tão sombrio e poderoso sentado na cama, cantando suavemente, rodeado pela fumaça do cigarro. Fiquei sem fôlego com a imagem. O cabelo escuro caía sobre os olhos, e os músculos do seu braço flexionavam a cada movimento de seus dedos sobre as cordas do violão. Ele era a personificação do pecado... Um pecado pelo qual eu estava sedenta... Mas neste momento, estava morrendo de medo dele.

Tossindo suavemente para chamar sua atenção, troquei o peso do corpo de um pé para o outro, até que Styx finalmente levantou o olhar. Suas mãos congelaram sobre as cordas enquanto a cabeça levantava ligeiramente. Seus olhos passearam pelo meu corpo, seguindo dos pés à cabeça.

Soltando uma nuvem de fumaça branca pelo nariz, sem nunca afastar os olhos de mim, ele se levantou, colocou o violão na cadeira ao lado da cama e, lentamente, veio na minha direção.

Tirando uma mecha de cabelo dos olhos, ele passou um dedo pelo meu braço, e minha pele reagiu ao seu toque com arrepios percorrendo meu corpo.

Seu dedo pairou sobre o nó da toalha, bem acima dos meus seios.

— Porra, Mae, eu não consigo... — ele murmurou, tocando a toalha, os olhos agora de uma cor verde-jade. — Eu quero tanto você. Quero tanto... — E então ele saiu em direção ao banheiro e bateu a porta.

Ele não gaguejou. Nem uma vez.

Meus dedos continuaram agarrados na toalha enquanto eu tentava acalmar os nervos. Eu sabia o que ele queria e senti o estômago pesar. Ele queria o que todos os homens queriam de mim; ele queria o que uma mulher deveria fazer com um homem... o que nós fomos criadas para fazer. Ele queria o que eu tinha feito para os homens desde que eu era uma criança.

Com um suspiro, andei até a cama, soltei a toalha e me coloquei na posição requerida para o prazer. Logo escutei o chuveiro ser desligado e o banheiro ficar em silêncio. Inclinei o corpo, em preparação, testa encostada na cama, pernas abertas, mãos unidas às costas, e fiz com que a minha mente se refugiasse em um lugar onde eu não sentisse... *nada*.

CAPÍTULO DOZE

STYX

Eles tentaram matar Mae. Algum filho da puta tinha tentado matá-la. Merda! Eles tinham matado Lois.

Morta. Acabou. Conhecia a *puta* desde que eu era criança. Ela era querida, linda por dentro e fora, e eu tinha acabado com ela antes de ela ser morta por um rival.

PORRA!

Uma névoa vermelha cobriu a minha mente, me deixando mais enraivecido. Eu queria machucar alguma coisa, bater em algo... matar alguém... queria muito.

Meus irmãos tinham buscado em mim explicações quando entrei no bar. Viking, Flame e AK estavam na estrada com as suas próprias versões do Motoqueiro Fantasma, botando fogo na estrada atrás dos malditos que ousaram tentar ferrar com os seus irmãos. Mas eu não tinha respostas. Eu sabia que todos protegeriam o clube, mas eu não conseguia desviar o meu foco de Mae, não conseguia me livrar da imagem do Rider salvando a vida dela. Eu deveria ter feito aquilo. Eu fodi com tudo e se não fosse pelo irmão levar um tiro no ombro, eu *a* teria perdido.

Não estava conseguindo lidar com isso.

Uma coisa era certa: Mae nunca mais sairia do meu lado. Eu tinha tentado fazer o que era melhor para ela. Ela ficaria aqui comigo, onde eu poderia ficar de olho nela... protegê-la. No complexo ela estava a salvo.

Até então eu tinha conseguido me segurar, mas ao ver Mae segurando o braço machucado, parecendo tão pequena e pálida de novo na minha cama, quase perdi a cabeça. Ordenei que fosse para o banho como um ditador, incapaz de continuar olhando para a sua pele perfeita manchada de sangue, incapaz de ser confrontado com a realidade do que poderia ter acontecido. O que *tinha* acontecido com a Lois... A leal e fodida Lois.

E agora, aqui estava eu, no banheiro, recém-saído do chuveiro, vestindo apenas a calça jeans, tendo que enfrentar as consequências dos meus atos para com a única *cadela* que já quis na vida. Eu a tinha assustado, podia ver o medo em seus olhos de lobo.

Ela tinha medo de mim e era *tudo* minha culpa.

Eu me xinguei mentalmente e deixei a toalha molhada no chão, saindo do banheiro para simplesmente congelar no lugar.

Mae?

PUTA MERDA, Mae!

Ela estava completamente nua, a boceta rosada à mostra, a bunda arredondada para cima com os braços para trás em sinal de submissão, testa pressionada contra o colchão. A minha mulher estava aberta na cama, pronta para ser fodida... literalmente.

Eu estava errado. O que senti antes não era raiva; era apenas um pouco de irritação. Tinha que ser, porque ver a *cadela* por quem eu estava ficando louco, esperando por mim em uma posição típica de abuso, fez com que o meu sangue gelasse.

Apesar dos meus esforços, meu pau ficou duro de uma maneira quase dolorosa, a visão daquela boceta era demais para lidar. Eu queria foder Mae desde que ela acordou na minha cama. Queria arrancar aquela calça de couro dela o dia inteiro e me enfiar no seu buraco rosado e úmido. Mas qualquer imagem que tivesse sido projetada na minha cabeça, de como ela pareceria nua, não chegava nem aos pés. No entanto, vê-la *assim*, esperando para ser estuprada, me deixou doente.

De onde diabos ela tinha vindo? O que fizeram com ela na comuna? E por que ela pensava que ainda tinha que fazer isso agora que tinha saído de lá?

E então eu vi: as camadas de cicatrizes em suas costas. Muitas. Arranhões, marcas de correntes, cílios? Eu não sabia.

Incapaz de continuar a vê-la naquela posição, gritei:

TILLIE COLE

— M-mae! Mas que p-porra?!!

Ela não se mexeu.

Nem um centímetro.

Ela nem piscou.

Indo para a cabeceira da cama, bati com o punho na mão e a sua mente saiu de onde quer que estivesse.

Cerrei os dentes com raiva, uma raiva que continuava a crescer no meu interior e que me fez gritar:

— *SE LEVANTA, PORRA!!!*

Mae saiu do transe e caiu para o lado, se encolhendo e me olhando através dos lindos cílios; se curvando em uma posição fetal.

— O q-que foi i-isso? — consegui perguntar mesmo com os dentes apertados.

Seus olhos arregalados eram duas imensas esferas, e seus lábios rosados se abriram com um arfar. Ela não falou, apenas... ficou me olhando.

Inclinando-me na cama, com os músculos tensos, perguntei novamente:

— Responda a m-m-maldita pergunta, Mae. Que. Porra. Foi. A-aquela?

Ela engoliu a saliva tão alto que você poderia escutá-la do México.

— Eu... Eu... o desagradei?

Seu olhar devastado acabou comigo.

Completamente aterrorizada. Por mim. Ela estava morrendo de medo de mim.

Sentei na cama, gemendo baixo enquanto bebia da visão de seus seios perfeitamente arredondados, mamilos suaves e cheios, grandes o suficiente para que ficassem entre os meus dedos quando eu os segurasse nas mãos; a pele da barriga lisa e clara. Remexendo meu corpo no lugar, ajeitei meu pau, que estava a ponto de saltar da calça a qualquer segundo. Fechei os olhos e respirei profundamente, me acalmando. Os abri outra vez, peguei o meu *cut* da cadeira e joguei para ela.

— S-s-se cubra.

Mae pegou a peça de couro e escondeu o pequeno corpo, incluindo braços e pernas. Hades sorria para mim... não. Ele me *provocava*. Ela parecia tão pequena. Aterrorizada e pequena. E eu não conseguia evitar de notar como ela ficava gostosa sob o meu *cut*.

Gostosa como uma *old lady*.

Merda.

Momento errado!

Virando, voltei a encará-la.

— B-b-baby, p-p-por que você fez a-aquilo?

Baixando o olhar, ela sussurrou:

— Deixei você com raiva. Eu estava tentando deixá-lo feliz. Não é isso o que as mulheres fazem aqui, do lado de fora?

Minhas mãos se fecharam em punhos.

— Mae, eu fiquei p-puto com o que aconteceu, não *com você*! B-b-baby, eu não deveria ter gritado, m-mas não c-consegui me a-acalmar. Tenho p-pavio curto. Você foi o alvo hoje, Lois morreu e foi minha c-culpa! *Você* poderia ter m-morrido hoje se n-não fosse pelo Rider!

— Por que é culpa sua? — ela perguntou suavemente.

— P-porque eu mantive você a-aqui! O clube está t-tendo problemas, alguma outra or-or... *organização* está tentando nos tirar do jogo. A-a-agora só tenho que descobrir q-quem são e acabar com e-eles. N-n-não é a primeira vez e nem será a última. — Respirei fundo e relaxei a garganta. Estava ficando cada vez mais fácil falar com ela.

Outra coisa a mais sobre ela para eu gostar.

— O que vai acontecer agora? — sussurrou. Eu ainda podia ouvir o medo em sua voz trêmula.

— Você vai f-f-ficar comigo. V-vou proteger você. Isso significa que v-v-você fica do meu lado.

Observei enquanto ela fechava os olhos e soltava um suspiro de alívio, e não duvidaria se eu tivesse acabado de gozar na calça. Só de olhar para ela. Porra, eu precisava dar uma trepada. Eu estava ligado demais, precisava desestressar.

Passando a mão pela cabeça, eu disse:

— Você v-vai ter que me f-f-falar por que estava e-esfregando essa bocetinha perfeita na minha c-cara, baby.

Um tom rosado tomou conta do seu rosto e ela se encolheu ainda mais no meu *cut*.

— Você estava irritado. Eu ia lhe dar um pouco de prazer. Como uma mulher, é isso o que é esperado de mim. É egoísmo e pecado negar o seu prazer.

Segurei um grito que estava pronto para sair pela garganta.

— V-vocês fazem muito isso lá de o-onde você vem? Serem f-f-fodidas como escravas s-sexuais?

Ela hesitou por um momento, com o cenho franzido e então assentiu relutantemente.

E isso quase me levou à loucura. Eu me levantei e tive que me mexer. Eu precisava brigar. Machucar alguém.

— É a-assim que você fodia, b-baby? Você era f-forçada a fazer essa m-merda?

Escutei quando ela respirou com dificuldade e me virei para ouvir sua resposta:

— É essencial partilhar o amor do Senhor, pelo nosso sacrifício corporal. Para os líderes do meu povo... para os homens do meu povo... eu... eu não tenho escolha nesse ato... Nenhuma das irmãs têm.

— P-partilhar o a-amor do Senhor? Sacrifício c-corporal? De que p-porra você está f-falando?

— Quando os discípulos ficam mais perto de Deus pela... sua libertação sexual... através dos nossos corpos, *os corpos das irmãs.*

Hesitei. Algumas vezes eu ficava tão confuso com essas merdas que ela falava. *Quem eram os discípulos? E por que eles fodiam Mae como se ela fosse um animal?*

— E você? O que você recebia em troca? — perguntei, me concentrando no anel no centro do meu lábio para evitar pirar num nível psicopata igual ao do Flame.

Seus olhos se encheram de lágrimas e os lábios tremeram.

— Nada. Não recebia nada em troca. Na verdade... — Ela parou, secando algumas lágrimas que caíram pelas suas bochechas — eu odiava. Meu Deus, como eu odiava. Cada maldita vez. Nenhuma das irmãs sente prazer com isso... Somos proibidas. Mulheres não devem sentir prazer. Compartilhar o nosso corpo é por dever, não por amor. — Ela parou e respirou profundamente. — Nós seríamos... punidas. Tínhamos que ficar na posição e aguentar até que o irmão, ou no meu caso, um ancião, terminasse.

O rosado de suas bochechas iluminou o seu rosto e os belos olhos azuis encontraram os meus.

— Eu nunca senti... gratificação... na partilha. Eu não sei o que é esse tipo de prazer... isso se eu for capaz de sentir.

Meu coração quebrou ao ouvir sua confissão. Fui na direção de Mae como um cachorrinho.

— B-baby... — A peguei em meus braços e ela soluçou desconsolada no meu ombro.

Eu não aguentava vê-la assim, tão destroçada. O que a fizeram passar?

— Shh... A-a-agora você está longe d-daquele inferno. Você e-está a salvo... V-v-v-você n-nunca mais vai p-passar por isso de novo...

— Eles vão procurar por mim. Não vão parar até que me levem de volta para a comuna — ela chorou.

Passando a mão em seu cabelo, respondi:

— No que diz respeito a v-você, eles e-e-estão mortos. Nunca encontrarão v-você aqui. Esses m-malditos são nada em c-comparação aos Hangmen.

Ela se endireitou e balançou a cabeça.

— O maior truque do diabo foi convencer o mundo de que ele não existia — ela falou suavemente. — Eu conheço os guardas, Styx. Eles virão por mim. Eles existem e estão me caçando. É só uma questão de tempo.

— Se eles v-vierem, serão homens m-mortos — falei entre os dentes, e seus olhos arregalaram com minhas palavras. A mão delicada acariciou meu braço.

Dei um pulo quando senti seus lábios tocarem meu peito nu, sua pequena mão descendo pela minha barriga, e a sensação indo direto para o meu pau.

— Como deveria ser, Styx? Como deve ser... um ato íntimo com alguém... você sabe... um ato normal?

Ela levantou a cabeça do meu corpo, procurando respostas; os lindos e brilhantes olhos azuis indo dos meus lábios aos meus olhos.

— Você n-não pode me olhar assim, b-baby — gemi tentando me conter.

— Por... por quê?

— P-p-porque a maneira como você está o-olhando p-pra mim, me d-diz que você quer estar na minha c-cama... Que quer que eu te m-mostre como é bom s-sentir o meu pau em você. Q-que quer que eu te f-foda até que n-não consiga mais andar.

E então ela agitou o nariz e o meu *cut* que cobria o seu corpo caiu no chão, deixando-a completamente nua, com as curvas perfeitas à mostra. Seios cheios, olhos arredondados, lábios vermelhos e úmidos, pronta para que eu a fizesse gozar... pela primeira vez na sua maldita vida. Implorando com o olhar para que eu a fizesse gozar com força.

— River... — Um apelo. Um pedido desesperado saiu de seus lábios, como se ela estivesse canalizando a sua Marilyn Monroe interior ou algo do tipo. Um sentimento de possessividade tomou conta de mim mais uma vez. Ela tinha me chamado de River. Eu não era chamado assim há mais de uma década. Ela lembrou da porra do meu nome verdadeiro.

— Mae... Você precisa de um homem m-melhor. E esse não sou eu, baby, não importa o quanto você p-pense que sim... ou queira que eu seja.

— Eu me encolhi, meu pau duro como ferro doendo de necessidade. Eu não conseguia acreditar que realmente estava pensando nisso, mas não tinha certeza de que reivindicar Mae como minha era uma boa ideia. Eu sempre tomava o que queria, sem me importar com os outros. Porra, Lois estava morta por causa do seu desejo por mim, mas tomar Mae depois das últimas semanas, depois de *hoje*, parecia tão... tão... fodido e errado.

— Styx... — ela sussurrou, deixando sair um pequeno e necessitado gemido. Seus mamilos estavam duros como balas e ela começou a mexer o quadril. — É você... sempre foi você...

E então ela estava sobre mim. A boca pressionada na minha, a pequena mão agarrando meu cabelo, me puxando para o mais perto que conseguia. Eu aceitei o que ela estava me dando, conquistando todos os cantos da sua boca, e quando a língua roçou na minha, perdi o controle.

Movendo meu corpo como um raio, levei Mae de volta para a cama, aprofundando o beijo; minhas mãos desceram pela sua minúscula cintura, a ajeitando embaixo de mim. Ela choramingava enquanto a minha língua duelava com a dela e sua pele parecia estar em brasas. Eu estava completamente desesperado, faminto por ela, por cada toque, por marcá-la como minha... Correndo as mãos pelas suas coxas, em um único movimento as abri, e agora meu pau estava bem no seu centro.

Puta merda. Ela estava tão pronta, tão molhada.

Ia acontecer. Eu ia tomar Mae. Eu tinha que fazer isso. Não era uma escolha e ela se contorceu embaixo de mim, roçando na minha ereção.

Separando minha boca da sua, gemi quando ela passou as pernas ao redor do meu quadril.

— P-p-porra, baby. Você e-está pronta, hein? Pronta p-p-para eu fazer você g-gozar?

Aqueles olhos de lobo arregalaram quando pressionei o meu pau coberto pela calça jeans no seu clitóris, e Mae quase se engasgou com um gemido.

— Styx! O quê? O quê? Ah... — Sua boca abriu e me inclinei para lambê-la antes de me endireitar e ver a visão mais maravilhosa que já vi na vida.

Uma linda e estonteante Mae, deitada e toda aberta para que eu a tomasse.

Seus olhos se abriram ao sentir que eu tinha me afastado e um pequeno sorriso surgiu em seus lábios. Ela me observou, cada músculo dos braços, cada veia, cada centímetro das tatuagens que me cobriam. Ela adorou, parecia extasiada com o que via. Eu sabia que era bonito. Isso não era arrogância, eu malhava pesado e sabia que meus músculos estavam bem trabalhados.

Meu olhar desceu pelo seu corpo, pelos seios cheios. Eu precisava sentir o gosto deles. Antes que Mae percebesse o que estava acontecendo, abocanhei um mamilo, sugando e puxando a pele.

— Ahhh... Styx... Isso é tão... tão... *Ahhh...* — Sorri roçando a língua na pele suave, sentindo o gosto adocicado.

Depois que já tinha dado toda atenção a um seio, fui para o outro, aumentando o prazer de Mae. De repente, dedos agarraram meu cabelo e o gemido de uma mulher enlouquecendo ecoou pelo quarto.

Eu amei, quase explodindo a cada sugada.

Eu precisava entrar nela.

Afastando-se, Mae agarrou agressivamente o lençol de cetim preto.

— Styx... Eu preciso... Eu preciso... *Ah!* Do que é que eu preciso? Sinto... Sinto que estou... pegando fogo... Não aguento mais.

Um sorriso satisfeito se espalhou pelos meus lábios enquanto a observava queimar por mim. Sim, ela precisava... precisava de mim.

Voltei a descer pelo seu corpo, meus olhos indo da sua barriga para a sua boceta. Aquela nua e molhada bocetinha.

— Porra, b-baby. Você é p-perfeita.

Acariciei o lado de dentro de uma das suas coxas, ainda mordiscando o seu seio.

— Vou d-deixar você pronta com os meus d-dedos. E então, v-vou comer a sua boceta a-até você gozar na minha b-boca. Depois, q-quando não a-aguentar mais, vou encher v-você com o m-meu pau até v-você gritar.

— Styx... *por favor...*

Passei o dedo do meio entre os lábios da sua boceta, suas pernas se abrindo ainda mais para me deixar entrar. Introduzi o dedo e observei como ela jogava a cabeça para trás e soltava um longo gemido, jogando as mãos para cima da cabeça, agarrando a cabeceira da cama.

Aumentei a velocidade da mão, brincando com aquele ponto que eu sabia que a faria perder a cabeça. Ela tensionou os dedos dos pés e gritou de prazer, virando os olhos brilhantes para mim.

— O que... O que foi isso?

— I-isso, b-baby, é c-como deve ser.

— Ah... de novo... por favor — ela pediu, sem fôlego.

Colocando um segundo dedo, ela começou a balançar o quadril mais rápido e, com o polegar, acariciei para que ela encontrasse a sua liberação.

— Styx... eu preciso... eu preciso... Ahh... — Eu sabia do que ela precisava,

TILLIE COLE

pelo que ela estava me implorando, então aumentei a pressão do meu dedo no seu clitóris, movimentando-o em círculos, e *porra*, o orgasmo dela explodiu como fogos de artifício. Ela virou a cabeça e abafou o grito no travesseiro.

Puxando-a mais para baixo, lentamente tirei os dedos de dentro dela e me certifiquei de que ela me observasse chupar cada um. Segurando os seus joelhos dobrados, abaixei a cabeça. Eu precisava sentir o seu gosto mais do que precisava respirar. Mas assim que foquei no meu alvo, parei.

Cicatrizes. Muitas cicatrizes.

Devagar, e tentando permanecer calmo, me afastei e sentei, olhando para baixo. Mae se apoiou nos cotovelos, alarmada.

— O que foi? Fiz algo de errado?

Minhas mãos se fecharam em punhos e respirei profundamente. Eu sabia que provavelmente estava parecendo como a reencarnação do diabo, mas eu estava fervendo... Aquelas cicatrizes da porra! Beauty tinha me contado sobre elas. Mae deve ter sido torturada e estuprada por anos, e eu pulei em cima dela como um animal na primeira oportunidade que tive.

Porra. Eu não era melhor do que aqueles estupradores da seita.

Senti-me enjoado, com um gosto ruim na boca.

— Styx? Por favor... o que eu fiz?

Balancei a cabeça quando percebi que estava olhando para as coxas de Mae e levantei os olhos, encontrando seu olhar preocupado. Ela era linda. Mesmo com aquele ar confuso no rosto, ela era deslumbrante. Sua pele estava corada pelo orgasmo, o cabelo estava bagunçado por ela ter se debatido durante as ondas de prazer, mas aqueles olhos de lobo... estavam repletos de lágrimas enquanto ela seguia o caminho do meu olhar.

Chorando, ela fechou as pernas e se encolheu contra a cabeceira da cama, os braços ao redor dos joelhos.

— O-o-o-o q-q-q-q...? — *Ah, respira, seu idiota!* — O-o que *são* elas, Mae? Ela olhava para todos os lados, menos para mim.

— Nada... Elas... elas não importam mais.

— Bem, e-elas importam pra mim! — explodi, vendo-a se encolher pelo meu tom de voz.

— Por favor... Styx... — ela pediu.

— *P-P-PORRA!* — Pulei da cama, peguei a camiseta do chão e a vesti.

— Aonde você está indo? — perguntou freneticamente.

— Estou s-saindo.

— Você está bravo comigo?

Olhando para o seu rosto, gemi. O nariz franzindo de novo e suas mãos trêmulas enquanto ela puxava um lençol sobre o corpo nu.

— M-meu pau está duro pra caralho, então s-sim, estou bravo, mas é comigo m-mesmo pelo que a-acabamos de fazer... O q-q-q-que eu fiz c-com você... *P-p-porra!*

— Fez o quê? Me mostrou o que é o prazer? — Ela engoliu em seco e se encolheu, protegendo o corpo de... Do quê? De mim? Da minha rejeição?

Cacete!

— Você se arrepende? — ela perguntou, o cabelo caindo como uma cortina escondendo seu rosto.

Uma expressão de dor cruzou seu olhar e isso quase me matou. O problema *não era* ela, mas eu não conseguia encontrar palavras para explicar. Não ser fisicamente capaz de falar por quase toda a minha maldita vida meio que fez com que eu me fechasse. Os sinais estavam todos lá, claros e praticamente berrando na minha cara: o aperto sufocante ao redor da minha garganta toda vez que eu pensava em falar alguma coisa. Minha pulsação estava gritando aos meus ouvidos e a cabeça girava. Eu precisava sair dali e me afastar de uma Mae com olhar perdido. Eu queria dizer para ela que eu não deveria ter tocado em uma pessoa que foi abusada durante toda a vida. Alguém que tinha cicatrizes nas coxas porque algum aparelho dos infernos as manteve afastadas, definitivamente merecia coisa melhor. *PORRA!* Mas as palavras não vinham. Então eu dei uma resposta rasa e no mesmo instante soube que tinha fodido com tudo.

— I-i-isso não deveria t-t-ter a-acontecido.

Com isso, saí do quarto me sentindo um pedaço de merda, mas não importava o quanto eu tentasse, não conseguia afastar a imagem de Mae gozando.

Eu estava tão duro e tão puto.

Fui para o bar, quase todos os caras já tinham ido embora, indo atrás de policiais para pegar informações ou vai saber o que mais. E, *ah não*, a maldita Dyson estava servindo as bebidas.

Caminhei na direção dela, com o cabelo cor-de-rosa e peitos falsos, e dei um soco na bancada do bar. Ela deu um passo para trás, sentindo a minha fúria.

— E-eu vim ver a Tiff e a Jules — ela disse, baixando o olhar em um ato de submissão. — Soube do que aconteceu hoje e viemos para ajudar. Pensei que os caras precisariam de mulheres para desestressar, que talvez fosse melhor que eles usassem alguém que já conhecessem.

Isso respondia a minha pergunta sobre onde todos estavam: enfurnados nos quartos. A cavalaria das bocetas tinha chegado e só Deus sabe como os irmãos gostavam de enfiar os paus em buracos depois de sobreviverem a tiroteios.

Maldita puta manipuladora. Dyson, a *puta* que tirou a minha virgindade quando eu tinha treze anos. Porra, parando para pensar, ela provavelmente só tinha dezesseis na época. Uma fugitiva menor de idade que encontrou um lar no covil dos foras da lei. A drogada de cabelo colorido usava os irmãos para conseguir *ice* até que se entupiu com aquilo e se tornou uma puta com um belo potencial. Ela teve uma overdose no chão do complexo. Foi expulsa pelo meu pai depois daquilo e avisada para nunca mais voltar. Claro que os irmãos sentiram falta das suas performances sexuais no *lounge* do clube, mas ninguém a queria para nada mais além do que uma chupada. Por isso o seu nome, Dyson[7]: ótima de sucção e controle de bolas.

Inclinei-me diante do balcão, peguei seu pulso e a puxei para frente, indicando a saída. Seu lábio inferior começou a tremer e lágrimas correram pelo rosto coberto de maquiagem pesada. Maquiagem essa que cobria anos de cicatrizes de acne.

— O que diabos *você* está fazendo aqui?

Olhei ao redor quando ouvi uma voz feminina e vi Beauty se aproximando rapidamente de mim e da puta, como se fosse um touro pronto para atacar. Ela ficou pálida, como deveria. Beauty podia parecer como a Cachinhos Dourados, mas era um maldito rottweiler no corpo de um terrier. A vagabunda tinha dado em cima do Tank uma única vez; é óbvio que Beauty não tinha gostado de ver outra mulher rondando o seu território. Dyson usou óculos escuros por duas semanas, escondendo os hematomas que foram deixados em seus olhos, pela surra que levou.

A puta passou os olhos entre Beauty e eu, contorcendo as mãos, esperando por ajuda. *Ah*. E então a razão pela qual ela estava de volta fez sentido para mim. Ela estava desesperada pela sua próxima dose, esperando que algum irmão lhe desse um pouco de dinheiro para que pudesse comprar metanfetamina.

— Vim para ver a Tiff e a Jules — respondeu de forma pouco convincente, cabeça baixa, tentando evitar nossos olhares.

— Não me importo. Sai-agora-daqui! Ninguém mais quer ver o seu showzinho de merda! — A *old lady* de Tank agora estava com o nariz quase colado no da mulher, a tensão aumentando demais para o meu gosto.

---

7   Dyson – marca famosa de aspiradores de pó potentes.

— *Beauty* — sinalizei, tentando acalmá-la. Ela colocou uma das mãos na minha cara e a outra segurou meus dedos, silenciando a minha voz.

— Não se atreva, Styx! Não deixe que a tentação de foder novamente essa boceta rançosa faça com que você mude de ideia! Pense na Mae. Se livre desta puta nojenta.

— *Você sabe o quê, Beauty?* — sinalizei. — *Estou cansado de você ficar me dizendo o que fazer da porra da minha vida.*

Ela arfou. Ela era a única *old lady* com a qual eu nunca tinha sido grosso. A única *cadela* que eu conseguia *tolerar* mais do que apenas dois minutos, e nos dávamos bem. Cacete, ela até tinha aprendido a linguagem de sinais por mim. Mas ela precisava parar de falar assim comigo, com *o Prez*, antes que começasse a me dizer o que fazer com as minhas bolas!

Vi Dyson sorrir. E honestamente, senti vontade de tirar aquele sorrisinho do rosto dela, mas eu só queria acabar com uma garrafa de uísque e não ficar me lembrando da Lois morta no chão sujo, do sangue fazendo uma poça ao redor dela, ou de Mae enrolada na cama chorando, coberta de cicatrizes de estupro. Pit, como se estivesse lendo a minha mente, deslizou uma garrafa na minha direção.

Virei metade dela e já conseguia me sentir entorpecido. No meu estado alcoolizado, percebi Beauty se afastando para o outro lado do bar, mantendo um olhar atento sobre a puta traiçoeira.

Dez minutos depois, não percebi mais nada.

Eu podia jurar que os cinco rios do submundo, que estavam pintados na parede do bar, estavam se mexendo. Eles pareciam ondular, mas de novo, a sala toda tinha começado a girar. Tentando me levantar do banco, cambaleei e alguém me segurou pelo braço: Dyson. Seus olhos se abriram, os lábios estavam sorrindo e sua mão foi direto para o meu pau.

Meu corpo bêbado acordou para a vida e a vagabunda agarrou a minha camiseta, me puxando para o corredor. O olhar que a minha loira preferida deu do seu lugar no bar, deveria ter servido de aviso.

TILLIE COLE

A puta me guiou até um canto afastado no corredor. Seu sorriso aumentou e ela correu a língua pelos dentes. Eu precisava disso, precisava de uma trepada para tirar essa raiva do meu sistema; uma foda forte e crua. Precisava tirar Mae e suas cicatrizes da cabeça antes que eu ficasse maluco e saísse caçando pessoas para desmembrar só por diversão. Precisava me livrar da imagem do rosto de Lois antes que a culpa acabasse comigo.

Dyson se endireitou e desceu a blusa que estava usando até a cintura. Os peitos enormes e falsos pularam para fora, sem sutiã. Os olhos dela brilharam de excitação enquanto passava as mãos pelos seios e apertava os mamilos vermelhos, gemendo alto, se excitando.

Ela era uma puta e sabia o que estava fazendo.

Baixando uma das mãos, ela levantou a saia e passou os dedos no clitóris. Era por isso que os irmãos gostavam dela... o maldito showzinho pré-foda.

O número especial da infame Dyson.

Observei-a cavalgar na própria mão, apertar os peitos, quase gozando para chamar minha atenção, mas eu senti... nada. Nem uma fagulha. Sim, eu estava duro como pedra, mas era pela Mae, tudo o que povoava meus pensamentos eram aqueles olhos cristalinos, e a sensação do seu corpo sob o meu, do seu rosto perfeito, e... *Porra, eu não podia fazer isso.* Pela primeira vez na minha vida, o desejo por outra *vadia* me impediu de foder uma puta.

— *Styx!*

Ela soltou um longo e satisfeito gemido enquanto gozava como uma profissional, seu sorriso mostrando que ela achava que eu estava excitado com o show pornô. Ela caiu de joelhos e abriu agressivamente o zíper da minha calça jeans, mas me abaixei para afastá-la de mim. E então escutei um choro repleto de dor vindo do meu lado direito.

Mesmo com o cérebro regado a uísque, eu soube quem era sem nem precisar olhar.

Virando devagar, vi Mae olhando para mim. O choque e devastação tomaram conta do seu rosto. Ela estava vestindo uma regata dos Hangmen, calça jeans preta e colada às suas curvas, com o meu *cut* cobrindo o pequeno corpo. Porra. Ela estava muito gostosa.

Dyson jogou a cabeça para trás e riu, me tirando do transe em que me encontrava, olhando para Mae e percebendo o que ela estava vendo.

— O que foi, querida? Quer a porra de uma foto? Quer nos ver trepar? — a *puta* de cabelo cor-de-rosa, de joelhos e de frente para o meu pau duro, porém, graças a Deus, ainda coberto, provocou Mae.

Empurrei-a com o meu pé, fazendo com que ela caísse de bunda no chão. Dei alguns passos hesitantes na direção de Mae, com a culpa me consumindo. Grossas lágrimas caíam dos olhos azuis e ela cobriu a boca com uma das mãos, tentando abafar o pranto que não conseguia mais conter. Tentei falar, mas antes que tivesse a chance de explicar, Beauty e Letti chegaram correndo, procurando pela fonte do choro incontido.

Imediatamente, elas pararam no lugar e observaram a cena: eu, em um corredor escuro com a Dyson de joelhos, peitos de fora... e a cereja no topo do bolo: Mae vestida com as roupas do clube e o meu *cut*, soluçando.

Será que as coisas poderiam ficar ainda piores?

— Mae! Não, não chore. Vem comigo, docinho. — Beauty correu para ela, colocando um braço ao redor dos ombros trêmulos. Ela a tirou do meu campo de visão, levando-a embora. Meu *cut* caiu no chão logo em seguida. Merda. Mae tinha tirado a porra do meu *cut*.

A caça tinha começado. Saí cambaleando atrás delas, apenas para dar de cara com Letti e o seu olhar mortal. Ela deu um passo para frente, estalando os dedos e olhando para a puta no chão. Dyson tentou se proteger enquanto a samoana se aproximava.

— Escuta aqui, vadia. Você tem dez segundos para sair da porra desse clube. Se eu vir você aqui de novo, eu mesma vou tirar o seu couro... e vou fazer isso bem lentamente. *Compreendeu?*

Dyson olhou para mim, pedindo ajuda. *Que se foda!* Inclinei a cabeça e indiquei a direção da saída. Arrumando as roupas enquanto se levantava, a maior puta dos Hangmen saiu do clube.

Letti se virou para mim, balançando a cabeça em descrença.

— *Não se atreva a olhar assim para mim. Terminei antes que vocês aparecessem, fazendo tudo parecer pior. Sim, eu sei que pareceu ruim, mas eu não toquei naquela puta. Ela nem chegou no meu pau* — sinalizei.

Ela pareceu não aceitar qualquer desculpa. Mostrando o dedo do meio, se virou e seguiu Beauty pelo corredor.

Puta merda do caralho!

Ky escolheu aquele exato momento para aparecer, olhando para Letti enquanto ela passava.

— Styx, cara! Estava procurando por você. O *psycho trio* voltou com um troféu.

Suas sobrancelhas subiram e desceram em sinal de animação enquanto esfregava as mãos uma na outra. O sorriso triunfante rapidamente se transformou em um franzir de cenho quando me viu recostado à parede, passando as mãos pelo rosto e fechando a calça.

— O que você fez dessa vez? — ele perguntou com cara de poucos amigos.

— *Não comece. Agora, onde está o filho da puta? Ele está falando?* — sinalizei.

— Não, nem um pio.

Dando um sorriso faminto, falei:

— *Perfeito. É bem o que estou precisando. Vamos.*

CAPÍTULO TREZE

MAE

Uma hora atrás...

Eu era uma criança quando aquilo aconteceu. Uma pequena e inocente criança...

— *Salome, venha comigo.*

— *Aonde estamos indo, Irmã?* — *perguntei enquanto Irmã Eve segurava a minha mão e me levava pelo corredor, para longe da segurança do meu quarto. Sua mão apertava a minha tão forte que lembro de sentir uma dor intensa. Por razões pelas quais não conseguia imaginar na época, a Irmã Eve não me olhava nos olhos.*

— *Devo levá-la para a grande sala.*

A grande sala. Eu lembro de sentir o estômago embrulhar ao escutar aquelas palavras. Tentei resistir, tentei tirar minha mão do aperto dela, tentei fazê-la parar. Ela olhou para mim e seus olhos pálidos pareceram suavizar um pouco. Aquilo fora tão estranho que cheguei até mesmo a ficar nervosa. Irmã Eve não gostava de mim, nunca tinha gostado. Eu era uma Amaldiçoada. Uma das irmãs segregadas. Éramos em quatro, e ela odiava todas nós. Nos dizia que éramos más de nascença. Nascidas do pecado original de Eva.

— *Por que você parou, criança?* — *ela perguntou calmamente, sua voz fria desprovida de qualquer afeto.*

— *P-por que eu t-tenho que ir para a g-grande sala?* — *questionei com a voz trêmula, sobre a qual eu não tinha controle. Lembro de que Jezabel tinha sido levada para a grande sala pela primeira vez três anos atrás. Ela nunca mais foi a mesma. Ela havia mudado, se tornado brava, irritadiça e fria. Nunca falou sobre o que tinha acontecido. Até lembro de perguntar para minha irmã umas cinco vezes sobre isso, mas ela se negou a falar em todas as vezes. Ela deixou claro que não falaria para mim e nem para ninguém sobre aquele assunto. Todas as vezes que fora levada para a grande sala, ela tinha sido convocada por Gabriel. Ela não tinha escolha. O mesmo havia acontecido com Lilah alguns meses antes quando também fora chamada. Maddie e eu nunca entendemos por que elas mudaram tanto. Mas naquele momento, eu soube que estava a ponto de descobrir.*

— Agora você já tem idade suficiente, Salome. Você deve cumprir com o seu dever como irmã. — Irmã Eve suspirou alto e se abaixou para me olhar nos olhos. — Não vou mentir pra você, Salome. Hoje será uma experiência muito estranha e desconfortável, mas precisa acontecer. Você chegou na idade certa. Não tem mais como evitar.

— O que vai acontecer? Para o que sou velha o bastante? — perguntei.

Irmã Eve simplesmente se levantou e me empurrou até que eu voltasse a andar. Tentei fazer mais perguntas, mas ela se recusou a responder. Ela não me escutava. Depois de mais tentativas em vão de conseguir informações, voltei a ficar em silêncio e, submissa, a segui para a grande sala.

O que eu vi me deixou petrificada de medo. Lembro de que o ar era impregnado com um cheiro terroso. Garrafas grandes com tubos enchiam o grande espaço. Sofás brancos e colchões cobriam o chão, todos ocupados. Os irmãos, discípulos, estavam completamente nus, atrás de irmãs de todas as idades, de jovens a mais maduras, fazendo algo com elas. As irmãs também estavam nuas. Elas estavam inclinadas com as cabeças voltadas para o chão, mãos entrelaçadas atrás das costas. O Profeta David estava sentado em um palco com três irmãs mais velhas e tocava os seus corpos nus. E então ele tocava em si mesmo... lá, enquanto observava os outros ao redor da sala.

Irmã Eve sentiu minha resistência enquanto eu olhava ao redor. Ela se abaixou e sussurrou:

— Se você se recusar, só será pior para você. Acredite, menina, a punição para a sua falta de cooperação será muito, muito pior.

Lembro de assentir lentamente, tremendo de medo. Eu sabia que não aguentaria outro encontro com os cílios.

O terror tomava conta de mim enquanto eu a seguia para o outro lado da sala, sendo observada pelo Irmão Gabriel. Ele tinha sorrido para mim enquanto se movimentava para frente e para trás, atrás de uma irmã de cabelo escuro no chão. Naquele momento, eu não entendi o que ele estava fazendo com ela. A irmã ficou em silêncio enquanto ele gemia e gemia e suas mãos corriam por cada centímetro de sua pele.

Lembro de observar horrorizada. Irmã Eve arrancou o meu vestido e me empurrou para o chão, posicionando o meu corpo: cabeça para baixo, mãos entrelaçadas atrás das costas... a mesma posição de cada irmã naquela sala. Em pânico, lutei contra ela, mas ela era mais pesada e me manteve parada. E isso me fez lutar ainda mais.

A Irmã suspirou exasperada. De repente, eu estava livre do seu peso e lentamente me sentei. Mas lembro muito bem quando percebi o que a irmã estava a ponto de fazer.

Ela voltou segurando um aparelho. Parecia como uma armadilha para ursos: duas meias-luas de metal unidas por uma barra no meio, cada uma delas com dentes afiados. Lembro de parar de respirar quando ela se ajoelhou do meu lado.

— Vou colocar isso no meio das suas pernas. Mova e as navalhas cortarão sua pele. Usamos isso para encorajar as irmãs a ficarem quietas. Um conselho: pense em algo bom e mantenha a sua mente lá. Aprenda a bloquear a dor.

Dor? Pensei. O que ela queria dizer com aquilo?

Ela voltou a me posicionar no chão. Minhas pernas foram abertas, e então tive aquela coisa colocada no meio das minhas coxas. Os dentes afiados de metal cravaram na minha pele assim que tentei lutar para me libertar. Lembro de chorar de dor quando o metal cortou a pele, rasgando os músculos das coxas quando tentei lutar uma última vez.

Depois de um tempo, soube que resistir não estava funcionando. Eu não conseguia me mexer. Estava presa naquela posição que logo se tornaria muito familiar.

Respirando pesadamente, lembro que tentei ao máximo ficar calma. Meus olhos correram pela sala. E então, a garota ao meu lado virou a cabeça e vi o seu rosto.

Era Bella. Minha irmã.

Ao mesmo tempo, ela percebeu que eu estava ao seu lado. Lágrimas rolaram dos seus olhos e ela murmurou:

— Tudo vai ficar bem. Eu amo você.

Outra onda de pânico varreu meu corpo quando senti mãos grandes e ásperas segurarem o meu quadril. Bella arregalou os olhos em empatia. Eu gritei e esperneei tentando escapar. Minhas mãos tomaram vida própria e tentaram arrastar meu corpo, mas eu estava presa pela armadilha no meio das coxas. E depois de alguns segundos de luta, como a Irmã Eve dissera, tinha se tornado doloroso demais me mover.

E foi então que aconteceu...

Minha inocência foi perdida para sempre e meu dever como irmã tinha começado. Em nenhum momento quebrei o contato visual com Bella. Nós duas estávamos unidas pelo laço sanguíneo. Apoiávamos uma à outra e nos ajudamos a fazer exatamente o que a Irmã Eve tinha recomendado: encontrar um lugar bom para bloquear a dor. Bella disse que me amava várias vezes, durante aquele ato horrível.

TILLIE COLE

E então tinha acabado, e eu corri daquele quarto enevoado. Lembro de olhar para trás e ver o Irmão Gabriel submeter minha irmã mais uma vez. Pulei por cima dos irmãos que estavam descansando. E nunca vou esquecer de como as irmãs pareciam: entorpecidas e insensíveis.

Todas nós parecíamos como fantasmas.

Depois daquilo, corri para a floresta. Não parei até que alcancei o perímetro da cerca. Cinco minutos depois, escutei um barulho e um garoto apareceu do outro lado das altas barras de ferro e arame farpado. Lembro de pensar que ele não parecia ser mais velho do que eu, talvez apenas alguns anos. Ele era sombrio e alto, com os mais belos olhos castanhos que eu já tinha visto. Ele era lindo.

Ele me viu no chão da floresta e veio em minha direção, mexendo as mãos, mas sem dizer uma palavra. Ele fez com que eu me sentisse segura e me distraiu da minha dor. Ele foi a luz em um momento de escuridão. Ele me deu um beijo suave e gentil. E então, ele tinha ido embora, e eu nunca mais o tinha visto, até quinze anos depois... quando ele me deu mais um frágil presente... Renovou as minhas esperanças.

Eu não conseguia evitar de relembrar o que tinha acontecido enquanto me sentava no colchão macio, em silêncio, no quarto de Styx. O colchão cheirava como ele. Eu era tão jovem quando fui forçada a me unir aos homens e odiara cada segundo daquilo. O que Styx tinha me dado não se comparava a nada do que já senti. Era fogo, uma chama queimando na base da minha coluna. Era pressão... uma pressão tão intensa e impossível de se colocar em palavras. E então aquilo espiralou em um frenesi completamente fora de controle.

Eu tinha segurado a cabeceira da cama, tentando escapar das emoções, e ao mesmo tempo, empurrando para fazer com que aquela deliciosa sensação ficasse ainda mais perto. E então ele me tocou... *lá*... e eu explodi. Despedacei em milhares de pequenos fragmentos, minha alma cheia de luz; era demais, mas não o suficiente. Eu fiquei instantaneamente viciada.

Ávida, a necessidade por mais, me pressionei com mais força contra a mão de Styx. O Profeta David estava tão errado, nada tão bom assim poderia ser pecado. Mulheres também *deveriam* sentir prazer.

E então tinha terminado. Styx se arrependera de ter me tocado. Vi o olhar horrorizado no instante em que ele viu minhas cicatrizes; as inevitáveis e permanentes amarras com o meu passado. Lembrei do quão rápido ele me deixou, sozinha e nua, na sua cama enorme e fria.

Ele tinha me deixado.

Deixou-me ali, confusa, sedenta, necessitada... o querendo.

Eu me recusava a liberar as lágrimas que ameaçavam escapar. A sua rejeição não me destruiria. Eu não podia, não deixaria que outro homem quebrasse o meu espírito. Mesmo que Styx *pudesse* ser o único homem capaz de fazer um dano tão... *irreparável*. Mais calma, saí da cama e encolhi quando meus pés tocaram o chão frio de madeira. Caminhei até o banheiro, liguei o chuveiro na temperatura mais quente e deixei que a água lavasse a minha pele.

Desde a minha chegada, Styx tinha me visto como fraca, como alguém que precisava de constante proteção. Ele não tinha ideia da vida que levei, da tenacidade do meu espírito ou dos horrores que enfrentei diariamente. *Eu sou uma sobrevivente.* As cicatrizes que ele achou tão repulsivas eram a prova da minha força. Eu não podia, *não deixaria*, me envergonhar pelas ações dos outros sobre mim.

Com Deus como minha testemunha, *eu era uma criança!*

O que mais me incomodava era que eu sabia que as preocupações de Styx vinham de boas intenções. A sua fala, a maior frustração de sua vida, que o impedia de, tão desesperadamente, me dizer o que queria, era o seu fardo. Sem sombra de dúvida ele estaria no bar, afogando as mágoas no líquido ambarino que eu já o tinha visto beber. Resolvi que iria até ele, para demonstrar que tudo estava bem e dizer que adorei o que tínhamos feito juntos... e ainda queria mais, se ele também quisesse.

Sequei o corpo e escovei o cabelo com a escova de Styx, desfazendo os nós dos fios. Mais cedo, Styx tinha trazido para mim uma mala de coisas que pegou no quarto do Rider; abri o zíper e tirei uma calça jeans preta e uma regata com o emblema dos Hangmen na frente.

Vestida, olhei para o colete do Styx – não, colete não... *cut* –, e inalei aquele cheiro familiar que eu agora associava e ele: tabaco e couro. Minha pele arrepiou e o couro cabeludo pinicou. Essa sensação desconhecida tanto me amedrontava quanto me empolgava e senti aquela já conhecida necessidade aumentar na junção das minhas pernas. Suspirando, passei a peça de couro sobre meus ombros e saí pela porta, entrando no corredor.

Assim que saí do quarto, um gemido alto e escandaloso chamou a minha atenção. O ruído veio de um canto escuro no final do corredor. Os sons demonstravam claramente o que estava acontecendo, que era exatamente o que *eu* tinha feito não muito tempo atrás.

Não querendo interromper, virei para sair pela outra porta, mas parei em seco quando escutei:

— *Styx!*

Foi como se um balde de água fria tivesse caído sobre a minha cabeça quando reconheci o som do intenso prazer sexual que veio na minha direção. Styx estava com outra mulher? Ele tinha me trocado por outra pessoa? Depois de tudo o que tinha acontecido entre nós...

Meus pés me levaram àquele canto escuro do corredor, de onde os sons de gemidos e respiração pesada aumentavam a cada passo que eu dava. Reunindo coragem suficiente, e temendo o pior, me forcei a olhar rapidamente e no mesmo instante desejei ter me virado e me afastado.

Meu coração pulou uma batida quando vi que ele estava com uma mulher de cabelo cor-de-rosa. Era claro o que ela estava fazendo, de joelhos, de frente para a área mais privada do corpo dele, enquanto ele se mantinha encostado na parede, com os olhos fechados e o rosto contraído.

Não consegui impedir, por mais que tenha tentado, que um soluço escapasse pelos meus lábios. Cobri a boca com a mão, mas não consegui segurar o choro. Senti-me completamente devastada pelo que ele estava fazendo ali, bem na minha frente. Senti ódio e uma tremenda vontade de gritar. Ali estava a evidência sobre o que eu não queria acreditar sobre Styx: *todos os homens eram iguais. Eles tomam o que querem, quando querem... e com quem querem.*

Styx me abandonou e foi correndo "consertar" o seu problema, menos de uma hora depois de sair do quarto. Na sua cabeça, ele devia me ver como uma mercadoria danificada, perdida no mundo, e isso era algo que eu tinha plena consciência. Em sua mente, eu não valia o suficiente para lhe dar prazer.

Styx parou abruptamente, segurou os pulsos da mulher com as mãos e virou o olhar na minha direção. Seu belo rosto contorcido em pânico e nos meus ouvidos eu só conseguia escutar o barulho do meu sangue correndo nas veias e nada mais. Eu era incapaz de *fazer* qualquer coisa a não ser ficar ali parada e olhar... olhar para os seus olhos – os mesmos olhos que sempre estavam concentrados em mim –, olhar para aquela traição que estava acontecendo bem à minha frente. Eu realmente acreditava que Styx fosse diferente... *Eu já estava cansada de estar errada.*

Parecia que eu estava parada ali por uma eternidade, e pulei quando um braço passou por cima do meu ombro. A ação me forçou a sair do meu estupor. Beauty estava me abraçando, olhando para Styx e para *aquela* mulher, que ainda se mantinha de joelhos e sorrindo. Ela disse algo para mim, mas não consegui escutar uma palavra sequer, não no estado de choque em que me encontrava. Mas Letti, que seguia atrás de Beauty, tinha escutado. Assim que a minha linda protetora loira me tirou dali, a outra partiu para cima da mulher de cabelo cor-de-rosa.

Aumentando as passadas, saímos do corredor e subimos as escadas, mas não antes de ela pegar o *cut* do Styx e jogá-lo no chão.

— Para onde estamos indo? — perguntei eventualmente. Só agora, quando já estávamos afastadas, os meus sentidos começaram a voltar, junto com uma dor dilacerante.

— Preciso dar uma olhada no Rider. Tank ainda está na estrada. Ele me mandou uma mensagem pedindo para eu ver se ele estava bem. Não vou levar você de volta para o apartamento do Styx. Ele que paste um pouco para pensar no que fez. Talvez isso o force a pensar com clareza. Bêbado filho da puta!

Tensa, engoli em seco, esperando pelo pior. Lenta e deliberadamente, perguntei:

— Ele... se *juntou*... a ela?

— *Juntou*? — Beauty arqueou a sobrancelha loira.

— Sim. O Styx e aquela mulher tiveram *relações sexuais*?

Ela arregalou os olhos azuis e então relaxou.

— Não, docinho. Duvido que ele tenha tocado aquela vadia. Ela estava fazendo um showzinho pornô nojento achando que estava abalando...

Senti os ombros relaxarem e a tensão esvair do meu corpo, e suspirei aliviada. Beauty acariciou o meu braço.

— Ei, isso não livra o filho da mãe de nada. Ele pensou em fazer alguma coisa com aquela puta. Só Deus sabe o porquê, quando ele tem *você*! Ele está completamente bêbado e puto por causa de hoje, de luto pela Lois. Posso dizer, acima de tudo, que ele está preocupado com a situação do clube. Mas isso não é desculpa por aquela merda do caralho lá no corredor — esbravejou e apontou na direção da qual viemos.

Eu sabia por que ele tinha estado naquele corredor. A simples visão das minhas cicatrizes o repeliu, diminuiu sua afeição por mim. Ele estava assustado pela maneira errada como tinha reagido? Mas... mas... mas ir diretamente para *aquela* mulher era algo difícil de aceitar.

TILLIE COLE

— Dê um gelo nele um pouco. Ele vai voltar. E aí é com você, garota. Mas cá entre nós, o cara é louco por você. Ele só ainda não sabe o que fazer com os sentimentos. Ele observa e protege você, e isso não é o normal dele. É meio doce, até, de uma maneira ferrada, mas é.

Suas mãos acariciaram suavemente meus braços. Ela me lembrava Lilah: sua gentileza, leveza, seu espírito protetor. Pela primeira vez desde que escapei da Ordem, eu realmente senti saudades de casa. Senti saudade da minha melhor amiga. Senti saudade da minha irmã silenciosa, Maddie. Senti falta do sentimento de pertencer a algo ou alguém.

— Você está bem?

Assenti com a cabeça quando vi sua expressão preocupada. Ela se virou e bateu na familiar porta de madeira escura à nossa frente.

— Sim? — uma voz respondeu do outro lado.

— Rider, é a Beauty e a Mae. Podemos entrar?

Depois de alguns momentos de silêncio, ele respondeu:

— Sim, claro.

Ela abriu a porta, e, deitado no centro da enorme cama com a cabeceira de metal, do outro lado do quarto, estava Rider, sem camiseta, vestindo apenas calça jeans. Um curativo cobria o seu ombro machucado.

— Como você está se sentindo, docinho? — Beauty perguntou suavemente e caminhou até o seu lado.

— Não sinto alguns lugares, nos outros sinto dor, mas estou vivo — ele respondeu, tentando ser forte, mas a sua voz soou rouca.

Doía vê-lo tão machucado, o curativo no braço, a dor que obviamente estava sentindo. Lágrimas encheram os meus olhos. O sacrifício que Rider estivera disposto a fazer para salvar a minha vida finalmente caiu sobre mim. Ele sempre foi *perfeito* comigo.

As lágrimas correram pelas minhas bochechas quando vi a força que ele tentava passar, e fiquei imóvel, tentando assimilar tudo, mexendo nervosamente as mãos.

— Mae, vem aqui — Rider falou.

Levantei a cabeça e fiz o que ele pediu, chegando mais perto e parando ao lado de Beauty.

— Ei, você está bem? Porque não parece... — questionou gentilmente e franziu a testa. Rider parecia genuinamente preocupado comigo. Ele tinha levado um tiro, quase fatal, e ainda assim continuava a tentar me proteger.

Beauty rosnou e balançou a cabeça.

— A coitada acabou de pegar o Styx com a vadia da Dyson.

Rider levantou uma sobrancelha e olhou para mim com simpatia nos olhos.

— O que ela está fazendo de volta?

— Ao que parecia, tentando chupar a merda do pau do Styx — ela disse com tom de desaprovação.

Encolhi o corpo, sentindo uma náusea subir pelo estômago. Como eu pude ser tão idiota... Não, tão ingênua?!

— Beauty! — Rider ralhou.

Ela se virou para mim com um sorriso no rosto.

— Desculpe, Mae. Ele só me pegou de guarda baixa. Algumas vezes os motociclistas deste clube podem ser uns idiotas sem noção.

— Ei! — Rider reclamou.

— Porra! Não posso dizer nada, não é? — Ela sorriu de novo.

— Está tudo bem — sussurrei e dei uma risada silenciosa.

Rider voltou a atenção toda para mim e disse sem um pingo de humor:

— Ele é um maldito idiota se escolheu aquela *puta* em vez de você.

Inclinei a cabeça, contemplando seu semblante. Minha cabeça sempre doía quando eu tentava decifrá-lo. Desta vez, quando escutei suas palavras, uma sensação de paz tomou conta de mim. Mesmo sem querer, sorri fracamente para ele. Seus lábios se separaram em um suspiro e então ele sorriu.

Meu coração se agitou. Ele era um homem tão *bom*.

Minha amiga tossiu, e os olhos azuis arregalaram, alternando entre mim e Rider; o rosto bronzeado ficando cada vez mais pálido. Uma batida forte soou à porta, quebrando a óbvia tensão que crescia no quarto.

— Rider? A Beauty e a Mae estão aí com você? — Letti perguntou do outro lado da porta.

Rider mudou de posição, se encolhendo com o esforço, segurando o ombro machucado com a outra mão enquanto se ajeitava na cama. Notei o tórax definido e não pude deixar de admirar sua aparência.

— Sim. Pode entrar. — Ele balançou a cabeça, murmurando para si mesmo: — Quanto mais, melhor.

Letti entrou, fechou a porta e acariciou gentilmente o meu ombro.

— A vadia já foi, Mae. Ela não vai aparecer por aqui de novo; não se ela dá valor à própria vida.

— E Styx? — Beauty perguntou.

— Não sei. Deixei o filho da puta por conta própria. — Ela brincou com uma mecha do meu cabelo. — Ele estava mexendo as mãos como se estivesse em uma *rave*. O babaca disse que não fez nada com a vagabunda, que não conseguiu. Na minha opinião, acho que ele está dizendo a verdade. O Prez normalmente não mente.

Assenti, agradecendo suas palavras, e o último nó de tensão que pesava no meu estômago, sumiu. Os olhos de todos estavam sobre mim, observando minha reação. Esfreguei os braços, sentindo um arrepio de frio naquele quarto escuro.

— Você está com frio? — Rider perguntou.

Assenti com a cabeça.

— Beauty, vá até o meu armário e pegue um suéter pra ela.

Ela franziu o cenho para ele, mas fez o que foi solicitado. Ela pegou uma peça preta e com capuz, com a imagem de uma Chopper na frente, e me entregou.

Assim que vesti a roupa, Rider disse:

— Ficou bom em você.

— Obrigada — respondi, sentindo o rosto corar.

Vi que as duas estavam se olhando, preocupadas, mas decidi ignorá-las. Hoje já tinha sido traumático o suficiente para eu ficar tentando descobrir o porquê de elas estarem tão apreensivas.

— Você precisa de algo antes de irmos embora, Rider? — Beauty perguntou, apertando a mão dele.

— Não, estou bem.

— Você quer ir para o bar beber alguma coisa? Estoquei alguns refris lá. — Beauty se virou para mim, mas neguei, balançando a cabeça. Eu ainda não queria ver o Styx. Não queria ter que lidar com isso.

— Bem, não posso levar você pra minha casa. Styx teria um ataque se eu tirasse você do clube, especialmente com o complexo sendo um alvo.

Pela primeira vez desde a minha chegada, me senti deslocada, como uma intrusa que não pertencia àquele lugar.

— Você pode ficar aqui. — Nós três nos viramos para encarar Rider. Encolhendo os ombros, ele levantou as mãos: — O quê? Eu estou preso aqui, entediado pra cacete. Fique.

— *Oh-kay*... — Beauty falou e deu um sorriso para mim: — Você já assistiu um filme antes, docinho?

Um filme? Obviamente a minha expressão confusa acabou lhe dando a resposta.

— Fique aqui, vou pegar um.

— Não se atreva a pegar *Diário de Uma Paixão*. Não vou aguentar ver essa merda *de novo*. Pegue alguma coisa que tenha uma boa dose de sangue.

— Concordo! — Rider gritou quando Beauty se virou.

Ela colocou a mão na cintura e passou a outra pelo rosto, frustrada.

— Ah, calem a boca. Vou mostrar para a Mae como é quando um homem *realmente* ama uma mulher, ok? E porra, ela bem que precisa disso depois da merda de hoje!

— Tanto faz, Barbie Malibu. Vou dar uma cochilada. — Letti foi para o sofá e se deitou, fechando os olhos. Beauty, depois de mostrar o dedo do meio para as costas da amiga, saiu do quarto para buscar o filme.

— Como está o seu braço? — Rider perguntou e voltei a atenção para ele.

Cheguei perto de sua cama e passei os dedos pelas marcas do lençol amassado.

— Está tudo bem, foi só um arranhão. — Baixei os olhos e senti, mais uma vez, as emoções tomarem conta de mim. Então levantei a cabeça e encontrei seu olhar. — Obrigada por me salvar hoje. Você não sabe o que isso significa para mim.

Ele sorriu e seus olhos brilharam. Senti o coração dar uma cambalhota.

— À sua disposição. Encontraremos os responsáveis e faremos com que paguem por isso. Styx não vai descansar até que todos eles estejam mortos.

Não respondi. Não queria saber o que aconteceria quando capturassem os homens. Eu não queria saber de nenhum detalhe. Senti uma carícia suave na mão, olhei para baixo e vi os dedos de Rider traçarem a minha pele. Levantando o olhar para encontrar o dele, notei que o seu cabelo estava livre dos costumeiros rabos de cavalo e da bandana. E pela primeira vez o vi sob outra perspectiva.

Ele era *lindo*...

Beauty voltou trazendo uma caixinha de plástico nas mãos, fazendo com que Rider soltasse abruptamente sua mão da minha.

— Achei! Vem, Mae. Você precisa ver isso!

— Vá se divertir. — Rider acenou em direção ao sofá.

Diversão.

Assenti agradecendo e fui para o sofá, olhando por sobre o ombro mais uma vez, apenas para vê-lo observando cada movimento meu. Seus olhos brilhavam. Encostei o nariz na gola do suéter, e inspirei o cheiro que emanava do tecido; o cheiro de Rider encheu meus sentidos.

TILLIE COLE

— Pronta? — Beauty perguntou enquanto se jogava no sofá ao meu lado, ligando a enorme caixa preta. Relutantemente afastei o foco de Rider para a tela gigante à frente; minha amiga disse que era uma TV.

Ela pegou um longo aparelho preto e pressionou um botão. Luzes e sons vieram da tela e dei um pulo. As duas mulheres riram da minha reação.

— Ainda não se acostumou com a TV, Mae?

Balancei a cabeça quando Letti me deu um tapinha nas costas.

— É a melhor invenção de todos os tempos. Você vai aprender a adorar.

Imagens encheram a tela e me recostei no sofá.

— Vocês se importam se eu me juntar às senhoritas? — Rider perguntou enquanto caminhava para o sofá, protegendo o braço machucado. Ele parou diante de nós, ainda sem camisa, fazendo com que minhas mãos coçassem. Ele era bem mais suave que Styx. Livre de cicatrizes e com um sorriso gentil. Styx, por outro lado, era duro e rude, era melancólico, sombrio e tinha os olhos mais incríveis que eu já tinha visto na vida.

Styx era pecado, Rider era paz.

Uma onda de nervosismo me varreu quando comparei os dois. Beauty me tirou daquele estado ao responder à pergunta dele.

— Claro que não, querido. — Ela me cutucou e sorriu brincalhona. — Não sabia que você gostava de romance.

Ele bufou e levantou a mão mostrando o dedo do meio.

— E não gosto. Estou entediado e se eu tiver que ficar deitado na cama por mais uma hora, vou acabar matando alguém.

Rider se sentou à minha frente no chão, com o ombro encostando em minha perna. Congelei e olhei para Beauty, que o encarava como se fosse jogar uma faca nele. Observei divertida quando ela franziu o cenho e cruzou os braços na frente do peito.

Era um ato inocente... Ele tinha levado um tiro e provavelmente estava carente por afeição. Ser obrigado a ficar no clube em vez de ir para casa devia estar deixando-o chateado. Se nós não tivéssemos invadido o seu autoconfinamento com a nossa improvisada sessão de filme, ele teria ficado sozinho, sentindo dor.

Sentindo-me melhor com a proximidade dele, recostei e prestei atenção no filme.

A história era de tirar o fôlego, de rasgar a alma, e quando percebi, minhas mãos estavam fechadas em punhos, apertando o tecido do sofá entre os dedos. Uma bola gigante tinha se instalado na garganta quando a cena final do filme – um bando de pássaros voando por cima de um lago –, apareceu na tela.

Beauty estava fungando ao meu lado. Até mesmo Letti, com aquele exterior durão, parecia estar um pouco desconfortável tentando, em vão, fingir indiferença com a história profundamente emocional.

Rider se inclinou para pegar o aparelho preto, que chamaram de controle remoto, com o braço bom e desligou a TV. Nós quatro ficamos sentados em completo silêncio.

Beauty secou as lágrimas que escorreram pelo rosto e se virou lentamente para me perguntar:

— Então, o que você achou, docinho?

— Eu... eu... eu não sabia que poderia ser assim entre duas pessoas. — Engoli em seco e apertei o suéter ao redor do corpo. — Então isso é o amor verdadeiro?

— É esse tipo de amor que as pessoas querem, Mae. Infelizmente, só alguns conseguem encontrar.

— Você tem isso com Tank?

Todo o seu ser pareceu se iluminar. Ela deu um sorriso tão grande que cheguei a ficar com inveja.

— Sim, docinho, é o que temos. Demorou muito tempo para chegarmos a isso. Ele tinha um passado e, caramba, eu também. Mas conseguimos nos acertar. Passamos por muita merda juntos, mas não mudaria nada. Ele é o meu mundo, e eu *sei* que sou o dele.

Inclinei sobre ela e apertei sua mão com carinho.

— Você tem muita sorte, Beauty. Tenho inveja do que você tem. — Ela apertou a minha mão e se inclinou para beijar a minha bochecha.

— Então, Rider, e você? — Letti perguntou enquanto olhava para ele, no chão.

— O quê? — Ele jogou a cabeça para trás, e seus olhos estavam brilhando.

— Já se apaixonou? Em todos esses anos que você está nos Hangmen, nunca vi você ficar com nenhuma vadia. Você tem uma *cadela* esperando por você em algum lugar?

Rider baixou a cabeça e murmurou:

— Não, ninguém me esperando por aí.

— Você quer estar com alguém que ama — sussurrei.

Virando-se para mim, ele encolheu o ombro bom e abaixou o olhar.

— É a maneira como fui criado, não consigo mudar isso. Não consigo tirar da cabeça algo que minha mãe recitava o tempo todo... *O amor é paciente. O amor é bondoso...*

— *Não inveja, não se vangloria, nem é arrogante* — sussurrei.

O olhar de Rider estava fixo em mim, suave enquanto observava meu rosto.

— *Não maltrata, não procura seus interesses, não se ira facilmente, não guarda rancor.*

— *O amor não se alegra com a injustiça, mas sim com a verdade. Tudo sofre, tudo crê, tudo espera, tudo suporta.*

Recitamos a escritura de cor e salteado até a última linha, quando ele falou as palavras:

— *E agora permanecem estes três: fé, esperança e amor. Contudo, o maior deles é o amor.*

Não conseguíamos afastar os olhos um do outro, nossos corpos sem se mover, e as palavras pairando entre nós. Ele era como eu.

Senhor, ele era como eu... Eu não sabia...

— Do que diabos vocês dois estão falando? — perguntou Letti, quebrando o momento.

Tossindo, Rider olhou para ela.

— É da Bíblia, Letti. Estávamos citando as escrituras. Primeiro Coríntios.

— Caramba, eu sabia que a Mae era de alguma seita maluca, mas não sabia que você também era!

Encolhi com as palavras. *Seita maluca?* Era isso o que eles pensavam de mim?

Rider não respondeu. Ele nunca falava sobre suas origens ou como tinha sido criado. Eu estava desesperada para saber. O fato de ele ser igual a mim, fez com que eu sentisse que tinha um amigo, alguém que realmente entendia. O que eu não conseguia compreender era porque ele estava aqui, fazendo parte de um clube como este, sendo um Hangmen. O próprio Styx me disse uma vez que os irmãos matavam, negociavam armas, usavam de violência diariamente. Eu não conseguia ver como aquela vida se encaixava na fé dele. Mas, de novo, concluí que ele era *como* eu. *Eu* não queria mais sentir as amarras das restrições da minha fé. Queria tentar coisas novas, deixar aquela existência sofrível para trás. Parte de mim nem mesmo sabia se eu ainda acreditava em Deus. No entanto, de novo, ouvi-lo recitar aqueles versos fez com que eu me sentisse segura, completa novamente. *Urgh!* Eu não sabia quem ou o que eu era sem a Ordem, sem os deveres de ser uma irmã.

Beauty ficou de pé rapidamente, olhou para mim, com um sorriso, mas eu podia ver que era forçado. Seus olhos estavam apertados e ela continuava encarando Rider sentado no chão.

— Vem, Mae. Hora de ir.

— Ir para onde?

— Vamos deixar o Rider descansar. Vem, *vamos*! — Ela aumentou o tom de voz para enfatizar o que queria que eu fizesse.

— Ah, sim. Rider, desculpe. Ficamos tempo demais. Nós deveríamos...

— Não, está tudo bem — ele interrompeu.

Parei, me sentindo aliviada e voltei a me sentar.

— Obrigada.

— Obrigada pela oferta, Rider, mas precisamos ver o Styx. — Beauty se aproximou para segurar o meu braço, porém me esquivei.

— Eu ainda não quero vê-lo, Beauty.

— Mas...

Levantei uma das minhas mãos e falei:

— Não! Você e a Letti vão. Está tudo bem. Não estou pronta para ir. Eu prefiro ficar aqui, longe do Styx. Não consigo enfrentá-lo... *ainda.*

De boca aberta ao escutar minhas palavras, ela apontou um dedo para Rider.

— É bom você se cuidar. Quando o Prez souber que você está aqui com a Mae, ele vai ficar louco.

Rider deu de ombros. Só então vi surgir o infame brilho do motociclista fora da lei...

— Não estamos fazendo nada de errado. Ela só vai ficar aqui por um tempinho. Porra, ela está morando aqui há semanas. E *agora* que você me vem com esse papo?

Beauty levantou uma sobrancelha e riu.

— Certo. Continue pensando assim. — E então ela saiu do quarto.

TILLIE COLE

Letti me deu um tapinha carinhoso no ombro enquanto passava e seguia a amiga pelo corredor.

Elas deixaram a porta aberta e assim que as ouvimos irem para o bar, Rider se levantou e se sentou ao meu lado no sofá. Ele cheirava a sabonete e ar puro, e notei que eu estava me inclinando em sua direção.

— Você ainda está irritada sobre o Styx e Dyson? É por isso que você não quer ir?

Eu não conseguia olhar nos seus olhos.

— Sim e não. Eu sei que não conheço bem o Styx, mas ele me machucou ao estar ali com ela. Pensei que ele fosse melhor do que isso. Nós compartilhamos uma... conexão, mas sinto que ele sempre me afasta.

— Styx é um fora da lei. Ele faz suas próprias regras, suas próprias leis, e vive como quer. Assim como eu e todos os irmãos neste clube. Ele não é como esses idiotas dos filmes, Mae. Esta vida não é fácil. Você não vai ter um 'felizes para sempre' aqui. Você fica pelo amor ao clube. O Prez nasceu para estar no comando, mas não é fácil para ele, ainda mais com... — ele parou de falar, claramente se referindo ao problema da fala do Styx.

Suspirando, eu disse:

— Eu sei, mas neste momento, não consigo estar perto dele. Além disso...

— Além disso, o quê?

— Eu gosto de estar com você. Passar o tempo... com *você*. — Encolhi os ombros.

A mão de Rider tocou gentilmente a minha.

Inclinando meu corpo, passei os dedos pelo seu cabelo comprido, afastando uma mecha caída sobre o seu olho. Era tão macio... Percebi que Rider tinha parado de respirar e que seu abdômen tinha se contraído.

— Você fica diferente com o cabelo assim — falei, afastando a mão.

— Fico? — perguntou, dando um pequeno sorriso.

— Uhum, eu gosto. Livre e selvagem... Fica bem em você.

Observei Rider juntar os lábios, seu peito subir e descer de forma errática. Minhas mãos começaram a tremer enquanto eu olhava para ele e meu nariz comichou.

Pigarreando, ele perguntou:

— Que tal assistirmos outro filme?

— Eu adoraria — respondi e soltei um suspiro, agradecida pela distração.

Ele levantou e se aproximou da TV, me permitindo recostar no sofá e, por um momento, *relaxar*.

CAPÍTULO QUATORZE

STYX

Abri a porta do galpão e entrei no espaço quase vazio. Um *skinhead* grande estava amarrado em uma cadeira. Olhei para o rosto do filho da puta e vi as letras "SS" e "KKK", além de suásticas, tatuadas por toda a sua pele.

Skinheads.

Neonazistas da porra!

Ky me seguiu enquanto Viking, AK e Flame ficavam de lado, observando o desgraçado, que olhava freneticamente para nós cinco. Tirando a camiseta, fui em direção do meu armário de facas, e foi aí que o supremacista branco resolveu abrir a porra da boca.

— Não vou falar! — gritou, observando meus movimentos, arregalando os olhos quando peguei a primeira faca. — Ei, cara! Nada vai me fazer falar.

Tirando meu afiador, comecei a passar a minha faca de caça, o metal raspando no couro grosso.

— Ei, você com a faca! Estou falando com você!

Flame não aguentou mais e foi na direção do idiota, segurando seu rosto entre as mãos.

— Ele não fala. Você não escutou os rumores em Hicksville?

Colocando o afiador de volta no lugar, andei até ficar de frente ao filho da puta, regado a esteroides, que matou Lois. Ele engoliu em seco e gotas de suor escorreram pelo rosto.

— O Hangmen Mudo...? — sussurrou, sentindo a realidade cair sobre si. Eu simplesmente sorri. *Sim, é o filho da puta mudo.*

A cadeira começou a balançar enquanto o nazista lutava para se libertar. Apenas balancei a cabeça e dei um passo. Ele congelou quando comecei a me aproximar e consegui sentir o cheiro da urina no chão.

— Porra, Prez, você faz jus à sua reputação! — Viking bateu as mãos, soltando uma risada junto com AK.

Acenei com a cabeça, instruindo Ky a se juntar a mim.

Girando a faca na mão, segurei o punho. Para começar a fazer as coisas irem mais rápido, pressionei a ponta no peito nu do imbecil e então comecei a entalhar parte da minha marca registrada: um H que cobria todo o torso. Cravei profundo o suficiente na pele para que ele sentisse dor, mas não o bastante para que atingisse órgãos vitais. Agora, estava aí uma merda difícil de fazer.

Cansado dos gritos do nazista, dei um passo para trás e observei minha obra de arte. AK chegou mais perto e assobiou.

— Prez, isso sim que é um trabalho artístico do caralho!

O *skinhead*, agora delirando de dor, se contorceu na cadeira. As cordas grossas e tensas roçavam seus pulsos, deixando a pele cada vez mais em carne viva.

— Não vou falar — ele falou com um forte sotaque texano. — Se eu falar, serei um homem morto, seja pelas suas mãos ou pelas do meu pessoal. Do meu ponto de vista, estou morto de qualquer maneira.

O calor do verão transformava este galpão em um inferno e, três horas depois, a resistência do KKK filho da puta estava começando a romper. As informações que tínhamos até agora era que a pessoa que tinha colocado um alvo nas costas dos Hangmen, era nova no pedaço. O elemento não tinha se afiliado com nenhuma gangue, máfia ou MC. Era alguém poderoso. Um engravatado que tinha prometido tirar o chefão deles da cadeia, um pedaço de merda que estava cumprindo vinte anos depois de matar alguns judeus que se recusaram a pagar seus impostos.

A pergunta era: como poderia um engravatado qualquer saber onde estaríamos hoje? O *skinhead* precisava me dizer quem estava vazando as informações sobre as coisas do clube.

Ky me trouxe uma toalha e, depois que limpei o suor do meu peito, a deixei cair no chão. Minha calça jeans estava coberta de respingos de sangue do neonazista filho da puta. Estava destruída. Tirando o cabelo do rosto, me aproximei sorrindo e vi quando o cara engoliu em seco.

Parte dois da minha marca registrada.

— Você já ouviu falar sobre sorriso do Coringa? — Ky perguntou para o *skinhead*.

O cara arregalou os olhos e assentiu lentamente, seu olhar indo de mim para Flame, que estava do meu lado esfregando as mãos animado.

As narinas do Nazi tremeram quando me aproximei de sua cadeira, girando a faca Bowie entre os dedos. Agachei na sua frente e sinalizei:

— *Mais uma chance de você me dar o nome de quem tentou nos foder hoje, ou você vai ganhar um sorriso vermelho permanente pelo resto da sua vida.* — Ky traduziu.

— Eu falei que não sei! Mas...

— Mas o quê? — Ky rosnou.

— Mas nos disseram para não parar até que vocês estivessem mortos. E as suas *putas* também. — Seus olhos encontraram os meus. Algum filho da puta me queria morto? Isso não era nada novo. Mas eles queriam Lois morta, as mulheres mortas... Ninguém se metia com as *cadelas* dos irmãos e vivia para ver o dia seguinte.

Flame rosnou e deu um passo para frente, cravando as unhas no pescoço.

— Onde fica a base de vocês?

O nazista balançou a cabeça, suor escorrendo pelo rosto.

— Me diga ou vou arrancar o seu pau e enfiar no seu cu!

— Uma... garagem... abandonada... do lado de fora do aeroporto Boulevard.

Flame se endireitou, me dando um sorriso. Virei, estalei o pescoço e dei meia-volta, a faca alinhada com perfeição para fatiar meu alvo. O *skinhead* gritou. Pra caralho. A cadeira balançava sobre o concreto e a cabeça do idiota fez um barulho alto quando bateu no chão ao cair. Flame começou a bater na parede, rindo histericamente. Ele era, definitivamente, um filho da puta louco.

Os gritos continuaram, mas Ky deu um passo para frente e gritou:

— Não adianta, cara. Ninguém vai escutar você, seu racista de merda!

Ele ficou pálido. Virando a cabeça de um lado ao outro, ele sussurrou algo e eu me aproximei.

— *O quê?* — sinalizei.

Ky repetiu a minha pergunta em voz alta.

Erguendo os olhos aturdidos, suas bochechas rasgadas de fora a fora, ele murmurou:

— Terno... algo sobre... o... Senador Collins.

Minha cabeça virou para encontrar o olhar de Ky. Ele saiu do galpão, celular contra a orelha. Ele estava ligando para Tank a fim de conseguir mais informações.

Jogando a faca no chão, acenei para Flame tomar as rédeas da situação e fazer o que ele fazia de melhor. Viking e AK ficaram para ver o show de horrores. Saí para o ar quente de verão e respirei fundo, apenas para ver Pit ao lado do galpão, com o ouvido colado na madeira. Ele pulou quando me viu ali. Meus olhos se estreitaram.

— *O que você está fazendo aqui?* — sinalizei.

Pit engoliu em seco e não conseguiu me olhar nos olhos.

— Eu... Eu estava jogando o lixo f-fora. — Fiquei olhando para o *recruta* até que ele saiu correndo tão rápido quanto o diabo fugindo da cruz e entrou no bar.

Que porra foi essa?

Esfregando o rosto com as mãos, me encostei na parede de madeira do galpão.

Porra. Eu preciso da Mae.

Eu tinha fodido com tudo. Ferrado mesmo. Ela era tudo no que eu conseguia pensar quando estava enfiando a faca naquele nazista, cortando a pele dele, e não conseguia me focar. Eu queria pegar o filho da puta que tinha matado Lois, que tentou tirar Mae de mim, mandá-lo direto para o Barqueiro e depois para Hades. Eu queria vingança pela morte de Lois. Não dei muito para ela em vida, a *puta* merecia muito mais de mim. E receberia. O filho da puta não ia sair do galpão vivo. E depois iríamos atrás dos outros.

Com uma última respiração profunda, voltei para o bar. Quando entrei, a maioria dos homens já tinha saído dos quartos e Pit estava de volta no seu lugar atrás do balcão, ainda evitando o meu olhar. Cerrei os dentes, achando a atitude suspeita, mas decidi deixar aquilo de lado por enquanto. Já tinha acontecido muita merda esta noite e os irmãos precisavam de uma pausa. Olhei ao redor procurando por Mae, quando o cabelo loiro de Beauty, e Letti, com toda a sua altura, chamaram a minha atenção.

Fui na direção delas, com Ky ao meu lado.

— Tank ainda está na estrada. Ele tem um contato dentro do escritório do Senador, vai tentar conseguir alguma informação.

Assenti e Ky foi para o bar. A sua vadia preferida, Tiff, quase gozou quando ele se aproximou. Não consegui evitar um sorriso... Era claro que ele não tinha problemas em conseguir uma boceta para se enfiar à noite.

Letti cutucou Beauty quando cheguei na mesa delas e sorriu. Alguma coisa estava errada.

— *Pensei que você estivesse puta comigo* — sinalizei.

O sorriso falso dela sumiu.

— E estou.

— *Sério? Então por que o sorriso?* — Deliberadamente olhei ao redor da sala. — *Cadê a Mae?*

É, lá estava aquele sorriso estranho de novo.

— *O quê?* — sinalizei para Beauty, sentindo minha mandíbula apertar.

Ky passou o braço ao redor do meu pescoço, bateu com a minha cerveja na mesa e perguntou:

— Por que todo mundo parece tão puto?

Segurei o braço dela e sinalizei novamente:

— *Por que você está tão estranha? Cadê a Mae?*

— Ela está com o Rider — sussurrou nervosa.

Juro que pareceu exatamente como em um filme quando a música para do nada.

Rider?

Ah, merda!

— Fomos lá dar uma olhadinha para ver se ele estava bem. Ele nos deixou ficar. E então os dois ficaram recitando umas merdas religiosas um para o outro e ela se recusou a ir embora. Eles pareciam bem próximos.

Fechei os olhos.

Próximos?

Voltei a abri-los e perguntei:

— *Por que ela se recusou a ir embora?*

— Porque ela não quer ver você!

— Porra, você sabe mesmo como foder com as coisas! — Ky gargalhou.

Empurrando-o para o lado, saí do bar e fui em direção ao quarto de Rider. Beauty tentou me impedir.

— Styx, espera! Não vai dar certo, você entrando aí que nem louco!

Esquivei-me dela e entrei no quarto, deparando com a dupla sentada no sofá, lado a lado, rindo de algum filme ruim... e porra, o Rider estava quase pelado.

Assim que entrei no quarto, Mae e Rider se endireitaram, olhando para mim enquanto eu me aproximava deles.

— *Que porra é essa?* — sinalizei, apontando para os dois no sofá. Rider traduziu para Mae, o que me deixou ainda mais puto.

— Não é o que você acha, irmão — ele disse rapidamente. *Rápido demais.* Os olhos cristalinos de Mae estavam pegando fogo. Naquele momento, ela estava tão linda que o meu peito chegou a doer.

Mas quando percebi que as roupas *dele* estavam no corpo *dela*, a fúria tomou conta de mim.

— *Sim, então por que ela está com as suas roupas, na porra do seu quarto... Sozinha?!*

O irmão, que estava prestes a ir encontrar com o barqueiro, traduziu novamente.

Mae se levantou e gritou:

— Porque... *eu*... não... quero... ver... *você*!

Chocado, passei as mãos pelo cabelo algumas vezes.

— *E então, o quê? Você vai ser a* puta *do Rider agora?*

Mae olhou para Beauty que, relutantemente, falou em voz alta o que eu tinha sinalizado.

— Não é isso — ela retrucou. — Eu só não consigo olhar pra você neste momento. *Você* me magoou, Styx. Eu preciso de espaço.

— *Tudo bem, mas você vai ficar no meu quarto. Se você está na porra do meu clube, você vai ficar na porra do meu quarto. Essa é a única maneira. Vamos!*

Ao ouvir minhas ordens através de Beauty, levantei a mão. Mae não a aceitou. Observei enquanto ela olhava perplexa para Rider. Bem, isso elevou a minha raiva a outro nível.

— *Agora, Mae!* — ordenei de novo, sem precisar de tradução. Eu sabia que estava sendo um filho da puta possessivo... mas não gostava da maneira como ela estava olhando para Rider e vice-versa.

— *Temos um problema, irmão?* — perguntei a ele.

— Nenhum problema — respondeu.

— *Eu* quero ficar aqui — Mae anunciou.

— *Isso não vai acontecer.* — Rider traduziu de novo, parecendo mais como um homem morto a cada minuto que passava.

— Então *eu devo ir embora!*

Congelei e, para a minha irritação, Rider também. Pela primeira vez em muito tempo, eu não sabia o que diabos fazer. Eu podia ver nos olhos dela a seriedade de suas palavras. E obviamente, eu não queria que ela fosse *embora.*

A porra de um clássico drama mexicano.

— Ela pode ficar na cama. Eu fico no sofá até voltar pra casa — Rider ofereceu.

— *Uma porra que vai!*

— O que *ele* falou, Rider? — Mae perguntou, com um tom desconfiado. Ela era mais corajosa do que eu tinha imaginado.

— Ele não quer que você fique aqui comigo — ele respondeu neutro. Ela cerrou os olhos.

— Concorde ou *eu vou embora*. Estou falando sério, Styx. Não posso ficar com você neste momento. *Você* deve se responsabilizar pelos *seus* atos!

Ri comigo mesmo. O carma era uma merda.

— *Você sabe o quê, Mae? Faça o caralho que você quiser.* — E então apontei para Rider. — *Se você tocar nela, é um homem morto.*

Com a ameaça feita, me virei para sair.

— Você me magoou! — Mae choramingou, sua voz quebrando.

Eu congelei no lugar.

— Você fez com que eu sentisse vergonha de mim mesma... do meu passado... de coisas que estavam fora do meu controle. — Virei lentamente e vi a dor transparecendo em seu rosto. *Porra!* Mae passou os braços pelo corpo, se abraçando, quebrou o contato visual e voltou a se sentar no sofá... bem ao lado de Rider.

Minha mandíbula apertou quanto vi a cabeça deitar sobre o ombro dele. O irmão pareceu chocado, mas vi o choque se transformar em algo mais. Dei uns passos para frente e coloquei a mão no ombro de Mae.

Ela ficou tensa e se afastou do meu toque.

— Apenas vá, Styx... — sussurrou e senti meu coração afundar.

Eu era um idiota dos infernos.

Com isso, fui embora, pensando em afogar as mágoas em uma garrafa de Jim Beam no meu quarto... Bem longe de qualquer puta de clube chamada Dyson que queria chupar meu pau.

CAPÍTULO QUINZE

STYX

Lois foi enterrada cinco dias depois num caixão preto e cromado; moedas nos olhos, e colocada para descansar ao lado dos pais no cemitério do complexo; tinha corpos demais naquele espaço para o meu gosto.

Cada irmão e suas *old ladies* compareceram... assim como Mae. Ela estava de braços dados com Rider, pairando sobre ele como uma maldita enfermeira. Tive que dar tudo de mim para não jogá-lo na cova aberta e descarregar uma 9 mm na cabeça dele. Mas mesmo um pecador como eu pode respeitar o funeral de uma irmã. Mae manteve-se estoica por todo o cerimonial, e os olhos de Rider estiveram constantemente sobre ela, e os meus, sempre sobre ele.

Estava sendo difícil pra caralho lidar com as atenções dele para com a minha *cadela*. *Isso mesmo*, me lembrei. *Mae era minha*. Eu só tinha que achar uma maneira de convencê-la. Porque se ela escolhesse o Rider em vez de mim, teríamos um derramamento de sangue... e não seria o meu.

Duas horas depois, estava tudo terminado. Nos reunimos do lado de fora do complexo, para um churrasco tardio, a música 'Heaven and Hell', do Black Sabbath, soando nas caixas de som, enquanto a bebida fluía livremente.

Mae estava ao lado de Beauty e Letti, na única parte gramada do local. As três agora eram tão próximas quanto se fossem irmãs, e isso muito me alegrava. Ela precisava de amigos que não fossem o Rider...

De tempos em tempos, Mae olhava para mim. Seus olhos pareciam me queimar, mas o calor que ela sempre transparecia não estava mais lá. A luxúria ainda brilhava ali quando ela me olhava, mas a felicidade e a suavidade tinham morrido.

Porém, com Rider, ela era toda sorrisos. E o irmão parecia diferente agora que usava o cabelo solto, com a ausência da fiel bandana na cabeça. Só Deus sabe o que tinha inspirado aquela alteração na sua aparência, mas todos tinham notado as mudanças. Ele estava mais falante, socializava mais, chegando perto demais da porra da *minha* propriedade.

Cinco dias. Cinco malditos dias vendo Mae ficar cada vez mais próxima do médico do clube enquanto ele se recuperava do seu ferimento. Cinco dias sentado no corredor como um maldito *stalker*, lutando contra a náusea quando ele a fazia rir. E cinco dias de bolas roxas e ressacas e nem uma trepada. *Porra*, eu nem mesmo bati uma. Mas se teve algo que não me faltou, foi álcool.

Eu a observei ontem à noite na sala com os irmãos enquanto ela e Rider estavam sentados no chão, jogando algum jogo de tabuleiro. Um irmão e um jogo de tabuleiro... Hades em pessoa riria da ideia. Mas eu não estava rindo. Ele a estava ensinando as regras e o que fazer a cada jogada. O rosto de Mae ficava cada vez mais animado quando ela começava a entender como funcionava, com uma expressão vitoriosa. Uma coisa era certa: ela parecia feliz.

Agora, eu sentia vontade de me matar toda vez que ela lhe dava um dos seus sorrisos perfeitos. O sorriso que costumava dar a mim. O sorriso que eu tinha afugentado, tentando ser nobre. O sorriso que eu tinha afugentado, ficando bêbado pra caralho, fodendo tudo com a Dyson, a sugadora de porra.

Para deixar as coisas ainda piores, os nazistas tinham desaparecido. Eles sabiam que um deles havia sido pego. Sabiam que ele tinha delatado a localização da base deles. Os Hangmen estouraram o local, armados até os dentes, mas aquilo era praticamente uma cidade fantasma: mesas viradas, armários vazios e marcas de pneus no asfalto rachado. Uma coisa era certa: com uma recompensa pela minha cabeça, nós *tínhamos* que achar a base dos *skinheads* antes que eles voltassem a nos atacar. Eu tinha muita coisa em jogo agora. Ainda não estávamos prontos para queimar no Inferno.

A bebida fluía.

Tributos foram feitos a Lois.

A vida seguia.

Os irmãos pagaram respeito pela irmã perdida em um ato usual dos foras da lei. Ky e o *psycho trio* lideravam as putas e as bebidas.

Pegando uma cerveja, fui até o outro lado do pátio e me sentei no chão, recostado em um fardo de feno ao lado de um barril com fogo queimando. Peguei meu Fender, acendi um cigarro, e deixei os dedos passearem sobre as cordas. A música *"Blue Eyes Cryin' in the Rain"*, de Willie Nelson, começou a soar. Perdido na música, com os olhos vidrados no brilho alaranjado das chamas, as palavras saíram da minha boca.

"Someday when we meet up yonder
We'll stroll hand in hand again
In land that knows no parting
Blue eyes cryin' in the rain..."
"Algum dia, quando nos encontrarmos lá em cima
Vamos passear de mãos dadas novamente
Em uma terra que não conhece despedida
Olhos azuis chorando na chuva..."

Com um último dedilhar, a música acabou. Dei um olhar rápido em volta para verificar se não havia ninguém olhando, e relaxei. Os irmãos estavam agora reunidos em pequenos grupos ao redor do pátio, alguns tinham ido para casa com suas famílias, outros estavam fodendo em algum lugar, o trio praticava com um alvo em uma lata no topo da cabeça do Pit.

Um caos do caralho.

Olhei pelo pátio, não encontrando Mae em lugar algum. Rider estava parado ao lado de Smiler, e os dois pareciam uma imagem ridícula: cabelos compridos e expressões mal-humoradas. Mas a atenção de Rider estava fixa em algum ponto atrás de mim; ele estava com o cenho franzido e mordendo o lábio inferior. Só conhecia uma coisa que o faria agir assim. Ou melhor: uma pessoa.

Virando a cabeça, congelei quando vi o longo cabelo negro dançar ao vento ao lado da parede da garagem. Um segundo depois, os olhos azuis de Mae espiaram do canto onde ela estava, aquele pequeno sorriso doce em seus lábios rosados.

Ela tinha me escutado tocar... *de novo*.

No entanto ela não queria que eu soubesse que estava ali.

Inclinei o corpo para frente e todo o rosto de Mae entrou no meu campo de visão. Seu sorriso congelou quando percebeu que tinha sido pega no flagra.

Quando ela se preparou para correr, indiquei com o queixo para que se aproximasse de mim. Seu peito estava quase exposto naquela roupa, um vestido preto que abraçava bem as suas formas, além de uma jaqueta de couro. Beauty sabia o que fazia. Com um suspiro, Mae veio na minha direção, um tanto quanto relutante.

Ela ficou parada ao meu lado, meio sem jeito, brincando com as mãos, e seus olhos baixaram nervosos. *Porra*, ela era maravilhosa; pequena, cabelo negro comprido, lábios vermelhos e olhos cristalinos...

Nenhuma. Maldita. Imperfeição.

Certificando-me de que ninguém poderia escutar, bati a mão no fardo. Mae, depois de olhar na direção de Rider, encolheu os ombros e se sentou ao meu lado, dando um suspiro derrotado.

Ficamos sentados em silêncio por um tempo; Mae olhava para as árvores e eu, basicamente, apenas olhava para ela. Eu estava tentando imaginar como poderia me desculpar por ter sido um canalha naquele dia com a Dyson. Minha mandíbula estava travada e a garganta, apertada. Tentei me acalmar, mas merda... Eu fui dominado pelo nervosismo.

Com um suspiro pesado, Mae olhou para mim e de volta para o fogo. E então ela quebrou aquela tensão estranha.

— O funeral foi muito bonito, Styx. Eu nunca tinha participado de um como esse, as palavras do pastor, tão atenciosas sobre quem a Lois era. Você fez bem em informá-lo de todos os seus atributos virtuosos. Acredito que teria gostado de tê-la conhecido melhor.

Eu só conseguia assentir. Eu nem estava pensando sobre Lois neste momento, por mais frio que isso soasse. Tudo em que eu conseguia pensar era em Mae. Mae ao meu lado. Mae linda pra caralho.

— Quando as pessoas morriam na comuna, elas eram ungidas com óleo e enterradas, sem cerimônia. Acreditávamos que estavam nos braços do Senhor, então o luto não era necessário. Mas acredito que Lois ficaria feliz se ela pudesse ter visto como foi. Ela foi apropriadamente honrada, como todo ser humano deveria ser.

Fechei os olhos por um momento, saboreando o fato de ela não estar me dando um gelo. Assentindo, me aproximei e passei um dedo sobre a sua mão pálida. Ela ficou parada e observou a ação, seus olhos levantando para encontrar os meus.

TILLIE COLE

— E-eu f-f-fodi tudo, Mae. F-fodi mesmo.

Sua respiração sôfrega fez com que eu levantasse o olhar. Seus olhos cintilaram, fixos no fogo; os lábios estavam tensos e brancos.

— Mae, o-olhe pra m-mim.

Sutilmente secando as lágrimas que começavam a cair, ela fez o que pedi.

— Eu fodi com tudo.

Mae inspirou novamente, dessa vez uma respiração profunda, e colocou os dedos sobre os meus lábios.

— A sua fala está melhor.

— Está? — perguntei chocado.

— Uhum... Você parece menos... tenso. Os seus olhos não palpitam e as palavras saem com mais fluidez.

Coloquei meu cabelo para trás e, com a outra mão ainda tocando a dela, sorri.

— S-senti falta de f-falar com você. Senti falta de v-você me observando. Talvez esse seja o m-m-motivo.

Um tom rosado tomou conta da sua pele e ela sussurrou:

— Também senti a sua falta — ela suspirou. — Demais. Parece que tudo o que faço é sentir a sua falta: quando eu era criança, depois do nosso primeiro encontro; quando você saiu para aquela corrida durante um mês... quando escolheu outra mulher em vez de mim...

— Eu f-fodi geral, Mae. E-estraguei t-tudo — falei novamente.

A sua mão apertou a minha e ela sussurrou:

— Você me magoou. Estou tão cansada de ser machucada pelos homens...

Chegando mais perto, toquei seu cabelo, levei a mão delicada aos meus lábios e, cuidadosamente, a beijei.

— Você me p-perdoa, baby?

Ela fechou os olhos e encostou a cabeça no meu ombro. Caralho, tudo parecia certo.

— Eu perdoo você. Sempre vou perdoar você.

— Baby — sussurrei, meu coração voltando a bater no peito. — Eu n-nunca toquei a D-Dyson. Ela estava fazendo um showzinho, mas eu n-não consegui participar. E-eu estava b-bêbado pra cacete, e eu...

— Eu sei. A Beauty e a Letti me explicaram — Mae interrompeu.

— Mae. Aquela n-noite... — Fechei os olhos e respirei fundo. — As c-cicatrizes... — Os olhos dela estavam arregalados e tão azuis que me deixaram nervoso. — E-eu não soube c-como lidar. Eu me senti c-como um e-e-estuprador, pulando em cima de você d-d-daquela maneira. Lois morreu. Você q-quase foi morta. Eu não e-estava conseguindo l-lidar com essas m-merdas como um Prez d-deveria.

Esfregando a mão pela minha garganta, falei:

— E-eu só tenho v-você. Tentei me m-manter afastado, fazer a coisa certa. P-porque eu não sou b-bom o s-s-suficiente pra você. Mas porra, eu te quero t-tanto que parece que não consigo r-respirar. Não c-consigo mais f-ficar afastado. Preciso ter v-você por perto.

Ficamos em silêncio por muito tempo antes de Mae falar, apertando a mão na minha:

— Eu tinha oito anos quando encontrei você naquele dia, sabe...

Disfarcei o choque. Não havíamos conversado muito sobre o passado. Cacete, nós não tínhamos falado muito sobre qualquer coisa. E isso era minha culpa por me afastar dela. Sabia que Mae tinha escapado de alguma seita por trás daquela cerca. Não sabia por que ou como, mas podia adivinhar que era ruim pela forma como ela nunca tocou no assunto... e aquelas malditas cicatrizes de estupro...

Mae olhou para o fogo, sem realmente vê-lo, e, em seguida, deslizou lentamente no chão ao meu lado. Ela se encostou no fardo e a puxei para colocá-la entre minhas pernas, suas costas contra o meu peito. Eu tinha a sensação de que ela precisaria de mim para falar dessa merda.

Ela estava respirando com dificuldade, então puxei seu longo cabelo preto e a beijei no pescoço. Ela tremeu nos meus braços, soltando um longo suspiro que pareceu acalmá-la.

— Imaginei q-que você t-tinha mais ou menos essa idade. Eu tinha o-onze anos — finalmente respondi.

Relaxando contra o meu peito, ela suspirou:

— Eu... Eu tinha participado da minha primeira partilha. Fui idiota o bastante para resistir ao ato, mas eu era tão jovem e estava tão aterrorizada... tentei lutar quando me forçaram a ficar no colchão e arrancaram meu vestido. Colocaram um aparelho com lâminas entre as minhas pernas... para... — Ela piscou várias vezes, com vergonha antes de voltar a falar: — manter minhas pernas... *bem abertas* para o discípulo escolhido. O nome dele era Jacob. Desde aquele dia, era quase sempre ele quem me escolhia. Ele tinha mais ou menos trinta anos na época. Naquele primeiro dia, no meu "despertar" como eles chamam, resisti até não conseguir mais. Conforme fui crescendo, acabei ficando... dessensibilizada perante tudo aquilo.

TILLIE COLE

Passei as mãos ao redor da cintura de Mae e tremi de ódio. Um homem de trinta anos fodendo uma criança de oito, com um tipo de armadilha para ursos no meio das pernas dela para deixá-la *aberta*. Filho da puta doente. Que tipo de pervertido faz essas merdas com uma criança? Eram todos uns doentes do caralho.

— B-baby, você está me d-dizendo que você foi e-e-estuprada aos oito anos?

— Sim — ela sussurrou. — E depois daquilo, corri para a floresta. Eu precisava me afastar de tudo. Não fazia ideia do que tinha acabado de acontecer. Nem sabia o que era sexo antes daquele dia. Éramos mantidas separadas dos garotos e dos homens. Vivíamos em prédios isolados na comuna. Foi uma horrível introdução à vida com o sexo oposto. Eu queria morrer, Styx. Eu estava tão machucada, tão envergonhada.

Ela tremeu e passou a mão trêmula pela minha bochecha.

— E então eu o vi. Você me fez esquecer de tudo por um tempo. Eu estava fascinada por você, pelo seu rosto... Bem, por você todo; suas roupas e seus lindos olhos. Eu nunca tinha visto uma pessoa de fora antes. Éramos instruídas a acreditar que as pessoas de fora eram más, mas quando o vi tentando se comunicar, tentando me ajudar... Você se transformou no meu salvador. Você *foi* o meu salvador a partir daquele dia. Nunca contei para ninguém ao seu respeito, mas pensava naquele garoto o tempo todo. Sonhava com você com frequência. Você era a minha segurança, minha garantia de que existia esperança além daquela cela de metal que me mantinha prisioneira. Observei você tentar falar, a sua luta. Eu estava tão confusa sobre você...

Dei uma tossida misturada com uma risada.

— Aposto que s-sim. Eu n-não conseguia falar n-nada naquela época. As únicas duas p-pessoas com quem eu t-trocava algumas palavras eram o meu p-pai e o Ky. Mas ver v-você chorar, enroscada naquele v-vestido enorme e g-gemendo, me forçou a falar. Seus olhos l-lindos me hipnotizaram. — Mae abriu um sorriso tímido. — Ainda me hipnotizam. Tem sido uma t-tortura ver você me e-evitando assim por d-dias...

Eu tinha que fazer uma pergunta que estava queimando na minha mente. Eu tinha que saber.

— Você g-gosta do Rider, Mae? Você o q-quer?

Ela se endireitou, chocada, boquiaberta.

— Não é dessa maneira! Rider é um bom amigo. Ele nunca foi nada mais do que gentil comigo. Pelo amor de Deus, ele arriscou a vida por mim no parque naquele dia. Ele me *salvou*, levou um tiro para me salvar. Ele entende o modo como fui criada, Styx. Eu gosto dele. Ele é um homem gentil e honesto.

— Você c-contou para ele sobre o seu p-passado?

— Não, não contei! Você sabe quase tudo sobre mim, Styx, mas ele entende as escrituras pelas quais eu tinha que viver. Rider também teve que segui-las, eu acho. Ele me ajuda a entender esse mundo de fora... este clube... até mesmo você, o seu papel como Presidente, as coisas que precisa fazer para proteger os seus irmãos.

Enquanto ela acariciava meu rosto, suas unhas raspavam minha barba por fazer.

— Você tem que entender, Styx. A vida aqui fora, fora da comuna, é tão confusa para mim. Metade do tempo eu não faço nem ideia do que as pessoas estão dizendo. Eu só sorrio e aceno com a cabeça, esperando que não notem a minha confusão. Eu não conheço todos esses aparelhos modernos que vocês usam no dia a dia. E certamente não entendo as regras e o comportamento dos homens neste clube. A maneira como falam uns com os outros, com as mulheres, parece tão errado. Isso me deixa assustada algumas vezes. Rider entende a minha fé; *não*, minha antiga fé. Eu não sei mais no que acredito ou *no que* acreditar. Ele não me pressiona para ser diferente do que já sou. Ele realmente cuidou de mim quando você esteve fora, quando *você* me confiou aos cuidados *dele*. Admito que gosto dele. Rider é o meu amigo mais próximo aqui no seu mundo. E não vou desistir dele tão facilmente, Styx. Eu... Eu preciso dele.

Uma grande pedra parecia estar alojada no meu estômago. Eu não sabia nada sobre ela, não é? Eu não tinha certeza de que poderia lidar com Mae estando tão perto de Rider, ainda que dormisse na minha cama. Eu era possessivo e não era dado a dividir. Mas *eu* os tinha aproximado. Eu queria me dar um chute na bunda por ter sido tão idiota. Claro que o irmão ficaria de quatro pela Mae. Ela era perfeita pra caralho. Era óbvio que ele tinha se apaixonado por ela e, merda, ele era uma escolha muito melhor do que eu, isso era certo. Mas isso não significava que eu a estava dando para ele.

De. Maneira. Alguma.

Mae pigarreou e seus lindos olhos azuis encontraram os meus.

— Eu só gostei de um garoto na minha vida. Eu só quis um único homem como meu. Eu tenho apenas um sonho desde que eu tinha oito anos, Styx. E esse sonho é você. Você roubou meu coração há quinze anos e ainda não me devolveu.

— B-baby — murmurei e pareceu que o meu coração ia explodir. Espalmei as mãos em sua barriga e corri os dedos pelo seu torso; sorri pela maneira como sua respiração alterou quando meu nariz encostou no seu pescoço e meus dentes roçaram a pele exposta.

Pressionando meus lábios contra seu ouvido, sussurrei:

— Eu também q-quero você. P-porra, quero você na m-minha cama, ao m-meu lado, na m-minha moto. Quero você c-como a minha *old lady*. Quero que você c-cuide de mim, que p-precise de mim... que me deixe entrar em v-você.

Ela parou de respirar por um segundo, mas logo soltou um suspiro de alívio que dizia tudo o que eu precisava saber.

Mae também queria aquilo.

Quando deitou a cabeça entre o meu ombro e pescoço, Mae passou a mão ao redor da minha cabeça, tocando a parte de trás do meu cabelo. Droga. Na verdade, me senti feliz. Apesar de toda a merda que ameaçava o clube, o acordo com os russos, o tiroteio, a morte de Lois, e os nazistas vindo atrás de mim, eu estava feliz. Pela primeira vez desde que o meu pai tinha ido para o barqueiro no ano passado, eu me senti bem.

Mae era minha. Quinze malditos anos de espera e aqui estava ela, sentada e enrolada nos meus braços, como a porra de um anjo.

— Styx? — Mae perguntou quando a puxei para mais perto.

— Mmm? — murmurei lambendo o lóbulo da sua orelha, amando sentir sua barriga ficar tensa de necessidade, assim como eu.

— Eu adorei a música que tocou. Quando você toca violão e canta, é... bem, eu acho que é a minha coisa preferida da vida. Éramos proibidos de escutar música na comuna. Quando éramos jovens, minhas irmãs e eu encontramos um rádio antigo na floresta. Conseguimos escutar por trinta minutos antes que um guarda nos encontrasse. Ele tomou o rádio, mas nunca me esqueci de escutar as melodias, adorar a poesia das letras. O Profeta David emitiu uma ordem depois daquilo: a partir daquele dia, a música estava banida da comuna. Ele dizia que o diabo podia falar conosco através das letras. — Ela soltou uma risada sem humor. — Acreditei nisso com todo o meu coração. Afinal de contas, o Profeta David era o portador da voz de Deus na Terra. Por anos me preocupei que, por escutar a música, eu tivesse me transformado em uma pessoa má e que o diabo tinha me tentado.

Agora, acredito que era tudo mentira. Na verdade, estou começando a entender que tudo no que acreditei a vida toda, é uma grande mentira. Às vezes me pego questionando até a existência de um Deus. Ou se a religião é usada para controlar as pessoas, por um grupo menor, a fim de conseguir o que quiserem.

Ela levantou a minha mão para observar os meus dedos.

— Mas escutar você tocar, é tão puro, tão sincero... a música liberta você. É quando acredito que existe muito mais na vida do que vi até agora. Eu não consigo imaginar que algo tão bonito possa ser maligno. Você fez com que eu encontrasse a minha fé mais uma vez.

— É o único m-momento em que eu c-consigo falar direito. Q-quando eu canto, não sinto a p-pressão. É a minha p-paz. — Assim que ela sorriu, passei meus lábios sobre os dela e disse: — Isso e v-você. Algo no m-meu cérebro parece congelar q-quando eu tento falar com as p-pessoas. Mas com v-você, minha garganta p-parece relaxar e deixar as p-palavras fluírem.

Apertando a minha mão, ela disse:

— Você tem uma voz linda. Queria poder tocar e cantar como você.

Inclinei e peguei o meu Fender, colocando o instrumento no colo dela.

— Ok.

Ela se virou lentamente para olhar no meu rosto, franziu o cenho e falou:

— O quê?

— Você. V-violão. Ensinarei v-você a tocar.

— Você vai? — ela perguntou com o rosto parecendo se acender como uma árvore de Natal.

— Mm-hmm. — Colocando o pescoço do violão para a esquerda, ajeitei os dedos dela na primeira posição sobre as cordas. — Este a-aqui é um a-acorde. — Peguei a sua mão e a guiei pelas cordas, fazendo o acorde G soar.

Seu olhar encontrou o meu e, sorrindo, ela pediu:

— Ok, continue.

Movendo os dedos no pescoço do violão para a próxima posição, tocamos novamente.

— A-acorde D.

Ela se balançou animada e meu coração derreteu.

— Me ensine uma música.

— Q-qual?

Seu sorriso diminuiu...

TILLIE COLE

— Eu... Eu não sei nenhuma música para sugerir. — Seus lábios voltaram a exibir aquele sorriso viciante. — Aquela que você tocou no bar quando cheguei. Quero aprender aquela.

Tentei me lembrar e, um segundo depois, sorri.

— Então v-você g-gosta de Tom Waits?

Seu sorriso animado foi a resposta.

Beijando o seu ombro, falei:

— *Cadela*, você é das minhas.

— Você toca primeiro. Mostre-me como é. — Coloquei os dedos sobre os acordes certos para começar, quando ela me interrompeu: — E cante, quero ouvir a *sua* voz.

Concordando com um aceno, olhei para os seus olhos e comecei a tocar a introdução, cantando a primeira linha perto do seu ouvido.

— *E espero não me apaixonar por você, porque me apaixonar, me deixa triste...*

Trocando minhas mãos pelas dela, a ajudei a se posicionar. Quando ela estava pronta para tocar o primeiro acorde, eu falei:

— C-cante, quero o-ouvir a s-sua voz.

— Eu não posso cantar! — ela disse, com os olhos arregalados.

Não consegui evitar e dei uma risada.

— Claro que pode.

— Mas...

Dei-lhe um olhar enviesado. Balançando a cabeça, ela sorriu.

— *Okay!*

— T-toque.

Mantendo as mãos sobre as da Mae, seus pequenos dedos começaram a se mover pelas cordas; a introdução soou meio agitada e instável, mas a ajudei até que acertasse, e assim que ela começou a cantar, seu olhar nervoso encontrou o meu.

— *Bem, espero não me apaixonar por você, porque me apaixonar, me deixa triste...*

Puta merda. Ela tinha uma voz linda, completamente dela, marcada por um tom suave e sussurrante. Perdi o fôlego e minhas mãos saíram de cima das delas, fazendo com que Mae parasse e olhasse para mim.

— Foi tão ruim assim? — ela perguntou.

Engolindo em seco balancei a cabeça.

— B-baby. Foi p-perfeito. — Peguei o violão e a tirei do colo de Mae. Segurei seu rosto entre as mãos, trazendo-o de encontro ao meu.

— Styx? — ela sussurrou enquanto seu olhar abaixava e se perdia nos meus lábios. Minhas mãos correram pelo seu cabelo e comecei a puxá-la para mim. Eu precisava sentir aqueles lábios nos meus.

— Mae?

Parei ao escutar alguém chamando o nome dela logo ao lado. Mae arregalou os olhos, envergonhada. Soltando-se do meu agarre, ela olhou para cima e viu Rider a alguns metros de distância. Ele segurava o ombro como se estivesse com dor e olhava para nós dois. Assim que Mae se afastou alguns centímetros, me levantei e fui em direção a ele.

— Styx, *não*! — Mae gritou atrás de mim enquanto eu ficava frente a frente com Rider, e mais puto a cada segundo que passava. Ele não olhou nenhuma vez para mim, de tão focado que estava em Mae, demonstrando nenhum medo pelo que estava a ponto de acontecer.

— *Olhe para mim!* — sinalizei, as mãos se movendo bem na frente do seu rosto.

— Você está pronta para ir, Mae? Estou cansado. Quero cair na cama — Rider falou forçadamente, como se eu nem existisse. Antes que eu me desse conta, minhas mãos foram para o peito dele, o empurrando alguns metros.

— Porra! — ele xingou, tropeçando para trás, se encolhendo enquanto segurava o ombro machucado.

Agora o filho da puta estava me vendo!

— Eu disse para *parar*! — Mae se postou à minha frente, com as mãos no meu peito. Olhei em seus olhos. — Por favor... ele está ferido. Não o machuque ainda mais. — Mae se afastou de mim e correu para acudir o filho da puta, ajudando-o a se endireitar. Ela percorreu as mãos pelo corpo dele, enquanto sussurrava alguma coisa. O olhar de Rider suavizou à medida que ele usava a mão livre para lhe acariciar o braço.

Fui até eles, pensando seriamente em desmembrá-lo. Sequer me dei conta de que os irmãos estavam se levantando e cambaleando, observando o show.

— O que está acontecendo, Mae? — Rider perguntou suavemente, olhando para Mae como se o lugar dela fosse ao lado *dele*, na cama *dele*.

Vai sonhando.

— Eu... — Ela me lançou um olhar preocupado. — Eu...

— *Ela está comigo. Ela me pertence* — sinalizei, e dessa vez ele leu cada palavra.

Algo pareceu incendiar na expressão de Rider, uma emoção tão severa que não pensei que ele fosse capaz de sentir.

TILLIE COLE

— Ele está certo, Mae?

Mae franziu o cenho, sem saber o que havia sido dito. Tentei falar na frente dele, mas minha mandíbula estava travada e eu não conseguia forçá-la. Naquele momento, odiei o meu problema de fala. Tentei fazer com que as palavras saíssem, meus olhos piscando nervosos, mas apenas um grunhido grave saiu da minha boca.

— Ele disse que você é dele. Que agora você é *propriedade* dele. Isso é verdade? — perguntou tenso.

Mae olhou para mim e seus lábios se abriram em um pequeno sorriso.

— Isso é verdade? — ele inquiriu novamente, mas dessa vez com um tom de voz mais duro.

— *Você está me questionando, irmão?* — sinalizei rápido.

Os lábios de Rider se fecharam tensos.

Mae pegou na mão dele, desviando sua atenção.

— Nós conversamos. Estamos trabalhando nisso.

— Isso é verdade? — ele voltou a perguntar.

— Rider. Olhe para mim!

Com um suspiro exasperado, Rider focou totalmente nela.

— Você é o meu melhor amigo. Por favor, não faça isso. Fique feliz por mim.

Ele suspirou e vi seu rosto entristecer.

— É ele quem você quer?

— Ele sempre foi quem eu quis. — Mae encostou a mão no meu peito. — Sempre foi apenas ele. Styx. Sempre será ele. — Ela se virou e segurou os dois braços de Rider. — Mas eu também preciso de você... Você significa muito para mim.

Rider pareceu ficar olhando uma eternidade para Mae antes de assentir e começar a se afastar.

— Rider, por favor!

Virando as costas para a minha mulher, ele entrou na casa noturna e sumiu do nosso campo de visão. Ele tinha deixado Mae ali, sozinha.

Os irmãos estavam todos ao redor, olhando para nós. Viking balançou a cabeça e riu.

— Porra, garota. Você tem mel nos mamilos ou algo assim? Por que o Prez e o médico estão malucos pela sua bundinha?

Ky passou pelo Viking, bateu na sua cabeça e falou:

— Cala a boca, Vike.

Abraçando Mae por trás, sussurrei:

— Ei, Mae... V-você está comigo.

Ela afastou os olhos da porta por onde Rider havia acabado de sumir, com relutância. Eu a puxei mais para perto e passamos pelos irmãos. Ky balançou a cabeça, com um olhar perspicaz no rosto. Acredito que isso era sua maneira de finalmente demonstrar aprovação.

— Ela é sua, Styx? — Beauty perguntou ao lado de Tank e ele deu uma piscada na minha direção.

— *Mae é minha mulher, minha propriedade. Avisem geral* — sinalizei.

Beauty sorriu e traduziu para os outros.

— Já estava mais do que na hora! — AK gritou atrás de nós, rapidamente seguido por cumprimentos e garrafas de bebida sendo quebradas no chão.

Entrando na garagem, subimos as escadas que davam para o meu apartamento. Assim que entramos, Mae falou:

— E aqui estamos mais uma vez.

Com o braço sobre seus ombros, respondi:

— De o-onde você nunca d-deveria ter saído.

Tirando a jaqueta de couro, ela a colocou sobre a cadeira e se sentou no sofá. Agachando à sua frente, segurei seu rosto entre as mãos. Lágrimas enchiam seus olhos e desciam pelas suas bochechas.

— V-você está bem? — Tentei não demonstrar muito a preocupação para com ela.

— Ele pareceu tão magoado — ela fungou e secou os olhos com as mãos.

Cerrei os dentes, meio irritado por ela estar tão chateada pelo Rider. Levantei e estendi a mão para ela, dizendo:

— Pegue a s-sua roupa de c-couro. — Eu precisava sair um pouco da porra desse lugar.

— Por quê? — Ela franziu o cenho confusa.

— Você v-vem c-comigo.

— Aonde estamos indo? — Uma risadinha escapou dos seus lábios.

— Sair.

Seu olhar feliz logo desapareceu. Levantei uma sobrancelha em questionamento.

— Minhas roupas... todas as minhas coisas... ainda estão no quarto do Rider.

Assim que me virei para a porta, senti a mão da Mae segurar gentilmente o meu braço.

— Eu vou.

— O c-caralho que vai!

— Styx...

— Eu v-vou lá p-pegar. S-sem discussões.

Inclinei o rosto e dei um selinho nos seus lábios. Com um gemido baixo, suas mãos correram pelo meu cabelo e ela pressionou os seios contra meu peito. Deslizei as mãos pelas costas suaves, sentindo a textura do tecido que recobria seu corpo, até espalmar a bunda firme. Gemi em sua boca quando meu pau endureceu na calça jeans, pressionando contra a barriga dela.

Tentando resgatar a sanidade mental antes que eu a tomasse na cama desfeita, terminei o beijo, encostando a testa contra a dela. Corada e ofegante, Mae se afastou, e eu desci correndo as escadas seguindo até o quarto de Rider, ajeitando meu pau em meus jeans.

Batendo à porta, tentei girar a maçaneta quando ninguém respondeu. Quando entrei no quarto escuro, não percebi o irmão sentado no sofá, segurando uma garrafa de Patron. Os olhos opacos caíram sobre mim quando do fui na direção do armário e comecei a retirar as roupas de Mae dos cabides, colocando-as na bolsa que estava no chão do *closet*. Quando fechei o zíper da bolsa, verificando se tinha colocado todas as roupas de couro ali, me virei para encontrar Rider virando a garrafa de tequila, seus olhos sem vida olhando para mim.

Passando a alça da bolsa sobre o ombro, comecei a caminhar na direção da porta quando ele murmurou:

— Você sabe que não é bom para ela.

Aquilo me fez parar na hora. Dando três passos para trás, sinalizei:

— *E quem é? Você?*

Os dentes brancos apareceram por trás da barba escura quando ele sorriu e encolheu os ombros.

— Não mesmo. Nenhum filho da puta é. Ela é boa demais para qualquer um nesse maldito clube. Mas eu *entendo* ela, Prez. Eu a *conheço*. E conheço *você*. Você só vai trepar com ela e quebrar o seu coração quando a deixar de lado. Veja só a Lois, miserável a vida toda, e agora foi para Hades... por *sua* causa. Você a fez pensar que seria a sua *old lady* um dia. Ela ficou por aqui, perdendo o tempo dela. Então a Mae apareceu e você fodeu com a Lois, dispensando-a em seguida, e depois com a Mae, com a vaca da Dyson, pelo amor de Deus! Ela merece muito mais do que você pode dar. Muito mais do que qualquer um de nós.

Eu me joguei para frente e segurei Rider pelo *cut*, fazendo o impossível para não o esfaquear no peito e mijar na ferida aberta. Joguei o cara de volta no sofá, e o merda nem sequer tentou proteger o braço machucado.

— *Mae é minha. Não tem nada a ver com você. Como eu a trato e o que fazemos não é da porra da sua conta. E sobre a Lois... Fale sobre ela de novo e vou cortar a porra da sua língua. Se você quiser manter esse emblema, é melhor aprender a me respeitar* — sinalizei dando um soco no emblema de *Capitão da Estrada* que estava no seu *cut*.

Com as botas fazendo barulho no chão, Rider se levantou. Jogou a garrafa contra a parede, o vidro se espalhando pelo quarto.

— Você fez Mae ser da minha conta quando a deixou nas minhas mãos! Quando você não queria que ela fodesse as coisas pra você! Agora, depois de semanas sendo tratada como merda, ela vai direto para a sua cama. Só pode ser piada. Ela deveria estar comigo!

— *Por quê? Porque você era a porra de um coroinha quanto criança? Só porque você sabe recitar a coisa que ela aprendeu a detestar, a coisa que arruinou a vida dela, não significa que ela tem que ser sua.*

Inclinando o corpo, fiquei bem à frente do rosto do irmão, o cheiro de álcool tomando conta do seu hálito.

— *Você e eu, irmão, não teremos problemas contanto que você fique longe da Mae. Ela quer você como amigo. Eu não. Se cure, faça as corridas, mas se você tocar em um fio de cabelo da minha cadela, não terei problemas em abrir a sua garganta.*

Rindo na minha cara, o filho da puta sorriu.

— É, ela tem o poder de fazer florescer o Príncipe Encantado que está no seu interior, Prez. A *vadia* é linda pra caralho, mas estou começando a pensar que ela não tem cérebro.

De repente, tudo ficou vermelho.

Levantando a mão, dei um soco no queixo do filho da puta. Quando ele caiu no sofá, peguei a bolsa e saí do quarto. Joguei a bolsa sobre a cama quando voltei para o meu apartamento, fazendo Mae levantar-se assustada.

— Vou e-esperar do lado de fora. Você tem c-c-cinco minutos.

Mae assentiu e fui para o pátio preparar a minha Harley.

Eu só *precisava* de uma corrida.

CAPÍTULO DEZESSEIS

STYX

Exatamente quatro minutos depois, Mae apareceu na noite quente, vestida de couro da cabeça aos pés. Minhas mãos apertaram o guidão da Fat Boy, e as luvas de couro gemeram com o movimento. Seu longo cabelo negro estava preso em uma trança, e ela completava o visual com um par de tentadoras botas de cowboy, pretas e de cano-curto.

Vindo na minha direção, ela colocou as mãos na cintura e perguntou:

— O que você acha?

Mordendo o piercing do lábio inferior, sorri e acenei, gostando do que estava vendo. Sentei no banco da moto e levantei o estribo lateral, apoiando os pés no chão, enquanto Mae sentava atrás de mim, e enlaçava minha cintura com os braços firmes. Fechando os olhos, suspirei. Tudo parecia tão certo. Seu lugar era na garupa da minha moto. Quase me matou vê-la assim com Rider.

Nunca. Mais. Ou era na minha moto ou em nenhuma.

Apertei um botão no controle e o grande portão de metal se abriu. Saímos do complexo direto para a brisa quente soprando contra nossos rostos. Mae escondeu a cabeça contra minha jaqueta, aumentando o agarre ao meu redor. Eu sabia exatamente o lugar para onde a levaria.

Passando pelos dois agentes da ATF que estavam sempre nos vigiando, mostrei o dedo do meio. Mae riu sobre o emblema de Hades costurado às minhas costas. Conforme passávamos pelas estradas abertas, eu era capaz de respirar, reiniciar, relaxar. Eu amava estar na estrada: sem pressões, sem expectativas, com nenhum filho da puta esperando que eu falasse algo.

Fazendo um desvio, virei à esquerda, na direção de uma estreita trilha que dava no rio Colorado. Desacelerei e a ouvi suspirar. Eu sabia que ela adoraria essa rota. Eu estava entrando em propriedade particular, é claro, mas ninguém nos impediu. Eu era a porra do Hangmen Mudo! Quando as pessoas me viam, elas corriam para bem longe.

As mãos de Mae soltaram a minha cintura, e ela ergueu os braços. Eu a observava pelo espelho retrovisor, e a vi jogar a cabeça para trás, as mãos no alto, quase tocando o céu, os olhos fechados, o rosto sentindo o doce sabor da liberdade.

Eu a queria. *Neste momento.*

Parando a moto, desci o estribo lateral, estacionando a Harley ao lado de um grande carvalho. Eu me virei sobre a moto e agarrei as coxas de Mae, puxando-a parà o meu colo, bem em cima do meu pau duro. Seus olhos azuis arregalaram, parecendo refletir a luz da lua. E então, a porra do nariz dela pareceu dançar. Em um instante, minha mão estava na sua cabeça enquanto eu esmagava os lábios contra os meus. Mae se entregou àquele beijo, me dando tudo de volta.

Colocando as mãos sob sua bunda, gemi quando ela se balançou contra o meu pau. Interrompendo o beijo, joguei a cabeça para trás e rosnei, vendo um pequeno sorriso de cumplicidade aparecer em seus lábios.

Mae enlaçou meu pescoço e se mexeu para frente; a boceta quente esfregando contra o meu pau.

— Ah... — gemi à medida que ela rebolava sobre mim, com os olhos arregalados, completamente excitada.

Levantei uma das mãos e mantive a outra controlando os movimentos do seu quadril, abri o zíper da sua jaqueta, vendo a regata Hangmen aparecer. Espalmando um seio, massageei a carne e mal acreditei ao perceber que ela não usava sutiã.

Jesus. Essa cadela *seria a minha morte.*

Puxando a regata para baixo, deixei a pele clara exposta. Abaixei para poder abocanhar o mamilo rosado e duro. Mae deixou escapar um gemido alto, enquanto ela seguia cavalgando o meu pau cada vez mais rápido. Porra, isso era tão bom. Eu ia gozar... por uma *cadela* se esfregando em mim através da calça jeans, na minha moto... *caralho.* A respiração de Mae acelerou em sofreguidão, suas unhas cravando no meu pescoço. Eu me inclinei para trás, recostando contra o guidão da Harley, e o movimento fez com que ela afrouxasse os braços ao redor do meu pescoço. Guiada pelo momento, Mae espalmou as mãos em meu peito.

Suguei meu piercing entre os dentes, mexendo o quadril enquanto ela seguia o ritmo para frente e para trás, com os olhos presos aos meus. No instante em que parou de respirar, um gemido gutural subiu pela sua garganta. A visão de sua cabeça jogada para trás, dos seios redondos e firmes expostos, e gozando avidamente, fez com que eu também encontrasse meu orgasmo, meu pau pulsando sob a boceta úmida; por um segundo pensei que o zíper da calça estouraria.

Mae desacelerou os quadris, enviando tremores secundários contra minha virilha. Quando finalmente voltou da viagem orgástica, Mae caiu para frente, descansando o corpo sobre o meu peito; seu hálito quente soprando contra o meu pescoço e as mãos em volta da minha cintura.

Observei o céu estrelado enquanto tentávamos nos recuperar em silêncio, com um agarre firme em sua trança longa. Em seguida, ela levantou a cabeça, e um lindo rubor se espalhou pelo seu rosto. Abaixando a boca até a minha, roçou os lábios contra os meus, suspirando antes de sussurrar:

— Pecar nunca foi tão bom.

— Estou c-c-corrompendo você, b-baby? — falei, incapaz de conter um sorriso.

Com um dedo, Mae traçou círculos no meu peito.

— Você é a minha maior tentação, Styx. Minha própria fruta proibida, mas que eu continuo querendo, mesmo sendo errado ou imoral. Eu quero que... você... — Ela franziu o cenho, tentando encontrar as palavras certas. — O que as mulheres de vocês dizem...? — O narizinho torceu enquanto ela pensava, e então sorriu animada, erguendo o olhar com seus estonteantes olhos de lobo. — Eu quero que você me tome. — Ela levantou os cotovelos, meu quadril mexendo em necessidade. — Eu quero que você... — Corou e abaixou a cabeça.

Coloquei um dedo no seu queixo e a forcei a levantar a cabeça para me olhar.

— Você q-quer que e-eu f-foda v-você, Mae.

Ela lambeu os lábios e assentiu.

— Hoje à noite, Styx... apesar das cicatrizes. Eu quero que você me mostre como é estar da maneira certa com um homem. Qual é a sensação de entregar meu corpo e alma para *você*.

Puta... Merda...

Endireitando no assento, beijei seu pescoço e falei:

— V-vamos para c-casa.

Quarenta e cinco minutos depois, e repetindo milhares de vezes a música 'Closer', do Nine Inch Nail's, na cabeça, chegamos no complexo. Durante o trajeto, Mae lambia e mordia meu pescoço, passando a mão sobre o meu pau, duro como uma rocha, como se fosse incapaz de manter as mãos longe de mim.

Era a pior forma de tortura e, pela primeira vez na vida, quase bati a moto.

Quando nos aproximamos da estrada que levava ao clube, uma caminhonete estacionada ao lado chamou a minha atenção. Desliguei os faróis, deixando tudo na escuridão, e sinalizei para que Mae ficasse quieta enquanto entrava lentamente na estrada de cascalho na lateral. Fui para um lugar mais alto para checar quem estava espreitando o complexo.

Do topo da colina gramada, eu podia ver a caminhonete Chevy preta a uma distância de cerca de uns quarenta e cinco metros do portão principal. Havia uma tonelada de munição na parte de trás, o que parecia ser uma bomba caseira, e um grande adesivo da suástica na traseira.

— *P-porra!* — xinguei baixinho.

— O que foi? — Mae perguntou, a voz transparecendo preocupação.

— *PORRA!*

O corpo todo de Mae ficou tenso.

— O quê, Styx? Você está me assustando.

— T-tenho que levar você de v-volta.

— Não! E você? Quero ficar com você...

— *Mae!* P-preciso levar v-você para dentro. P-preciso proteger v-você.

Descemos a colina o mais silenciosamente possível, com o motor da moto desligado, e então apertei o botão do controle do portão; o som do metal rangendo à medida que abria, atraiu a atenção dos malditos neonazistas. Pneus cantaram e eles desapareceram na estrada.

Medrosos. Não tinham coragem de atacar os Hangmen em pé de igualdade.

O motor da Harley rugiu quando dei a partida e acelerei para a entrada do portão. Fiz uma parada abrupta.

— M-Mae, desce. Diga para o Ky me ligar. T-tenho que seguir aqueles c-caras. — Precisávamos saber onde eles estavam se escondendo. Era a minha única chance. Os idiotas estavam ficando cada vez mais ousados.

Ousados demais.

Mae começou a balançar a cabeça, lágrimas enchendo seus olhos, apertando minha cintura com força, se recusando a me soltar.

Descendo da moto, eu a levantei e coloquei de pé no chão, instruindo o que deveria dizer a Ky.

— V-você entendeu t-tudo? — perguntei quando terminei de falar.

Ela assentiu e montei de volta. Mae ainda não tinha se movido.

— Mae! A-agora!

— Styx... — ela chorou, dando um passo para frente.

— *B-BABY! VÁ!*

Afastando-se, implorou:

— Volte para mim... *por favor...* — E correu para dentro do clube.

PORRA!

Disparando com a moto cantando pneu na estrada deserta, persegui a caminhonete. Eu tinha certeza de que tinha avistado o filho da puta alguns quilômetros mais à frente. Diminuindo a velocidade, apaguei os faróis e sorri quando os neonazistas desaceleraram, pensando que tinham me despistado fácil. Esses malditos não tinham ideia da merda que estava a ponto explodir na cara deles.

Quarenta e cinco minutos depois, a caminhonete virou em uma rua escura de terra que levava a um rancho. Os *skinheads* usando balaclavas saíram e entraram no celeiro caindo aos pedaços. Os idiotas estavam todos em um só lugar, alvos fáceis, mas Ky ainda não tinha me ligado para saber da localização.

Estacionei a Harley do outro lado da estrada e dei uma olhada no celular. Merda, sem bateria.

PORRA!

Eu sabia que deveria esperar pelos irmãos. Por mais que soubesse que poderia lidar com tudo sozinho, eu não tinha certeza se sairia dessa vivo. Mas eu não tinha escolha. Os malditos podiam sumir de novo e nós voltaríamos à estaca zero.

Eu precisava proteger Mae. Não podia arriscar que ela levasse uma bala na cabeça também.

Decidido, tirei a arma do cós da calça jeans, verifiquei se estava carregada e peguei duas submetralhadoras Uzi no alforje da Harley. Agora armado, corri pelo descampado ao lado do celeiro, me abaixando ao lado de um velho e enferrujado Dodge Coronet RT. Olhei através dos painéis de madeira soltos: os nazistas estavam sentados às mesas, conversando, sem dúvida planejando qual seria o próximo passo. Não vi nenhuma arma à vista, mas os filhos da puta com certeza deviam estar armados até os dentes.

Eram nove neonazistas no total. Certeza que era um pequeno Klan[8] aqui em Austin, mas eram oito a mais do que eu, no momento.

Com uma Uzi em cada mão, respirei fundo e corri para a entrada da frente. Com um chute no portão de merda, os *skinheads* estavam bem na minha linha de fogo, olhando para mim com choque estampado em seus rostos feios.

Apenas um pensamento passou pela minha cabeça assim que abri fogo, uma saraivada de balas atravessando seus corpos como se fosse manteiga, pedaços de cérebro decorando as paredes de madeira do celeiro e sangue espirrando para todo lado...

... *Heil Hitler, filhos da puta!*

8   Klan – fazendo referência à Ku Klux Klan

CAPÍTULO DEZESSETE

MAE

Eu conseguia escutar o meu coração batendo nos ouvidos enquanto me jogava contra as portas do clube. Fui direto para o lugar onde a música soava a todo volume das caixas de som. Abri a porta e imediatamente olhei ao redor.

Ky não estava ali!

Flame estava sentado em uma cadeira com uma faca afiada nas mãos, cortando o braço esquerdo e sorrindo enquanto observava o sangue gotejar. Corri em sua direção e parei à sua frente, mas ele estava concentrado demais no que fazia. Respirei profundamente, tentando ignorar o cheiro de cobre.

— Flame!

Sangue esguichou na minha jaqueta, do corte recém-feito, e sua cabeça pendeu para trás enquanto um suspiro extasiado saía de sua boca.

Empurrei seus ombros.

— *FLAME!*

O irmão abriu os olhos pretos e, agarrando meus pulsos, me puxou para frente, seus dentes cobertos por uma fina camada de sangue. O seu rosto foi tomado por uma expressão de reconhecimento e rapidamente ele me soltou.

— Mae? — ele meio perguntou, meio afirmou, seus olhos suavizando um pouco.

— Cadê o Ky? — questionei enquanto esfregava os pulsos doloridos.

Flame se levantou, com o peito completamente tatuado exposto. Rapidamente afastei o olhar do tórax cheio de cicatrizes longas, vermelhas e recém-cicatrizadas, além das marcas de queimaduras e centenas de cicatrizes enrugadas.

Meu Deus, o que tinha acontecido com ele?

— O quarto dele é o terceiro à direita.

Assentindo, mais uma vez evitei olhar sua automutilação e saí correndo para o quarto. Bati freneticamente na porta de madeira escura, mas a música no interior estava muito alta.

Impaciente demais para esperar educadamente por uma resposta, abri a porta e congelei. Ky estava deitado de costas, nu, com Tiffany montada em seu pênis ereto. Jules, com todo o seu corpo exposto, estava com suas partes íntimas sobre sua boca, enquanto ela chupava os seios de Tiffany. Era um antro pecaminoso hedonista e nenhum deles notou minha presença no quarto. A música e seus ruídos, os tapas e os sons de sucção de sua união tinham abafado minhas batidas à porta.

— *Ky!* — tentei gritar por cima da cacofonia, mas ele não parou.

Vi o aparelho de som do lado da cama e corri para desligar, quase tropeçando nos estranhos brinquedos de plástico. Alguns estavam vibrando e rodando enquanto quicavam no chão de madeira.

Certifiquei-me de não olhar para as figuras que se contorciam na cama, e comecei a bater no aparelho de som; depois de vários tapas, consegui silenciá-lo. Como se estivesse em transe, Tiffany foi a primeira que levantou o olhar, mas não parou com o que estava fazendo.

— Mae? — ela perguntou, sem fôlego.

Obviamente ouvindo meu nome, Ky afastou Jules de sua boca, a empurrando para o lado. Dando um grito, a loira quase caiu para fora da cama. Apoiando-se nos cotovelos, limpou a umidade dos lábios com o braço.

O rosto logo foi tomado pela preocupação.

— Mae, o que foi?

Ele empurrou os ombros de Tiffany, interrompendo seus movimentos, fazendo com que as costas dela se chocassem às grades de ferro aos pés da cama. Sua masculinidade ereta ficou exposta, então me virei, falando alto:

— É o Styx. Ele foi atrás deles, por conta própria... Ky, estou morrendo de medo. Eles eram muitos! — falei, minha voz transparecendo o pânico que eu estava sentindo.

TILLIE COLE

Ky ficou pálido. Pulando da cama, vestiu rapidamente a calça jeans, a camiseta preta e o *cut* de couro.

— Ele foi atrás de quem, Mae? Explique, agora!

Ele pulava em um pé enquanto calçava a bota no outro. O segui pelo corredor enquanto ele esmurrava as portas dos quartos dos irmãos, berrando:

— Negócios! Se mexam, *agora*!

Virando-se para mim mais uma vez, disse:

— Mae, fala!

Viking, AK e Smiler saíram dos quartos com os olhos vermelhos.

— Styx e eu saímos para um passeio. Quando voltamos para o complexo, havia uma caminhonete preta estacionada do lado de fora do portão. Uma... uma... — Fechei os olhos com força, tentando me lembrar o que Styx disse. Abri os olhos e balbuciei: — Uma Chevy. Uma caminhonete Chevy preta. Ele me mandou dizer-lhe que a carroceria estava cheia de munição e que eram os... Nazis? — Olhei-o diretamente nos olhos. Sua boca estava fechada em uma linha tensa. — É isso, Ky? Os nazistas?

Ele assentiu, virou e deu um soco na parede.

— Porra! Ele foi sozinho. Que filho da puta idiota!

Os irmãos foram para o *lounge*, onde Flame ainda permanecia sentado na cadeira, agora com a ponta da faca pressionada contra a coxa, fazendo cortes profundos. O pescoço tatuado com chamas estava tenso e um enorme volume saltava de sua calça jeans.

Meu Senhor, pensei, *a dor autoinfligida o deixava excitado... sexualmente.*

Vendo a comoção, Flame se levantou, seus olhos brilhando com a insinuação de perigo... não, de *morte*. Essa era a única maneira de descrever. A morte estava à espreita. Flame tinha demônios atormentando sua alma.

— O quê? — ele perguntou com a voz gutural.

— Nazis. Styx. O maldito foi sozinho — Ky explicou rapidamente.

Flame cerrou os dentes e seu pescoço tensionou expondo as veias saltadas. Ele soltou um rugido e começou a bater no peito, a lâmina ainda em suas mãos, cortando a pele já marcada. Eu queria estender a mão para que ele parasse de se machucar tanto, mas era como se ele estivesse em outra dimensão, se mantendo desconexo do mundo ao redor.

— Ele disse para você ligar para pegar a localização — lembrei, voltando a atenção para o assunto urgente. Ky enfiou a mão no bolso enquanto Tank, Beauty, Letti e Bull apareciam na entrada. Eles obviamente deviam estar por perto. Tank e Bull se aproximaram dos irmãos; Viking os atualizou sobre o que tinha acontecido.

— Merda! — Tank explodiu. — Aquela ramificação do Klan é realmente fodida. Tipo, fodida, *fodida*. O chefão deles é Johnny Landry. O pior homem que eu já conheci; um bastardo fascista, ao extremo. Ele está cumprindo pena, mas treinou bem seus comparsas. Leais apenas a quem está dentro da Supremacia Branca. Se eles pegarem o Prez, já era. Vão tirar o couro e quebrar os ossos dele apenas por diversão. Isso, ou vão linchar ele; essa é a marca registrada dos malditos. Eles são estilo velha-guarda. — Tank esfregou a proeminente cicatriz em sua cabeça, que ia da nuca até o lado esquerdo da testa. — Eu sei bem como é. Quando saí daquela vida, esse foi o meu presente de despedida.

Fiquei de boca aberta. *Tank foi um Nazi?*

Beauty observava o seu homem com os olhos brilhando, enquanto Tank informava os irmãos sobre as preferências de assassinatos nazistas. De repente, deixei escapar um soluço, tentando sufocar a crescente onda de náuseas que tomava conta do meu estômago. Imediatamente, Beauty correu para mim, colocando os braços em volta dos meus ombros.

— Shh, Mae. Ele vai ficar bem. É o Styx. Ninguém vai conseguir pegar aquele teimoso filho da mãe para mandá-lo para Hades sem uma boa-luta. Ele é o *Hangmen Mudo*. Ele é invencível.

— *PORRA!* — Ky berrou.

Congelei nos braços dela, minha atenção totalmente focada em Ky. Ele olhou diretamente nos meus olhos, com uma intensa preocupação no rosto.

— O celular dele está desligado. — Ky veio na minha direção e colocou as mãos nos meus ombros, seus olhos azuis implorando: — Para onde ele foi? Pensa, Mae. Pensa. Qualquer coisa já ajuda.

Balancei a cabeça, lágrimas banharam meu rosto.

— Ele só saiu com a moto. Para o norte, eu acho, seguindo a caminhonete. Havia um adesivo na parte de trás, uma suás... ahn... u-uma suás... Não consigo lembrar-me do nome!

— Uma suástica? — perguntou, desesperado.

— Sim, foi isso o que o Styx falou, uma suástica. Ele disse que tinha que segui-los para encontrar a base deles. Também me disse para fazer com que você ligasse imediatamente para que ele pudesse passar a localização. Ele falou ainda que era a única chance de encontrá-los.

O VP dos Hangmen abaixou a cabeça desapontado e Tank deu um passo para frente.

— Ky, quais são as ordens? Algum plano? Você está no comando agora.

Ele esfregou o rosto, gemendo alto. Balançando a cabeça para ficar alerta, apontou para os irmãos.

— Viking, AK, Flame, Smiler, vão para a estrada. Procurem e encontrem pistas, sinais do Styx, porra, *qualquer coisa*. Me liguem se o acharem. Voltem aqui em duas horas se não encontrarem nada. — Os quatro homens assentiram e imediatamente foram em direção à porta.

— Tank, Bull, chamem os irmãos, os que foram para casa. Chequem com os policiais da nossa folha de pagamento, cara a cara. Façam os malditos falarem. Descubram se alguém sabe onde os *skinheads* estão escondidos. Vou para a estrada também. Nos encontramos aqui em duas horas. Espero que Styx seja encontrado antes disso e que eu possa dar umas porradas naquele cuzão.

Ky olhou para Letti e Beauty.

— Vocês duas ficam com a Mae. Styx iria gostar disso. Ela provavelmente vai precisar de vocês. — Ao ouvir suas palavras, parecia que eu tinha levado um soco no estômago. Ele saiu apressado e não olhou para trás.

Ky acha que Styx vai morrer.

Meus joelhos cederam e caí no sofá marrom. Cobri a boca com a mão.

— Se alguém pode derrubar esses idiotas, é o Styx — Letti tentou me confortar e suas palavras me acalmaram um pouco. Ela sempre falava o que estava sentindo.

— Você está bem, docinho? — Beauty afastou uma mecha de cabelo do meu rosto.

— Ele vai matar pessoas esta noite — anunciei, sentindo a realidade cair sobre mim.

Beauty olhou preocupada para Letti, que apenas encolheu os ombros.

— Mae, essa é a vida que eles levam. Se eles não matarem, serão mortos. — Acariciou minha mão.

Recostei no sofá, me sentindo derrotada. A realidade de como Styx vivia me atingiu duramente. Ele já *matou*. Styx matou diversas vezes e muitas pessoas. Eu tinha sido ensinada desde cedo que matar uma pessoa era um pecado mortal; assassinos iam direto para o inferno. Mas eu conhecia Styx, quero dizer, o lado bom. Mesmo sabendo que ele acabava com vidas, eu não conseguia pensar mal dele. Senhor, *eu o quero tanto*... apenas ele.

Uma lembrança fugaz de seu belo rosto fez com que eu sentisse calor, e me esforcei para ficar quieta. Ele era tão forte e tão... *bruto*. Ele precisava voltar para mim. Ele tinha que me fazer sua... em todos os sentidos. Nós estávamos destinados a ficar juntos.

A porta atrás de nós se abriu; a madeira bateu contra a parede com um enorme estrondo. Saindo do meu estado atordoado, vi Rider cambalear até a sala de estar. Ele parecia estranhamente desgrenhado com a camiseta branca e calças jeans amarrotadas. Rider esfregou o queixo machucado e inchado. Eu nunca o tinha visto assim antes. Nenhuma vez.

Rider estava bebendo.

E ele não bebia.

Nunca.

Ficando de pé, corri até ele e afastei a mão do seu rosto. Gentilmente levantei seu queixo e perguntei:

— Rider? Santo Deus! Você está bem? O que aconteceu com você?

Ele olhou para mim por um longo momento e então delicadamente tirou a minha mão do seu rosto. O olhar atormentado nos olhos cansados partiu meu coração.

— Pergunte para o seu homem.

— O quê? — sussurrei, sentindo o estômago queimando. — Styx fez isso?

— Sim, docinho. Ele me nocauteou depois que trocamos algumas palavras quando ele foi pegar as suas coisas.

— Por que vocês estavam brigando sobre mim? — perguntei magoada. Cruzei os braços, de repente sentindo frio. — Vocês dois são importantes para mim, então *por que*...?

Rider se endireitou, ajeitando o cabelo com a mão e dando um pequeno sorriso desprovido de emoção.

— Você sabe o porquê, Mae. Impossível você ser assim tão cega.

Meus olhos arregalaram quando percebi o que estava acontecendo.

— Rider, não! — Segurei sua mão. — Por favor, não diga mais nenhuma palavra. Eu não quero ouvir. — Lutei contra as lágrimas que começaram a se formar nos meus olhos. — Rider... Eu estou com o Styx. Você... para mim... você é o meu amigo mais próximo. Não... — Não consegui terminar, não querendo machucar seus sentimentos.

Rider se livrou da minha mão e o seu corpo ficou tenso.

— Você sabe o quê, Mae? Talvez Lois *estivesse* certa. Talvez tivesse sido melhor se você nunca tivesse aparecido aqui nos Hangmen. Neste momento, como estou me sentindo, queria nunca ter conhecido você.

Dei um passo para trás, horrorizada, e sem conseguir acreditar no que ele acabara de falar. Eu não acreditava que ele fosse capaz de ser tão cruel, e parecia como se uma faca houvesse sido cravada no meu coração. As palavras de Rider machucaram mais do que uma adaga.

TILLIE COLE

— Doutor... — Letti avisou. — O Prez vai deixar você com muito mais do que um hematoma no queixo se ele escutar você falando assim com a *cadela* dele. Na verdade, você deixou a Mae chateada, e eu mesma vou contar para ele.

Passando por mim, Rider ignorou Letti e foi para o bar. Pit se afastou, claramente não querendo ficar em seu caminho. Franzi o cenho. Eu nem tinha notado que o *recruta* estava aqui esse tempo todo. Eu não conseguia entender por que ele não estava lá fora procurando pelo Styx...

Pegando um pano, Rider encheu de gelo e colocou na mandíbula. Ele olhou ao redor e franziu o cenho, perguntando para ninguém em particular:

— Cadê todo mundo?

Letti se aproximou do bar e o confrontou:

— Styx foi sozinho atrás dos nazistas. Eles estão procurando o Prez.

O rosto de Rider ficou vermelho de raiva.

— Por que eu não fui chamado, caralho? Deveriam ter me avisado. Eu não consigo acreditar nessa merda. Eu sou a porra do *Capitão da Estrada!*

Letti deu-lhe um soco no ombro machucado. Rider cerrou os dentes e soltou um gemido de dor.

— Talvez seja por causa disso! — ela respondeu com um tom sarcástico, sorrindo para si mesma enquanto voltava para se sentar no sofá.

Rider encarou Letti, e depois Beauty, antes de olhar para mim. Um *flash* de culpa seguido de dor cruzou seus olhos. Ele se virou para as prateleiras de bebidas na parte de trás do bar bem-abastecido; Rider escolheu uma garrafa verde com a figura de um alce no rótulo. Em seguida, foi cambaleando para o quarto sem dizer uma única palavra.

Observei a figura solitária se afastar, segurando o ombro ferido como se sentisse dor.

Beauty enroscou o braço no meu e disse:

— Deixe ele, Mae. Ele só está magoado. O irmão passa noventa e nove por cento do tempo na Chopper, na estrada. O ombro machucado o está mantendo preso no complexo e isso o está matando. E parece que ver você com o Styx, tem o mesmo efeito. Mas agora, o seu foco tem que estar no Prez. Você é a *old lady* dele. Rider vai ter que descobrir o que fazer com o que está sentindo. Mae, está na hora de você fazer jus à sua idade e viver a vida que você quer. Styx é o Prez da Sede dos Hangmen. Garota, você precisa ser a perfeita *old lady* por ele.

Sede? Mais uma vez, eu não fazia ideia do que aquilo significava, mas entendi que ela pensava que eu precisava ser mais forte do que tinha sido até agora.

Eu podia ser *mais forte*.

Respirando profundamente, perguntei:

— O que fazemos agora?

Beauty me puxou para o sofá e me sentei entre ela e Letti.

— Esperamos — ela respondeu. — Vamos nos sentar, esperar e rezar para que os nossos homens voltem para casa inteiros. — E então, adicionou: — E com o coração batendo dentro do peito deles.

Mais de duas horas se passaram e os irmãos voltaram para casa, um por um. No entanto, sem notícias de Styx. Cada vez que a porta da frente abria, eu ficava tensa ao ponto de agonia. Meus pulmões pareciam parar de funcionar e eram esmagados pelo desapontamento quando eu via os rostos de todos os Hangmen, menos o do meu homem.

O único irmão que faltava voltar era o Ky. Senti que se alguém pudesse encontrar Styx, seria ele.

No entanto, dez minutos mais tarde o VP retornou de mãos vazias.

Sem Styx.

E foi nesse momento que meu coração finalmente quebrou.

Ky entrou como se estivesse sendo perseguido pelo próprio diabo. Ele imediatamente olhou ao redor, seus olhos azuis procurando desesperadamente por Styx. Quando percebeu que seu melhor amigo não estava ali, uma expressão perturbada contorceu seu rosto.

Era óbvio. Ele acreditava que o meu Styx, o meu River, seu melhor amigo, *seu irmão*, estava morto.

Ninguém falou; irmãos e irmãs mal se moviam. Um manto de silêncio pairava pesadamente no clube enquanto todos contemplavam o inevitável. O grande relógio da Harley Davidson acima do bar soava alto, nos dizendo que o tempo de Styx estava se esgotando. Os Hangmen estavam sentados nos sofás e cadeiras, ao redor da sala, e todos olhavam para o chão... esperando, apenas esperando. Tudo o que qualquer um de nós podia fazer era esperar.

Ky caminhou na minha direção e Beauty levantou do lugar que ocupava ao meu lado. Ela atravessou a sala para se sentar no colo de Tank e o beijou enquanto compartilhavam um tenro abraço. Naquele momento, eu a invejei. Observei quando ela acariciou o rosto de Tank, beijando sua cabeça, com carinho extremo. Ele, em contrapartida, a abraçava como se ela fosse a única mulher na face da Terra. E percebi que era dessa forma que um casal apaixonado devia ser. Será que eu nunca chegaria a ser assim com Styx? Talvez... talvez não.

O sofá de couro marrom cedeu quando Ky sentou ao meu lado e, sem hesitar, agarrei a sua mão; nós dois igualmente tensos.

Levantei a cabeça, e ele olhou para mim, dizendo:

— Mantive vocês dois afastados.

Assustada pela sua confissão, só consegui franzir o cenho. Ky se contorceu no sofá, os olhos azuis observando ao redor para checar se alguém o ouviria.

— Quando você chegou, eu disse a ele que você não era a mulher certa pra ele. Disse que ele estava sendo egoísta por querer você, que não ia conseguir lidar com este tipo de vida. Falei pra ele ficar com Lois e te deixar livre. — Ky balançou a cabeça lentamente, irritado consigo mesmo. — Eu fui um filho da puta com ele.

— Por quê? — Engoli em seco, sentindo a dor da traição pesando no estômago. — Por que você lhe disse isso?

— Ele é minha família, meu irmão, e eu o afastei da única chance de felicidade que ele tinha, pelo bem do clube. Porra. Eu não dei descanso. O cara já tem muito com o que lidar com a merda do problema de fala. Pensei que se envolver com uma maluca saída de uma seita não iria ajudá-lo. Não é qualquer tipo de *cadela* que consegue ficar com um irmão, imagine com um Prez. Eu estava convencido de que você não servia para isso. Styx pediu para o Rider cuidar de você... mas foi relutante. — Ky abaixou a cabeça, o queixo encostando no peito enquanto olhava para o chão. — Eu podia ver que ficar afastado de você estava acabando com ele.

Ele ergueu nossas mãos unidas, pressionando-as contra sua testa.

— Ele teria tomado posse de você desde o começo se não fosse por mim. Tudo o que consigo pensar é: e se ele não sobreviver? E se ele não voltar? Então, *porra...* — suspirou, me olhando com pesar. — Ele acabou de conseguir você de volta, depois de tantos anos de espera. Ele falava de você o tempo todo; a *cadela* com olhos de lobo. Até mesmo procurou pela cerca por anos, sempre me arrastando com ele. Vasculhamos florestas ao redor de Austin por horas. Ele só parou de procurar quando entramos em guerra contra os mexicanos. Ele já tinha perdido as esperanças. O pai dele não falava onde era o ponto de desova, não importava quantas vezes Styx perguntasse. Honestamente, nem sei se o antigo Prez se lembraria; mudamos o local tantas vezes. E então o velho foi para Hades e acabou. Zero chances de encontrar você.

Meu coração doía tanto. Styx procurou por mim durante anos? Ele quis me ver de novo, para voltar para a menininha machucada que ele tinha conhecido brevemente em uma noite de verão? *Meu Deus, eu posso nunca mais vê-lo ou sentir o seu toque novamente.* Eu sentia que não conseguiria lidar com tanta dor no meu coração.

— Mae? — Ky chamou suavemente.

Respirei fundo e falei:

— Você teve suas razões para nos manter separados. Você é um bom amigo. Posso ver o tanto que ele te ama.

Os olhos azuis de Ky se arregalaram e ele sussurrou:

— Porra, *cadela!* Arranque as minhas bolas, chute a minha bunda, mas não venha com essa merda de perdão. Você poderia ter estado com ele todo esse tempo se não fosse por mim. Porra! Talvez Lois também não tivesse morrido!

Eu não respondi. Não conseguia. Estava anestesiada, silenciosamente aterrorizada de que Styx pudesse estar morto. Que outra pessoa com quem eu me importava estivesse *morta.*

O longo rangido de uma tábua no assoalho, logo atrás de onde estávamos sentados, chamou minha atenção. Rider havia acabado de entrar na sala. O rosto cansado transmitia confusão ao ver todos nós parados e em total silêncio. Então, quando a realidade daquela quietude caiu sobre ele, seu rosto perdeu toda a cor. E tudo o que conseguiu fazer foi se sentar em uma banqueta. Apesar de suas diferenças com Styx, Rider parecia genuinamente devastado pela aparente notícia.

Quando nossos olhos se encontraram, a expressão séria lentamente mudou de choque para simpatia.

— Sinto muito — sussurrou.

Isso só serviu para quebrar ainda mais o meu coração. Ambos eram homens bons. Os dois eram especiais para mim.

TILLIE COLE

O relógio soava devagar, *muito devagar*.

Depois de cinquenta intermináveis minutos de espera, o ânimo no *lounge* tinha mudado de esperança para uma decisão sombria.

Ky se liberou relutantemente da minha mão, meus dedos parecendo anestesiados por terem segurado sua mão com tanta força. Ao se levantar, os Hangmen, Beauty, Letti e eu o observamos com a respiração suspensa. Tiff e Jules apareceram no batente da porta.

— Irmãos — começou a falar com dificuldade —, eu... — A voz dele foi interrompida pelo rugido de um motor ao longe, do lado de fora. Ky olhou para mim antes de sair correndo porta afora, seguido por um bando de homens. Os irmãos eram como uma manada de búfalos enquanto saíam em disparada pela entrada.

Irritada, percebi que minhas pernas não respondiam aos meus comandos, não importando o quanto eu tentasse fazê-las funcionar. Beauty segurou minha mão e me ajudou a levantar. E eu só precisava disso; meus músculos voltaram à vida, assim como a esperança em meu peito, enquanto eu saía pela porta e atravessava o pátio até chegar ao portão fechado.

Um farol se aproximava e meu coração quase saltou pela garganta. Fechei os olhos e rezei: *Meu Deus, por favor, que seja o Styx. Que seja o Styx.*

O rugido do motor aumentou e abri os olhos. Sob as luzes do complexo, uma moto entrou no campo de visão. Quem a estava pilotando? Estava muito escuro para ver...

Não... Eu quase não acreditei nos meus olhos.

Styx!

Agarrando as barras do portão, senti o frio do metal; meu coração batia cada vez mais rápido conforme a moto diminuía a velocidade. Ah, não, alguma coisa estava errada. Os movimentos dele estavam estranhos... Equilíbrio! Ele estava, lentamente, perdendo o controle da moto.

— Abra a porra do portão! — Ky gritou para Pit, que correu para o painel do portão e deu um soco. Um som metálico soou na noite e logo parou.

— Pelo amor de Deus! — Ky berrou e se espremeu na pequena abertura entre as duas partes do portão. Pit arrancou o painel elétrico e começou a mexer nos fios, tentando corrigir o problema. Ky conseguiu agarrar Styx bem na hora em que cairia da moto, perdendo o equilíbrio do corpo.

Ele parecia estar terrivelmente ferido.

Os olhos de Styx estavam vidrados e sem foco, mas ainda assim, ele sussurrou algo para o amigo que o amparava com os braços ao redor.

Não pude ouvir o que foi dito, mas vi o momento exato em que Ky apontou em minha direção. Erguendo a cabeça, Styx me procurou com o olhar, até que os olhos lindos se fixaram aos meus.

Soltando-se dos braços de Ky, ele começou a mancar em minha direção; o sangue encharcava suas roupas, cortes e hematomas marcavam seu rosto; o cabelo escuro estava quase preto com sangue. Parecia que ele tinha sido atacado por um bando de leões. Cada centímetro do seu corpo parecia estar sangrando, sujo ou ferido.

Os irmãos ficaram em silêncio enquanto observavam o presidente do clube enfraquecido. Flame literalmente rosnou ao meu lado, sendo contido por AK e Viking. Por qual razão, eu não tinha certeza.

Corri ao longo das grades do portão, me dirigindo à pequena abertura, atraindo a atenção de Styx. Com dificuldade, ele tentou permanecer de pé usando as barras de metal para se apoiar, e, ajoelhando na frente do meu homem, pressionei meu corpo contra a estrutura de ferro, pegando seu rosto entre minhas mãos estendidas. Styx, *meu* Styx, gravemente ferido, mas ainda assim tão lindo: grandes olhos castanhos, nariz perfeito, rosto anguloso e as bochechas ásperas pela barba por fazer. Ele era tão lindo... tão forte. E precisava desesperadamente de mim.

— Styx... — sussurrei quando nossas testas se tocaram. Um suspiro de alívio escapou dentre seus lábios partidos.

Ele se afastou um pouco e passou suavemente um dedo ensanguentado pela minha bochecha. Não me importava que o sangue que estava manchando meu rosto provavelmente não pertencesse a ele. Neste precioso momento, eu não me importava com o que ele tinha feito com aqueles homens, mesmo que os tivesse matado. Quando esses pensamentos passaram pela minha mente, percebi que perdi parte da minha alma para a escuridão. Porque se Styx fosse condenado ao inferno, eu também seria. Eu o seguiria aonde quer que ele fosse.

Styx abriu os lábios inchados, tentando falar. De repente, seus olhos se arregalaram como se só então tivesse percebido os irmãos bem atrás de mim. Ele piscou furiosamente e o seu pomo-de-adão subiu e desceu. Engolindo em seco, tentou com desespero que a garganta relaxasse. Vi a força com que ele tensionava a mandíbula.

Styx estava perdido... confuso... estava sofrendo.

Ele tentou, com todas as suas forças, falar, piscando furiosamente, mas não conseguiu. Eu podia ver que isso o estava dilacerando por dentro.

— Shh... — sussurrei apenas para que ele pudesse ouvir: — Não tente falar nada. Eu estou contigo... Você está em casa. — Ele inclinou a cabeça na minha mão, procurando por conforto. Eu sabia que as suas paredes emocionais estavam prestes a ruir.

De repente, o portão voltou a funcionar, e Ky, que estava atrás de nós, acenou para Tank. Os dois levantaram Styx e o carregaram pelo pátio; sua mão imediatamente procurou por mim. Corri para ele e agarrei a mão estendida, e, naquele momento, jurei nunca mais soltá-la.

— Para o apartamento dele! — o VP ordenou. Entramos apressados no clube e os olhos assombrados de Styx não deixaram os meus nem por um segundo.

Serei forte pelo meu homem. Seria a old lady *perfeita.*

Assim que passamos pelo bar, Rider pulou do banco e pareceu prestar atenção. Ky olhou para ele e acenou.

— Vá pegar as suas coisas, doutor.

Fiquei parada, sem saber como Rider iria reagir, mas ele assentiu e saiu apressado para pegar a maleta médica.

Rider ia ajudar o Styx, e eu não poderia estar mais agradecida.

Liguei as luzes quando entramos no apartamento. Tank e Ky o deitaram cuidadosamente e fui para o banheiro, peguei a toalha mais próxima e então voltei para o seu lado.

— Tank. Saia — Ky ordenou e, sem hesitar, o irmão saiu do quarto. Levantei o olhar e vi quando indicou que eu limpasse o corpo de Styx. Ele sabia que o amigo não falaria com outra pessoa presente.

Fiquei de joelhos sobre os lençóis pretos, pairando acima de Styx. Os olhos fechados com força, enquanto lutava contra a dor.

Tirando uma mecha de cabelo do seu rosto, me inclinei sobre ele.

— Styx, fale comigo. Você está bem?

— B-baby... M-Mae...

— Você está com dor? — Acenei para Ky me ajudar a tirar a jaqueta de couro que ele usava.

— S-segurança.

— O que disse? — perguntei. Retirei uma manga, enquanto o VP retirava a outra. — V-você está a s-salvo... a-agora... — ele falou, e as linhas de preocupação que marcavam seu rosto desapareceram.

Senti um frio no estômago quando as palavras deixaram seus lábios.

Styx tinha matado todos eles.

— Filhos da puta! — Ky xingou, vendo a extensão dos ferimentos. Cortes. Cortes enormes cobriam os braços dele. Sangue escorria por suas roupas e quando tentei retirar gentilmente a camiseta ensopada de sangue, Styx cerrou os dentes de dor.

Congelei.

— O que... O que é isso? — apontei, sussurrando para Ky.

Ele não respondeu. Quando levantei o olhar, achei que ele fosse explodir. Levantando a toalha, pressionei sobre o corte marcado do lado direito de seu peito.

Styx fechou os olhos com força enquanto eu mantinha a pressão sobre o ferimento, em uma tentativa de estancar o sangramento. Somente depois percebi que o melhor amigo dele ainda estava imóvel.

— Ky, que símbolo é esse? O que eles fizeram?

Ele respirou profundamente. Com os dentes cerrados, falou:

— Uma suástica. Os filhos da puta talharam a PORRA DE UMA SUÁSTICA NO PEITO DELE! — gritou, a descrença dando lugar a uma raiva incandescente.

Suástica. O amado símbolo da gangue nazista.

— Se eles ainda não estão mortos, morrerão esta noite.

Rider escolheu aquele momento para entrar. Ele havia retirado a atadura do ombro. Sua mandíbula ficou tensa quando me viu na cama, cuidando de Styx, mas rapidamente se recompôs e caminhou até nós.

Abrindo a maleta de couro preto, perguntou:

— Como ele está?

Afastei-me e removi a toalha.

Rider arfou.

— Filhos da puta do caralho! — rosnou, suas bochechas ficando vermelhas de raiva.

— Rider. Por favor, ajude-o — implorei.

Styx gemeu e bateu com a mão no colchão. Abaixei o olhar, preocupada que ele estivesse com muita dor.

— Ele quer você, Mae. Está procurando por você. Fique com ele. — Ky interpretou a agitação repentina.

Assim que peguei sua mão com a minha, ele imediatamente relaxou. Inclinei-me, sussurrando para que se acalmasse. Apesar da dor, os lábios de Styx se abriram em um pequeno sorriso que iluminou o rosto ensanguentado.

— Ele precisa de pontos — Rider disse tenso. Olhei em sua direção e vi que ele me observava confortar Styx.

— Então faça isso logo, caralho! — Ky comandou, suas palavras fazendo com que Rider se mexesse.

Styx tinha quinze pequenos cortes, mais a suástica de sete centímetros de altura e largura. Outras marcas foram encontradas em seus pulsos e tornozelos; Era como se o tivessem amarrado a uma cadeira, inflingindo-lhe torturas atrozes. Mesmo torturado, ainda assim, ele conseguiu, de alguma maneira, sair vivo.

Depois de uma hora de cuidados, Styx conseguiu sair da bruma de choque causado pelos ferimentos. Os olhos agora pareciam manter o foco, mesmo com o remédio para aliviar a dor que sentia. No entanto, ele ainda estava sujo, e somente em lembrar dos detritos que foram retirados, senti a náusea subir.

Carne. Ele tinha pedaços de carne e fragmento de ossos por toda a roupa. *O que ele tinha feito aos outros homens?* Tentei ao máximo não pensar sobre isso.

— Precisamos tirar essa merda dele — Rider falou. — Não quero correr o risco de infecção nas suturas. Cobri tudo com curativos impermeáveis. Não sabemos que tipo de merda aqueles fascistas filhos da puta tinham no sangue.

— Eu faço isso — Ky se voluntariou. — Ele vai odiar, mas fazer o quê... O teimoso odeia ser ajudado. — Ele se aproximou de Styx, que lutou para se sentar, protestando.

— Eu faço — sussurrei. As palavras escapando pelos meus lábios. Os olhos surpresos de Ky se fixaram em mim. — Eu cuidarei dele. É minha responsabilidade — falei, com crescente confiança.

Styx apertou a minha mão em agradecimento ou adoração; eu não me importava qual dos dois sentimentos era, mas não conseguia olhar diretamente para ele. Meu coração estava batendo acelerado com o pensamento do que eu estava a ponto de fazer. Eu o veria nu... Eu banharia seu corpo. Na comuna, isso era um ato sensual entre marido e mulher. O ato de banhar era algo sagrado entre amantes.

Mas, de uma maneira, tínhamos nos tornado amantes... Ao menos era o que iríamos fazer. *Iria* acontecer logo. Nossos corpos e desejos estavam em perfeita sincronia. Eu precisava de Styx, e ele precisava de mim. Eu o queria, e ele me queria.

— Nem fodendo! O Ky vai fazer — Rider contrapôs, com a voz fria como gelo.

Styx ficou tenso, e se arrastou para fora do colchão. Um gemido de dor ecoou ante seus movimentos. Quando olhei para o seu rosto, soube que as coisas ficariam ainda piores se eu não interviesse. Balancei a mão livre à sua frente e me levantei. Styx cerrou os olhos e eu sabia que aquela era sua maneira de me avisar para não ir com Rider. No entanto, ele era meu melhor amigo, e, neste momento, estava magoado.

Aproximando-me de Rider, peguei seu braço e o levei para o corredor. Rapidamente fechei a porta do apartamento atrás de nós.

Podia sentir o forte cheiro de bebida que vinha do hálito quente, assim que me virei para encará-lo.

— Rider, Styx precisa da mi...

— Eu não consigo lidar com a ideia de você estar com ele! — ele me interrompeu, com a voz e o rosto atormentados. Os olhos castanhos estavam injetados de sangue e seu longo cabelo, sujo e bagunçado.

Meu coração doeu. *O que eu havia feito com ele?*

Quando estiquei a mão para tocar seu braço, ele se afastou, balançando a cabeça.

— Rider, por favor... — implorei.

— Você está trepando com ele, Mae? Você é a putinha dele agora? Quer dizer, isso não é contra a sua religião ou algo do tipo?

Dei um passo para trás, chocada, minhas costas colidindo contra a parede com um barulho seco.

— Como você se atreve? — consegui sussurrar. Olhei para o homem à minha frente, um que definitivamente se parecia com Rider. Mas este homem tinha se transformado em uma versão amarga do meu melhor amigo.

Inclinando o corpo, Rider ficou cara a cara comigo, sua raiva emanando, e um *flash* de tristeza tomou suas feições. Enquanto eu engolia em seco, nervosa, ele pegou o meu rosto entre as mãos.

— Você transou com ele, Mae? Você se entregou para ele? Isso está me deixando louco. Não consigo imaginar vocês dois juntos. Essa porra está me matando... me *matando*...

Tentei afastá-lo, mas não consegui que ele se movesse.

— Rider, o que faço em minha vida privada, não é da sua conta.

— Você está tirando com a minha cara? — rosnou. — Claro que é da minha conta! — Ele se afastou e respirou profundamente, olhando em meus olhos antes de confessar: — Você é minha, Mae. Eu quero você na porra da *minha* cama, não na do Styx. Somos bons juntos. Muito bons. Eu nunca foderia com você, nunca pegaria ninguém pelas suas costas...

— Styx tão menos... — o interrompi.

Rider me olhou como se eu tivesse dito alguma bobagem.

— Você tem certeza disso, docinho? Styx não é o que você pensa. Ele trepa com putas. Bebe. Mata. Ele não ganhou a reputação que tem por nada.

— Ele é bem diferente comigo. E de qualquer maneira, você também mata. Pessoas com teto de vidro não deveriam jogar pedras!

— Talvez eu mate, docinho, mas eu deixaria toda essa merda por você. Eu deixaria o clube por você. Eu mudaria. Me endireitaria na vida se você quisesse.

A respiração de Rider acelerou enquanto olhava direto para os meus lábios. Ele se aproximou, quase encostando a boca à minha, mas, no último segundo, virei o rosto. Rider gemeu exasperado.

— O que você vê nele? — Fiquei em silêncio. Ele não entenderia. — Me responda, Mae! — ordenou e então pressionou a testa contra a minha. — Por favor...

— Tudo — eu disse suavemente e Rider parou de respirar. — Ele é tudo para mim. Eu vejo *tudo* nele. Compartilhamos algo que ninguém mais é capaz de entender.

Dando dois passos para trás, balançando a cabeça em descrença, Rider passou as mãos pelo rosto. Eu poderia jurar que vi um brilho úmido em seus olhos.

— Então, você sabe o quê, Mae? Vá ficar com a porra do seu tudo. Se você não consegue enxergar a verdade com os próprios olhos, então continue cega. — E com essas últimas palavras, virou-se e desceu as escadas.

Uma tristeza enorme tomou conta de mim, e senti os joelhos cederem. Minhas costas deslizaram pela parede até que eu estivesse sentada no chão. Passando os braços ao redor das pernas, abaixei a cabeça e deixei as lágrimas fluírem. Como as coisas tinham se deteriorado com tanta rapidez entre nós? *Ele é o meu melhor amigo!*

No entanto, conforme eu pensava sobre as últimas semanas, mais meu peito ficava apertado. Os sinais que mostravam que Rider estava gostando de mim mais do que deveria estavam todos lá: os toques, os sorrisos secretos, o aumento de conversas mais íntimas... ao menos por parte dele. Como pude ser tão cega? Eu estava envolta demais com Styx para notar. A quem eu estava tentando enganar... Eu estava envolta com Styx desde que eu tinha oito anos.

Desde aquela época eu só tive olhos para ele. Meu River.

Ele *era* o meu mundo. A realidade de quase perdê-lo esta noite só serviu para intensificar o meu desejo pelo homem silencioso.

Ele precisa de mim.

E eu preciso dele.

Eu queria a oportunidade de conhecê-lo. Queria que nossa jornada realmente começasse.

— Mãe? — Pisquei e levantei a cabeça para encontrar Ky parado à porta do apartamento, olhando para mim com o cenho franzido. — Você está bem?

— Sim. — Sequei os olhos e me levantei.

— Cadê o Rider? — ele perguntou, esticando o pescoço para olhar o corredor.

— Ele foi embora.

Ky olhou para mim, com um olhar que dizia muita coisa. Eu esperava que dissesse algo, mas ele apenas abriu a porta e acenou para que eu entrasse.

A cama estava vazia.

— Onde ele está? — perguntei, escutando a porta fechar.

— No banheiro. Ele tomou uma chuveirada, mas o filho da mãe quase não consegue se manter de pé. Não aceita a minha ajuda. Ele está enchendo a banheira agora, melhor do que cair de cara no chão.

Assenti e fui para lá, mas sua mão no meu braço fez com que eu parasse.

— Vocês estão juntos? Você é dele, de verdade?

Ky queria uma confirmação de que eu não magoaria seu melhor amigo. Apertando sua mão com a minha, assenti.

— Eu sempre fui dele. Nunca ficarei com mais ninguém. Sempre serei dele e somente dele.

Ele soltou um suspiro de alívio e acenou para a porta.

— Você é boa pra ele, consigo ver isso agora — ele não se virou quando falou. E então, de repente, Styx e eu ficamos sozinhos no apartamento, nenhum outro som a não ser o da água corrente no banheiro.

Respirando fundo, segurei a maçaneta e abri a porta. Parei no lugar imediatamente. Styx estava de pé no meio do banheiro, com as costas musculosas

TILLIE COLE

viradas para mim... nu. Sua cabeça estava abaixada e seu corpo tremia de exaustão, a pele tatuada agora mostrando alguns cortes longos.

Calor subiu pelo meio das minhas pernas e começou a latejar, enquanto eu observava cada centímetro do seu corpo. A visão do físico desse homem, revelado ante mim, era algo para o qual eu não estava preparada. Cada centímetro dele era bem definido, e com músculos trabalhados. Da cintura até as panturrilhas, parecia que Styx tinha sido esculpido por um artista. Pura... perfeição... masculina.

A urgência para esticar a mão e tocar suas costas, sentir que ele era real, crescia a cada segundo. Quando meus olhos desceram, quase gemi alto com a luxuriosa necessidade que correu pelo meu corpo. A bunda parecia duas pedras em forma de globo, que levava para coxas grossas, ambas suavemente cobertas com pelos escuros.

Senti a barriga apertar enquanto me imaginei de joelhos à sua frente, beijando cada tatuagem, cada cicatriz... tomando-o em minha boca. Eu nunca tinha feito esse ato antes, o de prazer oral, mas vi as mulheres aqui no clube fazendo nos irmãos. Àquela época, confesso que fiquei horrorizada. Mas agora, olhando para a perfeição de Styx, queria sentir o seu gosto na minha língua mais do que tudo. Por um momento, fiquei envergonhada pelos pensamentos pecaminosos, mas logo afastei isso da mente. Culpa não deveria fazer parte de um ato de amor.

Assim que comecei a me aproximar, me encolhi. Eu estava molhada. Molhada entre as coxas... entre as dobras do meu sexo. Aquela mesma sensação de calor que senti antes quando Styx começou a brincar com meu corpo. Quando toquei suas costas, o calor da sua pele fez com que eu fechasse os olhos e inspirasse o perfume masculino: couro, sabonete e ele.

Levantando a cabeça, levei um dedo à base de sua nuca e deslizei suavemente pelas costas. Observei os milhares de arrepios que cobriram sua pele e, com um silvo, Styx levantou a cabeça, olhando para mim por sobre o ombro.

A dor antes estampada em seus olhos mudou para algo primal. Senti o leve apertar de seus dedos ao redor do meu pulso e, com um puxão, meu corpo foi guiado ao redor do dele. Minha mão, que ainda estava em sua coluna, passou pelas costelas e, enquanto descia pela cintura, parei para acariciar a barriga trincada. Os braços musculosos e tatuados se contraíram diversas vezes, em resposta à minha carícia.

Vendo-o engolir em seco, meus olhos encontraram os dele. Inclinei-me para frente para dar um beijo na horrível marca que agora estava entalhada em sua pele; sua cabeça pendeu para trás e as mãos agarraram minha trança. Ele me puxou até estarmos colados um no outro.

Com um gemido baixo, Styx me afastou um pouco, levantando as mãos para afastar a jaqueta de couro dos meus braços.

Ele apertou os lábios, apenas a ponta da língua aparecendo para lamber o metal no lábio inferior. Seu rosto, agora sem nenhum resquício de sangue, trazia apenas arranhões e um longo corte na bochecha, e estas foram as únicas coisas que permaneceram.

As alças da minha regata foram as próximas a sumir e ele não afastou os olhos de mim, nem por um segundo, enquanto a tirava do meu corpo. Meus mamilos endureceram quando o ar frio soprou sobre a pele.

Abaixando o olhar, Styx estremeceu quando as mãos ásperas seguraram meus seios. Um raio de prazer voou direto para o meio das minhas pernas.

— Styx! — sussurrei enquanto espalmava as mãos em seu peitoral.

Com um rápido movimento, Styx rasgou a peça e a jogou no chão. Antes que eu pudesse raciocinar, a calça de couro já estava ao redor dos meus tornozelos. A calcinha, um pequeno pedaço de tecido preto, era a única coisa que nos separava.

Os dedos de Styx começaram a mover as tiras ao redor do meu quadril. Em um segundo, o fino material se juntou ao resto das roupas no chão de ladrilho preto e branco.

Agora, absolutamente nada nos separava.

Styx passou a mão pela minha nuca, me puxando contra si, inclinou minha cabeça para trás, e suavemente tocou os lábios nos meus. A pele machucada estava áspera, mas a sensação era perfeita.

Quando nos afastamos, minhas mãos desceram por seu tórax e acariciaram as formas do torso firme, seguindo então para a longa e rígida ereção.

Styx ficou parado enquanto eu envolvia a mão ao redor de sua masculinidade. Arregalei os olhos ao perceber que não conseguia fechar os dedos ao redor de sua circunferência. Olhando para baixo, engoli em seco. Nunca... eu nunca tinha visto um assim tão grande. Os discípulos eram absurdamente pequenos em comparação ao tamanho de Styx e, conforme eu movia a mão para cima e para baixo, tremi ao vê-lo tão primal, sob meu feitiço. Eu queria tomá-lo dentro de mim, senti-lo se mover em mim... fazer amor pela primeira vez na vida.

Ter prazer.

TILLIE COLE

Liberando a mão, dei um passo para trás para observar meu homem em toda a sua plenitude. Minha boca se encheu d'água, meus mamilos doeram, e meu centro começou a latejar. Pura perfeição masculina, um perigo para o toque.

Procurando uma distração, me virei para acalmar os pensamentos e abaixei para fechar a torneira. De repente, o senti atrás de mim, seu rígido comprimento roçando entre o ápice das minhas coxas. Sua masculinidade arrastando deliciosamente entre as minhas pernas... e as sensações... eram maravilhosas...

Endireitei o corpo e senti o peito forte encostar às minhas costas; levantando os braços, enlacei sua nuca. A língua de Styx correu pelo meu pescoço, suas mãos puxando e apertando meus mamilos antes de descerem para o meu sexo, brincando com minhas dobras.

— Styx... — gemi. Seus dedos faziam movimentos para frente e para trás, tocando no ponto que disparava ondas e ondas de correntes elétricas sob minha pele. A ponta dos meus dedos das mãos e dos pés formigaram no meu puro estado de êxtase.

Styx ficou em silêncio, e sua falta de palavras apenas intensificou o momento. Os dedos aumentaram a velocidade até que eu estava me contorcendo em seus braços; seu quadril se aproximando da minha bunda. Aquele mesmo calor que senti apenas algumas vezes antes, começou a queimar na base da coluna, e disparou para o meu sexo, deixando-o em chamas. Fechei os olhos enquanto montava a mão de Styx; sua ereção agora estava roçando o espaço entre as minhas coxas.

Umidade desceu pelas pernas e meu peito subiu e desceu com a respiração pesada.

— Mae — Styx falou e, lentamente, tirou a mão de dentro de mim.

Virando em seus braços, quase caí no chão quando Styx colocou os dedos na boca. Sua língua correu pelas pontas, lambendo e degustando, antes de ele levá-los ao lábio inferior e, gentilmente, para a minha boca.

— Chupe — instruiu. Tremendo, em uma mistura de medo e excitação, inclinei a cabeça para trás e passei os lábios ao redor de seus dedos. Eu podia ver o fogo brilhando nos olhos castanhos e senti sua ereção roçar minha barriga. Liberando os dedos da minha boca, me afastei e o guiei para a enorme banheira branca, quase transbordando.

— Deixe-me banhar você.

Os olhos de Styx suavizaram um pouco e o ajudei a entrar na banheira. Ele sentou e se recostou, me observando... sempre me observando.

Peguei a esponja natural e o sabonete que vi do outro lado, e mergulhei-os na água enquanto me ajoelhava ao lado de sua cabeça. Passei a esponja pelo cabelo escuro e ele gemeu, para logo em seguida segurar meu pulso.

— Entre — ordenou com um brilho no olhar.

Minha pele arrepiou e o ouvi gemer novamente. Antes que eu pudesse raciocinar, estávamos cara a cara. Ele segurou minha nuca e depositou um beijo no meu nariz. Afastando-me um pouco, franzi o cenho pelo estranho gesto.

Seus lábios se torceram em um pequeno sorriso.

— E-esse n-narizinho vai ser a-a minha m-morte — confessou, sua voz soando rouca. — Entre. Agora.

Suas dores pareciam ter desaparecido rapidamente.

Styx usou sua força para me puxar para frente e, ficando de pé com as pernas trêmulas, passei pela borda da banheira, afundando na água quente.

Eu estava de frente para um Styx muito nu. Minha mente lutava para acreditar que aquilo era real... um sonho que se tornou realidade.

Ele apenas me observava... e observava, até que, pegando a esponja mais uma vez, continuei a banhá-lo. Seus músculos tensos relaxaram e ele fechou os olhos. Senti as mãos subindo e descendo pelas minhas panturrilhas até que seus dedos me agarraram e ele me puxou para frente, meu corpo molhado fazendo a água respingar ao se chocar contra o dele. Styx era tão grande e forte contra o meu pequeno corpo, a pele bronzeada contrastando com a minha mais clara.

Sem hesitar, eu o beijei, e sua língua imediatamente começou a duelar com a minha. As mãos de Styx apertaram minhas costas nuas e desceram para a bunda; os dedos ásperos massagearam minha pele, guiando meu sexo para esfregar contra o seu rígido comprimento.

Eu o queria. Queria tanto me unir a ele...

O medo tomou conta de mim quando a carne dele enviou choques de prazer no meu sexo e, freneticamente, puxei seu cabelo até que ele se afastasse.

— Me f-fode — ele implorou, com uma expressão desesperada. — Me fode, b-baby. Me fode lento. Me f-fode duro, s-só me fode...

O medo fez com que eu parasse. Tentei me afastar, me liberar do seu agarre, era demais, mas Styx continuou me segurando.

— O-o que tem de e-errado? — ele perguntou, preocupado.

Senti o estômago pesar e abaixei a cabeça.

— Eu não sei como... dar prazer a você — falei tentado evitar seu olhar. — Tenho medo de falhar.

— Baby? — ele falou e me chamou com o dedo para que eu fosse para ele. Seus cortes ainda estavam vermelhos, mesmo assim, ele nunca pareceu tão bonito para mim.

TILLIE COLE

Eu não tinha o que temer. Esse era Styx.

Sentando cuidadosamente em suas coxas, confessei:

— Eu não sei o que fazer para me unir a você. É isso, eu não sei como fazer isso sem estar na posição requerida para a Partilha do Senhor.

Styx ficou um tempo parado antes de se inclinar e pegar meu rosto entre as mãos.

— Me deixe m-mostrar pra você. — Suas mãos desceram para a água e ele segurou minhas coxas, me puxando contra sua ereção. — M-me deixe e-entrar em você, baby. M-me coloque para d-dentro de você.

— Mas você está machucado. Está com dor — protestei.

— É p-por isso que você p-precisa m-montar em mim. *Você* vai me f-foder, b-baby. N-não estou t-tão machucado para não q-querer a sua bocetinha apertada ordenhando o *meu* p-pau. *Você* está no controle.

Eu estou no controle.

— Styx — gemi quando repentinamente dois dedos penetraram meu sexo.

— Encharcada... molhadinha... pronta... — sussurrou antes de retirar os dedos e voltar a se recostar na banheira. — M-me monta, Mae. — Mas suas mãos nunca deixaram meu corpo, acariciando, sentindo, se conectando comigo.

Levantando-me de joelhos, logo abaixei e coloquei Styx em minha entrada, tremendo de antecipação. Eu estava preocupada em fazer algo de errado que pudesse machucá-lo ainda mais. Mas quando olhei naqueles lindos olhos, os mesmos que tinham me confortado a vida toda, todas as preocupações desapareceram. Em um único movimento, me abaixei e o senti me preenchendo totalmente.

Styx cerrou os dentes e vi sua veia do pescoço saltar. Um prazer escaldante varreu meu corpo e apoiei as mãos em seu peito, tomando cuidado para não tocar em nenhuma cicatriz recente.

— Styx... Oh, Styx... — murmurei diversas vezes conforme ele investia mais para dentro de mim. A cada centímetro, meu prazer aumentava até que fiquei parada, saboreando o prazer.

— Baby! *Me fode, baby!* — sibilou. Segurando meus pulsos, ele me acalmou e encostou a testa na minha.

— O que eu faço agora? — perguntei, um pouco envergonhada pela minha inexperiência. Styx me fazia sentir segura.

— M-mova seu q-quadril. Para c-cima e para b-baixo.

Fazendo o que ele disse, comecei a rebolar e a água da banheira se agitou em pequenas ondas, ameaçando transbordar.

— Mae! P-porra!

Deixei que o prazer ditasse meus movimentos e, a cada investida de Styx, tremores percorriam meu corpo.

Passei as mãos ao longo dos músculos fortes, que se contraíam e relaxavam a cada estocada. Styx começou a levantar o quadril para ir de encontro ao meu, me forçando a choramingar, delirante de prazer. A sensação de estar tão preenchida era demais para aguentar. Minuto após minuto, nossos movimentos ficaram cada vez mais frenéticos, o barulho da água batendo no ladrilho ao escorrer por cima da borda, molhando todo o chão.

— Styx, Styx, Styx... *Styx*! — gemi abrindo os olhos e olhando diretamente para ele, que me observava com atenção. Suas mãos trabalharam fervorosamente entre as minhas pernas e o polegar começou a me massagear *lá*, naquele lugar, *naquele ponto*. O ponto que me fazia perder o controle dos sentidos.

O prazer estava se tornando quase demais para mim quando as chamas de desejo percorreram meu corpo, incendiando todas as minhas terminações nervosas. Eu rebolava mais rapidamente contra ele, estimulada pelos seus movimentos espelhados e os eróticos gemidos e sussurros. Seu polegar também trabalhava mais rápido, a ereção expandindo dentro de mim, me preenchendo ainda mais.

Meu peito parecia que ia explodir enquanto Styx mordia os lábios, mas seus olhos ainda estavam presos aos meus. E então, como um raio, uma sensação incrível tomou conta do meu corpo e eu gritei em êxtase. Os lábios de Styx se abriram enquanto ele estocava em mim com mais força; uma, duas vezes e então ficou imóvel. Seus olhos se arregalaram, o rosto contorceu momentaneamente como se estivesse com dor, e senti um jato quente dentro de mim, seu sêmen enchendo meu útero. Senti como se estivesse flutuando no ar quente de verão, com o calor da água nos rodeando. Desabei contra o seu peito, exausta, mas extremamente satisfeita.

Sorri enquanto escutava as batidas aceleradas do coração de Styx. As mãos fortes acariciavam meu cabelo molhado e desciam gentilmente pelas costas enquanto voltávamos aos nossos corpos.

Então isso era fazer amor...

Eu tinha acabado de fazer amor com Styx.

Eu estava certa desde o começo.

Nós estávamos destinados a ficar juntos. Ele é o meu tudo. Ele é o meu mundo...

... Styx é a minha salvação.

TILLIE COLE

CAPÍTULO DEZOITO

STYX

Puta merda.

Mae.

Toda Mae.

Toda minha.

Eu, dentro da sua bocetinha, enchendo-a com a minha porra.

Maldita perfeição.

A suave respiração contra o meu peito me dizia que ela está quase dormindo.

— Mae — chamei suavemente, fazendo com que ela acordasse. Dois dos meus dedos brincavam com a apertada abertura da sua bunda e desapareceram dentro da sua úmida e bem-fodida bocetinha.

O quadril de Mae rebolou instintivamente e um gemido escapou dos seus lábios. De repente, os olhos azuis se arregalaram, fechando em seguida, assim que percebeu o movimento da minha mão.

— Styx... — gemeu, sua voz grogue de sono. Esticando as mãos, ela agarrou as bordas da banheira em busca de equilíbrio, e eu tive que chupar meu piercing para conseguir me manter calmo; ela estava tão linda cavalgando a minha mão.

Seus grandes e rosados mamilos endureceram, os seios cheios balançaram e os lábios se abriram, soltando um gemido a cada instigada de meus dedos. Incapaz de negligenciar meu pau por mais um segundo, retirei a mão e me enfiei com tudo dentro dela.

Porra!

Os olhos chocados de Mae estavam fixos nos meus, e dei um sorriso. Desta vez, eu estava no controle, e que se danassem os pontos. Agarrando seu quadril, virei nossos corpos na água, deixando-a por baixo. Ela arfou e eu me ergui sobre seu corpo, passando os braços pelas suas costas, e senti as pernas longilíneas enlaçando minha cintura. Ela me deu um sorriso tímido e eu investi sem piedade em sua boceta, arrancando gemidos da sua garganta enquanto ela enterrava as unhas na minha pele; nossos peitos roçando a cada movimento.

Em um segundo, ela gozou. E eu segui logo atrás.

Ofegamos juntos enquanto Mae tirava o cabelo do meu rosto.

— Essa foi uma boa maneira de acordar — ela arfou.

Sorrindo para ela, respondi:

— Todos os d-dias a partir d-de hoje.

— Você promete?

Assenti lentamente.

As mãos pequenas e delicadas passearam pelo meu peito, cuidadosamente traçando os pontos dados.

— Como você está se sentindo?

Dolorido, puto pra caralho com os malditos nazistas, mas muito bem. Inclinando-me sobre ela, beijei seus lábios.

— B-bem.

Tirando meu pau ainda meio duro de dentro da minha mulher, ajoelhei e me endireitei, sentindo uma ferroada de dor nos ferimentos suturados, que com certeza deixariam mais cicatrizes no meu corpo... incluindo aquela maldita suástica, de maneira permanente no meu peito.

— Vamos. A água está f-fria.

Quando baixei o olhar para Mae, eu literalmente parei de respirar. Eu a tinha agora. Ninguém a tiraria de mim.

Ao levantar a mão para ajudá-la, seu rosto, sempre suave, estava franzido em uma carranca. Ergui uma sobrancelha em questionamento.

Ignorando-me, Mae se levantou e saiu da banheira sem a minha ajuda. Cerrei a mandíbula; eu não era um fracote, mas ela se aproximou, pegou no meu braço e insistiu:

— *Me* deixe cuidar de *você*. É meu dever... como sua *old lady*. — Fechei os olhos, saboreando o que ela tinha acabado de dizer.

Meu pai estava certo, eu só precisava de três coisas na vida: minha Harley, meu Fender... e o amor de uma *old lady*... Mae; minha Mae.

Sorrindo, ela enrolou uma toalha em meus quadris, e depois ao redor de si, e fomos, em uma lentidão horrível, para a cama. Quando paramos perto da minha cadeira, ela me guiou até que eu estivesse sentado.

— Preciso trocar a roupa de cama. Está suja com o seu sangue. — Ela pegou meu rosto entre as mãos, acariciando a pele machucada. — E então dormiremos. Você precisa descansar.

— Com v-você do meu lado, c-certo?

— Sim, comigo ao seu lado — Mae respondeu, abrindo um belo sorriso.

Ela deu um beijo delicado na minha testa e eu recostei na cadeira para observar enquanto ela trocava os lençóis.

Pegando meu Fender, o coloquei no colo e comecei a dedilhar, recebendo de Mae um sorriso feliz, interrompeu o que fazia apenas quando escutou os acordes vibrarem. Assim que 'Gospel', do The National, saiu pelos meus lábios, agradeci Hades por eu ter retornado esta noite para meu clube, para meus irmãos... para a minha *old lady*.

Eu não tinha certeza se iria sair de lá vivo. Acabei com o crânio de sete nazistas com as minhas Uzis antes de ser derrubado pelos dois últimos. Fui amarrado em uma cadeira, cortado, espancado; sangrei, mas os filhos da puta tinham esquecido de confiscar minha faca. Ironicamente, a faca alemã preferida, a que eu sempre mantinha escondida no meu *cut*. Cortei a garganta de um dos *skinheads*, enfiei doze centímetros de metal no coração do outro, mas só depois de eu ter me divertido um pouco. Encontrei o caminho para casa, com um par de olhos cristalinos me chamando.

"Darlin', can you tie my string? Killers are callin' on me..."
"Querida, você pode apertar as minhas amarras?
Os assassinos estão me chamando..."

Terminei o último acorde e levantei o olhar só para encontrar Mae de joelhos à minha frente, me ouvindo tocar.

— Cama? — perguntou com os olhos brilhantes, e colocou o violão gentilmente de lado. Ela me ajudou a deitar e, nervosa, se deitou do meu lado. Eu retirei a toalha da cintura, acenando para que ela fizesse o mesmo.

Agora estávamos cara a cara, com as cabeças apoiadas sobre os travesseiros, e peguei sua mão na minha.

— P-por que você f-fugiu da s-seita?

Cada músculo do seu corpo pareceu ficar tenso e lágrimas encheram seus olhos. Eu não falei, apenas esperei que ela se abrisse.

Depois de vários minutos, ela sussurrou:

— Eles mataram minha irmã. Eu não podia ficar lá... Ela me disse para correr, e fiz o que ela pediu.

Senti a raiva e o nojo ferverem no meu estômago e tive que morder o lábio para me conter. Mae tentou cobrir o corpo nu com o braço livre, como se estivesse com frio. Puxando a coberta, eu a cobri e recebi um sorriso em agradecimento, enquanto se aproximava ainda mais.

Ela deitou a cabeça próximo ao meu travesseiro e então sacudiu a porra do nariz. O nervosismo a estava dominando, mas ela precisava começar a falar.

— Nós... — Ela respirou profundamente e fechou os olhos. Segurei sua mão ainda mais forte. — Nós éramos irmãs de sangue. Isso não é comum na comuna. Os pais têm os filhos, e depois você é criado de maneira coletiva. Eu nunca conheci meus pais. Minha mãe morreu de uma doença e meu pai foi embora, tendo sido enviado em uma missão pelo Profeta David, para nunca mais voltar. Eu tenho outra irmã, Magdalene, mas ela tem uma mãe diferente. Ela é terrivelmente quieta, completamente distinta de Bella e de mim. Maddie tem muito medo dos homens, de tudo, na verdade. Mas Bella era a minha melhor amiga, nós éramos muito próximas.

Ela olhou para mim e sorriu.

— Ela era tão linda, Styx. Você deveria tê-la conhecido. Tão deslumbrante, incrivelmente gentil. Mas essa foi a perdição de Bella, o seu encanto e sua delicadeza, foram o que arruinaram sua vida. — Continuei olhando em seus olhos e tentei imaginar alguém tão linda quanto Mae. Não consegui, mas ela tinha certeza de que aquilo era verdade.

— Mulheres bonitas eram tratadas da pior maneira pelos irmãos. O Profeta David e o chefe dos anciões, Gabriel, diziam que fomos criadas pelo diabo. Que fomos designadas, não, *criadas*, para tentar os homens. Tínhamos que ser tratadas de maneira diferente com a qual as outras mulheres eram tratadas; éramos subjugadas como éguas... Éramos vistas como amaldiçoadas.

Mae se mexeu desconfortável e uma lágrima desceu pela bochecha, então me aproximei e a beijei. Ela prendeu a respiração antes de soltar um longo suspiro.

— Eu e Bella éramos classificadas como mulheres "amaldiçoadas"; meu Deus, eles se *referiam* a nós dessa maneira. Minha amiga, Lilah, e minha irmã, Maddie, também se enquadravam no mesmo patamar, então nós quatro tínhamos os nossos quartos privados na comuna. Éramos mantidas separadas, para o uso particular dos anciões do alto escalão, para os seus treinamentos especiais. O irmão Gabriel ficava com Bella. O irmão Jacob, comigo. Irmão Noah com a Lillah. E o irmão mais cruel de todos, no âmbito sexual, Moses, usava Maddie, a Magdalene. Moses dizia que ela abrigava os demônios porque ela não falava muito, não saía do quarto. Mas ela só era quieta, reservada, quase nunca falava ou revelava o que estava realmente sentindo. — Ela fechou os olhos como se estivesse com dor. — As coisas que ele a obrigava fazer... — Mae não conseguiu terminar a frase, sua garganta apertada pelo choro.

— Shh, baby... — tentei acalmá-la. Mas *porra*, como eu podia falar alguma coisa depois dessas merdas que ela tinha contado?

— Gabriel ficou cada vez mais obcecado com Bella conforme ela ia ficando mais velha, mesmo ele tendo se casado com outra irmã, e depois com outra. Ele se unia a ela *todas* as noites, dormia ao lado dela *todas* as noites. Ela comia em sua companhia; era obrigada a dar-lhe o banho. Ele se transformou em um homem louco e possessivo por ela. Mas ela o odiava, Styx. Ela o odiava com cada fibra do seu ser.

Mae respirou profundamente e continuou:

— Quando eu tinha treze anos, o Profeta David declarou que eu era a sua sétima esposa da profecia. A esposa que geraria o retorno de Cristo, os Dias Finais. Quando eu fizesse vinte e três, me casaria com o profeta. Não tinha ideia do porquê eu ter sido a escolhida; eu nunca nem sequer havia conversado com o profeta. Ele sempre se mantinha afastado do seu povo, e só o víamos em cerimônias, partilhas e rezas. Mas ele fazia com que os anciões enviassem vídeos das irmãs mais novas da comuna... para ver com qual ele queria... *se unir*. Talvez ele tenha me visto em um desses vídeos... — Ela beijou meu peito, como se isso lhe desse forças. Agarrei seu cabelo e apertei tanto a minha mandíbula que chegou a doer.

Vídeos? *Merda!* Oh, e eu sabia por que ela tinha sido escolhida para ser a esposa do filho da puta. Inferno, era óbvio para qualquer um que tivesse olhos.

— O dia em que fugi, era para ser o dia do meu casamento. O dia que você me encontrou — explicou.

E tudo começou a fazer sentido.

— O v-vestido b-branco... — consegui falar, incapaz de terminar a frase. Eu estava perdendo o controle da fala, tamanho o ódio que sentia.

Ela assentiu.

— Semanas antes do meu casamento, Bella desapareceu. Ninguém nos falava para onde ela tinha ido, mas Gabriel sempre estava ausente dos nossos aposentos depois daquele dia. Obviamente ele estava com ela. Então — ela fungou, triste —, no dia do meu casamento, Lilah a encontrou. Bella estava em uma cela suja e escura, espancada, passando fome... morrendo. Fiquei com ela até que deu seu último suspiro. E então eu fugi. — De repente, soluços sacudiram seu corpo e, colocando as mãos na sua nuca, a puxei para o meu peito. — Eu as deixei, Styx! Eu deixei Maddie e Lilah para trás.

— P-porra, Mae — eu disse, tentando liberar minha garganta.

Ela levantou a cabeça, desesperada, com o rosto vermelho e inchado de tanto chorar, e disse:

— Eles estão procurando por mim e não cessarão as buscas. Eles acreditam que eu seja a escolhida para salvar suas almas mortais. — Olhando para a tatuagem em seu pulso, deslizei os dedos sobre a tinta, e então olhei mais uma vez para Mae.

— Os Dias Finais estão sobre nós. Meu casamento é algo que deve acontecer para transportar meu povo, a Ordem, para o Paraíso.

E lá estava aquela merda de lavagem cerebral saindo pelos lábios dela de novo. Olhos vidrados e tudo o mais.

— V-v-você... — parei, respirei fundo tentando me acalmar, e comecei de novo: — V-você não vai m-me d-deixar. S-se eles vierem por v-você, t-terão que p-passar por mim... pelos Hangmen.

Seu rosto tenso suavizou.

— Styx... Eu não quero deixá-lo nunca, mas...

— V-vou p-p-proteger você — assegurei, interrompendo-a.

— Eu sei que você vai — ela respondeu se apertando mais contra mim.

Senti o estômago pesar... Eu sempre conseguia sentir quando algo não estava certo. Tinha essa sensação desde que Mae apareceu, e agora estava ainda mais forte.

— E você? — Mae sussurrou, seus dedos acariciando meu bíceps tenso.

— O q-quê?

— A sua mãe? O que aconteceu com ela? Quem ela era?

Soltei uma risada.

— Ela era uma vagabunda do clube. Deixou o meu pai por um Diablo filho da puta.

— Diablo? — perguntou confusa.

— Um MC mexicano. São nossos rivais. Estamos em guerra desde então. Meu pai matou minha mãe quando eu tinha dez anos. Sanchez, o Prez deles, matou meu pai ano passado. Eu matei Sanchez dois dias depois.

Mae se apoiou no meu ombro com a mão, e seu rosto foi tomado por uma expressão triste.

— Você levou uma vida tão turbulenta. Rodeado por tanta morte. Sempre me perguntei por que vocês usam Hades, o diabo, como o seu emblema. Vi o mural quando cheguei, é uma coisa tão estranha para se adorar.

— Não n-nesta v-vida.

Ela arqueou as sobrancelhas e senti um sorriso querendo tomar conta dos meus lábios. Colocando Mae para o lado, me sentei e joguei as pernas para fora da cama.

— Onde você está indo? Você precisa descansar. Ainda está machucado, lembra?! — protestou.

Acenei fazendo pouco caso. Peguei o roupão preto e joguei para ela.

— C-coloque isso.

Ela me olhou curiosa enquanto eu colocava a calça jeans. Levantei e estendi a mão para ela e descemos as escadas para o pátio.

Passamos pela porta direto para a brisa quente do verão, os grilos fazendo barulhos, mas sem outros ruídos. Os olhos de Mae estavam arregalados e amedrontados enquanto ela observava o lado de fora do clube. Muita merda aconteceu para que ela se sentisse segura aqui fora. Uma cerca enorme com arame farpado nos mantinha do lado de dentro, além de câmeras em todos os cantos para a nossa proteção. A oficina ficava na esquina, com as Harleys e Choppers dos irmãos na frente.

— P-por aqui. — Puxei gentilmente o braço de Mae.

Ela colocou uma mecha de cabelo atrás da orelha e me deixou guiá-la para o lado oeste do complexo. Senti a hesitação em seus passos quando viu novamente o mural.

Encostei meu peito em suas costas, coloquei as mãos nos ombros delicados, sussurrando em seu ouvido:

— Q-quero que v-você conheça Hades e P-Perséfone, sua e-esposa.

Um pequeno suspiro saiu de seus lábios e Mae deu um passo à frente, inclinando a cabeça para observar a pintura com admiração... Não, observando a deusa com admiração. Afastei-me, dando espaço, e cruzei os braços, incapaz de afastar os olhos dela.

Mae levantou a mão e passou os dedos pelo rosto pálido de Perséfone.

— Nós não somos autorizados a ter fotos ou pinturas na comuna. Eles diziam que não podíamos cultuar falsos ídolos, mas ainda assim, nunca vi nada mais bonito do que esta imagem. Perséfone é linda. — Mae olhou para mim e deu um sorriso com os dentes perfeitos à mostra. Ela se virou para traçar a linha do longo cabelo preto da deusa.

Porra. Eu estava perdido.

Mae se virou mais uma vez, me olhando com uma expressão confusa.

— A deusa se parece comigo. Os olhos dela são da mesma cor que os meus.

— Aquele dia, q-quando vi você, m-me lembrei dela. A s-sua imagem f-ficou gravada na m-minha memória todos e-esses anos. — Postei-me ao seu lado.

O silêncio de Mae falava muita coisa. Troquei o peso do corpo de um pé para o outro, me sentindo nervoso do nada.

— Você sabe quem s-são os outros nessa p-pintura?

Ela apontou para a figura central, vestido de preto e olhos sem alma, e sua voz tremeu quando respondeu: — Hades. Eu o conheço como Satã. — Ela franziu o lábio e aquela adorável expressão estava de volta ao seu rosto. — Ele se parece exatamente com a descrição do diabo nas escrituras.

Apontei para um banco de madeira que havia ali.

— Sente aqui comigo.

Mae fez o que pedi e nos sentamos no meu local preferido, do lado oposto do mural, um local onde eu gostava de sentar, fumar e pensar. Claro que eu costumava pensar sobre ela, mas não falei isso, ou o quão estranho era tê-la sentada aqui ao meu lado.

Cansada, Mae se sentou, checando se o robe ainda estava cobrindo tudo; suas pernas dobraram e ela colocou as mãos nos joelhos antes de se inclinar para mim.

— Você já o-ouviu falar sobre os g-gregos?

— Sim, mas pouco. Agora imagino que o que aprendi não deve ser de grande valia. Percebi que o pouco que nos ensinaram na comuna, sobre a vida do lado de fora da cerca, era tudo mentira.

Sorrindo, respondi:

— Os g-gregos antigos n-não acreditavam na e-existência de um único d-deus. Eles a-acreditavam que existiam m-muitos.

— Blasfêmia! Só existe um Deus de verdade — ela arfou, colocando a mão no peito.

Dei de ombros, tirei um cigarro do bolso de trás da calça e o acendi. Religião não fazia parte da minha vida, e não me importava a quem eu ofendesse. Motociclistas não agiam exatamente de acordo com o que a sociedade queria. Na verdade, éramos completamente o oposto.

Mae tossiu.

— Por que você fuma essas coisas?

— Isso... isso... — parei e pigarreei — me acalma — respondi tenso.

Vendo-a franzir o nariz, não consegui evitar um sorriso.

— Isso fede! — Mae exclamou.

— Você a-acha isso, b-baby? — falei rindo.

Ela assentiu firmemente, com uma expressão engraçada no rosto. Joguei a bituca no chão, me virei e toquei a ponta do seu nariz.

— E é por isso que você nunca vai começar essa m-merda, certo?

Eu estava sendo... brincalhão. *Merda!* Ky não deixaria isso passar batido.

— Certo — Mae concordou e me observou por vários segundos antes de se recostar no banco e se aproximar do meu braço. — Você estava falando sobre os gregos, Styx.

Respirei fundo mais uma vez e comecei:

— De a-acordo com os g-gregos antigos, existiam três d-deuses irmãos: Zeus, P-Poseidon e H-Hades. Eles tomaram o trono do pai, o d-deus Cr-Cronos, em uma batalha. Eles se r-reuniram e decidiram quais seriam os d-domínios de cada um, agora que Cronos estava e-exilado.

Mae se aproximou ainda mais.

— O que aconteceu depois?

— Z-Zeus ficou a cargo do c-céu, P-Poseidon da água, e H-Hades do submundo, algo que nenhum d-deles queria. — Apontei para a imagem do submundo: rios escuros, rodeados por labaredas, e figuras mórbidas de demônios.

— Então o submundo é como o Inferno? Deram o Inferno para Hades? Que lamentável.

Sorri silenciosamente pela maneira como ela falou, como se aquilo fosse trágico, mas com o bom e velho sotaque texano.

— Sim e n-não.

— Como poderia ser diferente?

— O submundo guarda a entrada de tu-tudo, todos os c-caminhos que as almas podem seguir na morte. Quando uma p-pessoa morre, ela v-vai para o submundo onde terá s-sua vida julgada e e-e-enviada ou para os C-Campos Elíseos, que é como o p-paraíso, eu a-acho; Ou para o rio do es-esquecimento, Lethe, do qual as almas b-bebem para esquecer das suas v-vidas, possibilitando que elas voltem a re-renascer. Ou, se a pessoa teve uma v-vida muito r-ruim, ela será enviada ao T-Tártaro, o que eu acho que é o que v-você conhece por Inferno, o pior lugar p-possível. Hades g-governa aquilo lá com p-punho de f-ferro, se certificando de q-que tudo o-ocorra b-bem.

Mae estava quieta. Eu me perguntava se era informação demais para ela assimilar, quando falou:

— Aquele rio na imagem é chamado de Rio Styx, certo? É o seu nome no clube.

— Correto.

Ela se endireitou, estudando o largo rio e então virou os olhos de lobo para os meus.

— Se Lethe é o rio do esquecimento, para que serve o rio Styx?

Soltei o ar que estava segurando.

— Ódio.

Mae passou um dedo sobre a minha bochecha machucada, com um olhar triste no rosto.

— Eles representam coisas tão tristes.

Coloquei a mão sobre a dela, mantendo-a sobre a minha bochecha.

— Sim, b-baby, representam. A vida é d-dura. A m-morte, pior a-ainda. Não t-tente ver isso d-de uma maneira mais leve.

— Por que você usaria um nome que tem um significado tão triste na história? Por que não usar o do deus do céu ou da água?

Seu rosto ficou animado e então esperançoso. Pensar que ela nos levaria por um caminho melhor, para a redenção, era algo que eu não estava acostumado, era algo que eu não pensava há muito tempo.

— A Sede, o primeiro clube, dos Hades Hangmen, foi f-fundada a-aqui em Austin. Meu avô foi o m-membro fundador. Ele lutou no Vi-Vietnã. A guerra f-fodeu com ele, não c-conseguiu retornar à v-vida depois que v-voltou. A única c-coisa que ele sabia f-fazer era matar e a-andar de Harley. Não conseguia p-parar em nenhum t-trabalho. Ele e m-mais veteranos como ele criaram este MC. Está na minha f-família desde e-então. N-não conheço o-outra vida.

Eu conseguia ver em seu rosto que ela ainda não tinha entendido.

TILLIE COLE

— B-baby, os veteranos v-viram muita m-merda na guerra q-que não os deixavam dormir de noite. E-eles fizeram coisas para e-evitar serem m-mortos. Nenhum deus do céu, da á-água, ou qualquer outro deus poderia t-tirar eles daquele i-inferno. E-eles eram vistos c-como criminosos, e-e-estupradores e a-assassinos de crianças quando voltaram para c-casa. Quando a-as pessoas ouviam o q-que a guerra o-obrigou que eles fizessem, foram e-excluídos, r-rejeitados. Assim como H-Hades foi. Q-quando você vive muito tempo no inferno, b-baby, você também se t-torna um pecador. Por que tentar ser b-bom quando as p-pessoas já decidiram que você n-não pode ser salvo?

Ela suspirou e colocou a mão no meu peito nu.

— Você não é mau como pensa, Styx. Você é um homem bom.

Eu queria acreditar nisso, queria concordar, mas ela merecia saber a verdade.

— Sim, b-baby, sou mau. Pequei m-muito mais do que você a-acreditaria. — Esfreguei o rosto com as mãos. — Hora da v-verdade: eu sou mau... e-envenenado até a porra da alma.

O rosto de Mae perdeu toda a expressão e ela se afastou de mim. De repente, ela se levantou e pensei que sairia correndo. Apertei a mandíbula, me preparando para isso, no entanto, ela ficou olhando para a imagem, de costas para mim, seu longo cabelo escuro balançando com a brisa.

Pura perfeição. Virando-se, Mae parou entre as minhas pernas e baixou o olhar. Vi que ela contorcia os dedos enquanto mordia o lábio inferior e então levantou a mão, passando os dedos pelo meu cabelo.

Eu me derreti com o seu toque. Vinte e seis anos de idade e um único toque ia me fazer gozar na calça.

— B-baby...

— Seu nome não deveria ser algo que lembrasse o ódio, Styx.

— E-eu já fiz m-muita merda f-fodida. Honestamente, eu n-não vou mudar. Estou c-condenado. Já fiz as p-pazes com a minha c-consciência.

Mae ficou apenas olhando para mim e continuou acariciando meu cabelo comprido.

— Você tem sido tão gentil comigo.

— Só com você. — Engoli em seco.

— Por que só comigo? — perguntou, franzindo o cenho.

Encolhi os ombros e segurei sua mão, entrelaçando-a à minha. Depositando um beijo na palma, eu disse:

— Você n-não pode f-fazer essas p-perguntas.

— Por que não? — ela sussurrou observando nossas mãos.

— P-porque eu n-não sei a porra de u-uma resposta. N-nunca fui assim c-com ninguém... mas sou c-com você.

Com um suspiro, encostei a cabeça em sua barriga. Agarrei a cintura fina, em um aperto forte. A sensação me nocauteou. Senti Mae relaxar nos meus braços, tocando minha cabeça com carinho.

— Vou c-colocar as c-cartas na mesa, Mae. Eu m-mato gente. E-eu até mesmo gosto, e... — aqui ia a cartada final — farei i-isso de novo e d-de novo. T-tenho que fazer isso n-nessa vida.

Sua respiração acelerou e ela apertou meus pulsos com firmeza. Com as pernas trêmulas, Mae se endireitou e afastei as mãos de seu corpo. Mae voltou novamente para o mural, me deixando sentado no banco, e passou a mão pelo rosto de Perséfone.

— Eu já sei muitas coisas sobre você, Styx. Não sou cega e nem surda para com as coisas que acontecem aqui. Mas você não pode me afastar.

Ela se aproximou de mim novamente, sentando-se no meu colo. Nossas testas recostaram uma à outra, e minha mão ganhou vida própria para agarrar sua bunda.

— Perséfone, a deusa, vivia com Hades, não é? Ela o apoiava mesmo quando os outros pensavam que ela estava errada?

Assenti lentamente.

Os longos cílios roçaram suas bochechas, e então seus olhos voltaram a se fixar nos meus.

— Ela se apaixonou pelo senhor da escuridão, mesmo que aquilo não parecesse correto, não é?

Assenti novamente. *Aonde ela ia com isso?*

Ela suspirou satisfeita e corou.

— Assim como eu por você.

Segurei o rosto delicado entre as mãos, observando o tom rosado que tomou conta de sua pele. Ela estava dizendo que me amava? Porra. Ela estava dizendo que me amava, caralho. Esmaguei meus lábios nos dela e a puxei para cima do meu pau duro.

Afastando-se com um arfar, Mae perguntou trêmula:

— Hades amava Perséfone também? Mesmo com os outros falando que era errado, ele também quis que ela ficasse ao seu lado?

Soltando a respiração, respondi:

TILLIE COLE

— Sim... sim, ele a a-amava... p-p-pra caralho.

Ela me lançou um sorriso que me deixou completamente sem fôlego e, dessa vez, foi sua vez de esmagar os lábios nos meus, apenas se afastando para sussurrar:

— Eu quero você de novo...

Mantendo o agarre em sua bunda, e sem me importar de estourar os pontos, me levantei com suas pernas ao redor da cintura. Mae soltou um gritinho de surpresa e subi as escadas que davam para o meu apartamento, sentindo suas mãos abrirem o zíper da minha calça e se fecharem ao redor do meu pau.

Fiquei ainda mais duro.

Não ia conseguir chegar no meu quarto.

Coloquei-a de costas na parede, abri seu robe e coloquei meu pau em sua entrada... e então a porta no topo das escadas abriu.

— Merda! Styx! Eu...

Ky.

Mae se encolheu envergonhada, passando os braços ao redor das minhas costas, seus seios contra o meu peito enquanto eu a protegia com o meu corpo. Olhei para o meu VP com uma expressão que prometia uma morte bem lenta e dolorosa.

— S-sai daqui, porra! — ordenei.

Ky fechou a porta, mas deixou uma fresta aberta para poder falar:

— Prez, temos negócios para resolver.

— Depois! Estou o-ocupado!

— Prez! Precisamos agir agora. — Eu conseguia notar a dureza em sua voz. A seriedade do tom indicava que algo estava acontecendo.

Gemi exasperado, sentindo a virilha pulsar de dor. Eu ainda estava com o pau pela metade na boceta de Mae, mas deixei a cabeça cair contra o seu peito.

— Mae, v-vá para a c-cama. Tenho c-coisas do c-clube para lidar — murmurei contra os seios cheios, chupando o mamilo uma última vez.

Choramingando, ela levantou o rosto, e vi o desapontamento em seu olhar. Dei um longo beijo em seus lábios. Ela subiu as escadas e eu fechei o zíper do jeans. Subi logo atrás, acertando a porra da porta na cara do meu VP.

Ele tropeçou para trás, segurando o nariz.

— Porra, Styx! Que caralho?!

— M-me interrompa com a m-minha mulher mais u-uma vez e eu vou te e-e-escalpelar com a minha B-Bowie!

Secando uma gota de sangue que escorreu pelo queixo, ele ficou sério. Eu conhecia aquele olhar muito bem.

— Então se prepare para mais sangue, Prez — Ky avisou com os dentes cerrados —, porque acabamos de pegar o nosso traidor.

CAPÍTULO DEZENOVE

STYX

— O q-quê? — grunhi, sentindo todos os músculos tensionarem. A cobra ao redor da garganta impediu que minha voz saísse. Decidi apelar para a linguagem de sinais, pois o ódio que eu sentia vibrar em meus ossos era tão intenso que me impossibilitaria de falar.

Ky limpou o sangue no rosto com a manga da camisa.

— Aquela merda nazista não estava fazendo sentido pra mim, não conseguia tirar isso da cabeça.

— *Por quê? Já tivemos inimigos do lado de fora do portão outras vezes.*

Ele começou a balançar a cabeça para frente e para trás, até que bateu na parede das escadas.

— Você foi atrás da porcaria dos neo, sozinho — resmungou e olhou para mim. — E ainda vamos conversar sobre isso. Mas quando Mae veio ao meu quarto contar o que tinha acontecido, fui checar as câmeras de segurança.

— *Sim, e...?*

Ele passou as mãos pelo pescoço, tentando aliviar a tensão.

— Nada, não tinha nada. Algum filho da puta apagou as imagens. Não consegui nada da caminhonete, dos homens. Nada.

— *Porra!*

— Só temos gravações de até uma hora antes de você ir atrás do Klan. — Balançou a cabeça de novo em um aceno firme. — É alguém de dentro. E eu encontrei o filho da puta.

Minhas mãos se inquietaram e mordi o piercing. As novas cicatrizes se torceram com a súbita tensão do meu corpo.

Um traidor. A porra de um traidor. Eu sabia.

— *Não fique aí todo bonitinho. Quem é, caralho?*

Ky suspirou antes de olhar nos meus olhos.

— Pit.

— *Merda.*

— Eu mesmo dei meu aval, Styx. Todos os irmãos gostam dele. Um pouco magro demais, baixo demais, mas o cara é bom na estrada e sabe usar uma chave inglesa como ninguém. Minha moto nunca foi tão bem cuidada. Ele seria *oficializado* em alguns meses, sem dúvida. Provavelmente também seria efetivado na oficina.

Ky colocou a mão no bolso e tirou algo de lá.

— Mas quando eu começo a suspeitar, vou até o fundo, você sabe disso. Fiz uma varredura no quarto de todos e encontrei isso.

Ele me passou um pequeno CD e um celular preto.

— São as imagens que estavam faltando e um monte de mensagens no celular, passando para algum número desconhecido a localização e os horários dos negócios com os russos, as corridas, e quando você estaria no complexo. Ele não esperava que você fosse sair com a Mae e chegasse ao Klan primeiro. O filho da puta até reportou que acabamos com o neo que matou a Lois.

Com as mãos fechadas em punho, rachei o fino material do CD. Ky tirou o celular da minha mão antes que tivesse o mesmo destino.

— *Onde ele está?* — perguntei cuspindo fogo.

— Acabei de chamá-lo. Chega em dez minutos. Todos os outros estão no bar; não sabem de nada ainda.

Aproximando-me dele, dei um tapinha em suas costas, agradecendo. Ele segurou meus ombros e falou:

— Você está bem?

Assenti. Isso tudo explicava por que ele estava do lado de fora do galpão naquela noite agindo de forma estranha, além de sempre se postar atrás do bar... escutando tudo o que era discutido. Porra!

— Que porra aconteceu com os *skinheads?*

— *Acabei com sete deles com minhas Uzis. Daí me pegaram e me talharam. Consegui pegar a Bowie do meu cut, tirei os olhos dos dois últimos bastardos e fiz com que eles comessem aquelas merdas. Depois detonei os crânios, só para ter certeza de que estavam mortos. Abri as gargantas e apunhalei os corações.*

TILLIE COLE

— Merda, Styx — Ky falou com a voz tensa e engoliu a bile. — Você é um filho da puta doente. *Eficiente*, mas doente.

— *Eu sei.*

— Então... Você e Mae... — Ele me deu uma cotovelada e arqueou as sobrancelhas. — Ela está cuidando bem de você? Você finalmente conseguiu entrar naquela bocetinha?

Agarrando-o pela gola da camisa, joguei Ky contra a parede, e minhas mãos foram para o seu rosto.

— *Nunca mais fale dela dessa maneira de novo a menos que você esteja a fim de perder a porra da língua. Entendeu, irmão?*

Ele tentou segurar um sorriso, mas não conseguiu.

— Já estava na hora, Styx. Já estava na porra da hora.

Olhei para o rosto sorridente e balancei a cabeça.

— *Vamos.*

O filho da puta era uma pedra no meu sapato.

Assim que entramos no bar, o *psycho trio* ficou de pé.

— Fala aí, Prez! — Viking gritou, andando na minha direção, com os braços abertos. — Detonando os nazistas sozinho e vivendo para contar a história! — Viking tentou me levantar nos braços, mas dei um soco no estômago do ruivo.

AK colocou um braço ao redor dos meus ombros enquanto Flame parava na minha frente; eu conseguia ver seus músculos retesados.

— Você matou todos eles? — Flame perguntou com urgência.

Assenti, as tatuagens de labaredas no seu pescoço dançando com o movimento das suas veias pulsantes.

— Eles sofreram? — perguntou friamente, os olhos pretos arregalados de animação. O irmão parecia a personificação de um demônio, com as íris tão escuras que chegavam a cobrir as pupilas.

— *Muito* — sinalizei.

Flame abriu um sorriso grande, inclinou a cabeça para trás e arranhou os braços com as unhas.

— Puta merda, sim! — sibilou, o sangue começando a florescer dos arranhados.

Um por um, os irmãos presentes me cumprimentaram, deixando apenas Rider no final do bar. Encontrei seu olhar até que ele se levantou e veio em minha direção.

— Bom saber que você saiu dessa são e salvo, Prez. — Esticou o braço para apertar minha mão.

Olhei para o braço estendido e lembrei de quando ele estava no meu quarto, proibindo Mae de me banhar. Meus lábios se curvaram de raiva.

— *Ela é a porra da minha mulher.*

— Prez, qual é, irmão... Eu estava errado e entendo isso agora. Ela é sua — ele disse apenas para nós dois ouvirmos.

Relutantemente estiquei o braço para cumprimentá-lo. Meus olhos diziam tudo o que ele precisava saber.

— *Afaste-se de Mae ou teremos problemas, entendeu?*

O irmão assentiu; ele sabia o que eu estava dizendo.

— Você estava trepando com a sua *cadela?* — Viking perguntou atrás de mim, farejando o ar. Ele olhou para mim e sorriu. — Sempre consigo sentir cheiro de uma boceta nova, e você está fedendo a essa merda, Prez. — Ele riu alto o suficiente para todos escutarem.

Rider afastou a mão da minha e voltou para o lugar em que estava sentado, abaixando o olhar. O irmão estava imerso em um mundo de dor.

Ky apareceu e dois segundos depois, Viking estava nocauteado no chão.

— Merda, Ky! — Viking gritou do chão, esfregando o queixo. — Para com essa porra de esmurrar as pessoas!

— Então começa a ficar de boca fechada, caralho! — ele gritou em resposta.

Acenei para que os irmãos se aproximassem. Meu VP ficou de pé ao meu lado, pronto para traduzir enquanto os irmãos nos observavam em alerta.

— *Pit é o traidor* — sinalizei e a voz de Ky levou a informação para todos. Silêncio mortal.

— *Eu já desconfiava que tínhamos um por aqui. Ky encontrou as provas hoje. Da porra toda. Informações vazadas sobre os negócios com os russos, o tiroteio e a quase tentativa dos nazistas no nosso complexo esta noite.*

— Para quem ele está trabalhando? Para os federais? Outro MC? Os mexicanos? — Viking perguntou com um olhar frio como gelo.

Balancei a cabeça.

— *Não sei. Ky chamou o Pit para vir. Ele deve chegar aqui...* — O som de uma moto se aproximando soou. — *Bem agora, ao que parece.*

Flame rosnou e começou a bater uma mão à outra.

— Ele é meu? Por favor, diz que ele é meu. Quero ele pra mim.

A porta abriu e Flame voou para cima do Pit. O *recruta* nem viu o primeiro soco chegar... nem o segundo... nem o terceiro. Flame levantou Pit do chão, batendo-o contra a parede.

— Seu pedaço de merda! — rosnou com os dentes cerrados. — Você acha que pode virar a casaca sem ninguém descobrir? Sem ninguém tirar o seu couro, pedaço por pedaço para fazer um churrasco com a sua carne?

O rosto de Pit ficou vermelho e o choque se espalhou pela sua feição.

— Eu... Eu não sei do que você está falando! Flame, é sério!

— *Leve ele para o galpão. Agora* — Ky deu voz ao meu comando.

Em minutos, estávamos todos no galpão, Flame e AK amarrando Pit na cadeira no meio da sala.

O recruta olhou para mim.

— Prez, sério, acredite em mim. Eu não sei o que você acha que eu fiz, mas não sou um traidor. Estou cem por cento no clube, isso aqui é a minha vida. Não fiz nada.

Ky voou para Pit, suas mãos segurando os braços da cadeira.

— Encontrei umas merdas no seu quarto, irmão. Imagens das câmeras de segurança e um celular com mensagens informando as datas de todas as nossas entregas, os locais de corridas, tudo. Tank, Smiler e Bull estão rastreando o número agora, mas acho que vai acabar levando ou aos federais, ou ao Senador Collins. Estou certo?

Pit ficou branco.

— Eu não sei do que você está falando! — ele berrou. — Que imagens? Que celular? Eu nunca tive essas merdas no meu quarto!

Caminhei até o armário de facas, sentindo o olhar de Pit me acompanhar o tempo todo. O filho da puta estava mentindo.

— Styx. Você tem que acreditar em mim, por favor... — implorou.

Pegando minha faca *Bundeswehr*, parei à sua frente enquanto Flame arrancava-lhe a camiseta; seu corpo esguio ganharia alguns entalhes interessantes. Pouca gordura, difícil de errar os órgãos. Mas de qualquer maneira, ele ia morrer esta noite. Então, quem se importava?

Brincando com o cabo da faca, encostei a ponta da lâmina no seu peito e comecei a arrastá-la para baixo, o cheiro de cobre enchendo o ambiente, os gritos de Pit ecoando pelas paredes.

Afastei-me depois de alguns minutos, admirando a assinatura do "H" dos Hangmen, agora para sempre entalhada em seu peito. Todos saberiam com quem ele tinha se metido. Flame arrancou a faca da minha mão, limpando o sangue em seu torso nu e cheio de cicatrizes, rindo histericamente.

Ele ficou cara a cara com Pit.

— Para quem você trabalha?

Pit balançou a cabeça de um lado ao outro e vomitou no chão. Flame levantou a cabeça dele.

— Para quem você trabalha, filho da puta?

— Nin... Ninguém. Eu... juro. *EU JURO!*

As portas do galpão se abriram e Bull, Tank e Smiler entraram.

— Rastreamos o número... adivinhe... — Tank disse olhando para Pit. Fervendo de raiva, cuspi nos pés do traidor.

— O bom e velho *Senador Collins*! Nosso informante disse que vários homens de terno têm aparecido por lá uma vez por semana nos últimos meses para tratar de negócios. Ele também falou que acha que eles estejam relacionados com a ATF ou talvez com a máfia — informou.

— *Máfia?* — sinalizei.

Tank deu de ombros.

— Poderia explicar a mudança nas atividades. Carne nova, novas táticas. Com certeza é algo que não vimos antes.

Chegando mais perto de Pit, tirei a faca das mãos de Flame e levei até a garganta do recruta.

— Prez, isso não é verdade — ele choramingou. Girando o pulso, me virei e atirei a faca na parede.

Olhando por sobre o ombro, acenei autorizando Ky a dar cabo do traidor. Um a um, os irmãos tiveram sua vez até que Pit era apenas um pedaço de carne ensanguentado na cadeira.

Olhei para Rider, que estava encostado na parede, com uma fúria contida no olhar enquanto observava Pit. Levantei a mão e parei os irmãos.

Ky assobiou e a sala ficou em silêncio. Voltei para o Pit, segurando uma faca de desossar. Seus dentes estavam espalhados pelo chão, olhos inchados e fechados, braços e costelas quebrados.

Circulando a cadeira na qual estava sentado, em nenhum momento meus olhos desviaram do local onde Rider se encontrava. Levantei a faca e enfiei no ombro direito do irmão. Por quê? Li em algum lugar que os romanos faziam isso.

Com as mãos agora livres, sinalizei:

— *Isso é o que acontece com um irmão que vira a casaca. Nenhum irmão trabalha infiltrado para os federais ou para outro clube... e nenhum irmão mexe com a propriedade de outro irmão...*

Rider arregalou os olhos, mas continuou imóvel; ele tinha entendido o recado. Acenei para Flame me passar outra faca e enfiei no outro ombro de Pit. O cara parou de se mover, o único som da sala eram os ruídos erráticos que saíam dos seus lábios.

TILLIE COLE

Procurei pela *minha* faca, a amada lâmina alemã. Dei quatro passos na frente de Pit e, ao me virar, a um metro de distância, atirei no ar a lâmina curvada de doze centímetros. A faca cravou exatamente onde eu queria, no meio dos olhos do maldito traidor.

Pit, o rato traiçoeiro, foi se encontrar com o barqueiro sem moedas nos olhos.

Os irmãos me observaram sair do galpão, com suas bocas abertas. Ninguém se atreveu a me seguir. Meu estômago estava queimando pela traição de Pit. Eu me sentia doente ao pensar que o maldito tinha conseguido passar despercebido por quase um ano. Ele tinha se infiltrado no MEU clube e dividido informações dos NOSSOS negócios.

Passei pela porta do meu quarto, indo direto para a cama e parei. Mae estava dormindo, nua, com o cabelo espalhado pelo travesseiro.

Maravilhosa. E era toda minha. Esse pensamento me acalmou.

Mae se virou durante o sono e uma longa e esguia perna apareceu entre os lençóis... sua boceta agora exposta. Tirei a calça jeans e me inclinei sobre o corpo relaxado. Acariciando as coxas nuas, abri suas pernas. Ainda inconsciente, ela gemeu.

Sorrindo ao pensar no que eu estava a ponto de fazer, trilhei um caminho de beijos do seu joelho até a coxa, passei pelas cicatrizes que uma vez me deixaram apavorado. De repente, as mãos de Mae estavam no meu cabelo e ela olhava para baixo, aqueles olhos cristalinos vidrados nos meus lábios famintos pela sua boceta.

— Styx... — ela gemeu com a voz rouca pelo sono.

Não perdi tempo e dei uma longa lambida em sua fenda. O gemido agudo de Mae me disse o quanto ela tinha adorado. Minhas mãos apertaram suas coxas e eu caí de boca, chupando incansavelmente seu clitóris, meu dedo penetrando sua entrada. Suas mãos ficaram ainda mais frenéticas no meu cabelo com cada lambida, chupada, beijo, cada investida.

Minha mulher estava adorando.

A respiração de Mae começou a ficar errática e as coxas tensionaram ao redor da minha cabeça. Por um segundo, ela ficou parada, e então um grito saiu de sua garganta. Diminuí a velocidade da minha língua até que ficasse massageando em lentos círculos para que ela se acalmasse. Afastei o rosto e sorri ao ver seu corpo corado pelo prazer.

— Styx... O que foi...? — ela não conseguiu terminar a frase, fechando as pernas e revirando os olhos de prazer. — Deus...

Apoiei as mãos no colchão, ao lado de sua cabeça, até que todo meu corpo pairasse sobre o dela.

— Você g-gostou, baby? G-gostou que comesse a s-sua bocetinha molhada?

— Sim! Styx... sim! Mas... — O olhar de Mae abaixou enquanto ela cobria as cicatrizes.

Dei um beijo em seus lábios e me afastei.

— A-as cicatrizes não s-significam m-merda alguma.

Lágrimas encheram seus olhos e ela me puxou para deitar ao seu lado na cama, jogando-se nos meus braços. Ficamos em silêncio por um bom tempo.

— Você resolveu os seus... *negócios*? — perguntou cuidadosamente.

— S-sim — respondi sem dizer muito.

Mae se apoiou nos cotovelos e olhou para mim.

— Posso perguntar do que se tratava?

Balancei a cabeça deixando o "não" bem claro.

Ela suspirou, mostrando o desapontamento.

— E-essa é a forma c-como lidamos com a vida no c-clube, b-baby. *Old ladies* n-não se envolvem nas m-merdas do clube. O m-mesmo vale pra v-você.

Ela se jogou na cama, derrotada.

— Okay.

Acariciei suas costas com os dedos, olhando sem ver o teto marrom, apenas pensando em alguma merda quando Mae falou:

— Toque uma música para mim, Styx. Cante para mim.

Sorri e, me sentando na cama, alcancei meu Fender. Coloquei o violão no colo da minha mulher e ela franziu o cenho, sacudindo o nariz. Soltando um gemido, falei:

— T-toque.

— Você vai continuar a me ensinar? — perguntou e deu um belo sorriso.

Eu me recostei na cama ao seu lado e assenti.

Vou ensiná-la a tocar.

CAPÍTULO VINTE

MAE

Um mês depois...

— Mais uma caixa, docinho — Beauty disse enquanto carregava uma enorme caixa marrom com roupas de couro masculinas.

— Claro, sem problemas — respondi.

Ela parou ao meu lado com uma roupa de couro vermelha e uma regata preta dos Hangmen. Também usava seu *cut* sob medida escrito *Propriedade do Tank*. Na verdade, ela quase nunca tirava.

Quatro semanas tinham se passado. Quatro semanas ao lado de Styx, explorando nossos corpos, montando na garupa da sua moto, sentindo o inebriante sabor da liberdade. E quatro semanas com ele me ensinando a tocar violão. Música tinha se tornado a minha paixão, minha *obsessão*. Cada acorde tocava algo dentro de mim; quando eu tocava, sentia que finalmente tinha me encontrado, encontrado a pessoa que sempre deveria ter sido. Dividir esse amor com Styx só fez com que a minha paixão se intensificasse.

Styx até tinha começado a me ensinar um pouco da linguagem de sinais. Eu odiava não ser capaz de me comunicar com ele quando estávamos na companhia de outras pessoas, então eu o lembrava de me ensinar algo em qualquer oportunidade. Beauty também me ajudava.

Eu também tinha um emprego. Persuadi Styx a me deixar trabalhar na loja, agora que Pit tinha sido... destituído... e a ameaça ao clube já não existia.

Tentei ao máximo não pensar nessa questão. Não conseguia imaginar Styx dessa maneira; tão agressivo, tão brutal. Eu sabia que estava sendo ingênua, mas queria que tudo fosse positivo e constante, pelo menos por um tempo. E o Prez dos Hangmen era lindo aos meus olhos.

Ele ficou relutante em me deixar trabalhar, já que a loja de Beauty ficava longe dele e do complexo. Havia aquela preocupação de que o mundo exterior fosse demais para mim, mas no fim, ele tinha me deixado fazer o que queria e eu o adorava por isso. Styx entendia que eu precisava experimentar a vida além dele... além do clube. Beauty me tomou sob sua proteção e eu estava trabalhando na sua loja, *Ride*, há duas semanas. Todo santo dia, Styx me levava para o trabalho em sua Harley e me buscava ao entardecer.

Era tudo tão... *normal*. Eu valorizava esse sentimento. Quando você é excluída a sua vida toda, a normalidade se torna... linda.

O uniforme que eu precisava usar na Ride era... diferente: calça de couro preta e apertada e uma blusa colada dos Hangmen, mas eu meio que também adorava. Estava gradualmente construindo minha própria vida com o homem que eu adorava e amigos com os quais gostava de passar os dias. Letti sempre aparecia na loja e "jogava conversa fora", como dizia. Ela trabalhava ao lado, na oficina de motos, com Bull, Tank e outras pessoas que eu ainda não conhecia muito bem.

No geral, tudo progredia bem. Menos com Rider. Depois do episódio em que quase perdemos Styx, Rider partiu em uma longa corrida em Louisiana e diversos outros Estados para tratar de assuntos do clube. Não escutei nada sobre ele desde então e eu sentia muito sua falta. Sentia falta de falar, de rir com ele. Ele nem havia se despedido de mim.

Beauty colocou um copo de café quente ao meu lado, se aprontando para me ajudar a arrumar o resto das calças de couro.

— Então, Styx vem buscar você hoje? — ela perguntou, puxando conversa.

— Sim. — Olhei o relógio na parede atrás do balcão e sorri. — Ele deve chegar a qualquer momento.

— Tudo bem se você trabalhar amanhã de novo, docinho? Estamos atolados de trabalho ultimamente.

Abri um enorme sorriso para minha amiga.

— Claro! Eu adoro estar aqui. Não sou boa em nada, exceto em encher as prateleiras, mas gosto de me manter ocupada.

— Caramba, garota, você é a melhor funcionária que eu tenho. A seita na qual você cresceu pode ter um histórico infernal, mas com certeza eles

TILLIE COLE

ensinaram ótimas habilidades domésticas! — Beauty parou e olhou para mim.
— Merda! Desculpa, Mae, algumas vezes a minha boca é grande demais.

Não consegui evitar uma risada.

— Está tudo bem. Você tem razão. Tínhamos que fazer nossas tarefas com a maior perfeição ou corríamos o risco de ser punidas. Acredite em mim, aprendemos tudo rapidinho.

Os olhos azuis de Beauty transpareciam simpatia.

— Mae, eu sei que você nunca fala sobre o que acontecia lá, mas estou aqui para quando você quiser conversar. Não vou contar pra ninguém.

Apertando uma calça de couro contra o peito, engoli o nó que se formou na garganta.

— Isso significa muito para mim. Obrigada.

Beauty passou os braços ao meu redor e me deu um pequeno abraço antes de me soltar.

Voltamos a trabalhar em silêncio.

— Você me lembra de uma amiga — falei suavemente, pouco tempo depois.

— Sério? — ela parou o que estava fazendo e sorriu.

— Sim. O nome dela é Delilah, ou Lilah, se você a conhecer. Ela é linda e tem longos cabelos loiros e olhos azuis. Linda... como você.

Eu podia sentir Beauty me observando, mas continuei a colocar as roupas nas prateleiras, me sentindo um pouco exposta e sem conseguir olhar em sua direção.

— Você sente falta dela? — perguntou calmamente.

Fechei os olhos e uma dor aguda apertou o meu peito.

— Terrivelmente, eu... eu... — Olhei para Beauty rapidamente antes de afastar o olhar. — Minha irmã mais velha, Bella... morreu. Esse foi o motivo de eu ter deixado a comuna. Eu queria... Eu pedi que Lilah viesse comigo, mas ela se recusou a ir embora. Ela estava com medo. Minha irmã mais nova, Maddie, também ainda está lá. Sinto tanta falta das duas que algumas vezes, quando penso nelas, é quase impossível respirar. Estou aqui, livre, experimentando a vida e apaixonada pelo cara mais incrível que já conheci. E elas estão naquela prisão... sozinhas.

— Mae... — Beauty sussurrou, acariciando minhas costas.

— Eu acredito que as verei novamente algum dia. Rezo todas as noites para que isso aconteça. Elas são a minha família. Mas... elas nunca iriam embora comigo. Elas acreditam na Ordem e têm muito medo do mundo exterior.

— Você já pensou em tentar encontrar a comuna? O clube ajudaria você a recuperá-las.

Senti o coração acelerar.

— Não! Eu nem sei por onde começar. Nunca mais quero ver aquele lugar novamente... nunca mais. É maligno, Beauty. Eles nunca me deixariam sair se eu voltasse para lá. Nunca mais quero colocar um pé naquela terra.

— Inferno, garota! Styx manteria você a salvo. Aquele homem é louco por você! — ela corou e mordeu o lábio. Eu não conseguia interpretar a sua expressão, mas então ela disse: — Mae?

— Sim?

— Ele fala com você, não fala?

— Sim — respondi cautelosamente. — Nós conversamos... Ele é muito bom para mim.

— Sabe, durante todo esse tempo em que estou no clube, nunca ouvi a voz dele. Ninguém além de Ky ouviu. Eu sei que ele falou o seu nome durante o tiroteio, deixando os irmãos chocados, mas tinha muita coisa acontecendo para que eu prestasse atenção nisso. Como que é som da voz dele?

— Profunda, grave, com um forte sotaque texano, quase como se ele tivesse feito gargarejo com vidro quebrado... perfeito. Eu adoro o som da voz de Styx e poderia escutá-lo falar o dia todo. — Fiquei ainda mais corada.

Beauty sorriu, e seu rosto brilhou.

— Estou tão feliz por vocês dois. Eu costumava me preocupar com o cara. Estou contente que você tenha dado uma voz a ele, um lugar seguro para ser ele mesmo. Ele tem um trabalho duro, apesar de ser tão jovem. Mas caramba, o cara é um ótimo Prez. Até mesmo os caras mais velhos como o Smokey e o Bone, que viram três presidentes nos Hangmen durante suas vidas, dizem que o Styx é o mais forte, o melhor. Nascido para usar aquele emblema.

Rapidamente terminei de guardar a última peça e puxei Beauty para um abraço. Pude sentir que ela ficou chocada, pelo jeito de arfar. Não era comum eu demonstrar afeto, não era uma coisa natural para mim, mas realmente apreciava a amizade dela, especialmente neste momento.

— *Hum-hum* — alguém pigarreou atrás de nós.

Soltando-a, olhei por sobre o ombro.

— Olá, Flame — cumprimentei, observando-o de pé, desconfortável, parado na porta principal. Seus olhos percorreram a loja toda, do chão ao teto e por sobre seu ombro. Ele sempre estava agitado, sempre com a guarda levantada.

TILLIE COLE

— Mae. Beauty — cumprimentou com um aceno.

Flame estava vestido com uma calça jeans escura, camiseta branca e com o *cut*. O cabelo escuro, em um corte estranho, estava bagunçado pelo vento, mas seus enormes olhos quase pretos brilhavam com seu mistério habitual.

— O Styx tem umas coisas pra resolver e me mandou aqui para buscar você e levar pra casa. Direto para o apartamento dele. Okay?

— Ah, okay — respondi. — Quando ele volta?

— Quando ele voltar. — Flame deu de ombros.

Eu sabia que isso era o máximo de informação que eu conseguiria. Negócios do clube, como sempre.

Corri rapidamente para a sala dos fundos para pegar minha bolsa, e depois me despedi de Beauty.

— Vejo você amanhã de manhã!

— Tchau, docinho! — ela gritou para mim enquanto atendia um cliente na seção dos capacetes.

Flame já estava esperando por mim em sua Harley, olhos indo para todos os lados e girando a cabeça. Eu só tinha andado de moto com Rider e com Styx. Estranhamente, me sentia como se estivesse traindo-os por subir na garupa de outra moto. Na verdade, ele me deixava nervosa na maioria das vezes. Ainda mais assim tão perto.

Subindo na moto, envolvi sua cintura com os braços, mas ele se inclinou para frente com um rosnado.

— Não coloque a porra das suas mãos na minha cintura!

Levantei as mãos, mostrando que estavam longe do seu corpo.

— Eu sinto muito... — sussurrei.

Depois de alguns momentos, ele pareceu relaxar.

— Não posso ser tocado na cintura, na barriga ou qualquer lugar mais abaixo. Okay, Mae?

Meu coração batia rápido com o nervosismo e franzi o cenho confusa.

— Okay — confirmei e então perguntei: — Posso segurar no seu *cut*? Apenas no material, não no corpo. Não vou tocar você, prometo.

Flame olhou para trás, nervoso, com os olhos escuros arregalados. Surpreendentemente, suas mãos começaram a tremer no guidão da moto. Então, de maneira hesitante, ele respondeu:

— Tudo bem. Só... não toque... não toque...

Assenti em concordância, segurei no seu *cut*, e saímos abruptamente para a rua. Quinze minutos depois, chegamos no complexo. Assim que estacionamos, meu pulso acelerou. Uma Harley preta com detalhes cromados estava estacionada à nossa frente; a Harley de Rider.

Ele estava de volta!

Desci da moto, agradeci Flame e fui na direção das escadas que levavam ao apartamento de Styx. Flame saiu com a moto do complexo e parei a alguns centímetros da porta. Com Styx fora cuidando dos negócios, eu conseguiria falar com Rider sozinha; poderia tentar conseguir meu amigo de volta, salvar o que quer que tivesse restado da nossa relação.

Pelas últimas quatros semanas me disseram que era para eu usar a entrada privativa do apartamento de Styx a não ser que o clube estivesse aberto às viúvas e *old ladies*. Não era noite de sexta-feira e nem de sábado, ou um dia familiar dos Hangmen, então eu sabia que estaria quebrando as regras se fosse pelo bar sem o Styx. Eu não queria deixá-lo bravo, mas...

A necessidade de ver Rider ganhou e me encontrei empurrando as portas do bar. A primeira coisa que vi foi uma intensa neblina de fumaça de tabaco, seguida do forte cheiro de bebida. Uma música de rock tocava no último volume do sistema de som e avistei Smiler no balcão, servindo uma cerveja.

— Olá, Smiler — falei e ele arregalou os olhos ao me ver sozinha no bar dos irmãos. Ele nunca sorria – o que tornava sua alcunha irônica –, e raramente falava.

Ele acenou a cabeça cumprimentando.

— Você estava fora com o Rider?

Ele assentiu lentamente, com um olhar interrogativo. Abaixando o olhar, mexi nervosa as minhas mãos.

— Onde ele está agora?

— No quarto dele. — Quando eu estava saindo, ele adicionou: — Mas talvez você queira ficar bem longe de lá.

— Por quê? — perguntei enquanto sentia a garganta apertar.

— Só um aviso, isso não é o tipo de coisa que o Prez vai gostar de saber, se é que me entende.

Smiler se virou para o bar e ligou a TV. Algum jogo esportivo estava passando. Seu pesado cabelo caía sobre os olhos, escondendo o olhar.

Passei com cuidado pelo corredor que levava aos quartos dos irmãos e bati à porta de Rider. Eu conseguia escutar a música alta vindo de dentro e depois de vários minutos sem resposta, eu sabia que ele não tinha escutado.

Mas ele estava lá e eu não iria embora sem vê-lo.

Respirando fundo, e verificando se o corredor estava vazio, toquei na maçaneta e abri a porta... e imediatamente minha respiração ficou presa na garganta.

Santo. Deus.

Rider...

Rider estava nu, músculos tensos, veias saltando e os braços imóveis. Ele estava na cama... na cama com uma garota de cabelos escuros jogada sobre a sua virilha, chupando seu comprimento com entusiasmo.

Ele estava deitado de costas, olhos fechados, lábios levemente separados. E a garota... *Urgh!* A garota estava sem roupas, seu pequeno corpo entre as pernas de Rider, olhos azuis famintos enquanto devorava sua carne, o olhar sem deixar o rosto dele.

As conversas que tivemos voltaram à minha cabeça. *Você tem uma cadela esperando por você em algum lugar, Rider?* Letti tinha perguntado.

Não. Ninguém me esperando por aí.

Você quer estar com alguém que ame, lembrei do meu comentário à época. Rider dera de ombros. *Não posso evitar. Foi a maneira como fui criado.*

Isso não estava certo! Toda essa cena era tão errada... Rider queria mais para si mesmo do que isso, ele mesmo havia dito. Merecia mais do que esse ato de desespero. Ele queria esperar por alguém que amasse. *E é você. Ele ama você.* Minha mente foi atormentada com pensamentos conflitantes.

Só tinha uma coisa a se fazer.

Entrei no quarto que antes era praticamente vazio e agora estava repleto de roupas sujas e garrafas de bebidas, e desliguei o som.

Eu ainda estava com a mão no aparelho quando Rider levantou a cabeça do colchão. Ele olhou diretamente para os meus olhos, arregalados de choque, antes de voltar ao seu estado de prazer.

A garota de joelhos também tentou levantar a cabeça, mas ele a forçou para baixo, com a mão, e a obrigou a tomá-lo por inteiro na boca.

Ela choramingou, tentando se soltar.

Rider sorriu.

Eu quis vomitar.

Esse não é o Rider que eu conheço.

Caminhei até a cama, recolhendo o vestido cor-de-rosa da garota, os seus sapatos no caminho. Agarrando o pulso de Rider, fiz com que ele liberasse a cabeça da garota, que se afastou arfando.

Ela olhou para mim com lágrimas nos olhos.

— Saia — ordenei.

A menina não hesitou. Meu Deus, ela parecia ter dezoito anos, dezenove, no máximo. O que ela estava fazendo num local como esse? Com irmãos muito mais velhos e muito... *rudes* para uma garota do seu tamanho e idade?

Rider se levantou, a masculinidade ainda ereta encostando na barriga. Afastei o olhar; homens nus não eram novidade para mim. Os discípulos sempre andavam sem roupas durante as partilhas e eu estava acostumada a ignorar suas carnes, então eu simplesmente o trataria da mesma maneira.

Foquei o olhar na cicatriz em seu ombro, do ferimento à bala. Agarrando o braço da garota, ele a puxou de volta.

— Saia daqui, Mae. A Branca de Neve aqui estava chupando meu pau. A vadia não vai a lugar algum.

Branca de Neve! *Sério?* Senti a bile subir pela garganta.

Meu estômago queimava enquanto eu observava a garota. Ela era como eu... de todas as maneiras: o rosto, altura, silhueta.

Pobre Rider.

Empurrei o peito dele até que perdeu o equilíbrio e caiu na cama, com um rosnado. Tropeçando para ficar de pé, um olhar assassino surgiu em seu rosto.

Virei-me novamente para a garota e falei:

— Saia. Agora. Vá embora e não volte nunca mais. Não vou pedir de novo.

Ouvi o som de pisadas suaves no chão de madeira e então a porta do quarto se fechou segundos depois. Virei para confrontá-lo e deparei com seu corpo à minha frente, peito subindo e descendo a cada respiração, dentes cerrados enquanto me observava.

— Que. Porra. Você. Está. Fazendo. Aqui? — ele enfatizou cada palavra apertando ainda mais os dentes.

Levantei o olhar e vi o conflito em seus olhos. Ele me queria. Eu conhecia aquele olhar, sabia o que significava. A luxúria estava fervendo dentro dele, e eu podia ver pela maneira como seus lábios estavam tensos enquanto ele me olhava. E percebi mais: a maneira como seus punhos estavam fechados, lutando contra a urgência de me tocar... e como o seu comprimento ficou ainda mais duro do que quando estava com aquela pobre garota de joelhos o tomando na boca.

— Rider. Não faça isso consigo mesmo — implorei em voz baixa.

— Fazer o quê? *Trepar?* Ela estava chupando o meu pau muito bem até você entrar aqui.

— Você não acredita nesse tipo de coisa! Essa... *pegação* sem sentido não é do seu feitio. Você me disse várias e várias vezes que queria estar com alguém que amasse, que era a maneira como foi criado. Assim como eu, lembra?

— Sim — ele falou sem fôlego. Seus ombros caíram e os olhos castanhos ficaram mais suaves. — Quem eu amo está com outra pessoa. Que diabos eu devo fazer com isso?

— Rider... — Eu não sabia o que responder.

Ele levantou a mão e acariciou meu cabelo, passando os dedos pelas mechas escuras.

— Eu não consigo lidar com isso, Mae. Com você estar com ele — disse em um tom de voz baixo e derrotado.

Meu peito doeu. Peguei sua mão e apertei.

— Rider... eu *o* amo.

Ele inclinou a cabeça para trás e vi os lábios ficarem tensos sob a barba. Rider se desvencilhou da minha mão.

— E eu amo você, Mae — confessou, com a voz rouca. Ele abaixou a cabeça e segurou meu rosto entre as mãos. — Eu amo você pra caralho. Não consigo parar de pensar em você. Eu bebo para esquecer que está com ele... no quarto dele... fod... — Rider se encolheu. — Porra, não consigo nem pensar nisso agora! Encontrei aquela *puta* com o Viking. Eu só queria esquecer você por um tempo. Eu não consigo dormir, não consigo comer...

— Rider, por favor. Você é o meu melhor amigo.

— Eu não quero ser a porra do seu 'melhor amigo', Mae!

— Rider... — Abaixei a cabeça e as lágrimas começaram a cair.

— Não, Mae! Nós seríamos ótimos juntos. Queremos as mesmas coisas, acreditamos nas mesmas coisas. O seu futuro poderia ser comigo.

— Eu estou *com* o Styx, Rider!

— Foda-se o Styx!

— Não! — Afastei-me de suas mãos. — Você não vai falar dele dessa maneira! Eu o amo, Rider. E amo você também, mas de uma maneira completamente diferente. Pare de tornar as coisas ainda mais difíceis! Me sinto como se estivesse sendo rasgada em duas!

— Difícil! *DIFÍCIL!* Você não sabe o significado dessa palavra! Você ficou comigo por semanas, só comigo. Você falava comigo sobre tudo: a sua fé, suas preocupações, esperanças... Você riu comigo, adormeceu comigo, ANDOU NA GARUPA DA MINHA MOTO! Você era minha antes, Mae. Não dele! MINHA!

— E é aí que você está enganado, Rider.

— Como? Como assim estou *enganado*? — ele falou com o cenho franzido.

— Eu sou do Styx desde que eu tinha oito anos.

Sua respiração abrandou.

— O quê? Como...

— Eu o conheci anos atrás, apenas brevemente, mas foi o suficiente. Nossos destinos foram selados naquele dia.

Olhando para mim, em choque, perguntou:

— Ele encontrou a comuna? Onde? Como?

Assenti com a cabeça.

— Ele nos encontrou por acaso, mas acredito que era o meu destino encontrá-lo naquele dia.

Rider balançou a cabeça como se estivesse tentando se proteger da verdade. À medida que se aproximava, me afastei para trás até que minhas costas se chocaram contra a parede.

Eu não tinha para onde ir.

Rider se inclinou sobre mim, ainda nu, com os olhos brilhando.

— Eu não me importo com o que aconteceu anos atrás. Não me importo se o irmão fala com você ou se pensa que compartilham a mesma conexão desde a infância. Eu quero você agora. Esqueça o passado! Eu quero estar com *você*, Mae.

Pressionei as mãos contra seu peito, mas ele se recusou a se mover. Rider ainda estava inclinado sobre mim, se confessando. Tudo o que eu tinha a oferecer em troca era poupá-lo de mais sofrimento. Ele lambeu os lábios e meu coração começou a acelerar. Se não fosse por Styx, eu ficaria tentada a estar com Rider, sem sombra de dúvida. Se não fosse por Styx, eu me apaixonaria por ele. Mas Styx *era a minha vida... ele era o meu coração*.

— Eu sinto muito, Rider, mas não... — não tive tempo de terminar a frase antes que Rider esmagasse meus lábios com os dele. Suas mãos seguravam meu rosto firmemente enquanto eu lutava para me soltar. A barba machucava minha pele e, incapaz de me afastar, resolvi deixar que ele tivesse isso. Deixei que ele me tivesse dessa única maneira.

Apenas essa vez.

Sua língua forçou meus lábios a se abrirem e pude sentir o gosto da bebida em sua boca. Minhas lágrimas caíam livremente enquanto ele aprofundava o toque, sua barba ficando molhada. Não correspondi ao beijo, mas ainda assim ele não parou.

TILLIE COLE

Ele aumentou a pressão nos meus lábios, me forçando a beijá-lo de volta, seu comprimento duro roçava na minha barriga. Eu não poderia lhe dar nada em retorno, então fiquei parada e deixei que ele tomasse o que queria. Eventualmente, ele se afastou e pude ver claramente a mágoa em sua expressão enquanto me olhava.

— Mae... Eu sinto como se não conseguisse mais respirar — confessou com a voz tensa. — Eu vejo você com ele, com um olhar no seu rosto... Olhar que você só tem para o Prez. — Ele tocou meu rosto, parecendo perdido. — Por que você não pode me olhar assim?

Deus, a dor em suas palavras...

Meu peito doeu com os soluços que estavam saindo do meu corpo.

— Eu não sei, Rider. Por favor, não estou tentando machucar você. Mas vê-lo desse jeito parte meu coração.

Ele se afastou.

— Você *está* me machucando, Mae, e não aguento mais! Se eu tiver que me sentar em mais uma reunião com o Prez, sabendo que ele comeu você minutos antes, vou enlouquecer. Se tiver que sair em mais uma corrida, com ele voltando para os seus braços, vou explodir! Essa é a porra do meu lar e não tenho mais para onde ir.

Ele se aproximou calmamente e começou a enxugar minhas lágrimas.

— Mas não posso estar aqui com vocês dois. — Ele engoliu em seco, sua garganta subindo e descendo. Uma estranha expressão cruzou seu rosto. — Styx não tem futuro, Mae. Se você ficar com ele, só encontrará problemas.

— O que você quer dizer com isso? — perguntei, estranhando suas palavras.

Imediatamente ele pareceu blindar suas emoções.

— Ele é um homem com um alvo nas costas. Ele não tem muito tempo, Mae. Não tem futuro. *Você* tem... *eu* tenho.

— Rider, pare com isso! — gritei.

Rider deu alguns passos para trás.

— Não posso mais ficar aqui, vendo os dois juntos. Se você tomou a sua decisão... Vou embora.

Agarrei seu pulso e puxei a mão para o meu rosto. Ele respirou fundo.

— Eu não quero que você vá.

— Por quê? — perguntou enquanto encostava a testa à minha. Eu conseguia sentir o cheiro amadeirado do sabonete em sua pele... fazia com que eu me sentisse tão segura. Rider sempre fez com que eu me sentisse segura, mas parecia que tudo o que fazíamos ultimamente era machucar um ao outro.

— Porque vou sentir a sua falta — respondi honestamente.

— Não é o bastante, Mae. Não é nem perto do bastante. — Ele soltou um longo suspiro.

— Eu não sei, mas tenho que tentar... — funguei entre os soluços.

A mão de Rider tremeu enquanto ele dava um beijo na minha cabeça.

— Eu amo você. Como não poderia amá-la? Você é perfeita — falou num suspiro quase inaudível. Seu hálito quente soprou no meu ouvido quando sussurrou: — *E agora permanecem estes três: fé, esperança e amor. Mas o maior deles, porém, é o amor* — meu coração derreteu quando ele citou meu versículo preferido da Bíblia. E então meu coração se partiu porque eu sabia que essa era a sua despedida.

— Por favor, me diga que você ficará seguro. Me diga que você será feliz. — pedi com urgência, sentindo a garganta apertar.

Ele acariciou meu rosto com o nariz até chegar ao meu cabelo. Ele inspirou e sussurrou:

— Nunca serei feliz sem você, Mae. *Porra.* Por que ele? Ele vai levar você direto para o inferno.

— É isso o que você acha, filho da puta?

O clique de uma arma sendo destravada fez com que nós dois ficássemos parados.

Os olhos castanhos de Rider encontraram os meus e comecei a tremer de medo. Fechando os olhos, ele se afastou de mim e o cano da arma tocou sua cabeça. Olhei por sobre o ombro e vi Styx atrás dele, com Ky ao seu lado. Eu nunca tinha visto Styx tão furioso. Seus olhos estavam vidrados e sem brilho enquanto ele olhava para Rider, ainda nu; eu tinha me esquecido que ele não estava vestido. Isso não era sobre sexo, nunca tinha sido. Isso era sobre dar um encerramento em um capítulo da vida do meu melhor amigo. Era sobre deixá-lo ir.

— Styx, deixe Mae fora disso — Rider falou com a voz firme.

O olhar de Styx encontrou o meu e pude ver a mágoa estampada em seus olhos.

— Styx. Por favor. Não é o que você pensa — implorei, sentindo o sangue esvair do meu rosto ao ver Ky apontando a arma para a cabeça de Rider.

— Então é melhor você começar a se explicar, docinho. E faça isso bem rápido. — Olhei para Ky, furioso. Rider tinha passado dos limites, e isso era um pecado mortal entre os Hangmen.

TILLIE COLE

— Styx... baby. — Vi Rider se encolher quando usei um tom de voz suave para falar com ele, que também notou a reação de Rider. — Eu vim aqui ajudá-lo. As coisas estão difíceis para ele ultimamente e eu estava preocupada — falei em pânico.

— O maldito tem rondado a propriedade do Prez, isso é o que ele tem feito — Ky disse, estalando o pescoço. Os dois estavam a ponto de machucar Rider... tudo por minha causa.

— *Por que o maldito está pelado?* — Styx sinalizou furioso, chamando a minha atenção. Eu entendia um pouco da linguagem de sinais pelas intensas aulas que Styx me deu, e tinha quase certeza de que a sua pergunta não precisava de tradução. As emoções dele eram tão palpáveis que transmitiam a raiva pela cena à frente.

— Não estávamos transando, se é isso o que você está achando — Rider sibilou.

Óbvio que a resposta não agradou, e gritei quando ele jogou Rider contra a parede, levantando-o pela garganta antes de tirar a arma das mãos de Ky, colocando o cano na boca dele.

Rider era um homem morto.

Corri para Styx, tentando diminuir a tensão. Tentei segurar seu braço, mas ele me afastou. Acariciei suas costas, mas ele se retesou e me afastou de novo. Styx estava focado apenas em Rider. Eu sabia que precisava fazer com que ele voltasse para mim, para ajudar Rider, então fiz a única coisa na qual consegui pensar. Fui para o seu lado esquerdo, puxei o braço que estava ao redor do pescoço do Rider e passei meu dedo indicador ao redor do dele levantando nossas mãos, para pressioná-las contra os meus lábios.

Com um suspiro pesado, aqueles lindos olhos amendoados que eu tanto adorava, finalmente se focaram em mim.

— Eu invadi o quarto dele... Enquanto ele mantinha relações com uma garota. É minha culpa que ele esteja... sem roupas. A culpa é toda minha.

— Então por que ele estava praticamente em cima de você, tocando a porra do seu rosto, tentando entrar na sua boceta? Uma boceta que pertence ao Styx? — Ky perguntou. Styx ficou tenso mais uma vez e empurrou o cano mais para dentro da boca de Rider, que não deixava transparecer o medo, aliás, ele parecia ter aceitado seu destino quando fechou os olhos e mordeu o cano da arma.

Esmoreci de pavor.

— Styx! Pare!

Murmurando algo que não consegui entender, Styx afastou a arma e me puxou para si. Seu aperto era forte e Rider nos observava com o olhar enraivecido, até que sua expressão endureceu e ele esfregou o rosto com as mãos.

— Quer saber? Foda-se! Eu amo a Mae pra caralho e eu precisava que ela soubesse disso. Então eu a beijei, e teria feito mais se ela estivesse participando. Eu quero ser a porra do futuro dela... não você.

Styx soltou um rosnado animalesco. Abaixei a cabeça sabendo que Rider tinha acabado de assinar seu próprio testamento.

Tudo aconteceu rápido demais. Punhos e armas voaram para todos os lados. Rider e Styx se engalfinharam.

— NÃO! — gritei, mas Ky me agarrou e me levou para longe. Lutei para me soltar quando Styx e Rider se chocaram contra a porta, mas fui empurrada para o corredor. Estava do lado de fora.

— Ky, me deixe voltar lá! — berrei enquanto me contorcia contra o seu peito, mas ele tinha um aperto de ferro e não me soltou.

— Deixe os dois se resolverem, Mae. Isso já estava para acontecer há muito tempo, mas agora você jogou a merda no ventilador.

— Styx vai matá-lo!

— Provavelmente. — Ele deu de ombros como se não se importasse.

— Ky!

Ele revirou os olhos e me pegou pelos braços.

— Escuta aqui, *cadela*. Você, no quarto do Rider, não foi uma coisa legal. Ele estar nu como veio ao mundo, também não ajudou. O Prez precisa disso. Talvez se você se preocupasse mais com o seu homem do que com Rider, não estaríamos aqui agora!

— Vá se ferrar, Ky! — rosnei, chocando a mim mesma com a escolha do linguajar.

Seus olhos azuis arregalaram com o choque, e então voltamos a ficar em silêncio.

De repente, a porta do quarto abriu e Styx saiu carregando um Rider espancado e ensanguentado pelo pescoço. Styx estava praticamente sem nenhum machucado, e jogou Rider no chão, bem aos meus pés.

Tentei conter um soluço com a mão.

— *Saia da porra do meu clube. Acabou pra você. Deixe seu cut e o emblema na porta* — sinalizou.

— Styx...

— Cala a porra da boca, Mae! — Rider ordenou do chão, se levantando lentamente.

O sangue que saía de sua boca e nariz respingou no chão. Meus olhos se prenderam aos dele e tudo o que vi foi decepção. Styx jogou uma calça jeans e as botas no rosto de Rider, que se vestiu. Quando ele se levantou, olhou para mim com os olhos mortos e ergueu a mão.

— Mae... — ele sussurrou, parecendo tão magoado, de pé à minha frente, implorando para que eu o escolhesse. Olhei para a sua estrutura larga, os olhos castanhos e a barba macia. O longo cabelo castanho que tocava seus ombros, e a tatuagem de Hades que se destacava em sua pele bronzeada, guardando tudo na memória. Era isso. Eu sabia que nunca mais o veria novamente depois de hoje. Eu estava perdendo outro amigo e isso estava me matando.

— Rider... — chorei enquanto virei para Styx, que me observava atentamente, com um toque de medo nos lindos olhos.

— *Mae?* — Rider falou de novo.

Voltei a olhá-lo e repeti:

— Eu sinto muito... sinto muito...

Ele sorriu tristemente e balançou a cabeça.

— Você fez a escolha errada, Mae. Você fez a porra da escolha errada.

Em um piscar de olhos, Rider desapareceu pela porta e saiu do clube. O barulho do motor da sua Chopper desapareceu à distância.

Rider tinha ido embora... Para sempre.

Styx parou à minha frente, esperando, observando, os músculos tensos sob a camiseta preta. Ele levantou a mão, limpando o sangue do lábio.

Ky foi para o corredor, nos deixando sozinhos.

— Styx...

Ele veio na minha direção e me jogou na parede, grudando a boca à minha. Eu me afastei, colocando as mãos no seu peito.

— Como você pôde fazer isso? Como pôde machucá-lo dessa maneira? Ele está de coração partido! Você não precisava bater nele!

Os olhos de Styx pareciam queimar.

— O filho da puta m-mereceu. Estou c-cansado do d-desgraçado ficar rondando v-você. Você é minha. — Passou os dedos sobre a minha boca e fechei os olhos, saboreando a delicadeza do gesto. — Eu sou o d-dono desse lábios p-perfeitos. — Os dedos foram para as minhas bochechas. — D-desses o-olhos de lobo. — E então tomou meu rosto entre as mãos e beijou meu nariz. — D-desse narizinho q-que você vive t-torcendo! — Styx se inclinou e passou a língua pelo lóbulo da minha orelha. — V-você p-precisa deixar ele ir e-embora. E-esse sou eu, Mae. I-isso é o que s-sou! Você q-quis isso... nós... você m-me aceitou como s-sou.

— Styx... — Chorei quando suas mãos agarraram meu cabelo, lágrimas fugindo dos meus olhos pelas suas palavras, e então ele me prendeu nos seus braços. Eu não conseguia me mexer nem um centímetro.

O piercing no lábio de Styx arranhou os meus lábios enquanto sua língua lutava para entrar na minha boca. Quando conseguiu, dominou a minha e demonstrou seu absoluto controle. Ele era tão primitivo, completamente sem controle quando o assunto era eu, e apertei as coxas uma a outra sentindo a necessidade tomar conta de mim. Deus, eu o queria tanto... exatamente como ele era.

Um longo gemido escapou pela garganta, minha raiva rapidamente esquecida quando senti a mão por dentro da minha blusa agarrar agressivamente meu seio. Com os dedos, ele apertou e puxou meus mamilos e me afastei arfando, observando os olhos selvagens. Minhas mãos agarraram suas costas; os largos músculos se contraíram sob meus dedos enquanto ele mordia o meu pescoço.

— Styx! — gritei assim que senti os dedos abrindo minha calça de couro, arrastando-a pelas pernas. A calcinha sumiu logo em seguida. Ele pisou no meio do tecido amontoado aos meus tornozelos.

— Tira! — grunhiu.

Umidade surgiu no meio das minhas pernas ante o tom de sua voz, e obedeci, me livrando de tudo.

Eu estava aberta, nua e mais do que pronta.

Styx tremeu e seus dedos penetraram meu corpo. Minhas mãos foram direto para o cabelo escuro em um agarre perfeito, sentindo o frio no estômago. E então, rápido demais, ele retirou os dedos e enfiou sua masculinidade rígida em mim com uma estocada.

Envolvi sua cintura com as pernas e Styx me encostou à parede. Nunca fizemos amor desse jeito antes; forte, duro, selvagem... *desesperado.*

— Minha — Styx soltou um rosnado grave, gutural e possessivo contra o meu pescoço.

Sua boca foi para o meu seio, mordendo e chupando o mamilo.

— Ah! *Styx!*

— Minha! — ele gemeu, estocando ainda mais duro, os dedos brincando com meu clitóris enquanto eu sentia as costas ardendo pela fricção contra a parede. Nunca me senti tão cheia.

TILLIE COLE

Agarrei os ombros fortes, afundando as unhas em sua pele. Era demais... o fogo, o calor... a pressão... demais, e, com mais uma investida, senti fogos de artifício explodirem atrás dos meus olhos, o prazer reverberando pelo meu corpo como um trovão, quase me fazendo perder os sentidos.

O aperto das mãos de Styx nas minhas coxas beirava à dor, até que ele ficou completamente imóvel.

— *MINHA!* — gritou, explodindo dentro de mim, descansando a cabeça contra o meu pescoço. Minhas coxas começaram a tremer de exaustão; nossos corpos estavam grudados de suor.

Não falamos uma única palavra enquanto recuperávamos o fôlego.

Styx desceu o rosto pelo meu peito exposto, sua língua quente chupando e beijando meus seios; marcas vermelhas de mordidas agora decoravam minha pele clara. Ajeitei seu cabelo com os dedos, e sons profundos de prazer soaram da sua garganta.

— Minha... minha... minha... — ele murmurou várias e várias vezes antes de subir os beijos pelo meu pescoço até, finalmente, chegar à minha boca. O beijo foi curto, mas profundo e cheio de significado. Styx se afastou, olhando nos meus olhos, seu comprimento ainda pulsando dentro de mim.

— Eu amo você — sussurrei, meu olhar preso ao dele.

— M-Mae... — ele gemeu. — Você n-não vai a lugar a-algum, c-certo?

— Certo, baby — assegurei, acariciando sua bochecha com meus dedos.

— Minha — ele suspirou aliviado.

— Sua.

Peguei seu rosto em minhas mãos.

— Eu não correspondi ao beijo dele.

Styx congelou e pude ver a raiva retornando ao belo rosto, os músculos fortes tensionando.

— Styx, eu não correspondi. Ele estava bêbado e triste e reagiu de maneira... errada. Ele é meu amigo... mas não é *você*.

— Ele nunca mais vai voltar — Styx disse com autoridade. — N-ninguém toca no que é m-meu. Se você não estivesse aqui, eu teria matado o filho da puta.

— Eu entendo — eu disse, aliviada de que as coisas não tenham chegado a esse ponto.

Meus olhos se encheram de lágrimas e senti meu coração apertar. Eu sentiria falta do meu amigo, mas o próprio Rider tinha dito que não poderia viver aqui, sabendo de minha escolha. E eu não deixaria Styx. Por mais difícil que fosse, Rider precisava de espaço e Styx precisava de mim.

Eu rezava a Deus que Rider encontrasse seu caminho.

CAPÍTULO VINTE E UM

MAE

— Vocês não vêm também? Por favor... — Beauty implorou.

Styx passou os braços ao redor dos meus ombros, deixando as mãos livres para falar:

— *Vamos ficar trancados. Sozinhos. Sem interrupções. Sem drama. Quero estar com a minha mulher.*

— Beauty! Deixe os dois em paz! — Tank ralhou enquanto agarrava o braço da mulher e a puxava para o seu lado.

— Tudo bem! — Ela cruzou os braços e olhou para Styx. — Mas uma corrida significa ter o Prez junto, você sabe disso. Estou só dizendo...

Tank revirou os olhos e colocou a mão sobre a boca de Beauty, calando-a.

A bochecha barbada de Styx roçou contra a minha, e ele se inclinou para sussurrar no meu ouvido:

— V-volto em cinco m-minutos.

Observei-o se aproximar de Ky e do *psycho trio*, falando alguma coisa com as mãos no caminho. Ele era tão dominante, tão imponente enquanto caminhava pela sala; vestido em jeans, e o *cut*, seus músculos se contraíram sob a camiseta branca justa; o cabelo ainda bagunçado depois da nossa sessão de sexo nesta manhã.

— Garota, você está de quatro. — Olhei para o lado e Beauty estava observando Tank se juntar a Styx e os homens, em uma conversa que parecia séria. Ela abriu um grande sorriso para mim e segurou meu braço. Senti o rosto corar.

— Com certeza estou... de quatro, como você diz. Eu o amo mais do que a minha própria vida — confidenciei.

— Jura? Eu nunca teria adivinhado! — Sorri ao ouvir o tom brincalhão em sua voz, enquanto Styx voltava o olhar para mim. Fogo queimou em seus olhos quando ele me pegou no flagra, encarando-o.

Todo forte e homem... e todo meu.

Beauty parou na minha frente, bloqueando minha visão. Vi que seu rosto estava com uma expressão preocupada.

— O que foi? — perguntei, de repente sentindo o corpo gelar.

— Tank me contou uma coisa ontem à noite — sussurrou.

— O quê?

Ela olhou ao redor, checando se não tinha ninguém nos observando. Satisfeita, Beauty confidenciou:

— Tank contou que um grupo de irmãos deu uma passada lá pelas bandas do Rider ontem, você sabe, só para dar uma checada nele.

— E? — perguntei e agarrei seu braço.

Beauty arqueou uma sobrancelha quando apertei com força. Percebendo isso, a soltei.

— Desculpe.

— Tudo bem. — Ela respirou profundamente e se inclinou na minha direção. — Ele não estava lá.

— Para onde eles acham que Rider pode ter ido?

— É aí que está a questão. Tank falou que era como se Rider tivesse desaparecido. As coisas dele ainda estavam lá, a sua Chopper estava estacionada na frente. Tinha até uma garrafa de bebida pela metade ao lado do sofá. Ele desapareceu, como se tivesse virado um fantasma. Os irmãos têm um novo *recruta*, Slam, de tocaia vinte e quatro horas por dia, sete dias por semana... Mas ainda assim, nada.

Uma sensação estranha tomou conta de mim... Algo estava muito, muito estranho.

— *Beauty!* — nós duas pulamos assustadas quando Tank gritou do outro lado da sala. — Estamos indo. Vamos cair na estrada!

Ela deu um aperto na minha mão.

— Não diga para o Styx que eu te contei. Vou ter problemas sérios se você contar. Eu não deveria saber sobre as coisas do clube.

— Prometo. — Vi que Styx vinha na minha direção e fingi um sorriso. Com um aceno, ela saiu atrás de Tank, e em seguida, todos os outros deixaram o complexo com suas mulheres.

E agora estávamos sozinhos.

Styx se inclinou sobre mim, pegando meu rosto entre as suas mãos, depositando um beijo longo e promissor nos meus lábios. Quando se afastou, eu estava sem fôlego.

— P-pronta para um d-dia n-na cama? — ele perguntou todo confiante, e arqueou uma sobrancelha.

Enlacei o pescoço com meus braços e passei as pernas ao redor de sua cintura.

— Esperei por este dia a minha vida toda.

Fui recompensada com um belo sorriso.

Maravilhoso.

— Não consigo ter o suficiente — Styx falou quase sem fôlego, aplicando uma trilha de beijos na parte de dentro da minha coxa. Ele já tinha me tomado três vezes. Três rodadas de sexo quente e extremamente intenso.

Passei os dedos pelo seu cabelo enquanto ele subia pelo meu corpo e pairava sobre mim.

— Eu amo você — sussurrei.

Ele sorriu e as covinhas apareceram.

— Baby. Eu amo você pra caralho.

— A sua fala está melhor.

O vi morder o piercing do lábio inferior.

— É v-você. Sem t-tantas barreiras entre nós, não sinto o a-aperto ao redor da garganta. É libertador.

Coloquei as mãos no seu peito e o empurrei para o lado, montando no seu quadril. Observei meu homem por inteiro: músculos, a pele bronzeada, suas tatuagens... pura perfeição masculina. Meus dedos começaram a explorar seu lindo rosto, as bochechas, pescoço, a cicatriz da suástica...

TILLIE COLE

Ele colocou a mão sobre a minha em seu peito.

— Isso não me i-incomoda.

Levantei o olhar surpresa e então franzi o cenho.

— Não? Aqueles homens talharam isso no seu peito.

Styx balançou a cabeça.

— Isso me dá e-energia, baby. Me deixa mais f-forte.

Inclinei o corpo e beijei seus lábios, logo em seguida me afastando. Saí da cama e de cima dele. Olhei por sobre o ombro e vi que ele me observava com um sorriso.

Andando até a poltrona de couro preto em um dos cantos do quarto, peguei o Fender e voltei para a cama.

Styx abriu espaço e se apoiou com a mão.

— Quer que eu ensine mais pra você?

Balancei a cabeça e baixei o olhar, colocando o violão no meu colo.

— Quero tocar algo para você. — Levantei os olhos para encontrar o seu olhar.

Styx abriu a boca e depois voltou a fechá-la.

— Você q-quer tocar... p-para mim?

— Eu tenho praticado. Beauty me ajudou com algumas coisas e, bem, enquanto você estava fora nas corridas, eu aprendi uma música especial. — Eu sabia que estava com o rosto completamente vermelho, conseguia sentir o calor tomando conta da minha pele.

— Baby... — Styx sussurrou. Quando levantei o olhar novamente, ele estava acenando para que eu tocasse.

Respirando profundamente, posicionei o violão e comecei a tocar desajeitadamente o primeiro acorde. Vi como as pupilas de Styx se expandiram em seus olhos, e isso me deixou confiante; agora eu só precisava cantar.

**"I hope you're the end of my story. I hope you're as far as it goes.
I hope you're the last words I ever utter.
It's never your time to go..."**

*"Espero que você seja o fim da minha história. Espero que você esteja para sempre nela. Espero que o seu nome seja a última palavra que eu fale.
E que você nunca vá embora..."*

Cantei cada linha exatamente como eu tinha ensaiado. O rosto de Styx mostrou que o orgulho dera lugar à adoração profunda. Eu quis dizer cada palavra que cantei, a letra era uma bênção saindo dos meus lábios.

Assim que o último acorde de 'I Hope You're the End of My Story', do Piston Annies, terminou, Styx arrancou o Fender dos meus braços e o jogou no chão.

— Styx! — gemi quando ele me puxou para debaixo do corpo enorme, sua ereção ficando cada vez mais dura contra a minha coxa.

— Porra, Mae...

— Você gostou? — perguntei enquanto beijava seu peito, passando os braços pelas suas costas.

— Uhmmm... baby. A s-sua voz é... p-perfeita.

Styx moveu o quadril e com uma investida, estava profundamente enterrado em mim. Um longo gemido saiu da minha boca com a sensação, a pressão, o fogo... a perfeição. Segurando minhas mãos, Styx movia o quadril para frente, em longas e poderosas estocadas. Seu olhar nunca desviava do meu enquanto ele se enfiava cada vez mais profundo; a ponta da ereção batendo contra o meu útero.

— Styx... — gemi quando seus movimentos se tornaram mais frenéticos.

— Goze — ele falou em um longo rosnado. — Goze. *A-agora*.

Como se estivesse esperando pelo seu comando, uma pressão irresistível se formou na base da minha coluna e de repente explodiu, fazendo com que eu visse estrelas.

— Mae! — Styx gritou sobre mim, com o corpo tenso, pescoço esticado, veias saltando, seu comprimento se expandindo quase dolorosamente dentro de mim.

Com estocadas mais suaves, ele relaxou e deslizou pelo meu corpo até cair do meu lado na cama, me liberando do peso massivo; sua semente escorreu pelas minhas coxas.

Senti a mão na minha bochecha e Styx guiou minha cabeça para descansar no mesmo travesseiro.

— Eu n-não consigo acreditar que você v-voltou depois de todos e-esses anos.

— Era para ser assim. — Senti meu coração dar um pulo.

Styx se remexeu do meu lado antes de se aproximar ainda mais.

— M-Mae?

— Sim? — sussurrei, segurando a respiração.

— Eu...

De repente, passos pesados soaram do outro lado da porta, interrompendo o que ia dizer.

TILLIE COLE

— *PREZ! MAE!* Cuidado! — uma voz abafada gritou do corredor. A porta do quarto abriu com um barulho horrível e gritei quando um homem ensanguentado foi jogado para dentro do quarto, caindo no chão com um baque surdo. Quatro homens com os rostos cobertos por balaclavas entraram, com as armas apontadas para nós.

Styx saiu da cama e se jogou para cima dos homens, mas foi afastado pelo cano de uma arma na cabeça. Gritei de novo, percebendo que Styx estava em perigo, então me apressei em me cobrir, só então olhando para a pessoa caída no chão.

Não... não... não... não... Rider!

Rider, espancado e quase nu. Seus olhos inchados estavam só um pouquinho abertos e seu olhar encontrou o meu. Uma onda de tristeza caiu sobre mim e senti o estômago pesar.

É por isso que ele tinha desaparecido de casa. Ele tinha sido sequestrado. Pensei, olhando para o corpo espancado e ensanguentado.

— De joelhos! — o homem que liderava o grupo gritou com a voz rígida e grave. Um segundo homem se aproximou da cama e agarrou meu braço agressivamente.

— Você também, vadia!

Ele agarrou meu cabelo e me jogou no chão. Meu couro cabeludo ardia de dor enquanto eu era empurrada entre Styx e Rider, que estavam de joelhos e cabeças abaixadas.

Assim que caí no chão, o lençol que me cobria foi arrancado e escutei Styx rosnar. Vi que ele encarava com um olhar mortal, o homem atrás de mim... O mesmo que observava minha nudez. Quando olhei na sua direção, seus olhos desceram pelo meu corpo, expressando luxúria.

O homem no comando foi até a porta, pegou meu robe preto do cabideiro e o jogou na minha cara.

— Se cubra, puta — ordenou. Com as mãos trêmulas, escondi o corpo no tecido e fechei o cinto fazendo um nó duplo.

— Coloque as mãos atrás das costas. — Fiz como ordenado, mas o líder deu uma coronhada no rosto de Styx quando ele se recusou. — Todos! Agora!

Lágrimas começaram a rolar pelas minhas bochechas quando Styx, relutantemente, fez o que mandaram. Eu podia ver sua garganta mexendo, o peito subindo e descendo e seus lábios tensos. Ele estava tentando falar... Estava tentando falar, mas não conseguia. Meu coração quebrou por ele.

Encontrei seu olhar e tentei assegurar que eu estava bem. Não funcionou. Os tendões do seu pescoço pulsavam com a raiva que ele emanava, e seu rosto estava vermelho.

Três homens tiraram amarras dos bolsos e, agindo com agressividade, ataram nossos pulsos. O material era forte demais para romper.

E agora éramos seus prisioneiros.

Rider se balançou e encostou em mim; o corpo coberto de sangue e sujeira. Ele parecia estar tão cansado que mal conseguia manter a cabeça erguida.

Os homens de balaclava ficaram de pé na nossa frente, todos vestidos de preto e com as armas apontadas para nossas cabeças, mas Styx se endireitou, desafiador, com a promessa de vingança no olhar. Até mesmo em desvantagem, a força e a coragem de Styx eram incríveis.

O líder viu o desafio no rosto dele e soltou uma longa e cruel risada. Senti o sangue gelar. Aquela risada. Eu reconheceria aquela risada em qualquer lugar.

Um soluço escapou pelos meus lábios e o líder do grupo encapuzado virou a cabeça na minha direção. Ele caminhou lentamente até mim e se agachou. Senti tanto Rider quanto Styx ficarem tensos. Os dois homens que eu amava ao meu lado. Mas eles não podiam me proteger *deste* homem. Eu acreditava, *não*, eu *sabia* que ele acabaria me encontrando.

O homem levantou a mão e tirou a balaclava. Todo o ar dos meus pulmões deixou o corpo.

— Irmão Gabriel — sibilei com os dentes cerrados.

Eu pude ouvir Styx apertando os dentes de raiva ao lado, enquanto Gabriel abria um grande sorriso passando as mãos pela longa barba castanha.

— Salome — ele disse lentamente, meu nome soando como uma maldição em sua boca. — Você tem sido uma mulher muito, mas muito *insolente* — falou e balançou o dedo indicador no meu rosto como se estivesse repreendendo uma criança. — Procuramos por você por muito tempo. — Ele se virou para os outros e riu. — E encontramos você aqui, se sujando com a semente *dele*. — Gabriel apontou para Styx. — No lugar que mais *desprezamos*... justamente com as pessoas que estamos tentando destruir.

Eu não entendia o que ele estava dizendo. Como a Ordem poderia conhecer os Hangmen? Como assim, eles estavam tentando destruí-los? Olhei para Styx e vi que sua expressão era a mesma que a minha: confusa. Permaneci parada, adotando a mesma expressão estoica que tinha usado por tantos anos. Eu era mestre na arte de esconder minhas emoções.

— Agora, é isso o que vai acontecer — Gabriel anunciou, interrompendo meus pensamentos. — Você vai voltar conosco. Vai ficar de boca fechada como uma boa menina e se abster das suas atividades pecadoras. Você manchou a sua pureza com esse pecador — Gabriel rosnou e retesou os lábios. — Você ainda tem o sêmen dele escorrendo pelas coxas.

Um dos homens empurrou o cano da arma na têmpora de Styx, que parecia a ponto de explodir de raiva.

— E então, você vai finalmente se casar com o Profeta David, como foi revelado pelo Senhor, e garantir o lugar do nosso povo no Paraíso.

Respirei trêmula e fechei os olhos, apenas para abri-los e encarar Gabriel.

— Farei como pedido — concordei humildemente.

Tive que engolir o nó que se formou na garganta quando Styx se contorceu em protesto. O guarda deu uma coronhada no seu estômago, mesmo assim Styx nem piscou.

— Deixe Rider e Styx irem, por favor — implorei.

Gabriel deu uma risada.

— Ah, Salome, você não está no direito de pedir nada.

— Por favor! Eles são inocentes. Deixe-os ir!

Um por um, os irmãos presentes no quarto revelaram seus rostos; todos os anciões: Gabriel, Noah, Moses... e Jacob. Os olhos cinzas fixos nos meus enquanto me observava, parando atrás de Gabriel e sorrindo. Senti como se centenas de aranhas estivessem subindo pelos meus braços e estremeci de repulsa.

— Salome. Nos encontramos de novo — ele sibilou friamente.

— Jacob — falei, sentindo a bile subir pela garganta. Os anos de abusos inundaram minha mente. Fechei os olhos tentando abafar as horríveis memórias: o toque, a conversa... a vergonha.

Com um rosnado, Styx ficou de pé e se jogou em cima de Jacob. Gritei quando Styx se chocou contra ele, ambos caindo no chão. Ele conseguiu dar um chute na mandíbula de Jacob e cheguei a escutar o barulho dos dentes batendo, seguido pela arma de Noah chocando na parte de trás da cabeça de Styx, que caiu zonzo no chão.

Jacob se levantou, segurando o maxilar machucado e vi quando posicionou a articulação no lugar. Ele fez questão de olhar para Styx e Rider enquanto se aproximava de mim, bloqueando minha visão.

— Chega! — Gabriel falou em alto e bom-tom, e os irmãos pararam. — Amarre-o ao pé da cama!

PRELÚDIO SOMBRIO

Irmão Noah empurrou Styx até a cama e o amarrou lá. Mesmo usando de toda a sua força, para se soltar, a cama não se moveu. Olhei para os olhos selvagens e murmurei:

— *Eu amo você.*

Styx parou.

— Então você quer que eu salve estes homens, Salome? Estes pecadores selvagens?

Gabriel apontou para Rider e o Irmão Moses se abaixou, fazendo com que ele se levantasse e cambaleasse.

— Não! Por favor! Não o machuque! — chorei.

Gabriel virou Rider em seus braços e ele olhou para mim, com uma expressão estranha no rosto. Como se ele estivesse atormentado... em conflito... arrependido.

Gabriel tirou uma faca grande de dentro da bota e a segurou no ar.

— Você quer que eu salve este selvagem, não é? — Ele estava claramente se divertindo. Rider não se mexia.

Meu rosto estava banhado em lágrimas enquanto eu observava Gabriel pegar a faca e tirar a amarra das mãos dele. Eu não conseguia respirar; Gabriel ia matá-lo. Eu assistiria os dois homens com quem eu mais me importava no mundo, morrerem na minha frente.

O ancião agarrou o braço de Rider e girou sua vítima, a faca colada em sua garganta. Ouvi Styx rosnar e olhei para ele.

— Você está pronto para morrer? — Gabriel se aproximou ainda mais de Rider.

Ele olhou para Gabriel, impassível. Por que ele não lutava para se libertar? Eu queria gritar para ele fazer alguma coisa, mas minha voz não saía.

Gabriel ficou parado enquanto observava a reação de Rider, e então, de repente, jogou a faca no chão e abriu os braços.

— Irmão Cain! É bom ver você de novo!

Arregalei os olhos vendo Rider ficar tenso. Um enorme sorriso surgiu no seu rosto, seus machucados repentinamente pareciam não doer mais, e todo o seu cansaço desapareceu.

— Irmão Gabriel! — ele respondeu e os dois se abraçaram.

Cada batida do meu coração soou mais alta e mais forte que a outra. Tudo ao meu redor pareceu rodar enquanto eu assistia a feliz reunião dos dois homens à frente.

De repente assimilei as palavras de Gabriel. *Irmão Cain, é bom ver você de novo...*

TILLIE COLE

NÃO!

Caí prostrada no chão, desesperada. Meu corpo colapsou em choque. Eu não queria acreditar na cena diante dos meus olhos: Rider abraçando cada um dos anciões. *Irmão Cain, é bom ver você de novo...*

Meu olhar foi direto para Styx, que também olhava para mim.

Rider é o traidor. Rider é a porra do traidor! Era o que os seus olhos diziam.

Rider é um discípulo? Meu olhar transpareceu.

Espera!

Irmão Cain? *IRMÃO... CAIN!*

— Não... — eu chorei. Os anciões e Rider se viraram para mim e olhei para aquele que chamei de amigo uma vez. Consegui reunir mais energia e perguntar: — Você é o Irmão Cain? Você é o sobrinho do Profeta David? O herdeiro da Ordem?

Rider apenas me encarou. Ele era um estranho para mim agora. Cain era o discípulo que herdaria a Ordem quando o Profeta David morresse. *Rider é o Irmão Cain. Rider não existe.*

Não consegui segurar os soluços e me senti quebrar ali no chão. Eu conseguia escutar os sons de Styx tentando se soltar de novo, tentando chegar até mim, para me confortar. Eu não aguentaria passar por isso de novo; lidar com mais perdas na minha vida.

— Pegue-a. Precisamos sair daqui. — O comando de Rider, *não*, de Cain fez com que eu saísse daquele estado de desolação. Ajoelhando, consegui engatinhar na direção de Styx, e me joguei contra o seu corpo.

— Styx... Eu amo você... amo você.

Ele gemeu e rosnou enquanto lutava para se soltar, lutou para passar os braços ao meu redor. Seus lábios se moveram e vi que tentava falar, porém em vão; apenas silêncio... só silêncio. Suas palavras não saíram, e percebi a frustração em seu rosto.

— Baby, olha pra mim. OLHA PRA MIM! — gritei e esperei que seus olhos desesperados encontrassem os meus para implorar: — Não tente me encontrar. — Ele balançou a cabeça freneticamente. Implorei outra vez: — Por favor. Não procure por mim. Eles nunca vão me deixar partir de novo. Eu nunca serei livre dessa vida. Me deixe ir... Me deixe ir. Se mantenha seguro, proteja o clube... os seus irmãos.

De repente, mãos grandes agarraram meus baços. Lutei contra o forte aperto, esmaguei meus lábios nos de Styx, precisando daquela conexão. Tentei memorizar seu gosto e cheiro, mas o toque acabou cedo demais. Colocaram-me de pé bruscamente: Cain.

— Noah, Moses, mandem uma mensagem para os Hangmen — Cain ordenou e os anciões se aproximaram de Styx.

— Não! *NÃO!* — gritei várias vezes. — Eu amo você, Styx. *Eu amo você!*

Rider me carregou pelo quarto, em direção às escadas e ao pátio..

— Vá pro inferno, Cain. Vá pro inferno! — gritei enquanto lutava para me libertar do seu agarre.

Cain parou no longo corredor e me empurrou contra a parede, o olhar grudado ao meu.

— Eu já estou no inferno! Este é o maldito inferno! Ver você com ele... é o inferno! Vou levar você de volta para casa, longe deste lugar pecaminoso! De volta para o seu povo! E para longe dele!

Raiva tomou conta de mim, e antes mesmo que eu percebesse, cuspi na cara dele. Cain ficou completamente imóvel enquanto a minha saliva escorria pela sua bochecha e então pela barba.

— Eu *odeio você!* Como você pode me levar para o covil do diabo depois do que fizeram comigo por anos? Você disse que me amava! Era tudo mentira! Se você me amasse, não me levaria de volta. Seria a mesma coisa que me matar. ME MATE AGORA!

Cain se aproximou ainda mais e outra vez me jogou contra a parede de cimento, tirando o ar dos meus pulmões.

— Essa é a porra do problema, *Salome.* Eu amo você, mas não deveria. É proibido. Era para eu libertá-la para o meu tio; entregar você ao Profeta David. E eu devo fazer isso. É a vontade do Senhor. Mas porra, eu *amo* você e essa é a cruz que terei que carregar.

Eu fiquei ainda mais confusa.

— O quê? Se me amasse, você me deixaria ir embora. Por favor... — Por um momento, o Rider que eu conhecia e amava como meu melhor amigo, me olhou de volta, mas quando Moses, Noah e Gabriel arrastaram Styx pela porta do quarto, ele voltou a personificar o frio Irmão Cain.

— Styx! — gritei enquanto os irmãos arrastavam o seu corpo ensanguentado na minha frente; eu sentia meu coração esmurrando minhas costelas. A cabeça dele, fraca pelo ataque que tinha sofrido, levantou quando ouviu minha voz. — STYX! — chorei, meu corpo batendo contra a parede... eu não conseguia me soltar. Meu coração se partiu quando os anciões o arrastaram pelas escadas, jogando-o no pátio, e durante todo esse tempo, ele lutou contra o agarre e as amarras, tentando chegar até mim.

Ele sempre vai tentar me proteger, pensei.

TILLIE COLE

Voltei o olhar para Cain.

— Eu nunca vou perdoar *você* por isso, *Irmão Cain* — rosnei com um tom de voz duro.

Por um momento, vi uma expressão de dor passar pelo seu rosto antes de Irmão Jacob parar ao nosso lado. Cain apertou ainda mais meu braço direito.

— Faça logo! — ele falou para Jacob.

Foquei no que ele estava sendo orientado a fazer, e vi quando ergueu uma seringa, cravando a agulha no meu braço. Não pude fazer nada contra isso, mas mesmo sentindo a escuridão me tomar, lutei contra as mãos de Cain.

— Nunca... nunca... perdoar... você...

CAPÍTULO VINTE E DOIS

STYX

Eu não conseguia falar.

Não conseguia fazer com que as palavras saíssem da minha boca. Rider. O filho da puta do RIDER! Ele era um deles. Todo esse tempo, *cinco anos* como *Capitão da Estrada*... na linha de frente dos Hangmen, cuidando das armas e negócios... e ele era um *deles*!

Filho da puta!

— Noah, Moses, mandem uma mensagem para os Hangmen — Rider sibilou enquanto pegava Mae e a arrastava para fora do quarto. Eu vi tudo através de uma neblina vermelha.

— Styx! Eu amo você, Styx. *Eu amo você!* — Mae chorou, lágrimas descendo pelo seu rosto.

Rider está levando-a de mim!

Mae! Eu queria gritar, mas as palavras não saíram, estavam entaladas no nó que apertava a minha garganta, me engasgando, se negando a se desfazer.

A porta do corredor fechou e dois dos malditos se aproximaram. Apertei os dentes e lutei contra as amarras nos pulsos, mas os filhos da puta continuaram a se aproximar. Prometi a mim mesmo que se eles chegassem mais perto, eu iria detonar com eles, quebrar seus narizes, fraturar suas mandíbulas... qualquer coisa.

— Então, você é o famoso Hangmen Mudo? — o primeiro provocou.

TILLIE COLE

Apenas fiquei olhando, tentando fazer com que eles chegassem mais perto. Um olhou para o outro e os dois riram.

— Acho que, pelo silêncio dele, acertamos. Engraçado, ele não parece tão durão agora que está de joelhos, implorando como uma vadia.

Um movimento ao lado chamou minha atenção e vi Jacob caminhando de um lado ao outro. Ele estava olhando para mim, rosnando. *Então esse é o pedófilo*, pensei comigo mesmo. Esse era o filho da puta doente que estuprou minha mulher quando ela tinha oito anos.

Seus lábios se torceram em um sorriso, o maxilar tenso a olhos vistos. Ele deu um passo adiante, se agachou na minha frente e começou a me provocar:

— Ela era tão apertadinha...

Fiquei tenso, meus músculos prontos para entrar em ação.

— Ela lutou comigo no começo. Lutou para se libertar, mas o aparelho a mantinha no lugar. Ela gritou, você sabe, quando arranquei a virgindade dela. Mas ela logo aprendeu a me agradar. — Ele abaixou a cabeça e o tom de voz. — Eu fodi cada buraco dela, de todas as maneiras humanamente possíveis... e ela *sempre* estava molhada por mais.

Uma fúria descabida correu pelas minhas veias. Joguei meu corpo para frente, afundando os dentes no pescoço dele. Arranquei um pedaço da carne e cuspi no chão aos seus pés. O gosto de cobre encheu minha boca; ele gritava de dor e eu sorri com o seu sangue escorrendo pelo meu queixo.

Os outros dois irmãos me atacaram, batendo e chutando minhas costelas. Mantive Jacob preso no meu olhar, sorrindo enquanto os irmãos soltavam a raiva sobre mim.

— Moses, Noah, levem ele lá para fora — Gabriel mandou enquanto Jacob segurava o pescoço, chocado, ainda me encarando.

Moses e Noah agarraram meus braços e me arrastaram pela escada.

Mae.

Rider a segurava contra a parede, o rosto dele próximo demais do dela. Mae parecia tão assustada.

Nossa chegada chamou sua atenção e seus lindos olhos azuis cristalinos, agora repletos de lágrimas, se fixaram em mim.

— Styx! — ela gritou. — STYX!

Vai. Fala. Vamos lá. Apenas fale. Qualquer coisa. Uma palavra. Só uma palavra. Um som. Algo... PORRA! Forcei meu peito e tentei fazer com que as palavras saíssem pela boca. Eu podia senti-las, zombando da minha cara, mas elas simplesmente não saíam.

Os dois merdas que estavam me segurando passaram tão rápido por Mae que não consegui nem ter a chance de falar algo. Eu não conseguia falar com a minha mulher. Acalmá-la. Eu não podia ajudá-la. Estava engasgado.

Engasgado.

— Jacob. Faça logo! — escutei Rider falar. Firmando os pés no chão, consegui me virar em tempo de ver o filho da puta enfiar uma agulha no braço de Mae.

— Nunca... nunca... perdoar... você — ela murmurou antes de desmaiar, a dor na sua voz era a mesma que transfigurava o rosto de Rider.

Em poucos segundos, Mae tinha ido e eu fui empurrado pelas escadas e jogado no pátio, a noite de verão quente e úmida demais para respirar.

— Portão! — Moses soltou o comando. Noah assentiu e paramos na frente do portão. Um dos filhos da puta parou atrás de mim para cortar as amarras dos meus pulsos. Aproveitando da situação, soquei aquelas caras nojentas, um por um, apenas para ser jogado no chão.

— Fica no chão, porra! — uma voz grave ameaçou.

Rider.

— Amarrem ele — Rider ordenou.

Meu corpo foi levantado e jogado contra as barras de metal. Meus braços foram abertos e amarrados pelos pulsos, meus músculos gritaram com o movimento. Finalmente, meus pés foram atados juntos com um cabo.

Eu ri internamente pela posição em que eles me prenderam. Belo toque... coroinhas do caralho.

Abri e fechei os dedos, mas não consegui me soltar. E então Jacob se aproximou, segurando uma toalha no pescoço, sangue pingando das suas roupas. Sorri até que Rider olhou na minha direção.

— Ela está segura? — Rider perguntou.

Mae.

— Sim — Jacob respondeu, olhando para mim.

Rider ficou olhando fixamente para o homem, e cerrou os olhos com estranheza. Se *Irmão Cain* amava Mae tanto quanto dizia amar, ele escalpelaria aquele sádico filho da puta por tê-la estuprado... por anos e anos de abuso. Se Rider não fizesse isso, eu me asseguraria de me vingar algum dia. Dessa vez, nada no mundo me impediria de encontrá-la. Mae era tudo para mim. Uma seita religiosa do caralho não iria tirá-la de mim assim tão fácil.

— Todos vocês, esperem na van — Rider falou e os homens recolocaram as balaclavas, nos deixando sozinhos.

Estiquei o pescoço e consegui ver uma van Ford preta. Sem placas. Sem nada que a caracterizasse. Nada que me ajudasse a localizá-la depois.

Mae estava lá dentro, inconsciente, e eu não conseguia me mover. Não conseguia me soltar para salvar minha mulher.

— Styx.

Ouvindo meu nome, voltei a atenção para Rider, à minha frente. O maldito parecia aliviado... como se finalmente tivesse ganhado.

— Ela causou isso ao escolher você, sabe... — Cerrei a mandíbula e senti o gosto do meu próprio sangue quando a parte de dentro da minha boca começou a sangrar pela pressão. — Quero dizer, o que ela vê em você? A maneira como ela te olha... Como ela é obcecada por você... É completamente sem nexo para mim.

Eu quase não conseguia respirar enquanto ele falava da minha mulher. Merda. Ela me *queria*. Porra, *ela me amava*, e esse cuzão não entendia isso.

Rider me deu um soco no rosto, e minha cabeça voou para o outro lado. O irmão tinha um maldito gancho de direita.

— Está na hora de você escutar, *irmão*. Por anos tive que aguentar as merdas que vocês fazem neste antro de perdição que chamam de irmandade: os irmãos fodendo qualquer coisa que se mexesse, matando pessoas a troco de nada, bebendo, dando as costas ao Senhor. Ganhei sua amizade, sua confiança. Todo esse tempo, eu desprezei você e o resto dos pecadores dos Hangmen. O que você não viu foi que a Ordem conseguiu um contrato lucrativo alguns anos atrás. Um contrato que forneceu muitas armas e um local para expandir nossa comuna. Demoraria alguns anos para as coisas estarem prontas, mas era bom. Nós precisávamos de alguns anos para estudar o mercado, conhecer a concorrência. Importamos armas de Gaza, coisa de primeira. Mas alguém já tomava conta do mercado: *você*.

Ao escutar suas palavras, cerrei os dentes.

— O plano era bem simples: infiltrar nos Hangmen, subir na hierarquia e enviar as informações para o Profeta David e para os anciões. E foi o que fiz. E fiz à perfeição. Fomos *nós* que acabamos com o seu negócio com os russos; eu passei os detalhes para eles; a fase de tirar os Hangmen do jogo estava começando. Nós tínhamos armas melhores e os russos não tinham do que reclamar. A ida do seu pai para Hades foi a cereja do bolo. Quer dizer, o filho jovem dele, um bastardo mudo, assumindo o Martelo? Você ganhou isso de mãos beijadas. Fomos *nós* que colocamos a sua cabeça a prêmio com os nazistas. Eventualmente Pit levou a culpa. Não foi muito difícil fazer você pensar que o *recruta* era corrupto, foi como tirar o doce de uma criança. Mas então Mae apareceu, sangrando, e *tudo* mudou para mim. A porra do jogo todo mudou.

Rider passou a mão pela barba e um sorriso apareceu em seu rósto. Silenciosamente, prometi a mim mesmo que iria arrancar a cabeça dele e a colocaria na parede, um troféu a ser admirado por todos os dias da minha vida. Eu nunca quis tanto matar esse filho da puta como queria agora. Queria que sentisse dor... muita dor, tanta dor que ele me imploraria para matá-lo.

— Em um primeiro momento eu não sabia quem ela era — continuou.

Tentei ao máximo me focar, qualquer coisa que ele dissesse poderia ser útil. Eu precisava escutar cada maldita palavra que saía da boca desse maldito traidor.

— Eu nunca a tinha visto antes, já que eu era mantido afastado da comuna para aprender sobre o legado da Ordem, estudar nossos ensinamentos... estudar medicina e aprender como curar. Estive ausente até que me chamaram para assumir o meu lugar. Só que as coisas mudaram e me foi dada uma missão diferente: me infiltrar nos Hangmen. Como eu sabia sobre a vida, por ter vivido fora da comuna, acabei sendo a escolha óbvia para me encaixar em um MC fora da lei.

Ele continuou falando:

— Claro, eu já tinha ouvido falar das quatro 'Irmãs Amaldiçoadas', as famosas quatro beldades da Ordem. Todos nós já tínhamos ouvido falar delas: Salome, suas duas irmãs, e a outra, Delilah. Nós, os irmãos, fomos avisados a manter distância. Elas poderiam tentar qualquer homem, causar sua ruína. Os rumores sobre Salome eram de que ela era a mais bonita de todas, mas porra, os rumores não fazem jus à sua real beleza; o seu cabelo, olhos... aquele corpo do pecado. Só fui saber que ela era do meu povo quando vi a tatuagem em seu pulso e as marcas na sua pele. Eu só não conseguia entender como ela escapou. Então recebi um aviso de Gabriel de que Salome tinha fugido no dia do casamento dela, e soube quem você tinha levado para dentro do clube naquele dia: uma das Amaldiçoadas... A profetizada sétima esposa do Profeta David. Ao fazer isso, e ao tomá-la para si, você a transformou em uma puta. Você a desviou do caminho virtuoso da Ordem.

De repente Rider rosnou e avançou em mim, dando um soco no meu estômago. O golpe quase me fez vomitar, mas abafei a dor. Esse filho da puta nunca me quebraria, meu ódio por ele e seus irmãos era o que mantinha a minha dor contida.

TILLIE COLE

— Eu não queria ter nada a ver com Mae. Mas eu *tinha* que dizer para a Ordem onde ela estava, para organizar seu retorno e não ficar perto demais, para não colocar em risco o meu trabalho. Ela é do Profeta David. Mas então você foi lá e a jogou *nos meus braços*! Você fez com que eu a desejasse, que ficasse obcecado por ela! — Ele segurou meu rosto com a mão. — Você me *arruinou*! E agora *eu* tenho que entregá-la para *ele*. Eu já não posso mais mantê-la afastada, tenho que levá-la de volta.

Meus lábios ficaram tensos sobre meus dentes. *Respire. Relaxe. Fale.*

Fala, caralho! Lutei contra o aperto na garganta.

Mas de novo, nenhuma palavra saiu.

Porra!

Rider riu.

— Ainda nada para dizer, Prez? — Ele se afastou. — Você é patético. Não consegue nem falar com a sua mulher quando ela está chamando por você... chorando por você. Você nunca a mereceu.

Joguei-me para frente, lutando contra as amarras que me mantinham preso ao portão, mas forcei demais. Senti o ombro estalar, provavelmente deslocado, mas dei boas-vindas à dor. Ela me guiaria e me daria forças para me vingar.

Rider se aproximou e falou:

— Eu não vou matar você. Não, seria fácil demais e não quero mais sangue em minhas mãos. Já pequei demais por este clube. — O rosto do traidor pareceu suavizar, mas quase imediatamente ele voltou a ser o maldito que era. — Quero você vivo, Styx, sabendo que Mae está por aí, sabendo que não a verá de novo. Ver você viver no mesmo inferno que vivi nesses últimos meses. E não se incomode em ir atrás dela, você nunca nos encontrará. Ninguém nunca consegue nos encontrar.

— Irmão Cain! Precisamos ir agora! — um dos homens gritou do outro lado do pátio.

Rider se virou e não olhou para trás. Meu coração batia rápido enquanto eu via a van ligar, e lutei com todas as minhas forças contra as amarras até que não consegui mais sustentar o corpo. Observei, amarrado ao portão, enquanto a van seguia para o sul, pela *minha* estrada. Levando a *minha* mulher.

Eu tremia com um ódio indescritível e, abrindo minha boca, deixei sair um longo e silencioso grito.

— Styx! Porra! — Abri os olhos e vi Ky, Tank e Bull desmontando de suas Harleys e correndo na minha direção, com os olhos repletos de raiva.

Dezenas de irmãos estavam sentados em suas motos na entrada do complexo, olhando para mim, nu e espancado, em uma antiga pose romana de execução. Os Hangmen finalmente tinham voltado da corrida, e eu não fazia ideia de quanto tempo estiveram fora, pois só tinha uma única coisa em mente: *vingança*.

E Rider: *morto*.

Bull tirou de dentro da bota seu canivete suíço e cortou as amarras que me prendiam ao portão. Alguns irmãos apareceram para me segurar porque eu não tinha forças para ficar de pé.

— Quem fez isso? — Ky sibilou, sua voz correu como um grito baixo entre os irmãos que estavam ali.

Todos desligaram os motores e foram rapidamente para dentro. Assim que passamos pela porta principal, fui colocado no sofá mais próximo e alguém jogou um cobertor sobre o meu corpo.

Beauty.

O *psycho trio* estava parado na minha frente, e os três andavam ansiosos de um lado para o outro. O clube todo parecia pulsar de raiva.

— Eu perguntei o que aconteceu... — Ky pressionou.

Letti entrou correndo no bar, vinda do meu apartamento.

— Ela não está lá — ela falou tremendo. Merda. Eu nunca a tinha visto tremer, mas seus olhos escuros estavam arregalados, agora que descobriu que Mae tinha desaparecido.

— Onde está Mae? — Tank perguntou tenso. Eles já sabiam que ela tinha sido levada.

Sentei e passei as mãos pelo cabelo. AK colocou um copo de bebida em uma das minhas mãos e virei tudo em um gole, sentindo a bebida descer queimando lentamente pela garganta.

— Quem foi, Prez? Os nazistas? Os mexicanos? Precisamos dar fim em mais gente do Klan? — Flame rosnou enquanto continuava a andar de um lado ao outro, como o louco que era; o irmão estava sedento por sangue. Ótimo. Eu precisaria dele logo, porque tínhamos muito mais sangue para derramar.

Olhei para Ky, levantei as mãos e sinalizei:

— R-I-D-E-R.

Todos os irmãos que conheciam a linguagem de sinais congelaram, incluindo Flame. Primeira vez que isso acontecia. O irmão não conseguia ficar parado, eram muitos demônios atormentando sua cabeça.

— R-I-D-E-R? — Ky soletrou lentamente em voz alta. — Rider levou a Mae? Amarrou você no portão como se estivesse crucificado? — ele confirmou para todos ouvirem.

O clube todo ficou em um silêncio mortal.

— *Ele era o traidor todo esse tempo. Ele armou para Pit. Rider tem reunido informações por anos. Ele queria o nosso mercado de armas.*

— Para quem? Para quem o filho da puta trabalha? — Viking perguntou.

Soltei a respiração e lutei contra a náusea ao pensar que Mae tinha sido levada. Parecia que tinham arrancado meu coração. Pelo que ela estava passando agora? E se eles...? Merda! Eu não conseguia nem pensar. Eu queria esmagar crânios, crânios daquela *seita*, e esmagá-los até virarem pó.

— Prez! — Ky gritou.

Voltei a me focar.

— *A seita de Mae. O filho da puta é o herdeiro deles ou alguma merda assim.*

— Rider é da seita dela? *Não...* — Beauty cobriu a boca com a mão.

Assenti, sentindo o corpo todo tenso.

— Ele levou a Mae? — ela perguntou com os olhos cheios de lágrimas.

O ambiente parecia vibrar de tensão enquanto esperavam pela minha resposta. Assenti novamente.

— *Não!* — Beauty arfou. — Eles vão puni-la por ter fugido. Ela mesma me contou isso. — Tank abraçou a mulher para mantê-la quieta.

Impaciente e tremendo, me virei para Ky e sinalizei:

— *Chame todos os irmãos do Estado, porra, preciso deles aqui em quarenta e oito horas. Ligue para Oklahoma, Louisiana, Florida, Novo México e Alabama. Quero eles aqui. Estou declarando guerra contra a comuna! Eu, você, Tank, Bull e o trio vamos fazer uma visita ao Senador. Aquele filho da puta deve estar no meio dessa merda. Ele é a chave para conseguirmos Mae de volta. Fale com o pessoal da munição e pegue as armas. Vamos precisar de tudo o que temos.*

— E então o quê? — Bull perguntou, os irmãos esperando a minha reação.

Levantei segurando meu ombro deslocado e o manobrei até colocá-lo no lugar, estalando o pescoço na sequência.

— *E então vamos pegar a minha old lady de volta. Vamos soltar a ira de Hades naqueles malditos vermes.*

— Ora, ora, Senador Collins! — Viking falou enquanto entrávamos no quarto principal da mansão localizada em um condomínio fechado onde só moravam ricaços, bem ao lado do Lago Austin; onde as pessoas têm mais dinheiro do que bom-senso.

Paramos assim que vimos a cena à nossa frente.

O bom e velho Senador estava tirando o pau de dentro da bunda de algum garoto de programa tailandês e tentou se cobrir com os lençóis da cama.

Ky se aproximou e sorriu.

— Vejam só, o que temos aqui, Senador Collins?

— Como vocês entraram aqui?! — Collins berrou.

AK entrou no *closet* e começou a revirar tudo, e encontrou uma caixa de charutos cubanos.

— Os seus funcionários não são muito leais... Parece que eles valorizam mais as próprias vidas do que a sua. — Ele levantou a cabeça e olhou para a cama. — E desse seu brinquedinho menor de idade, ao que parece.

O Senador ficou pálido. O garoto de programa ergueu as mãos, parecia ter dezesseis anos, no máximo dezessete. Ótimo, mais uma coisa para usarmos. Talvez Hades estivesse olhando por nós no final das contas.

Flame foi na direção do garoto e o levantou da cama pelo cabelo.

— Você tem dez segundos para sair deste quarto antes que eu castre você e dê o seu pau para o cachorro dele comer! — Flame o jogou no chão e, em menos de dez segundos o garoto sumiu, batendo a porta depois de passar por ela.

Ky se sentou aos pés da cama e ficou olhando para Collins. Fiquei de pé, perto da cômoda, só observando enquanto o idiota olhava para mim. Ele engoliu em seco... nervoso.

Eu sorri.

Ele choramingou.

Cagão do caralho.

— Então, Collins... Parece que você tem mantido alguns segredos do seu pessoal do Texas, hein? O que eles diriam se soubessem que o perfeito homem de família deles gosta de chupar uns paus?

— O que vocês querem? — perguntou, seu olhar amedrontado correndo pelos irmãos que agora estavam em vários cantos do quarto. — Eu tenho muito dinheiro. Quanto vocês querem?

Ky arqueou uma sobrancelha e riu.

— Nós também temos muito dinheiro.

Ele acenou para Flame, que prontamente se aproximou da cama e levantou Collins no ar, segurando-o pela garganta, para prendê-lo contra a parede.

— NÃO! Não me mate! Eu conto qualquer coisa que vocês quiserem saber! — Collins gemeu, suas palavras quase inaudíveis por causa do aperto em seu pescoço. Quando a cara inchada do Senador começou a ficar roxa, Flame o deixou cair no chão de madeira.

— Quem colocou os neos na nossa cola? — Qualquer sangue que sobrara no rosto do Senador simplesmente sumiu quando escutou a pergunta do meu VP.

— Eu não... Eu não... — Flame se jogou sobre ele de novo. Collins levantou as mãos, gritando e se encolhendo contra a parede. — Ok, ok... só não me machuque!

Olhando para mim, à espera de instruções, Flame se afastou quando acenei. — Vamos dizer o seguinte... — Ky falou, se aproximando para confrontar o político filho da puta. — Eu vou contar do sessenta, se eu chegar a zero, vou deixar esse maluco aqui fazer uma lobotomia em você. Vamos ver se a sua memória é boa.

Flame jogou a cabeça para trás e soltou uma gargalhada histérica, já abrindo animado o seu canivete persa.

— Cinquenta — Ky contou.

O Senador esfregou a cabeça careca e suada, amedrontado.

— Quarenta.

Flame começou a se preparar: estalou os dedos, alongou o pescoço, passando a lâmina pelos braços; seu sangue começou a pingar no tapete claro.

Era visível o pavor, pela expressão do rosto de Collins.

— Trinta.

— Vinte.

— Dez.

— Cinco... quatro... três... dois... um... zer...

— Okay! Okay! Vamos fazer um acordo!

Acenei, mandando o Senador começar a falar.

— Foi um engravatado. Ele apareceu, eu procurei quem fizesse o trabalho e os nazistas aceitaram. O cara queria o mudo morto e os Hangmen fora do jogo. — Ele olhou para mim. — A ordem veio da mansão do Governador. Ele trouxe uma carta com a assinatura dele e me disseram para fazer vistas grossas com as negociações de armas de uma nova organização, financiada por Gaza ou algo assim. Para aprovar zonas de interdição de voos, e aplicar leis mais severas contra invasão em um terreno abandonado ao norte da cidade. Não fiz perguntas. Quanto menos eu soubesse, melhor.

— Como que o engravatado se parecia? — Tank perguntou.

Collins apertou a ponte do nariz.

— Alto, aparência legal, normal. Ah, e ele tinha uma barba castanha comprida e uma cicatriz que descia pelo pescoço.

Gabriel.

Ky se virou para mim para ouvir minhas ordens.

— *Descubra a localização do terreno. É a comuna, sem dúvidas. Esse cara era um dos filhos da puta que levou Mae.*

Ky assentiu rigidamente. Ele estava puto.

— Vamos precisar da localização — Ky ordenou.

Collins franziu o cenho.

— Não posso. — Flame se aproximou, lambendo a lâmina ensanguentada, e ele gritou: — Espera! Espera!

Levantei a mão, sinalizando para Flame parar.

— O Governador tem umas merdas contra mim. Coisas que poderiam destruir minha carreira política, minha família. Ele disse que acabaria comigo se eu desse a localização... especialmente para vocês... os Hangmen. Isso só pode significar que ele deve estar recebendo uma nota preta deles.

— Você quer dizer que ele sabe que você gosta de trepar com menininhos? — Viking indagou.

Collins fechou a cara e o ruivo riu.

— As únicas pessoas que se importariam se o local for encontrado estarão mortas em vinte e quatro horas. O Governador só se importa com o que possa respingar nele. Não vai sobrar ninguém para contar a história, *eles* ou *ele* não vão dar a mínima pra você.

O Senador suspirou. O filho da puta não tinha escolha, e ele sabia disso.

— E vocês? O que vocês farão com essa... *informação pessoal* sobre mim?

— Quem se importa? Claro que se a localização for correta... — Ky enfatizou.

— E devo acreditar que vocês não vão usar isso contra mim no futuro?

— Não. Nos ajude e deixaremos você trepar até morrer, se quiser. Não nos dê a localização e você será a manchete de todos os jornais amanhã. — Ky se agachou. — Apenas vamos dizer que temos alguns contatos que adorariam espalhar a história.

— Porra! — Collins gemeu. — Acho que não tenho escolha, não é?

— FALA. LOGO. CARALHO!

Cinco minutos depois, tínhamos as coordenadas da comuna.

Assim que subimos em nossas Harleys, Ky atendeu o celular:

— Sim... Previsão de chegada... Certo... — Ele encerrou a ligação e olhou para mim. — Hangmen de sete Estados estão a caminho. Chegam em oito horas.

Uma sensação de alívio tomou conta de mim. Eu conseguiria Mae de volta. Em menos de vinte e quatro horas eu teria minha *old lady* na garupa da moto e na minha cama. Os filhos da puta que a levaram iriam de encontro ao barqueiro, sem moedas nos olhos. E aquele maldito Rider... pagaria por tudo o que fez.

Inclinando a cabeça para trás, fechei os olhos. *Aguente firme, baby. Estou indo te buscar.*

CAPÍTULO VINTE E TRÊS

MAE

— Baby — Styx gemeu enquanto eu beijava e brincava com sua barriga definida, lambendo cada gomo. Seguindo o caminho de pelos que levava à cueca, puxei o tecido e o comprimento pulou para fora, tocando minha boca. Levantei o olhar e vi que ele estava com os olhos vidrados em mim, os dentes mordendo o anel de prata no seu lábio inferior.

— Mae... porra... — ele sussurrou.

Sorrindo por ter conseguido deixá-lo louco, me abaixei e lambi ao longo de sua ereção, da base até a ponta. Um longo gemido escapou da sua boca.

— Isso é tão bom, baby. Bom pra caralho — murmurou, seus braços tatuados agarrando o lençol.

Apoiando as mãos em seu quadril, me arrastei sobre as coxas grossas, com meus lábios ao redor da sua masculinidade, e o tomei por inteiro. Adorei o gosto salgado... Senti suas mãos agarrarem meu cabelo e o quadril começar a se levantar, lentamente investindo sua ereção mais profundo na minha boca.

— Baby... baby... — ele falou, cada palavra sendo enfatizada com uma estocada.

Levantei as mãos até o peito dele e cravei as unhas na pele, aumentando o ritmo, escutando sua respiração ficar cada vez mais acelerada.

— Mae... Mae, porra! Amo você...

Liberando Styx da minha boca, me sentei sobre o seu quadril e, estimulada por suas palavras, o levei até minha entrada e desci com tudo sobre ele, sentindo toda a carne dentro de mim.

TILLIE COLE

A sensação foi tão intensa que Styx chegou a levantar o torso do colchão.

— MAE! — gritou.

Segurando minha bunda, ele me puxou furiosamente contra a sua dureza, o movimento acertando aquele lugar exato em meu interior.

— River... ah, sim... — gemi.

— Eu amo pra caralho quando você me chama de River... — ele sussurrou e lambeu meu pescoço, descendo pelo meu peito e chupando meus mamilos.

— River... River... — gemi mais alto sentindo a barriga tensionar e minhas coxas se contraírem. Assim que joguei a cabeça para trás, senti meu corpo explodir, o prazer correndo pelas veias e me queimando de dentro para fora.

— Mae. Baby... Você ordenhando o meu pau é tão bom... tão... apertada... aahhh! — Styx ficou parado e cada músculo no seu corpo ficou tenso. As veias do pescoço saltaram, sua boca abriu e uma onda de calor se espalhou em meu corpo.

Afastando o cabelo bagunçado do rosto de Styx, descansei a testa contra a dele enquanto tentava recuperar o fôlego. Sorri quando as mãos passearam pelas minhas costas e foram para a minha nuca, me mantendo no lugar.

— Você não gaguejou — comentei casualmente, com um sorriso feliz no rosto.

Ele me olhou com o cenho franzido e eu beijei o V que se formou entre suas sobrancelhas.

— Não?

Balancei a cabeça.

Styx suspirou e um sorriso surgiu em seu rosto.

— É como... se eu pudesse... respirar quando você está ao meu lado... Está... ficando mais fácil... Eu esqueço que não consigo... falar quando... estamos sozinhos... Eu me sinto... normal.

Styx falou cada palavra claramente. Ele parou diversas vezes, os olhos piscando enquanto falava a frase, e respirou fundo repetidas vezes, mas sem gaguejar. Eu me sentia orgulhosa por ele.

— Sabe... Eu passei por um monte de tratamentos enquanto crescia... até que, eventualmente, aos seis anos, um... especialista recomendou que eu... aprendesse a linguagem de sinais. Sabe, só para... me dar algum tipo de voz. Os médicos não conseguiram... descobrir o que causava isso. E eu não tinha... ideia do que estava acontecendo. Só sabia que as minhas... palavras não saíam como as... das outras pessoas. Eu nunca deixei... ninguém se aproximar demais, exceto... o meu pai e o Ky... e essa... garota que conheci do outro lado de uma cerca... quando eu era uma criança. E então anos depois... ela voltou... para a minha vida. — Ele pegou meu rosto entre as mãos. — Baby... você é o meu melhor... tipo de terapia.

Meus olhos ficaram presos aos dele e inclinei a cabeça.

— Pensei que você tinha dito que não era para mim...?

Ele riu. Styx raramente ria, mas quando o fazia, eu me deliciava com o som: profundo, rouco... masculino.

— Ah, pode ter certeza que sou, baby... Não existe nenhum homem para você... a não ser eu.

Encostando minha testa à dele, beijei seus lábios, minha língua brincando com o anel de prata em seu lábio.

— Uhmmm... — ele suspirou. Comecei a balançar o quadril no seu colo, sentindo a masculinidade voltar a endurecer. Styx riu. — De novo, baby?

Assenti e puxei seu cabelo.

— De novo... e de novo... e de novo... e de novo...

Um dedo acariciou meu braço, me acordando e eu dei um sorriso.

— Uhmm... Styx? Sonhei com você de novo.

A mão parou sobre a minha pele e eu franzi o cenho. Até mesmo meio dormindo, senti que algo estava errado.

— Styx?

Ainda grogue de sono, meus olhos abriram lentamente e lutei para clarear a visão. Sentei e senti o estômago embrulhar; esfreguei os olhos para afastar aquela neblina sonolenta.

— Styx? — chamei de novo.

Assim que a minha visão clareou, duas silhuetas ficaram mais visíveis; duas mulheres, uma loira, e a outra, morena.

— Mae? — uma voz suave sussurrou, gentilmente me chamando para o mundo real.

Delilah? *Por que estou escutando a voz da minha amiga?* Rapidamente olhei o que me rodeava: paredes de cimento queimado, chão de madeira, uma enorme cruz de madeira em um lado do quarto e um quadro de alguém pintado à mão... Profeta David!

TILLIE COLE

Tremendo, levantei da cama tentando correr, andar, engatinhar... eu não sabia o quê. Minhas pernas estavam fracas e foram incapazes de sustentar meu peso, fazendo com que eu caísse no chão. Lágrimas rolaram dos meus olhos quando a realidade me atingiu.

A comuna... Eu estava de volta na comuna.

Não no complexo... Não com Styx.

Levada contra a minha vontade e de volta ao Inferno.

— Mae? — Levantei a cabeça ao escutar meu nome.

Lilah e Maddie estavam paradas à frente. Com lágrimas nos olhos, elas me observavam, cada uma com a mesma expressão preocupada. Elas estavam usando seus vestidos longos e cinzas, a roupa padrão da comuna, e seus cabelos estavam presos com um pano branco, modesto e conservador.

Abri os braços e as duas se jogaram contra mim.

— Minhas irmãs... — sussurrei, sentindo as lágrimas descerem pelas bochechas. — Senti tanta saudade de vocês. — Era tão bom abraçá-las novamente. A intensidade dos nossos laços fez com que eu as apertasse mais ainda.

Elas também me abraçaram apertado e pude escutá-las fungando e chorando. Depois de vários minutos, elas se afastaram.

Lilah tirou uma mecha de cabelo do meu rosto.

— Você está bem, Mae? — ela perguntou suavemente e então continuou: — Você ficou inconsciente por muitas horas e cuidamos de você.

Respirando fundo, testei meus músculos e estiquei braços e pernas doloridos. Eu estava fraca, meu braço machucado, mas concluí que estava bem. Quando olhei para baixo, congelei. Eu, de volta às tradicionais roupas cinzas das irmãs, usando um longo vestido. Dobrando as mangas, vi marcas vermelhas nos pulsos e meu cérebro recordou de onde elas vieram.

Minha mente ainda estava meio confusa, mas lutei para ficar alerta e as lembranças começaram a voltar. Cantando para o Styx... fazendo amor com ele... os homens com balaclavas entrando no quarto... e Rider... *NÃO!* Endireitei o corpo e abri os olhos, olhando para minhas irmãs.

— Rider! Onde está o Rider? Ele me trouxe pra cá? Ele está na comuna?

Maddie e Lilah olharam surpresas uma para a outra, e Lilah segurou minha mão.

— Mae, quem é Rider? Não estamos entendendo...

Apertei seus dedos na minha mão.

— Rider... ele... — Engoli a bile que senti subir na garganta quando lembrei dele abraçando Gabriel e os anciões. *Irmão Cain, quanto tempo!*

Não! Impossível!

— Mae... — Maddie sussurrou. — Você está me assustando, irmã. Quem é Rider? Onde você esteve por todo esse tempo?

Balancei a cabeça e falei:

— Irmão Cain! Rider é o Irmão Cain! — As duas ficaram paradas e eu soube que ele estava aqui.

— Mae, Irmão Cain trouxe você hoje mais cedo, junto com os anciões. A comuna está preparando um jantar para ele enquanto conversamos. Todo mundo está alegre por ele ter devolvido você ao Profeta David. Irmão Cain é o nosso salvador. Nossas presenças foram proibidas no jantar; desde que você foi embora nos trancaram aqui, isoladas.

Maddie segurou minha outra mão e o gesto me surpreendeu. Maddie não era de demonstrar afeto; ela sempre estava sozinha e preferia sua própria companhia do que a de outras pessoas. Ela nunca ficava tão perto de mim ou de Bella.

Obviamente alguma coisa nela mudou.

Os olhos verdes nunca desviaram dos meus enquanto eu me aproximava ainda mais, e percebi que ela havia perdido peso desde que fugi. O longo cabelo escuro estava opaco e a pele mais pálida. Quando trouxe sua mão para os meus lábios e beijei seus dedos, uma lágrima rolou lentamente pela sua bochecha.

— Eu senti a sua falta, irmã — sussurrei suavemente.

— Você me deixou. — Sua voz era quase inaudível.

Meu coração doeu. Eu a *tinha* deixado sozinha. Ela tinha acabado de perder Bella, e então, eu também a abandonei. Ela só tinha vinte e um anos e era a mais tímida de todas nós. E eu, sua única família, tinha abandonado minha Maddie aqui, na comuna, com o Irmão Moses, o mais cruel dos anciões.

— Eu sinto muito. Sinto muito... — Puxei Maddie para um abraço. — Eu nunca mais vou deixar você, prometo. Eu fui tão egoísta.

— Você pode prometer isso para mim também? — Olhei Lilah, que estava ajoelhada nos observando com os grandes olhos azuis. Com Maddie se recusando a se afastar de mim, consegui me mover alguns centímetros para perto de Lilah e ela nos enlaçou em um abraço.

A mesma promessa que tinha feito para Maddie, fiz para Lilah:

— Eu nunca mais vou deixar vocês, nunca. Vocês têm a minha palavra.

— Ah, Mae, foi tão ruim quando você fugiu. As pessoas acharam que Deus estava nos punindo. Elas estavam desesperadas. E os anciões... —

Lilah parou e senti Maddie ficar tensa e choramingar contra o meu pescoço. Acariciei sua cabeça e a embalei nos meus braços. Lilah se afastou, observando Maddie com um olhar compassivo.

— O que tem os anciões? — perguntei com os dentes cerrados.

Lilah engoliu em seco, nervosa.

— Eles ficaram tão bravos com você... Quando voltaram horas depois da busca, eles vieram aqui, por nós.

O choramingo de Maddie se transformou em soluços desesperados.

— Eles vieram por *nós* — Lilah murmurou.

— Quem? — perguntei.

— Todos eles! Todos os anciões: Gabriel, Jacob, Noah e Moses.

Maddie apertou os braços nas minhas costas, tentando ficar ainda mais próxima de mim. Ela era como uma criancinha amedrontada, então eu a acalmei, ficando mais alarmada com cada soluço. Lilah secou os olhos.

— Maddie, calma. Você está a salvo agora. Estou aqui. — Olhei para Lilah e murmurei: — *O que há de errado com ela?*

Lilah ficou nervosa e afastou o olhar.

— Eles queriam retribuição divina. Os anciões ficaram obcecados em punir as irmãs pela sua desobediência. Eles ficaram lívidos por você ter conseguido fugir da comuna e por estar vivendo lá fora, em pecado. — Ela respirou fundo, trêmula. — Eles falaram que as Amaldiçoadas eram uma vergonha para a Ordem: você... Bella... Disseram que a nossa linhagem estava manchada com o mal. Que Satã usou você para a tentação.

Senti o corpo gelar. Maddie... ela era da minha linhagem. Será que eles acreditavam que ela também era usada para tentação e pecado?

Apertei os braços ao redor do corpo frágil.

— Eles disseram que precisavam ter certeza de que Maddie não iria pelo mesmo caminho... Que precisavam subjugá-la de uma vez por todas. Exorcizar seus demônios.

Maddie agora chorava incontrolavelmente. Eu sentia seu coração bater acelerado e seu peito subir e descer intensamente com os soluços.

— Eles a tomaram brutalmente por horas e horas até que ela desmaiou. Um após outro... algumas vezes ao mesmo tempo. Eles me fizeram assistir, mas não pude fazer nada. E então chegou a minha vez...

— Com que frequência? Com que frequência isso acontecia? — perguntei, apertando a mão de Lilah, demonstrando apoio.

— Diversas vezes por semana... — Ela olhou para o chão e depois ergueu o olhar. — Toda semana desde que você sumiu. Tem sido um verdadeiro inferno. Presas nesse quarto, tomadas até sangrar, dia após dia. Mae, não aguentamos mais... Não podemos mais viver assim...

Ficamos abraçadas até que não tínhamos mais lágrimas para chorar. Depois de um tempo, Maddie se afastou e se sentou ao meu lado. A mão ainda segurando a minha, e eu achava que ela nunca mais soltaria.

— Aonde você estava, Mae? — Lilah perguntou. — Como é o mundo exterior?

Por onde eu começo?

— Irmãs, não é nada como vocês imaginam... A tecnologia, a maneira como as pessoas vivem... É tão, tão diferente. Quando fui embora, os anciões me encontraram perto da cerca.

Maddie pulou e franziu o cenho, mas tentei acalmá-la acariciando a sua mão.

— Eu estava quase do outro lado da cerca quando o cão de guarda de Gabriel me atacou. Minha perna ficou bem machucada, mas ainda assim consegui fugir. Passei pela floresta e cheguei em uma estrada; uma caminhonete me encontrou logo depois. A mulher que dirigia, uma senhora gentil, me levou para longe.

— O que... O que é uma caminhonete? — Maddie perguntou baixinho e eu dei um pequeno sorriso.

— É um veículo grande, como o carro do profeta, mas bem maior. — Os olhos verdes arregalaram, assim como os de Lilah, enquanto imaginavam o que eu havia descrito. Eu perguntava o que elas pensariam de uma motocicleta, das Harleys e Choppers dos Hangmen. Percebi naquele momento o quão estranha devo ter parecido para os Hangmen quando eles me encontraram no complexo, acreditando que eu estava no inferno.

— E então o quê? — Lilah perguntou, querendo saber mais. Imaginei que, para ela, tudo isso soava como uma história fantástica.

Encolhi os ombros e continuei:

— Eu estava perdendo muito sangue... morrendo, eu acho... — Maddie arfou e suas mãos começaram a tremer. — A motorista da caminhonete me deixou ao lado de uma estrada e encontrei abrigo em um tipo de complexo. A próxima coisa que me lembro, foi de acordar em um quarto estranho, sozinha e confusa.

Inclinei para frente e peguei suas mãos.

— Irmãs, o lado de fora não é tão mau como nos disseram. É repleto de coisas e pessoas boas. Sim, algumas vezes é perigoso e, outras vezes, pecador, mas não mais do que aqui. Fiz amigos, descobri quem realmente sou... e... me apaixonei.

Dessa vez, as duas ofegaram.

— Amor? — Maddie questionou, claramente em choque.

Amor não era algo que as mulheres da comuna soubessem o significado.

— Sim. Amor. Um amor profundo por um homem incrível. Ele é forte, protetor e cuida de mim. Estive com ele todo esse tempo. Eu o amo tanto, mas...

— Mas, o quê? — Lilah me apressou a continuar, seu rosto normalmente contido, agora animado.

— Mas havia outro. Alguém que eu acreditava ser um amigo. — Ri sem muito ânimo. — Que idiota eu fui... Não podia estar mais errada...

— É isso o que você acha?

Virei a cabeça na direção da porta. E lá estava Rider, não, *Irmão Cain*. Rider foi apenas um personagem que ele usou para esconder dos Hangmen sua real identidade.

Rider está morto para mim.

A formidável silhueta de *Cain* parecia tomar conta do quarto inteiro. Ele estava vestido todo de preto, o cabelo comprido solto e caindo sobre os ombros; assim como todos os outros discípulos. Ele só parecia estranho sem a costumeira calça jeans e o *cut*.

— Saudações, Irmão Cain. — Minhas irmãs pareceram murchar com sua presença; as cabeças abaixadas, mãos entrelaçadas no colo; completa e total submissão.

Cain dedicou a elas um breve olhar desinteressado e então voltou a atenção para mim. Fiquei de pé, trêmula, tentando encará-lo de frente, em termos de igualdade.

Ele cerrou os olhos.

— Deixem-nos — ordenou.

Instantaneamente, Maddie e Lilah se levantaram, com perguntas nos olhos.

Lilah pegou a mão de Maddie, mas minha irmã se recusou a se mexer. Cain se voltou para ela mais uma vez.

— Eu disse para saírem! — gritou, obviamente perdendo a paciência.

— Não se *atreva* a falar assim com ela! — ameacei, dando um passo para frente. Lilah arfou, me observando chocada.

— Mae, fique quieta — Cain rosnou em aviso, suas mãos fechadas em punhos, tremendo ao lado do corpo.

— Eu não vou ficar quieta! Nunca mais acatarei nenhuma ordem vinda de vocês de novo!

Maddie correu para o meu lado e segurou meu braço. Olhei para a minha irmã e vi que o estado de terror em que se encontrava. Dei um beijo em sua testa.

— Vá, Maddie. Ficarei bem. Espere por mim lá fora.

Ela balançou a cabeça, e os olhos arregalados encontraram os de Cain, que suspirou.

— Não a machucarei. Apesar do que acreditam, eu nunca machucaria uma mulher e não pretendo começar com Mae. *Especialmente* com ela.

Ri com a mentira deslavada, e ele voltou a olhar para mim. Virei para Maddie e disse:

— Vá, Maddie. Lilah cuidará de você. Irei ao encontro de vocês, assim que terminar aqui.

As duas saíram do quarto de mãos dadas.

— Eu não tenho nada a dizer para você — falei para Cain. Dei as costas para o meu ex-amigo e caminhei pelo quarto, me sentando aos pés da cama.

— Sei que você pensa que eu a traí, mas tudo foi real, Mae. Nós, nossa amizade, tudo o que eu disse... especialmente a maneira como me sinto sobre você. — Ele se aproximou de mim e ergui a mão, fazendo-o parar.

E assim ele fez.

— Sério? Foi tudo real, Rider... Opa, quer dizer, *Cain!* Me desculpe se o fato de você me sequestrar e trazer de volta para este inferno, possa ter passado a impressão contrária.

Cain ignorou o meu sarcasmo e voltou a falar:

— Você não pertence ao mundo exterior, Mae. Você pertence ao seu povo... a mim. — Sua voz era tão suave, tão persuasiva...

Meu coração doeu. Eu queria o *meu* Rider de volta. A pessoa parada à minha frente me deixava confusa, e naquele momento, eu não sabia no que acreditar.

— Aquilo não pode ser o que *você* quer — ele falou. — Você *quer* ser uma *old lady*? Você *quer* estar rodeada a sua vida toda por armas, drogas e violência? Os Hangmen são como veneno, Mae. No fundo você sabe disso.

— Não — respondi. Cain continuou relaxado, com um pequeno sorriso nos lábios. Eu olhei para ele, sem qualquer expressão no olhar. — Eu quero estar com Styx para o resto da minha vida. Onde quer que ele estiver, eu também estarei. Ele é a minha vida. Se ele continuar como presidente dos Hangmen, eu estarei bem ao lado dele.

Cain ficou pálido e então veio na minha direção. Ele me empurrou na cama e se jogou em cima do meu corpo, prendendo meus braços com as mãos.

— O que você está fazendo? Saia de cima de mim! — rosnei, tentando afastá-lo.

— Bem, você não vai vê-lo nunca mais, ok?

Parei de lutar e fechei os olhos, para abrir em seguida e perguntar:

— Terei que me casar com o Profeta David?

Algo parecido a dor passou pelo olhar de Cain, mas ele assentiu e meus olhos se encheram de lágrimas.

— Por favor, vá embora — sussurrei. Eu só queria ficar sozinha.

Cain abaixou a cabeça e encostou a testa à minha.

— Eu amo você, Mae. Eu te amo tanto. Queria muito que você fosse minha.

— Eu nunca seria sua, e nem serei do Profeta David. Eu sou do Styx.

Cain deu um soco na cama, seus braços tremendo de frustração.

— Styx não está aqui! Ele já era, Mae. Já era! Ninguém vai encontrar você aqui! Esta comuna está protegida.

— Rider... — suspirei. *Caramba*, eu tinha que me policiar. — Quer dizer, Cain...

— Não — ele me interrompeu, acariciando minha bochecha com os dedos. — Gosto quando você me chama de Rider.

Franzi o cenho enquanto ele passava os dedos pelo meu cabelo, suavizando o olhar.

— Quando eu era Rider, acho que uma parte sua me amava, não é? Agora, tudo o que posso ver é raiva.

Não importava o quanto eu *tentasse* odiá-lo, naquele momento, eu não conseguia. Ele estava certo. De uma maneira, eu o amei e não conseguia desligar essas emoções, mesmo se tentasse com todas as minhas forças. Eu amei a pessoa que ele era lá fora, mas não aqui, não como Cain. Não como um irmão da Ordem e, certamente, não como o sobrinho do profeta!

— Mae? — Cain sussurrou, esperando minha resposta.

Mexi-me sob o seu corpo e encostei minha mão em sua bochecha. Ele gemeu com o contato.

— Tudo sobre nós gritava que pertencíamos um ao outro: nossa fé, nossa criação, nossos interesses. Mas isso *não é tudo* — sussurrei. — Você precisa da luxúria crua e primal, da conexão indescritível... da incrível certeza de que existe uma pessoa especialmente para você. O amor, Cain... O amor é transcendente, e eu tenho isso com Styx. Mesmo se eu tiver que passar o resto dos meus dias aqui na comuna, nada mudará isso, nem mesmo a morte.

Seus olhos castanhos arderam.

— Eu nunca tive uma chance, não é?

Balancei a cabeça.

— Não podemos lutar contra o destino, Cain. Agora eu sei disso. O universo tem sua maneira de mostrar como as coisas devem ser, com quem você deve estar.

Cain se afastou e se ajoelhou na cama.

— Os anciões virão por você logo mais. O casamento com o Profeta David acontecerá esta noite.

Eu me sentei rapidamente.

— Você ainda vai permitir que isso aconteça?

— Não se você concordar em se casar comigo — Cain sussurrou. Ele levantou a cabeça e seu lindo rosto pareceu tão esperançoso.

— Cain... Eu não posso me casar com você. E é loucura você sugerir isso. Você me *sequestrou*!

Senti o toque em minha mão, a leve carícia com os dedos.

— Eu nunca tomaria outra esposa, Mae. É a cultura do nosso povo, mas eu nunca amaria alguém tanto quanto te amo. Você seria a única para mim. Você é a única para mim. Não fui criado como os outros irmãos aqui da comuna. Eu cuidaria de você, a protegeria... a trataria como uma rainha.

— Cain... — sussurrei, meu coração partindo pelo garoto perdido sentado na minha frente, abrindo o coração.

— Você se esquece, Mae, de que também sou uma vítima das circunstâncias. Fui criado para herdar a Ordem, não tive outra escolha. Poderíamos ser o conforto, a salvação um do outro. Estaríamos unidos aos olhos do Senhor, seria puro... seria perfeito.

Lágrimas começaram a rolar pelas minhas bochechas.

— Eu não posso ficar aqui. São muitos os pesadelos com este lugar atormentando a minha mente. Muitos demônios disfarçados como 'pessoas justas', que me usaram... que me marcaram. — Ele soltou a respiração exasperado enquanto eu também me ajoelhava na cama. — Diga-me uma coisa...

Ele me olhava ansioso, esperando pela minha pergunta.

— Você já participou da Partilha do Senhor? Já viu uma garotinha de oito anos de idade ser estuprada, com as pernas afastadas e presas por um aparelho por estar assustada demais para entender o que estava acontecendo com ela? Alguma vez você já se forçou para dentro de uma criança, Cain, por acreditar que o ajudaria a ficar mais próximo do Senhor, e por que o profeta assim o disse? Bem, você já fez isso?

Ele parecia ter congelado no lugar.

— E...? — perguntei novamente.

— Isso aconteceu com você? *Aqui?* — perguntou, com os dentes apertados e franzi o cenho, incapaz de encontrar as palavras. — Mae! Me responda! Você foi... tomada quando era uma criança... daquela... maneira?

Assenti e ele ficou lívido.

— Você está me dizendo que nunca participou de uma união irmão-irmã? — perguntei de novo, incrédula.

Cain abaixou a cabeça, como se estivesse envergonhado.

— Eu sou o herdeiro, permaneço puro.

Pensei nas semanas que passamos juntos e me lembrei que ele nunca dividiu a cama com uma mulher. Na verdade, a única vez que ele parecia ter levado uma mulher para lá, foi quando esteve com a garota que se parecia comigo.

Olhei para ele perplexa.

— Você é...

— Eu não tenho vergonha disso, então não ouse sentir pena de mim! — ele me interrompeu.

— Então a mulher que eu vi com você, no seu quarto...

Cain encolheu os ombros.

— Foi um lapso de julgamento, um momento de fraqueza e paguei minha penitência por isso. Rezei pelo perdão do Senhor.

— Qual foi a penitência? — perguntei, curiosa.

Cain se endireitou e levantou a camisa para mostrar as costas.

— Cain, não... — Cobri a boca com a mão.

Cílios. Ele pagou com a própria pele. Açoitou seu corpo como punição por um momento de fraqueza com uma garota. Meus dedos passaram por cima das marcas, cicatrizes eternas em suas costas. A tatuagem com o emblema dos Hangmen ainda estava lá; Hades me olhava com um sorriso zombeteiro. Tirei a mão de suas costas e ele abaixou a camisa.

Pegando seu rosto entre as mãos, o forcei a olhar para mim.

— Libere nós dois, Cain. Permita que nós dois saiamos deste lugar de uma vez por todas. Tem tanto mais para nós do outro lado da cerca.

Podemos levar Lilah e Maddie conosco. Podemos escapar de nossas prisões, escapar dos nossos destinos forçados.

Cain levantou as mãos e gentilmente agarrou os meus pulsos, beijando a palma da minha mão esquerda.

— E para onde iríamos? — perguntou, com um olhar esperançoso.

— Para os Hangmen. Poderíamos explicar o que aconteceu, nós...

— *Porra, Mae!* Eles vão me matar. Você não entende a gravidade do que eu fiz? Eu traí o clube. Armei para que parecesse que Pit fosse o traidor. Basicamente matei Lois, e o pior de tudo: tomei você do Styx.

Uma expressão fria tomou conta das suas feições enquanto eu balançava a cabeça, e ele levantou as mãos.

— Por que estou tentando tanto, Mae? — ele falou exasperado, sua voz grave transparecendo sofrimento. — Você vendeu sua alma para Satã quando escolheu Styx e virou as costas para a causa. Você ficou cega pela escuridão.

— Espera! Rider! — gritei quando ele se levantou da cama e caminhou para a porta. Ele parou, suas costas tensas.

Lentamente, virou-se para mim... ameaçadoramente.

— É Irmão Cain, Salome, e já está na hora de você aprender qual é o seu lugar! Você é a personificação da tentação, uma pecadora... a puta do Styx. Eu lavo as minhas mãos. Irmã Eve estará aqui logo para preparar você para a cerimônia. E desta vez, nem pense em fugir. Se você tentar, será punida... *severamente.*

Cain saiu pela porta e, com ele, levou meu melhor amigo, Rider.

CAPÍTULO VINTE E QUATRO

STYX

Uma batida soou à minha porta. Não respondi, perdido nos meus próprios pensamentos e sentado na beirada da cama, me preparando para o que estava por vir. Era sempre assim quando entrávamos em guerra, mas desta vez, eu tinha muito mais a perder.

Um momento depois, a porta foi aberta. Ky.

— Prez, estão todos aqui. Estamos esperando por você — informou, entrando no meu quarto.

— Q-quantos vieram?

Ky parou à minha frente, completamente vestido em couro; seu longo cabelo loiro preso para trás, pronto para a batalha.

— Em torno de quatrocentos.

Arqueei a sobrancelha, impressionado pela quantidade de irmãos que tinham conseguido chegar aqui em tempo. Respirando fundo, me levantei e dei mais um olhar para a porta do *closet*. Ky seguiu meu olhar.

— Ela vai usar, Styx — falou com convicção. Olhei para o colete de Mae, o que eu tinha mandado fazer especialmente para o tamanho minúsculo dela, com *Propriedade do Styx* nas costas. Eu ia dar para ela quando os filhos da puta entraram no meu quarto e a levaram de mim.

Eu esperava que o meu VP estivesse certo.

— E-encontro você lá na f-frente.

Ky me deixou sozinho e fui me preparar: couro da cabeça aos pés, o coldre com minhas Uzis, a 9 milímetros, minha faca de caça, e a faca *Bundeswehr* preferida. Eu ia entalhar alguns malditos com elas, deixar alguns sorrisos permanentes.

Voltando para a poltrona no canto, passei a mão pelas roupas de Mae, deixadas no encosto. A regata dos Hangmen ainda tinha o seu cheiro, doce, e algo único dela. Peguei o pequeno tecido preto, levei ao nariz e respirei profundamente antes de amarrá-lo na cintura da minha calça de couro.

Ela seria o meu talismã.

Assim que saí para o pátio, uma infinidade de Hangmen em suas motos olhava para mim com expectativa. Meu pessoal estava no centro, bem à frente, todos esperando pelo meu comando... todos esperando que eu falasse.

Ky ficou do meu lado no topo das escadas e perguntou baixinho:

— Você quer que eu traduza?

Assenti e dei um passo para frente, acenando com a mão para que as centenas de irmãos ficassem em silêncio. Tudo o que conseguia ouvir agora eram os grilos. Tudo o que conseguia ver era couro e cromado. Tudo o que conseguia sentir era o aperto ao redor da porra da minha garganta.

Deixando as preocupações de lado, levantei as mãos e comecei a sinalizar:

— *Irmãos, vocês foram chamados aqui porque estamos entrando em guerra. Uma nova organização fodida, uma seita extremamente religiosa tem ameaçado este clube. Ameaçado o nosso nome. Ameaçado nossos negócios.*

Os Hangmen ficaram impacientes nos bancos de suas motos quando Ky começou a dar voz às minhas palavras. Dentes cerrando e punhos tensos eram vistos em todos os lados. Eles estavam putos. Ótimo.

— *A comuna que vamos atacar é incrivelmente protegida, tipo a porra de um campo de concentração. Acres de terra, uma cerca gigantesca. Temos imagens aéreas que o Senador nos deu... É completamente diferente do que já vimos antes. Vamos entrar em equipes. Nos dividiremos em seções, atacaremos primeiro o centro da comuna. Ky já deu para vocês os pontos de entrada e os mapas.*

TILLIE COLE

Os irmãos assentiram, me assegurando que, até ali, tinham entendido o plano.

— *Achamos que cerca de duzentas pessoas vivem lá. Mais da metade são mulheres e crianças. Não toquem nelas. Isso aqui não vai ser como o massacre de Waco... A menos que, claro, vocês sejam atacados primeiro. Não sabemos quem estará armado até entrarmos, será uma missão às cegas.*

Olhei para todos e continuei:

— *A Ordem, como eles são conhecidos, negocia armas, merda de ótima qualidade vinda de Gaza: Carabinas, pistolas Jericho, rifles Tavor, Uzis, armamento especial. Essas são as únicas que sabemos.*

Isso arrancou algumas reações impressionadas, e Titus, cinquenta anos, Prez do MC de Nova Orleans, acenou com a cabeça e falou:

— Quando acabarmos com esses idiotas fanáticos, o que acontece com as armas?

Olhei para Ky e ele deu um passo para frente, respondendo à pergunta:

— Colocaremos nas caminhonetes e as levaremos para um hangar particular; dividiremos a merda igualmente entre todos. Está bom assim?

Titus sorriu, com os dentes de ouro refletindo as luzes do complexo.

— Ótimo.

— *Encontraremos guardas, ou discípulos, como eles se chamam, equipados e treinados para lutar. E também tem uns filhos da puta que se intitulam anciões. Se puderem, os mantenham vivos. Esses malditos são da Sede.*

Tank, Bull, Smiler e o trio sorriram para mim. Eles queriam o banho de sangue.

— *Quem quer que acabe com a raça de um velho conhecido como Profeta David, vai receber vinte mil. Mas, Rider, o traidor que nos colocou no meio dessa merda... Esse é meu. Ninguém toca nele, exceto eu. O seu nome na seita é Irmão Cain. Um filho da puta grande, cabelo castanho, barbudo.*

— Mais alguma coisa? — Country, Sargento de Armas do MC de San Antonio, perguntou.

Assenti e cerrei os dentes.

— *Três cadelas. Lindas. Uma loira, chamada Delilah, mas que também responde por Lilah. E Magdalene, cabelo escuro, atende por Maddie. E...*

Parei e respirei fundo. Ky olhou para mim, confuso por eu ter parado de sinalizar. Passei o olhar pelos irmãos, olhando em seus olhos. Cada um deles estava disposto a morrer para trazer Mae de volta para mim. Ninguém levava uma *old lady* e escapava ileso neste MC, *ninguém*. Os irmãos precisavam ouvir isso de mim, eu precisava contar para eles sobre Mae. Os irmãos começaram a ficar inquietos e confusos.

— Prez? Tudo bem? — Ky perguntou, sussurrando ao meu lado.

Dei uns passos para frente, os irmãos franzindo o cenho pelo meu comportamento atípico. Fechei os olhos e engoli, tentando liberar o aperto na garganta. Mas não estava funcionando. Eu poderia tentar com a ajuda da bebida, mas não seria o ideal. Não na frente de todos esses irmãos.

Pensei no que Rider disse enquanto eu estava preso no portão, incapaz de responder, minhas mãos atadas e a voz silenciada: *Você é patético. Não consegue nem falar com a sua mulher quando ela está chamando por você... chorando por você.*

Fechei as mãos em punhos e senti a respiração acelerar. Abri a boca, puxando o ar, mas nada saiu. Só piorava cada vez que eu tentava falar. O aperto na base da garganta pareceu agravar, me fazendo engasgar. Meus olhos piscavam, a cabeça doía. Eu estava a ponto de quebrar.

Abaixando a cabeça, tirei um cigarro do bolso da calça. Acendi, dando uma longa tragada. Pensei em Mae e o quão descomplicado era quando ela estava por perto, como as palavras saíam da minha boca com facilidade. Pensei em quando eu cantava, tocando meu Fender e em como as palavras saíam sem problemas por entre meus lábios. Imaginei os olhos cristalinos de Mae me observando tocar, seu sorriso incrível e orgulhoso por eu falar sem gaguejar. *Você não gaguejou, nem uma vez...*

Ela era o meu remédio.

Porra. Mae.

Percebi, surpreso, que eu conseguia respirar. Os olhos de lobo na minha mente conseguiram abrir a minha garganta. Minha mulher fez mais por mim em meses do que a terapia tinha feito em anos.

Abri os olhos, chocado; eu conseguia engolir sem sentir o aperto nas cordas vocais. Se eu pensasse em Mae, a garganta relaxava. Sim, o aperto ainda estava lá, mas estava mais solto. Talvez fosse o suficiente, talvez me desse o tempo necessário que eu precisava.

Percebi que o clube todo estava me observando, esperando, olhos arregalados ao notarem que o lendário Hangmen Mudo estava se preparando para falar. Letti e Beauty estavam lado a lado, Letti sorrindo com... o quê? Orgulho? Beauty tinha lágrimas descendo pelas bochechas. Elas estavam tristes e queriam Mae de volta.

Pigarreei e vi Ky arregalar os olhos em choque.

TILLIE COLE

— *Styx!* — ele sibilou.

Olhei para o meu amigo e levantei a mão. Ele estava visivelmente nervoso, não querendo que eu fizesse papel de idiota. Erguendo as mãos, balançou a cabeça e se afastou. Ele achava que eu não conseguiria.

Talvez ele tivesse razão.

Encarei os irmãos, sentindo o tique nervoso nos olhos, abri a minha boca defeituosa... e falei:

— T-t-também tem uma *c-cadela* chamada S-Salome. M-Mae. — Centenas de olhos chocados me observavam. Olhei para o pessoal do meu clube, meus irmãos, o ar de descrença em seus rostos dizia tudo: o Hangmen Mudo estava falando.

Respire. Relaxe. Pense em Mae... Pense em Mae. Imagine que você está falando com sua mulher, disse a mim mesmo, precisando que esse momento durasse um pouco mais, sabendo que talvez eu não fosse mais capaz de falar.

— E-e-e...

Parei. *Respire, Styx, respire, caralho!*

— E-ela é a m-minha *old l-lady.* — Sons raivosos soaram entre os irmãos. — E-les a l-levaram d-de m-mim... me a-amarraram e-e a levaram de m-mim. E eu quero e-ela de v-volta. — Abaixei a cabeça e apertei a ponte do meu nariz, meu estômago rígido de tensão. Cada músculo do meu corpo tensionado, pronto para a guerra.

Respire. Relaxe. Se acalme. Repita. Se acalme. Tente de novo...

Minhas mãos se fecharam em punhos ao lado do corpo. Rosnei, a voz transparecendo a raiva que eu estava sentindo.

— *Encontrem* e-ela. A m-m-mantenham em s-segurança. T-tragam e-ela de v-volta para m-mim.

Os irmãos urraram e bateram nos peitos com os punhos, mostrando seu apoio. Relaxei; eu já tinha dito o que precisava e voltei a sentir o aperto ao redor da garganta. Mas eu tinha conseguido...

Ky deu uma batidinha no meu ombro.

— Porra, Styx — ele disse com a voz tensa. — Merda, irmão... — ele não conseguiu terminar de falar.

Eu o puxei para um abraço.

— N-nós vamos p-pegá-la de volta — falei apenas para ele.

Ele se afastou e me deu um daqueles seus sorrisos assassinos.

— Sem dúvidas.

Fui na direção da minha moto, estacionada à frente, com Ky logo atrás.

Cada irmão me deu uma batida no ombro para mostrar apoio. Estávamos todos juntos nessa.

Respirei fundo e subi na minha Harley. Levantei a mão e apontei para frente, sinalizando que era hora de pegarmos a estrada...

... com um par de olhos de lobo me guiando.

TILLIE COLE

CAPÍTULO VINTE E CINCO

MAE

— O guarda estará do lado de fora. Nem pense em sair deste quarto. Ficou claro, Salome? — Irmã Eve olhou para mim, com um ar severo.

Assenti docilmente. Ela saiu do quarto, parecendo bem impressionada com o meu show de submissão.

Parei na frente do espelho e observei meu reflexo.

Dèjá vu.

Um vestido branco, comprido e sem mangas. Cabelo suavemente ondulado, uma coroa de flores no topo da cabeça. O cheiro de óleo de baunilha na minha pele completamente depilada; mas isso me tornava uma noiva feliz? *Não mesmo.* Tudo o que eu queria fazer era chorar.

Ouvi o som de passos do outro lado da porta e quando toquei a maçaneta, Lilah e Maddie já estavam se esgueirando para dentro do quarto.

— Sejam rápidas — sussurrei, checando o corredor, que estava livre de guardas. Minhas irmãs correram a entrar no quarto e fechei a porta o mais silenciosamente possível.

— Ah, Mae. Você está tão linda — Lilah sussurrou enquanto íamos para a minha cama. Meus olhos começaram a se encher de lágrimas.

— Mae, não chore — Maddie implorou, segurando minha mão.

— Não posso me casar com ele. Eu sequer falei com ele. Ele é velho e decrépito. — Tentei abafar um soluço com a mão. — Eles vão me forçar a me unir a ele. Eu... eu não posso fazer isso. Eu amo Styx. Não vou traí-lo. O que vou fazer?

Minhas irmãs me olharam com uma expressão de compaixão.

— Não há nada que você possa fazer, Mae — Lilah disse. — Agora você está de volta na comuna e eles nunca a deixarão sair. Você tem que fazer o que eles mandam.

Algo em mim se partiu ao perceber que aquela era a minha realidade, mais uma vez... Uma parte de mim morreu.

Levantei a cabeça e olhei pela pequena janela que mostrava o pôr do sol.

— Quanto tempo eu tenho? — perguntei.

— Dez minutos — Maddie sussurrou.

Assenti sem forças.

— Vocês me levarão ao altar?

— Não — Lilah respondeu.

Olhei para minhas irmãs.

— Por que não? — perguntei confusa.

Maddie encolheu os ombros.

— Irmã Eve nos mandou esperar aqui até que viessem nos buscar. Nos disseram que não assistiremos a cerimônia, que ainda estamos isoladas, banidas dos eventos públicos.

Soltei a respiração entre os meus lábios tensos. *Meu Deus, terei que passar por esse ato infernal sozinha.*

Nada foi falado durante dez minutos. O que mais havia para ser dito?

Nós três ficamos sentadas em completo silêncio enquanto eu esperava pelo meu destino. Por dez minutos, pensei apenas em Styx. Eu me perguntei o que ele estaria fazendo agora. Imaginei o que tinham feito com ele quando me drogaram. Meu Deus... e se eles tivessem... não! Eu não conseguia pensar em tal coisa. Foquei na lembrança que eu tinha do seu rosto, da barba por fazer pinicando meus dedos, das covinhas que apareciam em suas bochechas quando ele sorria, seus lábios cheios e macios enquanto me acariciava e seus lindos olhos castanho-esverdeados...

Algum dia verei você de novo.

Eu podia sentir isso no meu coração.

Inclinando para frente, peguei as mãos de Lilah e Maddie.

— Eu amo vocês, minhas irmãs, não importa o que aconteça, ok?

As duas franziram os cenhos e Maddie se encolheu.

TILLIE COLE

— O que você quer dizer?

Resolvi que não me casaria com o Profeta David. Eu não poderia me unir a ele, sob quaisquer circunstâncias. E eu também sabia o que deveria esperar se me recusasse. Eu estava pronta para enfrentar as consequências.

Puxei Maddie para um abraço.

— Seja forte, irmã. Seja forte — implorei.

— Mae...

Lilah foi interrompida pela porta do quarto sendo aberta... Gabriel. Gabriel nos seus trajes cerimoniais brancos.

Ele me olhou enquanto eu estava sentada na cama, encolhida, e sorriu.

— Ora, ora, Salome, você está igualzinha à Jezabel, sentada aí.

Meu coração deu um pulo e os dedos apertaram os lençóis da cama.

— Não fale dela nunca mais! Você matou Bella. Você é um *assassino*, Gabriel. Você *vai queimar no inferno* pelos seus crimes.

Seu sorriso vacilou.

— Eu fiz um favor ao mundo me livrando da escuridão dela. Jezabel era uma vadia, a tentação em pessoa. Ela merecia morrer, era desobediente demais para ser subjugada e voltar ao caminho virtuoso.

Minhas mãos se fecharam em punhos.

— Por quê? Porque ela se recusou a amar você? Você *fez* dela uma vadia, a manteve, *nos* manteve, fechadas nesta... *prisão*. Somos brinquedos para você e para os outros anciões, para o seu próprio tipo perverso de entretenimento! *Vocês nos estupraram* repetidas vezes! E você tomou a pobre Bella, acabou com ela até que minha irmã não conseguiu mais se mover. Você a deixou para morrer, sangrando no chão sujo de uma cela! *Seu bastardo!*

Gabriel avançou na minha direção, agarrando meus braços. Escutei Maddie e Lilah choramingarem atrás de mim.

— É o desejo do Senhor. É o que foi revelado ao Profeta David através das escrituras.

Olhei nos olhos febris.

— *Mentira!* Se você acredita nisso, você é um idiota! Tudo isso: os ensinamentos, os rituais, é tudo para o prazer dos homens. Eu li a *verdadeira* Bíblia quando estava lá fora, a que não é utilizada porque não segue os propósitos da Ordem. Li sobre o que as pessoas normais do outro lado acreditam... e não é nada disso!

Gabriel arregalou os olhos, completamente chocado, mas logo se recuperou.

— Bem, o mundo exterior definitivamente corrompeu você. — Ele se inclinou para mim. — Devem ter sido todas aquelas horas que você passou debaixo do mudo adorador do diabo.

Meus olhos queimavam com a raiva que eu estava sentindo. Levantei a mão para acertar um tapa no seu rosto, mas ele se adiantou e agarrou o meu pulso.

— Vou adorar fazer você voltar ao seu lugar. Agora que Bella se foi, tenho sentido a necessidade de um novo projeto.

Gabriel agarrou os meus ombros com força e me virou para as minhas irmãs.

— Guardas! — ele gritou.

Dois discípulos entraram no quarto e seguiram na direção de Lilah e Maddie. Maddie lutou para se soltar, mas um dos discípulos a pegou pelo cabelo. Ela parou, empalidecendo, com um olhar aterrorizado.

— *NÃO!* — gritei. — O que você vai fazer com elas? — sussurrei enquanto via Maddie entrar em um estado catatônico. Sua mente estava indo para um lugar onde ninguém poderia tocá-la. O lugar que todas nós aprendemos a encontrar. Lilah ficou parada, obediente, enquanto lágrimas silenciosas rolavam pelo rosto.

— Elas são as nossas apólices de seguro, por assim dizer, para o caso de você querer tentar escapar de novo. Você foge, elas pagam o preço.

Cada fibra do meu ser ficou tensa e toda a luta esvaiu do meu corpo. Eu fiquei passiva e quieta.

— Ao que parece, Mae, você finalmente entendeu... — Gabriel zombou mais uma vez. Com um aceno, os discípulos levaram minhas irmãs pela porta e sumiram do meu campo de visão, mas não da minha mente.

O Irmão me virou e agarrou agressivamente meu rosto entre as mãos.

— Agora nós vamos para o altar. Você vai se casar com o Profeta David, sem causar problemas. Você entendeu?

Assenti docilmente.

— Ótimo. Vamos lá — ele disse, pegando meu cotovelo e me arrastando para fora do quarto.

Fomos por um caminho que já me era conhecido, pela floresta, até o altar, e nada foi dito. Eu nunca mais colocaria minhas irmãs em perigo. Meu estômago queimava enquanto o futuro se tornava cada vez mais real. Eu me casaria com o profeta e era o fim. Styx seria apenas uma tênue lembrança, um sonho. Eu estava presa de novo neste inferno.

TILLIE COLE

Assim que viramos para a área onde aconteceria a cerimônia, vi centenas de convidados. Eles estavam vestidos com roupas brancas, sentados de pernas cruzadas em filas, de frente para o enorme altar de madeira... o altar no qual o Profeta David estava de pé, parecendo ainda mais velho e inchado. Ao lado dele estava... Cain.

Quando Gabriel parou no começo da nave central que levava ao altar, olhei para o meu ex-amigo. Ele parecia extremamente infeliz, parado ao lado do tio. Cain olhava para baixo e sua cabeça estava prostrada. Mesmo agora, era difícil de acreditar que Rider na verdade era Irmão Cain. Que Deus me ajudasse, tudo aquilo parecia tão surreal.

Gabriel acenou para que a cerimônia começasse, as testemunhas silenciosamente viraram as cabeças na minha direção, assim como Cain. Encontrei seu olhar e a tristeza era evidente em seu rosto.

Ele parecia estar sofrendo a pior das agonias, e parecia tão miserável quanto eu.

Senti a mão de alguém dar um empurrão nas minhas costas.

— Se mexa, garota. — Irmã Eve estava parada ao meu lado, séria e sóbria, me observando.

Tive que reunir todas as minhas forças para dar um passo à frente. Minhas mãos tremeram enquanto eu agarrava o pequeno buquê de flores como se ele fosse minha salvação. Os convidados me observaram caminhar lentamente pelo corredor coberto de pétalas de rosas. Alguns estavam felizes, alguns indiferentes, outros irritados; eles sabiam que eu tinha fugido e provavelmente acreditavam que eu era a reencarnação do diabo. Mantive a cabeça erguida e as costas eretas.

Eles que se ferrassem!

Os guardas rodeavam a multidão, com as armas em punho e prontos para qualquer problema. Os anciões estavam ao lado do profeta... e, é claro, Irmão Cain. Enfeitiçado, ele não conseguia afastar o olhar de mim.

Eu me aproximei do altar e me preparei para o inevitável. No entanto, uma cacofonia de tiros soou à pouca distância. O barulho era ensurdecedor, ameaçador... e muito bem-vindo. Em questão de segundos, centenas de homens apareceram no centro da comuna. Centenas de homens, todos vestidos em couro preto... Meu coração deu um pulo. Eram os Hangmen.

Styx tinha vindo me buscar.

— Mae! — Cain gritou do altar. O Profeta David foi levado para longe pelos anciões. Eu os ignorei, meus olhos grudados nos Hangmen.

Os convidados se levantaram e, de repente, o local se tornou um pandemônio de pessoas aterrorizadas. Mulheres correram para as crianças, agarrando-as e depois correndo em busca de proteção. Os discípulos voltaram para suas posições e atacaram os Hangmen, disparando tiros na parede humana que ia na direção deles.

A guerra tinha começado.

Continuei parada enquanto os convidados esbarravam em mim, fugindo do tiroteio. Procurei Styx entre os Hangmen, mas não conseguia ver nada com nitidez, tudo estava acontecendo muito rápido.

— Styx? — gritei, esperando que ele pudesse me ouvir.

O barulho da luta e do pânico era ensurdecedor. Fiquei hipnotizada vendo os homens caindo no chão, se contorcendo de dor pelos tiros ou, pior, mortos. Os Hangmen estavam bem equipados e seguiam adiante, ganhando terreno, matando discípulo atrás de discípulo. Aquilo estava rapidamente se tornando um massacre. A maioria dos Hangmen eram ex-militares das forças armadas, os discípulos nunca tiveram chance.

E eu estava feliz com isso. Deus que me perdoe, mas como eu estava feliz.

— *Styx?* — Tentei me mexer, dessa vez conseguindo fazer as pernas funcionarem; eu já estava no fim do altar quando o vi. Styx. Todo vestido em couro, seu cabelo escuro despenteado; seus braços musculosos estavam esticados e, nas suas mãos, duas armas disparavam; as balas rapidamente desapareciam nos corpos dos guardas disciplinares. Ele não parou, continuou se movendo, abatendo todos os discípulos que encontrava. Tiros atingiam braços, pernas, barrigas e cabeças.

Mas tudo o que eu conseguia pensar durante a carnificina era: *Ele veio me buscar...*

— STYX! — gritei enquanto ele vasculhava a área por mim.

Ele congelou, obviamente escutando minha voz, e então seus olhos encontraram os meus.

— *Baby...* — ele murmurou, o rosto tomado pelo alívio, mas parou e sua expressão se transformou em uma que prometia o pior dos assassinatos.

Largando as flores, levantei o vestido pronta para correr, mas, de repente, alguém me agarrou por trás e eu gritei, esperneando, enquanto me arrastavam.

— Calma, Mae. Sou eu, Cain. Vou tirar você daqui.

— Não! Me solta! — Lutei para me libertar do seu aperto. Eu podia ver Styx correndo como um louco possuído na minha direção, e soube que ele tinha visto Cain. Os olhos dele estavam vidrados de ódio e ele correu ainda mais rápido, mas Cain estava me arrastando de modo tão ágil, e segurando com tanta força, que eu não conseguia me afastar. E então, assisti desesperada quando Styx foi jogado no chão por um discípulo.

Com ele no chão, lutando, vi Ky, Tank, Bull, Viking, AK e Flame saindo da cobertura da floresta. Cain parou ao ver seus ex-irmãos, e então passou os dois braços sob as minhas pernas, me levantando do chão. Ele começou a correr para a cerca, mas não antes de eu escutar um rosnado de Styx, ao gritar:

— *MAE!*

Cain parou e se virou bem em tempo de ver os anciões tentando furtivamente levar o Profeta David por um caminho secreto.

— Styx! Ali! — gritei, apontando para o velho líder.

— Mae! Não! — Cain sibilou enquanto o olhar feroz de Styx seguia para a direção que eu tinha apontado.

Cain e eu observamos quando Styx olhou ao redor, procurando os Hangmen, focando sua atenção em AK. Colocando dois dedos na boca, ele soltou um assobio agudo e AK levantou a cabeça. Styx sinalizou algo, mas não consegui ver o que era. O irmão assentiu, olhou na direção do profeta e dos anciões, levantou o rifle e disparou um único tiro que atingiu com precisão a parte de trás do crânio do Profeta David.

Aturdidos, os anciões olharam horrorizados enquanto o corpo do profeta balançava e caía no chão. Olhando rapidamente para Styx, os anciões correram para a segurança da floresta.

Styx se virou para mim e sussurrei:

— *Obrigada.*

O Profeta David estava morto, e eu, livre do destino de ser sua sétima esposa.

— Merda! MERDA! — Cain gritou enquanto me segurava. Os braços se apertaram ao meu redor e, com um puxão mais forte, fui carregada para longe até que não consegui mais ver Styx ou os Hangmen. Eu sabia exatamente para onde estávamos indo... Estávamos nos aproximando da cerca.

— Cain, me coloque no chão — protestei.

— Cala a boca, Mae! Você acabou de ajudá-los a matar o nosso profeta! — ele rosnou, tentando andar mais rápido.

Comecei a me debater em seus braços, tentando me libertar, mas Cain aumentou a pressão ao meu redor, então cravei as unhas nos seus ombros, mesmo assim ele não me soltou. Desesperada, mordi seu braço... com toda força.

PRELÚDIO SOMBRIO

— Porra! — Cain gritou enquanto me jogava no chão.

Tonta, me levantei e me afastei dele com as mãos erguidas, quando ele veio na minha direção.

— Não! Cain, você tem que parar com isso! — eu disse, sem fôlego.

Ele olhou ao redor, escutando o som dos tiros cada vez mais próximo.

— Mae, vem comigo. Vou nos tirar daqui.

— Eu não quero ir com você, eu quero ficar com Styx.

— Mae, por favor. Estou implorando! Eles vão me matar se me encontrarem. Nós temos que ir agora!

— Onde estão minhas irmãs? Eles as levaram... Para onde eles as levaram?

— Mae, esqueça delas...

— *Me diga onde elas estão!* — berrei histericamente. Eu não as deixaria de novo; eu tinha prometido.

Cain suspirou exasperado.

— Na cela. Elas foram levadas para a cela.

A cela... a mesma onde eles tinham aprisionado Bella... o lugar onde Bella morreu nos meus braços.

— *SALOME!*

Viramos quando gritaram meu nome de algum lugar perto das árvores. Meu peito se encheu de esperança por um breve momento, que logo deu lugar a um pavor mortal quando reconheci as vozes dos anciões, gritando comandos bem atrás de nós.

— Porra! — Cain rosnou e agarrou meu braço.

Ele começou a me arrastar e só parou quando Irmão Jacob saiu de trás de um carvalho, apontando uma arma para o peito de Cain.

— Irmão Cain, para onde você está levando Salome? — Jacob perguntou, sabendo muito bem que estávamos tentando fugir.

Cain permaneceu em silêncio, apertando minha mão em busca de apoio.

— Irmão Cain, o seu silêncio fala muito por si só. Você a estava levando embora, não estava?

Cain deu um passo para frente e me colocou atrás de si.

— Irmão Jacob, se afaste — ele avisou.

Reconheci esse lado de Cain; os seus instintos protetores estavam em alerta... ele estava deixando o seu lado Hangmen tomar conta.

O ancião sorriu e inclinou a cabeça.

— Eu acho que não. Salome fica aqui, onde ela pertence. É incrível o quão rápido você esqueceu os nossos ensinamentos, irmão.

TILLIE COLE

Tudo aconteceu tão rápido que a minha mente não conseguiu processar até que tinha terminado. Cain se lançou para frente, desarmou Jacob e então passou os braços ao redor do pescoço dele, por trás. Com uma manobra rápida, ele quebrou o pescoço de Jacob; o som do osso se partindo fez com que bile subisse à minha garganta.

Cobri a boca com a mão. Cain, ofegante com o esforço, se inclinou sobre o corpo sem vida, agora caído aos meus pés.

— Mae? — Levantei o olhar para ele, seu rosto pálido e a voz trêmula. Corri para seus braços.

Tremendo, eu me permiti receber o conforto que ele oferecia. Eu o abracei apertado, por ele ter salvado minha vida pela segunda vez. Eu o abracei pelo amigo que um dia ele fora... O segurei em um abraço de adeus.

— Eu amo você, Mae — ele sussurrou e pude escutar seu coração batendo com cada palavra proferida.

O abracei forte uma última vez e o soltei.

— Você tem que ir embora agora!

Ele me olhou sem expressão.

— Eles estão aqui para me matar, Mae. Os Hangmen. Eles estão aqui para se vingar. Styx vai...

— E é por isso que você tem que ir! — Segurei seus ombros e o empurrei. Ele abaixou a cabeça.

— Eu mereço morrer. O que eu fiz, Mae... Estive tão confuso sobre o que é certo... Eu... Eu... não sei mais quem eu sou... — Ele olhava para o corpo de Jacob. — Tudo o que fiz com você é imperdoável. Eu nunca deveria ter trazido você de volta... Não percebi como eles eram de verdade... — Ele segurou minhas mãos e seus olhos se encheram de lágrimas.

Cheguei mais perto, fiquei nas pontas dos pés e dei um beijo casto em seus lábios. Cain não se mexeu quando me afastei, seus olhos refletindo a mais pura adoração. Uma parte de mim desejava poder amá-lo como ele desejava. No fundo, ele era um homem bom. Ele merecia ser amado, merecia muito mais do que isso...

Suspirando derrotado, senti a carícia no meu rosto, antes de ele sussurrar:

— Eu teria dado o mundo pra você...

Meus dedos correram pelas suas bochechas, acariciando a barba macia que fazia cócegas na palma da minha mão.

— Corra, Cain. Por favor... *Corra*...

Mesmo com o som de tiros se aproximando, ele balançou a cabeça, se recusando.

— *Corra*, por favor... *Se salve*... Por mim, se você me ama, corra... por mim...

Cain se afastou lentamente com uma expressão cheia de dor enquanto lágrimas desciam pelo seu rosto, até que desapareceu na vegetação fechada da floresta.

Ele tinha ido embora.

Segurando um soluço, olhei ao redor e encontrei o caminho que eu desejava; eu precisava encontrar minhas irmãs. Segui por ali, correndo na direção da cela, meu coração batendo forte no peito com cada passo dado.

A fumaça de pólvora vinha de todos os lados, balas ricocheteavam nas árvores ao meu redor, mas eu *tinha* que encontrar minhas irmãs. Elas deviam estar com muito medo. Eu tinha que soltá-las e depois encontrar Styx.

Os gritos das pessoas ressoavam nos meus ouvidos enquanto eu corria na direção da cela e quase comemorei quando o caminho se tornou mais nítido; a cela era logo mais à frente.

— Socorro! Nos ajudem!

Os gritos desesperados de Maddie e Lilah fizeram com que eu intensificasse a corrida. Entrei na clareira e vi a cela claustrofóbica na qual as duas estavam presas. Elas tentavam me alcançar por entre as barras.

— Mae! Mae! — Lilah gritou quando me aproximei e comecei a chacoalhar as barras, que não se moveram em nada.

— Eu preciso da chave. Onde está a chave? — gritei desesperada, sentindo meu corpo pulsar.

— Os guardas nos trancaram aqui! — Maddie falou, seu lindo rosto transfigurado pelo medo.

— Eu não consigo abrir. Não consigo abrir! — chorei, sentindo as barras que nos separavam machucarem minhas mãos.

Tristes, Maddie e Lilah se sentaram no chão enquanto eu continuava tentando abrir o portão da cela. Mas foi em vão. Abaixei a cabeça, encostada no portão e senti duas mãos tocarem as minhas.

— O que está acontecendo, Mae? — Lilah perguntou baixinho. — Estamos sendo invadidos?

Um pequeno sorriso apareceu nos meus lábios.

— É o meu amor. Ele veio por mim.

— O homem do lado de fora? — Maddie arfou.

— Sim. Ele trouxe os homens deles para nos libertar.

Ambas ficaram pálidas.

— Não podemos deixar a comuna — Lilah sussurrou. — É perigoso lá fora.

TILLIE COLE

— Nós temos que ir, não há outra opção.

— Mas, os ensinamentos, as profecias! — Lilah falou, gotas de suor se formaram em sua testa, no escaldante calor noturno, e Maddie começou a tremer de medo.

— Vocês terão a mim. Sobreviveremos. *Todas* nós sobreviveremos.

— Eu não teria tanta certeza sobre isso.

Senti o corpo gelar.

Virei lentamente a cabeça na direção da voz e vi Gabriel, Noah e Moses. Todos os três parados, olhando para nós, cobertos de sangue e com os rifles em punho. A vingança era clara em seus olhares.

Endireitei o corpo e abri os braços na frente do portão, fazendo com que Lilah e Maddie se afastassem e fossem para o fundo da cela.

— Gabriel, vá embora. Eles virão atrás de vocês — avisei, mas minha voz estava trêmula, traindo meu medo.

Os três anciões se aproximaram.

— Você sabe o que o seu pecador e os açougueiros dele fizeram? — ele perguntou com uma voz grave e impaciente.

Olhei para as sombras das árvores, balancei a cabeça e sussurrei:

— Não.

Gabriel sabia que eu estava mentindo, eu podia ver isso pelo seu olhar assassino.

— Ele matou o Profeta David, assassinou o nosso Messias!

Exclamações chocadas vieram de dentro da cela e o terror se espalhou pelos meus ossos. Os anciões estavam mais do que furiosos e *eu* era o foco da ira deles.

— O Profeta David nos deu uma última revelação: se ele fosse levado à força desta Terra, o seu povo deveria segui-lo.

Minha respiração ficou presa na garganta e meus olhos arregalaram. *Eles iriam matar todos nós.*

Aproximando-se, Gabriel agarrou meu braço, me puxando para o meio da clareira e fez com que eu me ajoelhasse. Ele levantou a arma, apontou e falou:

— Diga olá para Jezabel, *puta* de Satã.

CAPÍTULO VINTE E SEIS

STYX

Demorou dez minutos e muitos interrogatórios de uma quantidade absurda de guardas para, finalmente, termos algo que nos levasse à Mae depois que Rider sumiu com ela. Quase duzentos metros para o norte na floresta, encontramos no chão o arranjo de flores que estava em sua cabeça, e as pequenas pegadas indo por um caminho de terra.

Ela estava por perto, assim como a morte de Rider.

Levantando meu pulso, os irmãos ficaram parados atrás de mim.

Mae.

Mae estava perto de um tipo de cela, de joelhos na grama, com os anciões se aproximando. Ela tinha uma expressão aterrorizada no rosto e aquele maldito Gabriel apontava uma arma em sua cabeça. Os outros dois barbudos filhos da puta estavam parados ao lado, sorrindo.

— *Onde está o desgraçado do Rider?* — sinalizei e meus irmãos vasculharam a área, mas ele já não estava mais por ali.

Porra!

Então escutei Gabriel falar:

— Diga olá para Jezabel, *puta* de Satã.

Meu sangue ferveu e senti a raiva tomando conta de mim.

Estou cansado desse filho da puta.

TILLIE COLE

Levantei a 9mm e atirei naquele sádico maldito; duas balas, uma em cada joelho. Gritando como um bebê, Gabriel caiu no chão enquanto Flame e Ky saíam do esconderijo das árvores para jogarem Noah e Moses no chão. Os Hangmen tomaram controle de tudo rapidamente. Ky segurou Noah pelo pescoço, e Flame segurou Moses pelo cabelo, seu canivete cruzando o pescoço do bastardo.

Saí para a clareira e chutei a AK47 de Gabriel para longe de seu alcance. Mae estava encolhida no chão, de olhos fechados, com as mãos protegendo a cabeça. Caminhei direto para o ancião e levantei o filho da puta pelo cabelo; peguei minha faca Bowie da bota e abri a garganta dele, observando o corpo cair no chão enquanto se engasgava com o próprio sangue.

Cuspi no seu rosto chocado e sinalizei:

— *Queime no Inferno, filho da puta.*

Mae ainda estava na grama, então me inclinei sobre ela, acariciando gentilmente suas costas. Ela enrijeceu e se inclinou para o lado, seus lindos olhos de lobo arregalados, até que me viu. Lágrimas surgiram quase que instantaneamente. Eu me levantei e acenei com a cabeça; eu precisava da minha mulher de volta aos meus braços.

— Styx? — sussurrou sem acreditar. Se levantando, com as pernas instáveis, Mae correu para mim e pulou, passando os braços ao redor do meu pescoço e as pernas pela cintura. Ela colou o rosto no meu pescoço e soluçou, as lágrimas molhando minha pele.

Apertei-a contra mim, o máximo que pude, sentindo o corpo contra o meu, sentindo seu cheiro. Mae se afastou um pouquinho, secando as bochechas e seus olhos procuraram os meus. Um sorriso trêmulo se espalhou pelos seus lábios e ela colou os lábios aos meus, a língua dançando freneticamente, desesperada... aliviada.

Finalizando o beijo, Mae descansou a testa contra a minha e pegou meu rosto entre as mãos.

— Eu *sabia* que você me encontraria. Eu *sabia* que você viria me procurar. Eu amo tanto você.

Assenti concordando, incapaz de encontrar minha voz, e a abracei mais forte.

— Eu entendo, baby... Você também me ama — ela sussurrou dando um sorriso.

Gemi com a visão do seu lindo rosto e a puxei para um beijo.

— Vou aceitar isso como um *sim*. — Ela riu contra a minha boca enquanto eu a puxava de volta para mim. Ela podia aceitar isso como um puta *sim*.

— Ahn... Mae? — Minha mulher voltou a atenção para Ky.

Irmão Noah estava no chão, uma faca enfiada no coração. Olhei para Flame, que voltava da floresta, com sangue escorrendo pela roupa de couro, e os olhos completamente selvagens. Ele acenou para mim com a cabeça e sorriu: Moses tinha ido se encontrar com o barqueiro. Virei a cabeça e olhei para o caminho aberto que levava para algumas árvores, alguns metros para dentro da floresta. Moses preso no tronco de uma árvore, quatro facas cravadas no torso, o mantendo longe do chão.

Flame; o filho da puta sempre era criativo.

— Eles são amigos seus? — a pergunta de Ky fez com que ela arfasse.

Mae desceu do meu colo e correu para a cela escura.

— Lilah, Maddie! — ela gritou. — Vocês estão bem?

Todos observamos fascinados quando quatro mãos apareceram de dentro da cela na direção de Mae.

— Quem diabos está ali? — perguntou Ky, se aproximando de mim.

Eu ia responder quando Mae se virou para nós.

— Vocês conseguem ajudá-las? Elas estão presas! Eu não tenho a chave!

Bull se aproximou dela, segurando o alicate que ele usou para abrir as barras da cerca.

— Isso aqui vai quebrar o cadeado.

Mae saiu do caminho enquanto Bull fazia o trabalho. Os olhos dele ficaram arregalados e quando caminhou de volta na nossa direção, ele parecia ter uma expressão de aprovação no rosto. Tank, Smiler e o *psycho trio* se aproximaram de nós; estávamos observando aquela cela como malditos falcões.

— Venham — Mae chamou suavemente, abrindo o portão.

Nada aconteceu.

Mae nos olhou nervosa e se agachou. Eu e os irmãos estávamos em completo silêncio.

— Eles não vão machucar vocês, eu juro. Não precisam ter medo. Eles parecem diferentes de nós, mas são homens bons. — Mae engatinhou para trás e se levantou, com as mãos estendidas.

Nada aconteceu por vários segundos. E então, uma pequena mão apareceu no chão sujo, e então outra, e uma *vadia* saiu da escuridão. Mae se abaixou e a ajudou a ficar de pé, e logo se virou para nós.

— Puta... Merda... — Ky sibilou à minha esquerda.

TILLIE COLE

Olhei para o meu melhor amigo e vi que sua boca estava aberta enquanto olhava para a loira. Ela era incrivelmente bonita: olhos azuis, cabelo loiro e comprido, embora não pudesse se comparar com Mae, pelo menos para mim.

E então ela olhou para baixo e gritou, se jogando nos braços de Mae, horrorizada com a visão de um dos anciões no chão, sangrando.

— Calma, Lilah... — Mae a abraçou.

— Os anciões — ela sussurrou, com o mesmo sotaque estranho da minha mulher.

— Eles tiveram que ser mortos, Lilah. Era isso ou eles nos matariam. Os Hangmen salvaram nossas vidas.

— Meu pau acabou de ficar duro pra caralho — Ky me informou, sua voz soando como se ele estivesse sofrendo.

Revirei os olhos. Claro que o maldito ficaria excitado ao ver a cadela; ela era exatamente o seu tipo: parecia uma supermodelo só que com peitos.

Lilah olhava para nós como se estivesse olhando o diabo, mas seus olhos ficaram mais brilhantes e os lábios se abriram quando ela viu Ky.

— Merda. Estou apaixonado — ele gemeu e eu dei um tapa na cabeça do idiota.

Mae se agachou de novo e Viking gemeu alto.

— Você está me dizendo que tem mais dessas ali? Que tipo de lugar é esse? Uma fábrica de modelos da *Victoria's Secret*? Primeiro a Mae aparece, toda linda e gostosa, e então essa coelhinha da Playboy peituda, e agora tem mais?

Parti para cima do ruivo, segurando-o pela gola da camiseta e rosnei.

— Calma, Prez. Não vou dar em cima da sua *old lady*, mas você não pode negar que ela é uma *cadela* gostosa. Porra, quando ela coloca aquela calça de couro... — Joguei o imbecil de bunda no chão e voltei para o lado de Ky. AK balançou a cabeça, exasperado.

Meu VP ainda estava vidrado na loira e ela nele. Ótimo.

Mae segurou outra mão que saiu para fora da cela, e de lá saiu uma pequena figura de cabelo escuro, da mesma cor que o da minha mulher. Ela imediatamente abraçou a *vadia*. No entanto, a cadela se mantinha tão aninhada contra a minha mulher, que não pude ver o seu rosto. Mae acariciou o cabelo da outra e deu vários beijos na sua cabeça.

— Lilah? — ela estendeu a mão e chamou a loira, que afastou o olhar de Ky. As três vieram na nossa direção, e Mae sorria abertamente para mim. Conseguimos salvar suas irmãs. Meu peito apertou e meu pau deu sinal de vida. Minha mulher estava tão linda... E era toda minha.

— Styx, Ky, Tank, Bull, Viking, AK, Flame, Smiler... Estas são as minhas irmãs.

Mae deu um empurrãozinho na loira, que deu um passo para frente, cravando os imensos olhos azuis diretamente em Ky. O irmão gemeu alto fazendo a *vadia* franzir o cenho; Mae pareceu imediatamente irritada e olhou para o meu VP com os olhos cerrados.

— Esta é Lilah. — Ela abriu um sorriso. — Lilah, estes são os Hangmen.

— Hangmen? — a loira perguntou. Caralho, ela me lembrava Mae quando chegou no clube. Completamente inocente.

Mae deu uma risada.

— É um tipo de clube, Lilah. Eles andam de motocicletas.

A cadela passou a mão nervosamente pelo cabelo.

— O que é isso?

Mae olhou para mim e riu de novo, e então olhou para a amiga, acariciando-lhe as costas.

— Logo tudo será explicado.

Mae então se voltou para a *cadela* de cabelo escuro que estava em seus braços e sussurrou algo em seu ouvido. Ela se encolheu quando a irmã colocou seu cabelo para trás, revelando o lado do seu rosto e, então, lentamente, levantou a cabeça.

Puta. Que. Pariu. Era a Mae. Uma versão dela com olhos verdes, ao invés do azul cristalino.

— Jesus Cristo! Por favor, me diz que tem mais gostosas nessa cela, Mae. Uma para cada um de nós — AK disse, e recebeu um sorriso tímido e um aceno negativo da minha mulher. — Esta é a minha irmã, Maddie. Ela é minha irmã de sangue.

A cadela se endireitou quando ouviu isso, quase como se estivesse orgulhosa, olhando para cada um dos irmãos e então para os anciões mortos no chão. Com um soluço assustado, ela voltou a se agarrar à irmã.

— Shh, está tudo bem — Mae a acalmou.

Maddie começou a tremer e a balançar a cabeça. Lilah foi para o seu lado e acariciou o cabelo dela.

— O que foi, Maddie?

A garota parecia estar tentando se controlar e se virou para os Hangmen. As outras duas ficaram de boca aberta, chocadas; pela reação, imaginei que aquilo não fosse normal.

TILLIE COLE

Maddie deu um passo para frente e os irmãos arfaram. Ela era gostosa. Gostosa, mas jovem pra caralho.

— Você é o amado de Mae? Styx? — perguntou, com aquele mesmo sotaque estranho.

Olhando para a minha mulher, sorri. *O amado dela?* Merda. Assenti e vi o rosto corar, além de receber um sorriso.

— Vocês mataram mais alguém aqui? — Maddie perguntou, sua voz soando trêmula, porém com o olhar firme e focado.

Assenti e ela respirou fundo.

— Onde ele está?

Fiquei parado, uma *vadia* como ela não deveria ver o que Flame fez, não era algo bonito.

— Por favor! Eu preciso vê-lo! — ela gritou, me surpreendendo com a sua raiva.

Apontei para a floresta e ela foi naquela direção, caminhando pela clareira e para as árvores.

Eu me aproximei de Mae e sinalizei:

— É melhor você cuidar dela, baby. *Ela* não vai ficar bem depois de ver aquela merda.

Mae fechou e esfregou os olhos, cansada. Eu precisava levá-la para casa.

Maddie escolheu aquele momento para voltar para a clareira. Seu rosto estava sem expressão e ela tinha parado de tremer; na verdade, o rosto estava corado. Mae correu em sua direção, mas a cadela levantou a mão, fazendo com que ela parasse.

— Irmã? — Mae chamou, mas a garota a ignorou, se aproximando dos irmãos.

— Quem o matou? — perguntou tensa, os olhos verdes percorrendo cada um de nós.

Flame começou a estalar o pescoço, as mãos inquietas se fechando em punhos. Porra. Tinha que ser logo ele? Isso não ia terminar bem se ela começasse a falar coisas que não devia.

Maddie fixou o olhar diretamente sobre ele.

— Foi você? — ela perguntou.

Flame assentiu e ficou tenso.

— Sim, eu matei o filho da puta. — As tatuagens de chamas pareceram dançar sobre os músculos tensos do pescoço enquanto os olhos selvagens fixavam nela com um olhar assassino.

Maddie parou bem na frente dele, *a cadela tinha coragem*, enquanto o peito de Flame subia e descia erraticamente. E então, do nada, ela soltou um soluço e passou os braços ao redor da sua cintura.

O irmão congelou, seus olhos ficaram arregalados e ele levantou os punhos no ar. *Porra!* Ele não podia ser tocado... Flame estava prestes a explodir.

— Obrigada — Maddie sussurrou e descansou a bochecha no peito dele. — Muito, muito obrigada...

O irmão franziu o cenho, confuso, e seus olhos negros olharam para a *cadela* agarrada à sua cintura. E então todos congelamos quando ele baixou as mãos e tocou, estranhamente, as costas delicadas. Seus olhos enlouqueceram quando Maddie liberou outro soluço.

— Você me libertou. Você me libertou dele...

Flame fechou os olhos e cerrou os dentes, mas ele não a afastou, nem berrou ou qualquer coisa do tipo. O maluco deixou acontecer.

Ky se virou para mim, o choque estampado no rosto. Encolhi os ombros; eu nunca consegui entendê-lo, nunca sabia o que diabos ele estava pensando.

Maddie se afastou com um pequeno sorriso e Flame se perdeu nos olhos dela. A *cadela* caminhou de volta para Mae, mas não sem antes olhar por cima do ombro.

— Qual é o seu nome? — perguntou nervosa.

Os lábios do irmão se abriram e ele liberou a respiração antes de murmurar:

— Flame.

Ela deu um sorriso espetacular.

— Você tem a minha gratidão eterna, Flame. Estarei para sempre em dívida com você.

O *psycho* não conseguia parar de olhar para a garota, uma expressão faminta tomando conta do seu rosto. Pigarreei para quebrar a tensão e Mae afastou os olhos preocupados de cima do irmão para se focar em mim.

— *Cadê o Rider?* — sinalizei perguntando.

Mae arregalou os olhos e vi como ficou nervosa.

— Foi embora — ela sussurrou e baixou o olhar.

Estalei os dedos para chamar sua atenção. Fiquei tenso quando ela olhou para mim.

— *Foi embora para onde?*

Ela começou a mexer as mãos, inquieta. Estava escondendo alguma coisa.

TILLIE COLE

— Ele fugiu... — Seus olhos se encheram de lágrimas. — Ele salvou a minha vida, Styx, ao matar o Irmão Jacob.

Todos os irmãos ficaram tensos.

— *Explique* — sinalizei.

— Ele estava fugindo e tentou me levar com ele. — Eu sabia que meu rosto, naquele momento, parecia com o do próprio Hades. — Eu disse não, claro — rapidamente assegurou. — Mas então Jacob veio na nossa direção com uma arma. — Seus lábios começaram a tremer. — Cain, quer dizer, *Rider*, o matou... Ele quebrou o pescoço do ancião, bem na minha frente. Ele matou, Styx... por mim. Você tem que entender que, para ele, por causa da sua fé, é um pecado mortal; ele matou um dos seus, um escolhido... Ele condenou a própria alma por mim. Eu tive que deixá-lo ir.

Joguei a cabeça para trás e fechei os olhos. Rider, Cain, seja lá qual fosse o nome dele... O maldito sempre estava no meu caminho. Por que o filho da puta não podia simplesmente se afastar e sair das nossas vidas de uma vez por todas?

Um gentil toque na minha mão fez com que eu abrisse os olhos e a visse olhando para mim, com os olhos cristalinos pedindo desculpas.

— Ele foi embora para sempre porque eu te escolhi, Styx. Eu falei para ele que amava você, e apenas você. Que eu só ficaria com você — ela sussurrou para que apenas eu escutasse.

Minha raiva diminuiu um pouco e agarrei sua nuca, puxando-a para mim, e falei ao seu ouvido:

— V-vamos para c-casa. Eu p-preciso ter você em c-casa. E l-longe desse m-maldito lugar.

Ela levantou a cabeça e sorriu aliviada.

— E as minhas irmãs?

— Elas vêm também. — Virei a cabeça para Ky, que tinha respondido à pergunta de Mae. Ky, ainda olhava fixamente para Lilah. E Flame parecia praticamente incendiar Maddie com a intensidade do seu olhar possuído.

Puta merda. As coisas não seriam fáceis. Essas *cadelas* com certeza fariam os irmãos terem sérios problemas de bolas roxas.

Ótimo. Mais drama.

— Prez! Para onde você está indo? — Viking gritou do sofá, sua nova trepada esparramada no colo, com as mãos na calça dele, masturbando-o.

— *Fora* — sinalizei e fui para o pátio com uma cerveja na mão, indo para o meu lugar de sempre, o banco na frente do mural de Hades.

— Que diabos há com ele? — escutei Viking perguntar, mas o ignorei. Eu já tive dor de cabeça o suficiente por hoje, não precisava de mais.

Mae estava com as irmãs no meu apartamento desde que voltamos, tentando acalmá-las. Trazê-las para o complexo tinha sido um caos. As *vadias* ficaram encolhidas em um canto da van como se as estivéssemos traficando pela fronteira ou alguma merda dessas. Nunca vi nada igual, uma loucura do caralho.

Sentei no banco, observando a pintura de Perséfone e pensando em Mae. Pensei naquela maldita comuna, no que elas tinham passado. Uma onda de náusea tomou conta de mim e acendi um cigarro. Puxei uma tragada e joguei a cabeça para trás, soltando a fumaça. Eu amava aquela *cadela* mais do que imaginei ser possível, mas ela sair daquele lugar e vir para *este*... porra... Eu estava começando a pensar que não era exatamente uma boa ideia. Ela merecia mais, muito mais do que uma vida fora da lei.

Escutei a porta do bar abrir e olhei para o outro lado do pátio.

Mae.

Ela me viu sentado no banco e veio na minha direção. O vestido fodido do casamento tinha dado lugar à calça colada e uma regata. Ela era tão linda que os irmãos dos outros MCs tinham ficado babando quando a viram no meu braço. Com apenas um olhar os desgraçados souberam o porquê de eu ter declarado guerra para tê-la de volta.

Parada à minha frente, ela inclinou a cabeça e passou os dedos pelo meu cabelo. Fechei os olhos e gemi. Focando novamente em Mae, bati no meu joelho, indicando que se sentasse ali. Sorrindo, ela fez o que pedi e passou os braços ao redor do meu pescoço.

— C-como estão suas irmãs? — perguntei, observando o sorriso diminuir.

— Elas estão com medo. Medo do mundo exterior, dos irmãos... Elas choraram, brigaram por estarem aqui, mas graças a Deus dormiram. Só espero que com um pouco de descanso elas fiquem mais calmas. — Ela encolheu os ombros e olhou para a janela do quarto do apartamento. — Elas vão se ajustar, só precisam reaprender... bem, tudo. Será um longo caminho para elas... e para mim.

Assentindo, dei outra tragada no meu cigarro enquanto Mae acariciava meu rosto.

— Por que você está aqui fora sozinho? — Não respondi, apenas fiquei olhando para o chão, lembrando daquela maldita cela na comuna, aquela cerca, a arma daquele filho da puta apontada para a cabeça dela... *Diga olá para Jezabel, puta de Satã...* Porra!

— Styx! — Mae se endireitou e segurou meu rosto com as mãos. — O que há de errado? Você está me deixando preocupada.

Terminei o cigarro, joguei a bituca no chão e olhei nos olhos de Mae.

— A-aquela porra de comuna. — Balancei a cabeça e ela segurou a respiração. — É i-inacreditável, uma maldita p-prisão.

— Styx... Não faça isso consigo mesmo, já acabou. Agora a minha vida é com você... aqui. A Ordem não existe mais. — Seus olhos se encheram de lágrimas e as mãos começaram a tremer.

Merda, ela ia chorar.

— N-não posso evitar de p-pensar que você está t-trocando uma p-prisão por outra, c-comigo no c-clube, e q-que eu sou um filho da p-puta por m-manter você comigo. — Tirei a sua mão direita do meu rosto e entrelacei os dedos aos dela. — Eu q-q-quero você, Mae, quero t-tanto, m-mas vivemos de maneira d-diferente da qual v-você está acostumada. Protegida. Afastada... dentro da cerca. Você p-precisa viver, sentir o que é l-liberdade.

Mae se mexeu e montou nas minhas coxas.

— Não! Não faça isso! Não faça isso!

— Mae...

— NÃO! Me escute, Styx. — Assenti e agarrei a cintura minúscula. — Isso aqui não é uma prisão. — Ela apontou para o clube. — É liberdade. Pela primeira vez na vida, me sinto querida... como se finalmente pertencesse a algum lugar. Não há nenhum outro lugar na Terra que eu preferiria estar a não ser aqui, com você. Você não me aprisiona, Styx, você me faz voar.

E foi assim que eu soube que sempre foi ela. Que não haveria ninguém mais para mim. Porra, nunca houve ninguém desde que a encontrei do outro lado daquela maldita cerca quinze anos atrás. Mae sempre tinha sido minha.

— Styx? — sussurrou, preocupada. Olhei para a minha mulher e um sorriso tomou conta dos meus lábios enquanto eu suspirava. Passei as mãos na sua nuca, a puxei para a minha boca, e a beijei até ficarmos sem fôlego.

Mae gemeu e me afastei ainda sorrindo. Levantei do banco, levando-a comigo.

— V-vamos pegar algo p-para beber.

Mae puxou meu braço e me parou, com uma expressão confusa no rosto. Descansei a testa contra a dela.

— Eu s-sou um fora da lei, Mae, aquele um porcento. Tomo o que eu q-quero e q-quando quero. Sorte sua que s-sou egoísta demais, então você v-vai ficar a-aqui comigo.

O sorriso que ela deu foi de deixar qualquer um cego.

Assim que entramos no bar, Beauty se aproximou e pegou a mão de Mae.

— Mae! Você vem comigo! — Ela olhou para mim por sobre o ombro e assenti. Sorrindo, se afastou com a *old lady* de Tank, na direção de Letti; as *cadelas* estavam radiantes agora que ela estava de volta. Eu simplesmente não conseguia tirar os olhos da minha mulher e da sua bundinha apertada naquela calça jeans.

Um braço passou por cima dos meus ombros me fazendo desviar o olhar.

Ky.

Meu VP balançou a cabeça e apontou com a cerveja para Mae.

— Porra, Styx. Você é um filho da puta sortudo com essa *cadela* na sua cama.

Como se eu não soubesse...

EPÍLOGO

STYX

Dois dias depois...

— *Irmãos, conseguimos a minha mulher de volta, além do nosso território de volta. Agora bebam e relaxem...*

— E comam algumas bocetinhas! — Ky gritou, me interrompendo. Meu VP andou até as escadas, levantou o copo e gritou: — *Viva livre, corra livre, morra livre!*

Centenas de irmãos, já bêbados, repetiram as palavras dele:

— *Viva livre, corra livre, morra livre!*

Ele me deu um tapinha nas costas, rindo enquanto eu lhe dava um olhar mortal. Ky virou a bebida de uma vez, jogando o copo vazio no chão.

Três dias de celebração estavam terminando e os irmãos se preparavam para voltar aos seus lares. Uma guerra foi vencida, mas na estrada ainda teríamos muitas mais.

Vi Mae parada ao lado das escadas, incrivelmente gostosa nas suas roupas de couro. Ela estava parada ao lado de Letti e Beauty. As duas *old ladies* nunca a deixavam fora de suas vistas.

Pulando das escadas, peguei Mae no colo, sentindo suas mãos viajarem por debaixo da minha camiseta, contornando meu abdômen definido e minhas costas. Seus olhos de lobo estavam excitados.

— Vamos d-dar uma c-corrida — falei apenas para seus ouvidos. Ela levantou o olhar, me dando um sorriso maravilhoso.

— Okay, só me deixe avisar Lilah e Maddie que vou ficar um tempinho fora.

Mae apontou para a janela do apartamento e suspirou. De olhos arregalados, as irmãs observavam os irmãos pela janela, olhando para direções diferentes. Gemi quando segui a direção dos olhares. Lilah estava observando Ky como um falcão; ele estava agarrando os seios quase nus de Tiff e Jules, olhando para a loirinha e sorrindo. E Maddie, *porra*, estava fixada em Flame enquanto o irmão caminhava de um lado para o outro como um touro nervoso. Seu olhar estava grudado ao da jovem *cadela*, que o olhava de volta. Ele estalou o pescoço e arrastou as unhas pelos braços, fazendo com que filetes de sangue pingassem no chão. Eu tinha avisado para que eles ficassem longe delas, mas cacete, eu podia sentir que aquilo era uma bomba-relógio prestes a explodir para os quatro.

Mae tirou os braços da minha cintura, me beijou, e dei um tapinha na sua bunda.

— E-encontro você lá na f-frente.

Cinco minutos depois, ela saiu pelo portão e subiu na garupa da minha moto. A sensação era maravilhosa.

Com o motor rugindo, saímos para a estrada, e só havia um lugar para onde eu levaria a minha mulher...

Assim que chegamos ao Rio Colorado, senti Mae abraçar forte a minha cintura. Sorri, sabendo que ela tinha adorado este lugar.

Parei a Harley, e a ajudei a descer, para que nos sentássemos na grama seca. Antes que minha bunda tocasse o chão, Mae já estava em cima de mim, fazendo com que eu caísse de costas, sentindo seus lábios nos meus.

Na mesma hora agarrei a sua bunda enquanto ela esfregava a bocetinha no meu pau.

TILLIE COLE

— Você me q-quer, baby? — perguntei me afastando do beijo, me inclinando e lambendo seu pescoço.

— Muito, Styx. Quero muito você — ela respondeu sem fôlego.

Rolando, a coloquei embaixo de mim e abri o zíper da sua calça, puxando tudo para baixo, vendo-a morder o lábio inferior. A sua boceta nua apareceu completamente exposta, sem calcinha. Revirei os olhos e gemi quando Mae pegou a barra da regata e tirou pela cabeça. Sem sutiã.

Porra!

Com uma Mae muito nua sob meu corpo, tirei a roupa em tempo recorde e pairei sobre a minha mulher; meus dedos brincando com a sua carne. Seus olhos azuis arregalaram com a sensação e ela jogou a cabeça para trás com um gemido agudo. Inclinando-me sobre ela, tomei os seios na boca, chupando e mordendo os mamilos, sentindo seus gemidos ecoarem no meu pau.

— Styx... Dentro... Por favor... — implorou, balançando o quadril e eu sorri com um mamilo entre os dentes. Levei o meu pau até sua entrada e, com as mãos segurando sua cabeça, me enfiei com tudo dentro dela.

Porra...

— *Styx!* — gritou, cravando as unhas nas minhas costas.

Comecei a me impulsionar entre suas coxas enquanto ela agarrava a minha bunda; minha boca foi para a dela e nossas línguas se entrelaçaram. A sensação era tão boa... Ela era tão apertada... Nossas línguas duelaram e os seus gemidos me deixaram louco.

— Styx... Eu amo você — sussurrou quando se afastou da minha boca.

Gemendo ainda mais alto, aumentei a velocidade das estocadas, e o som dos nossos corpos se chocando me deixou ainda mais excitado. Enterrei o nariz no seu pescoço e a senti se apertar ao redor do meu pau cada vez mais duro. Ela se arqueou para trás, arfando, os seios esmagados no meu peitoral, e um grito saiu de sua garganta enquanto gozava.

— *Merda...* Styx... Styx... — ela gemia.

Estoquei nela mais uma vez, joguei a cabeça para trás e a enchi com a minha porra. *Merda. Merda. Meeeeerdaaaaa...*

Caindo sobre ela, rolei nossos corpos até tê-la por cima. Ri enquanto tentávamos recuperar o fôlego.

Ela se reclinou e levantou uma sobrancelha.

— O quê?

Passei a mão por dentro a fenda da sua bunda e ela cerrou os olhos.

— Você a-acabou de xingar?

Mae arregalou os olhos e uma expressão divertida tomou conta das suas feições. Meu coração pulou uma batida.

— Sim, xinguei. Acho que as suas maneiras estão passando para mim.

— Ah, eu v-vou passar outra c-coisa em você...

Ela deu um tapinha no meu peito e passou os dedos sobre a cicatriz da suástica, perdendo um pouco do sorriso.

— Também xinguei Gabriel.

— Xingou? — perguntei acariciando seu cabelo.

Ela assentiu, mas seus olhos pareciam desfocados, então esperei que ela falasse.

— Ele disse que você tinha me corrompido, que eu tinha vendido minha alma para o diabo.

— Vem aqui — falei e Mae voltou a se recostar no meu peito; segurei seu rosto entre as mãos. — Eu nunca c-conheci uma *cadela* tão pura e i-i-nocente quanto você. Você m-mudou a minha vida, baby. Você n-não foi corrompida. Você é p-perfeita pra caralho.

Seu rosto se derreteu em um sorriso maravilhoso.

— Você passou tanto tempo falando que não era para mim. *'Esse não sou eu, baby'*, você enfatizou várias vezes. Agora eu sou perfeita para você?

— Eu estava e-errado. Malditamente e-errado. Você precisa de um homem f-forte, baby. Você p-p-precisa de um homem para a-amar você, para p-proteger você, para ser o s-seu mundo. — Ela prendeu a respiração e eu sorri. — E esse sou e-eu, baby. Eu e mais ninguém.

Mae se jogou em mim de novo e eu ri enquanto a virava para ficar debaixo do meu corpo antes de sentir a sua boceta e terminarmos trepando de novo.

Seus lábios franziram, assim como sua testa.

— Quero você de novo — ela declarou.

— A-antes, eu tenho a-algo para dar p-para você.

Rapidamente sua atenção desviou e ela me olhou curiosa.

— O que é?

Eu a coloquei para o lado e me levantei, caminhando nu até a Harley; peguei um pequeno *cut* de couro no alforje. Por alguma razão, eu estava incrivelmente nervoso. Nunca pensei que teria a minha própria mulher, nunca pensei que seria capaz de falar com ninguém a não ser com Ky, mas Mae entrou na minha vida e me nocauteou.

— Styx? O que é? — ela perguntou animada.

Virei-me para ela, vendo aquela beldade de cabelo escuro, enormes olhos azuis e pele perfeita, e relaxei. Porra, ela era linda.

Caminhei na sua direção segurando o pequeno colete de couro preto com o emblema dos Hangmen. Mae arfou e parou de respirar, sua boca se abrindo em um perfeito 'O'. Além do emblema do Hades Hangmen nas costas, também tinha *Propriedade do Styx* bordado em branco, e *Mae* escrito na parte da frente.

Acenei e ela se levantou para chegar mais perto.

— Você q-quer isso, b-baby? Você quer s-ser oficialmente a m-minha *old lady*? Porque u-uma vez que você vista isso, n-nunca mais vai t-tirar.

— Styx — Mae sussurrou, chegando ainda mais perto e acariciando o meu rosto. Engoli em seco sentindo meu coração esmurrar o peito. — Eu nasci para estar com você. Nasci para ser a sua *old lady*.

E então ela balançou aquele narizinho perfeito e eu revirei os olhos.

— Porra, b-baby... — gemi e fui para trás da minha mulher, passando o colete pelos seus ombros. Ela se virou lentamente, segurando as pontas do colete sobre os seios perfeitos e fez um beicinho brincalhão.

— Como estou?

Eu a olhei dos pés à cabeça, toda gostosa como uma *pin-up*, nua, usando apenas o *meu* nome nas costas. Rosnando, avancei sobre Mae, a levantei nos braços e a recostei numa árvore, suas pernas enlaçando meu quadril.

— Ficou ótimo pra c-caralho, baby. A-amo ter você n-na minha vida, n-na garupa da minha m-moto, na m-minha cama, apertando o m-meu pau e u-usando meu n-nome nas suas costas. Você n-nunca vai me deixar, baby. V-você está c-comigo para a vida t-toda. Para o b-bem, para o mal e para a l-loucura. Conheci você q-quando criança, como um maldito m-mudo. Você me d-deu uma voz, você me d-deu vida. V-você é o m-meu mundo, baby.

Esmaguei sua boca na minha e ela me beijou intensamente.

Nossas testas estavam encostadas e nossa respiração sôfrega.

— Você é m-minha — falei mais uma vez.

— E você é meu — ela repetiu com orgulho.

— Agora é oficial, b-baby, ok? Você e e-eu, juntos. *Esta* é a s-sua família. *Este* é o s-seu clube. *Você* p-pertence a este MC c-comigo. Pelos bons e m-maus momentos, você v-vai estar do m-meu lado, tornando t-tudo melhor. Minha *old lady* para a vida.

— Para sempre. Começamos nossas vidas agora, Styx. Vamos deixar as cicatrizes dos nossos passados para trás.

Olhei para a sua mão esquerda e beijei o seu dedo anelar.

— E a-algum dia, logo mais, você v-vai usar um a-anel, bem a-aqui, para dizer para o m-mundo todo que v-você é minha. E q-quando você usar, você n-nunca mais vai tirar.

— Sim, Styx — ela sussurrou. Lágrimas escorreram pelo seu rosto. — Eu sou sua... toda sua. Para sempre.

— Porra, baby... amo você — rosnei, esfregando seu pequeno corpo contra o meu.

— Também amo você.

Então ela balançou aquele lindo narizinho de novo.

E eu me afundei na minha mulher...

... Um par de olhos de lobo me guiando para casa.

~~RIDER~~

CAIN

Duas semanas depois...
Utah, localização não revelada.

Meus olhos queimavam enquanto eu passava por uma estrada de terra com a minha Chopper. Duas semanas de uma corrida intensa. Duas semanas evitando todos os territórios dos Hangmen. Duas semanas pensando sobre o que diabos eu faria a seguir.

— *Corra. Por favor, corra... Se salve... por mim...* — Mae tinha implorado para mim, seu medo pela minha segurança brilhando em seus olhos cristalinos. E então ela tinha me beijado, ela finalmente tinha me beijado e essa era a única coisa que aquecia o que tinha sobrado do meu coração.

PORRA!

O portão pesado de metal, que cercava o local onde passei toda a infância, se abriu à minha chegada e respirei profundamente. Eu não sabia mais quem eu era ou aonde eu pertencia. A Ordem não era o que eu esperava e minha cabeça estava me matando.

TILLIE COLE

Passei por um caminho pavimentado, parando ao lado da fazenda do Profeta David. Eu não sabia para onde ir, eu não *tinha* para onde ir.

A porta da casa se abriu de repente e Judah, meu irmão gêmeo, veio correndo na minha direção.

— Cain! — ele gritou, puro alívio tomando aquele rosto tão idêntico ao meu: mesmos traços, cabelo, barba e compleição. Éramos fisicamente iguais...

Desci da Chopper e abracei Judah; ele cerrou os olhos castanhos numa mistura de tristeza e raiva. Porra, eu tinha sentido saudades dele. Cinco malditos anos, sem nenhum contato.

— Você está vivo — ele disse com um suspiro de alívio. — Temíamos que também tivessem matado você.

— Consegui escapar — falei, sem oferecer mais nenhuma informação.

— Graças ao Senhor! — Judah disse aliviado, mas logo abaixou a cabeça, olhando para o chão. — Mataram todos eles, Cain: o Profeta David, os anciões... Foi uma carnificina. Apenas as mulheres e as crianças sobreviveram. — Segurei a respiração até que Judah balançou a cabeça, seus olhos encontrando os meus. — Cain, nenhum dos doze originais sobreviveu.

Meu olhar era impassível.

Judah colocou um braço ao redor dos meus ombros e começamos a caminhar para a casa, a mesma que nos manteve separados dos demais da Ordem. Onde tínhamos sido treinados desde a adolescência para um dia como hoje, sem outra família a não ser um ao outro, nossa missão como herdeiros sendo o único propósito na nossa vida.

— Temos que recomeçar — Judah informou. — Encontramos um outro lugar para a comuna para onde o nosso povo pode se mudar. Estamos planejando juntar todas as comunas, criando uma grande e única comunidade: mais guardas, mais pessoas, mais armas. E então será o momento, irmão — ele disse significativamente, apertando meu braço.

Congelei.

Judah parou na minha frente e franziu o cenho. Entre nós dois, ele sempre tinha sido o mais militante da causa, o mais devoto. Nunca deixava este lugar, acreditando cem por cento no propósito da Ordem.

— Momento para o quê? — perguntei vagamente.

Judah sorriu animado e, em resposta, senti meu corpo gelar.

— Para você tomar o seu lugar... *Profeta Cain*.

Meu coração parou.

Meus olhos arregalaram.

Oh... *Porra...*

FIM

PLAYLIST

Para escutar a playlist, confira o meu website: www.tilliecole.com
Metallica – Nothing Else Matters
AC/DC – Highway to Hell
Nirvana – About A Girl
Guns and Roses – Knockin' on Heaven's Door
Johnny Cash – God's Gonna Cut You Down
Tom Waits – I Hope That I Don't Fall in Love With You
The Pretty Reckless – Makes Me Wanna Die
Nine Inch Nails – Closer
The National – Gospel
Willie Nelson – Blue Eyes Cryin' in the Rain
Pistol Annies – Hope You're the End of My Story
Bob Dylan – It Ain't Me, Babe
AA Bondy – The Mightiest of Guns
The Eagles – Desperado
Rolling Stones – Wild Horses
Depeche Mode – Personal Jesus
Velvet Underground – Pale Blue Eyes
Black Sabbath – Heaven and Hell

AGRADECIMENTOS

Pai, obrigada por finalmente se juntar ao time Tillie Cole e por dedicar tanto do seu tempo em me ajudar com este livro. As suas observações sobre psicologia foram incríveis e espero ansiosamente para o próximo livro!

Ao meu time de leitores beta: Thessa, Kelly, Rachel, Kia e Lynn. Obrigada por lerem os primeiros rascunhos horríveis deste livro e pelo incrível feedback. Adorei o resultado e não estaria aqui hoje sem a ajuda brilhante de vocês.

Thessa, obrigada por estar junto nessa loucura desde o começo, me assegurando de que o meu livro não era uma porcaria e por me fazer rir em cada e-mail. Ah, e por me implorar para escrever a história do Flame e da Maddie! Vamos ver...

Ao meu marido por aguentar os meus choros e momentos de insegurança na minha escrita. Você sempre esteve ao meu lado e eu amo você por isso.

Kelly Moorhouse, apenas por ser a melhor pessoa que eu conheço. Blogueira literária, organizadora de eventos e agora, minha leitora beta e, é claro, amiga. Você é incrível e sou muito grata por tudo o que você faz.

Mae, Sam e galera. Amo vocês, sério, muito.

Um agradecimento especial aos blogueiros que deram uma chance a este livro, e à autora. Tantos de vocês que foram solidários comigo nesta, relativamente, nova jornada. Gitte e Jenny do TottalyBooked, Smitten's

TILLIE COLE

Book Blog e Lezley-Lynn's Book Blog. Vocês arrasam! Ah, e Lezley-Lynn por ser uma pessoa incrível e criar meu fabuloso time de leitoras: Tillie's Hot Cole's. Eu adoro o time e agradeço muito pelo apoio! Vamos dominar o mundo!

Lyza, minha designer maluca de Boston e a pessoa mais engraçada do mundo! Obrigada, obrigada, obrigada!

E finalmente a VOCÊS, leitores, pelo constante apoio.

Eu não tenho palavras para expressar.

Vocês são maravilhosos...

Continue na próxima página com o prólogo do segundo livro da série
Hades Hangmen:

CORAÇÃO
SOMBRIO

TILLIE COLE

PRÓLOGO

— Vamos, irmã, precisamos ir *agora*! — Mae incitou conduzindo a Maddie e a mim pela nossa comuna dizimada, enquanto os homens do seu amado iam à frente.

— Não! Falei para você que não irei! — Chorei, ainda com as pernas trôpegas pelo choque de ver os discípulos da Ordem caídos no chão, sem reagir, com as suas vestes cerimoniais e corpos destruídos por balas, seus olhares opacos me dizendo que estavam mortos.

— Lilah, por favor! — Mae implorou e puxou a minha mão. Seus olhos azuis imploravam para que eu a seguisse.

Tentei me mover, mas os gritos frenéticos e amedrontados das mulheres da Ordem enchiam meus ouvidos. Observei-as correndo para todos os lados, sem curso, sem ter os discípulos como guias e protetores. Crianças sozinhas, de todas as idades, gritavam no meio do caos, algumas caídas no chão, chorando pelas mães que haviam sumido no meio do pânico generalizado. Meu povo estava tentando ao máximo fugir daqueles homens perversos vestidos em couro preto, que forçaram sua entrada em nossa comunidade.

Era uma carnificina.

Uma cena vinda diretamente das páginas do livro de Apocalipse.

— Lilah! — Mae gritou novamente, sua mão agora em concha sobre minha bochecha para ganhar a minha atenção. Seu rosto demonstrava preocupação para comigo, mas também determinação, enquanto ela me trazia ao presente.

PRELÚDIO SOMBRIO

— Eu... Eu não quero ir... — sussurrei e olhei para Maddie, que parecia anestesiada ao ir atrás de Mae... como um cordeiro indo para o abatedouro.

— Eu sei que você não quer ir, irmã. Mas este lugar não é seguro. Precisamos ir. *Temos* que sair daqui.

— Sair daqui? — gritei, arregalando os olhos e chacoalhei a cabeça. — Não! NÃO! Não posso sair daqui! O mal habita lá fora. Tenho que ficar aqui. Para ser salva, preciso ficar aqui! Você sabe disso. Por favor, não me negue a chance da salvação!

Afastei minha mão sobre a de Mae e comecei a andar para trás.

— Mae! Dá um jeito nas suas garotas, porra, precisamos dar o fora! — o homem com um longo cabelo loiro, que tinha matado Irmão Noah, *meu redentor*, gritou atrás de Mae, com um ar sério e autoritário. Ele continuou me observando, seu olhar azul, intenso. Do minuto em que saí da cela, senti-me observada por ele, que continuava a fazer isso.

O amado de Mae assobiou ao lado dele e, com a mão, indicou para que o seguíssemos, mas o medo tomou conta do meu coração, e o meu instinto me fez fugir.

— Lilah! — O grito de Mae ecoou enquanto eu passava por uma multidão de irmãs aterrorizadas. Eu virava a cabeça de um lado ao outro, procurando um lugar para me esconder, e ao ver um caminho que levava para a floresta, atirei-me naquela direção.

No entanto, antes que eu pudesse dar mais do que apenas alguns passos, um corpo enorme me segurou e me levantou do chão, impedindo a minha fuga.

Gritei desesperada, mas ainda assim o forte aperto de aço ao redor da minha cintura se manteve inflexível. Eu estava aterrorizada, lágrimas escorriam pelo meu rosto enquanto as suas passadas começavam a ganhar velocidade.

— Por favor... Por favor, me solte! — implorei, mas uma boca se aproximou do meu ouvido, interrompendo minhas palavras. Longas mechas de cabelo loiro, que não eram minhas, roçaram na minha bochecha.

— Não. Você vem junto, doçura, então pare de tentar fugir com essa bundinha sexy. Se bem que eu poderia ficar o dia todo olhando para essa visão perfeita e nunca me cansaria. Mas a Mae quer que você vá para o clube, então você vai para a porra do clube.

Minha respiração ficou tensa pela maneira como esse estranho loiro falou comigo. Congelei em seus braços e não me atrevi a mover-me mais, preocupada em ter o mesmo destino fatídico que os irmãos caídos no chão,

TILLIE COLE

caso o fizesse. Então, com extremo cuidado ao virar a cabeça, vi quem me segurava nos braços, como se eu não pesasse nada: o homem loiro de antes. Aquele que ficou me observando como se eu fosse algo que ele quisesse devorar.

O mesmo homem que, quando meus olhos encontraram os seus pela primeira vez, fez surgir um ardor no meu peito.

Aproximamo-nos de Mae e Maddie, enquanto uma me olhava com alívio, e a outra, com simpatia. O homem loiro não me soltou, puxando-me ainda mais para perto de si, até que eu estava colada em seu peito; não lutei contra ele enquanto era levada para um enorme veículo junto com minhas irmãs e outros homens que vinham logo atrás, além dele... que mantinha os olhos azuis fixos aos meus.

Um silêncio ensurdecedor reinou, e olhei para a minha casa uma última vez, até que tudo o que eu conhecia foi afastado de mim com o fechar da porta do veículo, deixando tudo na escuridão.

Lutei contra um grito, e senti Mae segurando a minha mão. Isso me deu um pouco de conforto, então, ao invés disso, fechei os olhos e comecei a entoar as minhas orações. Agarrei-me à minha fé com todas as minhas forças. Jurei ao Senhor que não me desvirtuaria do meu caminho e comecei a me balançar, para frente e para trás, de joelhos, enquanto cimentava minha fé no Senhor, sentindo o Espírito Santo me encher de calor.

Um pouco depois, o veículo parou, as portas se abriram e Mae nos levou para uma escada que dava em um pequeno local privativo, apenas para nos deixar sozinhas novamente enquanto ia buscar comida. Eu não seria capaz de comer, o medo apertava meu estômago de tal maneira que quase me fez cair de joelhos no chão. Maddie ficou ao meu lado e observei o estranho quarto, sentindo quando sua mão deslizou contra a minha. O aperto firme mostrando que ela também estava aterrorizada.

— Você acha que estaremos a salvo aqui, Lilah? — Maddie perguntou, sua voz mal passando de um sussurro.

Caminhei até a janela, com Maddie em meu encalço, e observei a esses homens infiéis que tinham assassinado meus irmãos, rindo e bebendo no pátio. Suas vestimentas pretas e seus comportamentos ameaçadores fizeram com que um arrepio percorresse meu corpo.

— Bem, Lilah, você acha? — Maddie perguntou novamente.

Olhando em seu rosto, puxei-a para um abraço e respondi:

— Não, Maddie. Não acredito que estaremos seguras aqui. Na verdade, acho que Mae nos trouxe diretamente para o inferno.

OUTROS LIVROS DA SÉRIE

TILLIE COLE

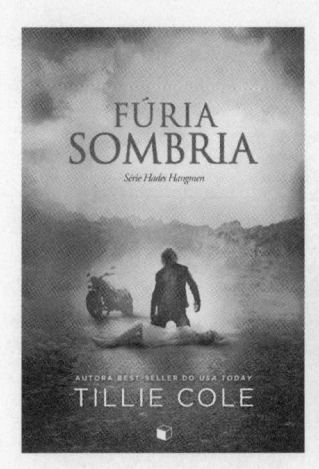

Compre o seu no site da The Gift Box:

A The Gift Box é uma editora brasileira, com publicações de autores nacionais e estrangeiros, que surgiu no mercado em janeiro de 2018. Nossos livros estão sempre entre os mais vendidos da Amazon e já receberam diversos destaques em blogs literários e na própria Amazon.

Somos uma empresa jovem, cheia de energia e paixão pela literatura de romance e queremos incentivar cada vez mais a leitura e o crescimento de nossos autores e parceiros.

Acompanhe a The Gift Box nas redes sociais para ficar por dentro de todas as novidades.

 www.thegiftboxbr.com

 /thegiftboxbr.com

 @thegiftboxbr

 @GiftBoxEditora

Impressão e Acabamento | Gráfica Viena
Todo papel desta obra possui certificação FSC® do fabricante.
Produzido conforme melhores práticas de gestão ambiental (ISO 14001)
www.graficaviena.com.br